Notre amitié brûlante

Les Braden de Weston

Amour sublime

Melissa Foster

Note aux lecteurs

Les Braden de Weston forment l'une des différentes familles de la grande collection *Amour sublime*. N'oubliez pas de découvrir mon autre série, Les Whiskey: Les Dark Knights de Peaceful Harbor. Les personnages de chaque série se retrouvent dans les tomes suivants, de sorte que vous assisterez à tous les mariages, à toutes les fiançailles et les naissances. Pour plus de détails sur la saga romantique des grandes familles de la collection *Amour sublime*, visitez :
www.melissafoster.com/amour-sublime

Pour rester informé des nouvelles parutions, des promotions et autres bonus exclusifs, inscrivez-vous à ma newsletter et suivez-moi sur votre site de vente en ligne préféré :
www.MelissaFoster.com/Francaise-News

Bonne lecture !

CHAPITRE UN

Riley Banks descendait la Trente-septième Rue dans sa robe rouge Catherine Malandrino et ses escarpins Giuseppe Zanotte en poils de veau imprimés léopard. C'était la semaine suivant Thanksgiving, et Manhattan bourdonnait de l'ardeur fiévreuse des fêtes. Riley ralentit pour reprendre son souffle. *Demain, je trouverai le courage de prendre le métro. Peut-être.* Elle resserra son manteau sur sa poitrine pour se protéger de l'air frais, espérant que personne ne se rendrait compte qu'elle avait acheté sa tenue sur Outnet.com, un magasin d'usine en ligne. Elle se sentait tellement hypocrite de se rendre à son premier jour de travail en tant qu'assistante de Josh Braden, ce designer de renommée mondiale, en portant des vêtements soldés. Cette idée lui retournait l'estomac, mais pas autant que de se présenter dans son jean et ses bottes de cow-girl tout droit sortis de sa ville natale. Elle était loin de Weston dans le Colorado et elle avait passé les dernières semaines à amasser des vêtements de marque à prix réduit et à évincer de son vocabulaire toutes les tournures provinciales.

Plantée devant l'épaisse porte vitrée de Josh Braden Designs, elle prit une profonde inspiration. Le panneau au-dessus de la porte indiquait « JBD ». *Ça y est.* Elle ferma les yeux pendant une fraction de seconde pour se répéter le mantra qu'elle jouait dans sa tête comme un disque rayé depuis des semaines : *je possède de solides connaissances, je suis instruite et pleine d'enthousiasme. Je peux le faire.*

En venant se poser sur le bas de son dos, une main chaude la tira de ses pensées.

— Tu as eu du mal à nous trouver ?

Sourire amical aux lèvres, épaisse chevelure brune parfaitement coupée, Josh Braden se tenait à côté d'elle. Son costume Armani noir tombait parfaitement sur son physique mince et musclé. Quelques années plus tôt, il avait été désigné comme l'un des célibataires les plus convoités d'Amérique. À l'époque, elle n'avait pas prêté attention à la couverture du magazine. Il vivait à New York et elle dans le Colorado, si loin de lui qu'elle le voyait encore comme Josh Braden, le garçon pour lequel elle avait craqué pendant trop d'années pour pouvoir les compter. Aujourd'hui, debout dans une rue de New York à côté de l'homme dont le nom rivalisait avec celui de Vera Wang, elle eut la sensation de manquer d'air.

Sa voix profonde la fit frissonner. Non seulement elle avait eu la chance de renouer avec Josh lorsqu'il était rentré chez lui pour rendre visite à sa famille, mais pendant son séjour, ils en avaient également profité pour refaire connaissance. Riley ne savait pas si elle s'emballait toute seule ou s'il y avait quelque chose de plus réel qui s'épanouissait entre eux, mais il lui avait semblé que leur intimité n'avait fait que croître. Et bien que leurs lèvres ne se soient jamais touchées et que leurs corps soient restés séparés, elle avait l'impression qu'ils avaient toujours été à un souffle de tomber dans les bras de l'autre.

— Euh… oui… non.
Oh, mon Dieu, s'il vous plaît tuez-moi maintenant.
Josh sourit, ce qui illumina ses yeux bruns.

— Nerveuse ?

Même si elle mesurait un mètre quatre-vingt, elle était plus petite que lui de dix centimètres. Qu'est-ce que cela ferait de se hausser sur la pointe des pieds pour embrasser ses lèvres pulpeuses ? *Arrête !* La façon dont il soutenait son regard lui donnait la chair de poule. *Arrête ! Arrête ! Arrête !* Elle le revit à dix-sept ans : il avait atteint sa taille adulte à ce moment-là, mince, mais musclé, avec de la testostérone qui suintait pratiquement de tous ses pores. Elle l'avait désiré à l'époque, mais ces sentiments de lycéenne n'approchaient pas, même de loin, le désir qui demandait à être libéré maintenant. Elle détourna les yeux et prit une grande inspiration, essayant d'ignorer son cœur qui battait la chamade. La dernière chose dont elle avait besoin, c'était de devenir l'une de ces filles qui se pâmaient chaque fois que son patron apparaissait. Elle était ici pour se bâtir une carrière, pas une réputation.

— Un peu, répondit-elle honnêtement.

Il ouvrit la lourde porte et attendit qu'elle passe avant de poser à nouveau une main dans le creux de ses reins. Josh lui parlait doucement, à l'oreille alors qu'il la guidait à travers le vaste hall.

— Imagine que c'est le Macy's de chez nous. Voici la zone de service à la clientèle.

Il désigna d'un signe de tête l'élégant bureau de la réception en acajou et granit.

Les talons de Riley claquèrent sur le carrelage de marbre quand ils passèrent devant le bureau.

— Bonjour, Chantal.

Josh sourit à la femme blonde assise au bureau, qui semblait sortir tout droit d'une séance de huit heures dans un salon de coiffure local. Ses cheveux brillaient et ses yeux verts étaient parfaitement fardés pour s'accorder avec son chemisier vert émeraude.

Riley toucha ses cheveux bruns, qui lui tombaient au niveau des épaules, sentant s'effriter le peu de confiance dont elle disposait. *Si la réceptionniste est si parfaite, comment sont les autres employés ?*

— Bonjour, monsieur Braden, lança Chantal avec un sourire enjôleur. Bonjour, Riley.

Tu connais mon nom ? Riley passa outre ses nerfs en pelote et obligea sa bouche à obéir à ses pensées.

— Bonjour… Chantal, répliqua-t-elle en sentant qu'elle parvenait à sourire.

Elle carra les épaules, recouvrant un peu de sa confiance perdue. *Elle connaît mon nom !*

— Chantal est assistante dans le studio de design. Elle remplace notre réceptionniste lorsque celle-ci s'éloigne de son bureau. Je suis sûr que tu la reverras au studio de design, plus tard, expliqua Josh.

En déambulant aux côtés de Josh dans ses élégants bureaux, Riley avait l'impression d'évoluer à l'intérieur d'un rêve. Elle avait passé des années à rêver de travailler à New York, et plus précisément dans un studio de design. Après avoir obtenu son diplôme de stylisme avec une moyenne excellente et remporté deux prix de design, elle rêvait d'aller s'installer à New York et de trouver un emploi dans le centre de l'industrie de la mode. Mais, ayant postulé pendant plusieurs mois et reçu suffisamment de lettres de refus pour tapisser sa chambre, Riley avait abandonné et s'était installée à Weston, travaillant chez Macy's et créant des vêtements que personne ne verrait jamais. Elle avait fini par accepter qu'un travail dans l'industrie de la mode dépendait plus des relations que des compétences. Elle avait donc abandonné ce rêve jusqu'à ce que Jade commence à sortir avec Rex, l'un des grands frères de Josh, et qu'elle porte l'une des robes de Riley lors de leur premier rendez-vous. Sur une recommandation de Rex, Josh s'était empressé d'examiner son portfolio. Quelques jours plus tard, Riley déjeunait au ranch du père de Josh et, dans la seconde qui suivait, elle recevait une offre d'emploi et faisait ses valises pour déménager à New York. Maintenant, tout en marchant à côté de Josh, Riley se demandait s'il pensait autant qu'elle aux journées qu'ils avaient passées ensemble.

Ils traversèrent un hall et Riley étouffa un soupir. Des étagères de vêtements de marque étaient alignées sur les murs, des dizaines d'échantillons de tissus étaient éparpillés sur de longues tables à dessin et des croquis constellaient un mur entier. Cette combinaison fit monter son pouls en flèche. Des hommes et des femmes s'agitaient, discutaient à voix basse et manipulaient les échantillons. Une femme en jean, aux cheveux noirs de jais coupés court, tirait un chariot rempli de vêtements. Un homme se précipitait vers elle, carnet à la main, tout en parlant dans une oreillette.

Sans réfléchir, Riley attrapa le bras de Josh, comme s'ils étaient de retour à Weston, dans une exposition agricole, et qu'il était Jade.

— Oh, mon Dieu ! C'est incroyable ! s'exclama-t-elle.

Il rit et plusieurs regards se tournèrent dans leur direction.

Riley eut un mouvement de recul. Elle devait avoir l'air d'une enfant excitée voyant le père Noël.

— Je suis désolée, balbutia-t-elle, en tapotant la manche du costume de Josh. Je suis juste… je suis tellement désolée.

Mon Dieu, ce que je suis idiote !

— C'est le genre de réaction que j'avais espéré, déclara-t-il.

Elle poussa un soupir de soulagement lorsqu'une grande femme aux cheveux auburn apparut aux côtés de Josh et fixa ses yeux verts sur Riley, puis les fit descendre le long de sa robe, sur ses courbes et jusqu'à ses talons.

— Ce doit être Riley Banks ?

Elle tendit vers elle un bras fin comme un crayon.

— Claudia Raven, assistante-styliste en chef.

Le sourire forcé de Claudia et son regard menaçant lui firent penser à Cruella De Vil. Impossible de se méprendre sur la façon dont elle appuya son épaule droite contre le dos de Josh. Riley crut le voir tressaillir, mais il ne détourna pas le regard, son sourire ne faiblit pas, et elle réalisa qu'elle devait projeter sa propre réaction corporelle sur lui. Chaque once de pensée raisonnable en Riley lui criait : *Cours ! Cours loin et vite.* Elle voulait s'éloigner de l'horrible femme qui, si elle se fiait à son regard plein de méchanceté, la détestait déjà. Qui revendiquait silencieusement Josh. Au lieu de quoi, Riley s'obligea à sourire et saisit fermement la main qu'on lui tendait.

— Je suis honorée de travailler avec vous, dit-elle.

Et elle chassa toutes les pensées persistantes à propos de Josh. Elle avait besoin d'une carrière, pas d'une situation façon *Liaison fatale*.

Josh fut à deux doigts de tressaillir en sentant le corps de Claudia contre lui. Elle n'avait jamais caché qu'elle était prête à coucher pour parvenir au sommet et si, au début, il avait trouvé ses insinuations comiques, il avait récemment commencé à les détester. Mais c'était une collaboratrice dévouée qui travaillait pour JBD depuis cinq ans dont les deux dernières en tant qu'assistante-styliste en chef. Elle n'avait pas couché pour arriver à ce poste. Josh en aurait été empêché par ses scrupules, même si, pour quelqu'un d'extérieur, Claudia pouvait apparaître comme le « bon » genre de femme pour lui. Il ne pouvait nier qu'elle était séduisante, intelligente et qu'elle connaissait parfaitement le monde du design. Mais Josh avait vu l'autre facette de Claudia – créature manipulatrice, compétitive jusqu'à la méchanceté –, et c'étaient des caractéristiques que Josh ne recherchait pas chez une amante. Comme elle était la nièce de l'un de ses plus anciens partisans, Josh se sentait tenu par sa loyauté de la garder dans son équipe.

Il avait été impressionné par la réserve de Riley, ferme sans se départir de son professionnalisme. Il doutait que Claudia ou qui que ce soit d'autre puisse voir le côté forcé de son sourire. Personne ne pouvait savoir que la plissure de ses lèvres aux commissures était différente du sourire naturel et décontracté qu'elle arborait habituellement. Et nul ne remarquerait le malaise sous-jacent dans ses yeux noisette, malaise que Josh perçut et qu'il eut envie d'apaiser.

Il n'arrivait pas à retirer la main qu'il avait posée dans le creux de ses reins. La sensation de ses courbes sous sa paume était rafraîchissante. Les femmes avec qui il était sorti étaient généralement aussi minces que des crayons. Les inviter à dîner revenait à regarder des squelettes brouter des légumes verts, qui lui adressaient de faux sourires avec leurs lèvres artificiellement gonflées et dont les yeux disaient : « Dollars ! ». De toute façon, ses rendez-vous étaient majoritairement des rendez-vous arrangés par des collègues de travail qui estimaient qu'il devait sortir avec des femmes correspondant à son statut social. Au cours de l'année écoulée, ses attentes avaient été déçues et il s'était mis à sortir avec de moins en moins de femmes, mais c'était une autre histoire.

— Je peux me charger d'elle à partir de maintenant, déclara Claudia, en s'interposant entre eux.

Josh retira sa main à contrecœur. Il plongea à nouveau le regard dans les yeux de Riley, se rappelant l'attirance qu'elle lui avait inspirée lorsqu'ils étaient adolescents. Ses yeux avaient toujours été des fenêtres sur ses émotions : même à l'époque, il savait quand elle était heureuse ou triste, en colère ou ennuyée. Il avait envie de mettre un bras autour d'elle et d'apaiser l'inquiétude qui s'y trouvait. Sauf que derrière cette inquiétude, il voyait l'excitation monter et il savait qu'elle s'en sortirait très bien – du moins l'espérait-il.

— Je suis content que tu sois là, Riley, dit-il, ignorant le regard mauvais de Claudia et le caractère glacial qui l'entourait comme une cape. Si tu as besoin de quelque chose, fais-le savoir à Claudia. Elle prendra bien soin de toi. N'est-ce pas, Claudia ?

Il prenait plaisir à l'encourager à abandonner son regard méchant.

— Merci, Josh. J'apprécie vraiment. Je ne te laisserai pas tomber, promit Riley.

— On y va ? fit Claudia en l'attrapant par le bras pour l'entraîner.

Josh se dirigea vers son bureau en pensant toujours à Riley. Ses créations étaient sacrément bonnes – fraîches et stylées, d'une manière différente de ce qu'on voyait ces temps-ci à New York. Il l'aurait engagée en tant que styliste junior s'il n'avait pas estimé qu'elle devait d'abord apprendre le côté terre-à-terre du métier. Les créations de Claudia, quant à elles, laissaient beaucoup à désirer, tout comme ses compétences relationnelles, mais en tant qu'assistante-styliste en chef, il savait qu'elle était la crème de la crème. Organisée, efficace, dévouée et tenant toujours ses délais. Claudia se faisait obéir du personnel en ligne, même si elle y allait un peu fort. Il espérait qu'elle rangerait ses griffes assez longtemps pour apprendre à Riley les tenants et les aboutissants du monde de la mode.

Sinon, je vais devoir le faire moi-même.

CHAPITRE DEUX

— C'est le studio de design, dit Claudia. Elle fit un signe de la main vers les tables qu'ils passaient. Tout se passe ici pour ce qui est du design, mais il faudra un certain temps avant que tu t'asseyes à l'une de ces tables.

— Oui, bien sûr, convint Riley, notant la façon dont les autres employés baissaient la tête au passage de Claudia.

Elle aurait voulu courir et saluer chacun d'entre eux. *Bonjour. Je suis Riley Banks. J'ai hâte de travailler avec vous !* Mais elle savait déjà qu'il ne fallait pas irriter Cruella. Comment un poisson froid comme Claudia pouvait-elle fonctionner avec quelqu'un d'aussi chaleureux que Josh ? *Y a-t-il une autre facette de Josh que je ne vois pas ?* Riley nota mentalement de regarder comment les autres employés réagissaient à Josh. Peut-être était-il l'un de ces gars qui savaient comment charmer les femmes, mais qui oubliaient parfois de cacher leurs manières de chien de chasse. Elle ne voulait pas croire que le Josh avec lequel elle avait passé du temps avait ce côté-là, mais elle était réaliste. *Tout est possible.*

— La création de mode n'est pas destinée aux âmes sensibles. On y reçoit peu de tapes dans le dos, mais beaucoup de regards sévères, de hochements de la tête réprobateurs et d'injonction à tout recommencer.

Elle conduisit Riley dans un box à l'extrémité du studio ouvert.

— C'est ici que tu vas travailler.

Riley sentit son sourire vaciller. Elle essaya de rectifier son froncement de sourcils, mais craignit d'avoir échoué. Le bureau métallique miteux qui se trouvait dans le box exigu ressemblait plus à un lieu de stockage qu'à un studio de design. Elle regarda l'ordinateur et la chaise à roulettes en tissu avec dégoût. *Tu es là. C'est tout ce qui compte.* Elle ne put s'empêcher de penser que c'était là le moyen qu'avait trouvé Claudia pour lui montrer qui était l'assistante-styliste en chef. Elle ne se laisserait pas faire, ni par elle ni par qui que ce soit d'autre, d'ailleurs. Elle était là pour faire carrière, et Josh devait croire en ses talents de styliste pour l'avoir engagée. Elle sourit, sous les yeux froids de Claudia qui la toisait.

— C'est parfait. Agréable et privé. Par quoi je commence ? demanda-t-elle tout en rangeant son sac à main dans le tiroir du bureau.

À 19 h, les pieds de Riley lui faisaient un mal de chien. Elle n'avait pas l'habitude de porter des talons de dix centimètres toute la journée, mais bon, chez Macy's, dans sa ville natale, « talons » signifiait « bottes de cow-girl fantaisie » et les gens la saluaient comme si elle était importante. Elle avait le temps de discuter avec les clients, les autres employés, et même ses amies, lorsqu'elles passaient par là pour faire leurs emplettes. Elle avait ri, elle avait failli pleurer lorsque des amis avaient des problèmes : même au travail, elle laissait transparaître ses émotions.

Chez JBD, les gens travaillaient comme s'ils étaient sous speed et, avec Claudia qui surveillait chacun de ses mouvements, elle n'osait pas se montrer trop amicale avec les autres membres du personnel. Elle avait besoin que Claudia l'aime bien ou, du moins, la tolère.

— Toujours là ?

Claudia jeta un coup d'œil dans son box, un sac Valentino au bras.

— J'étudie juste les fiches produits et les dossiers techniques, afin d'établir des organigrammes pour être sûr de ne rien manquer – *et peut-être que je vais tomber sur Josh.* J'apprécie vraiment tous les conseils que vous m'avez donnés aujourd'hui. Il y a tellement de choses à apprendre.

Claudia redressa le menton et se retourna.

— Nous verrons si tu peux suivre, lança-t-elle en quittant le bureau.

— Je ne vais pas me contenter de suivre. Je vais briller, murmura Riley avec colère.

Elle attendit que le clic-clac des talons de Claudia se taise pour s'aventurer hors de son box et fut surprise de découvrir que presque tout le monde était parti. Elle observa les tables de travail, effectuant un pas hésitant après l'autre. Ses yeux balayèrent la pièce vide comme si elle était une voleuse de bijoux. Plantée au bord de la longue table, elle enfonça les doigts dans les étoffes de soie. Un sourire se dessina sur ses lèvres et elle ferma les yeux, savourant la sensation du tissu entre ses doigts. Elle le porta à son nez et inhala l'odeur des produits chimiques de finition et des teintures que d'autres pourraient trouver sévères, mais dont elle tirait son inspiration.

— Certaines personnes pourraient penser que tu as un vrai problème, à renifler le tissu comme ça, la taquina Josh.

Riley ouvrit les yeux. Laissant tomber le tissu, elle s'éloigna de la table.

— Je suis désolée. Je sais que je ne suis pas censée toucher les choses. Je n'ai pas pu m'en empêcher.

Elle sentit la chaleur lui monter aux joues. Josh portait sa veste de costume sur son avant-bras, sa chemise encore parfaitement repassée. Le mot « superbe » lui traversa l'esprit. *Arrête arrête arrête.*

Il rit, tout comme il l'avait fait plus tôt dans la matinée.

— Riley, c'est bon. Comment s'est passé ton premier jour ? Est-ce Claudia qui te fait travailler tard ?

— Ça s'est bien passé. Super. C'était excitant – *j'ai l'air d'une idiote qui bafouille* – j'ai vraiment apprécié. Je voulais juste m'assurer que tout était en ordre avant de partir.

Si elle était restée tard, c'était dans l'espoir de le voir ainsi que pour tenter de se mettre à flot dans son travail, mais elle n'allait certainement pas le lui dire.

— On t'a bien traitée ?

Il s'appuya contre la table, les bras croisés, entièrement focalisé sur elle.

Riley serra ses lèvres, en réfléchissant à ce qu'elle pourrait répondre : *Claudia me déteste. Je n'ai parlé à personne. Je déteste mon box. J'ai besoin d'être entourée de gens.*

— Oui. Bien. Claudia m'a expliqué tout ce que je vais faire, et je suis très excitée.

Malgré son horrible cagibi et l'étrange besoin qu'avait Claudia de lui montrer qu'elle était au-dessus d'elle, Riley était excitée de travailler dans un vrai studio de design. Et puis Claudia l'avait bel et bien mise au courant, donc à strictement parler, elle ne mentait pas.

— Bien, approuva-t-il en souriant.

Il la regarda un peu trop longtemps. Des papillons prirent naissance dans son ventre et Riley baissa les yeux avant de rougir à nouveau. *Ne te méprends pas sur ses regards. Il est poli. Il est bien élevé, rien de plus. Alors pourquoi mon cœur s'emballe-t-il ?*

Josh regarda sa montre et fit la moue.

— Je dois aller à une réunion, mais Mia est toujours là. Elle fermera la boutique quand tu seras prête.

Elle ne savait pas ce qu'elle attendait de Josh, mais elle était soulagée que l'électricité qui avait crépité dans l'espace entre eux se mue désormais en conversation.

— Mia ?

— Tu ne l'as pas rencontrée aujourd'hui ?

Josh se repoussa de la table et se retrouva si près d'elle qu'elle sentait le dentifrice dans son haleine.

Tu t'es brossé les dents pour une réunion ? De quel genre de réunion s'agit-il au juste ? Elle chassa la curiosité – et une pointe de quelque chose qui ressemblait beaucoup à de la jalousie – et se concentra sur la réponse à sa question.

— Non, pas encore. À vrai dire, je n'ai pas rencontré encore grand monde, mais ce n'est que mon premier jour. Je me suis dit que Claudia ferait les présentations quand elle serait prête.

Josh lui offrit son bras.

— Viens avec moi.

Passant son bras sous le sien, elle fut parcourue d'un frisson. Elle déglutit. Bon sang, les papillons dans son ventre ne devaient pas l'empêcher de se rappeler qu'elle était dans un bureau de design professionnel à New York, en train d'emprunter un couloir avec son patron.

Au bout du large couloir, il retira son bras.

— Excuse-moi, dit-il, avant d'ouvrir les portes, révélant le plus grand « placard » que Riley ait jamais vu.

Les murs étaient tapissés d'escarpins de marque, de bottes, de chaussures plates…, toutes les chaussures imaginables du sol au plafond. Des accessoires étaient suspendus à des crochets et des cintres, et des rangées de portants remplissaient l'espace restant.

Riley en resta bouche bée. Elle suivit Josh dans la pièce, les yeux écarquillés, pleine d'admiration et incapable de le dissimuler.

— Mia est mon assistante, mais elle passe beaucoup de temps dans le placard, expliqua Josh.

— J'aimerais beaucoup avoir un placard comme celui-ci, lâcha Riley.

Josh se retourna vers elle.

— Notre placard est ton placard.

Et il afficha de nouveau un sourire chaleureux. Les papillons se remirent à tournoyer.

— Hello, patron.

Une petite femme brune et mince, se déplaçant sur ses talons aiguilles comme s'il s'agissait de baskets, apparut à côté de Josh.

Riley baissa les yeux sur ses propres escarpins. *Comment fait-elle pour que cela semble si facile ?*

— Journée chargée aujourd'hui. Tu as besoin d'une tenue ?

La femme sourit à Riley, main tendue.

— Je suis Mia.

Soulagée d'avoir enfin rencontré une personne sympathique, Riley lui sourit et lui serra la main.

— Riley, et je dois dire que vous avez le meilleur travail qui soit !

— Je sais, répliqua Mia qui se retourna pour désigner les vêtements de ses bras ouverts. J'habille tout le monde.

Elle observa Riley de la tête aux pieds.

— Oh, je ne rentrerai dans aucun d'eux. Je ne suis pas là pour être habillée.

Riley sentit ses joues s'échauffer et rentra le ventre. Elle ne se berçait pas d'illusions concernant sa taille et, si elle avait été sûre de ses courbes à Weston, il en allait tout autrement à New York. Elle n'était dans cette ville que depuis quelques jours, mais d'après ce qu'elle avait vu jusqu'à présent, il y avait les touristes et puis il y avait les New-Yorkais, et on pouvait les distinguer par les vêtements qu'ils portaient, les chaussures qu'ils avaient aux pieds, et la nourriture, ou l'absence de nourriture, dans leurs sacs d'épicerie. On aurait dit que les New-Yorkais ne vivaient que d'air pour entretenir leurs silhouettes filiformes.

— Riley, notre nouvelle assistante-styliste, bien sûr. Désolé. J'aurais dû le savoir. Bienvenue à JBD, dit Mia en glissant une mèche de cheveux noirs derrière son oreille. Tu as survécu à Claudia ? ajouta-t-elle, sourcils froncés.

Riley lança un regard à Josh.

Il haussa les épaules, comme s'il s'attendait à ce qu'elle rencontre des problèmes avec sa tutrice.

— Oui. Elle est…

Riley ne voulait pas dépasser les limites, même si Mia semblait le genre de personne dont elle pourrait facilement devenir amie. Elle portait un jean slim, une ceinture de marque et un chemisier décolleté, tenue dans laquelle Riley aurait pu être à l'aise, talons aiguilles exceptés. À Weston, elle portait fièrement des jeans moulants, en dépit de ses courbes. Désormais, elle envisageait de les éviter. Au moins quand elle se trouvait à New York.

— Professionnelle. Je pense qu'elle sera une bonne tutrice.

— Ma belle, tu n'as pas à me mentir, répliqua Mia en balayant ses scrupules d'un geste de la main.

— Attention, Mia, la prévint Josh, mais ses yeux étaient amusés, enjoués même.

Mia le regarda et croisa les bras.

— C'est un requin, et elle est compétitive. Et tu le sais. Je donne juste une chance à la nouvelle.

Riley s'absorbait de la conversation, avec la vague sensation de devoir prendre la défense de quelqu'un – soit de Mia, soit de Claudia, elle n'était pas sûre de savoir laquelle.

Josh secoua la tête.

— Riley travaille tard ce soir et elle aura besoin de toi pour fermer à clé derrière elle.

Mia regarda sa montre.

— Tu dois partir avant d'être en retard, dit-elle à Josh. Et n'oublie pas que demain matin à 7 h, nous avons une conférence téléphonique avec l'Agence Stafford au sujet de l'habillage des filles pour leur spectacle de printemps.

L'agence Stafford était l'une des meilleures agences de mannequins de New York. Riley essaya de dissimuler son choc devant la désinvolture avec laquelle le nom de l'agence avait été mentionné. Devant le naturel de la conversation entre Josh et Mia, elle se sentit coupable de s'être demandé si Josh n'avait pas une autre facette. Il était clairement facile de travailler avec lui.

— Je serai là, promit-il.

— On les appellera à 6 h 50, donc je te prendrai un expresso au lieu de ton *latte* habituel.

— Tu es la meilleure, Mia, constata Josh avec une petite tape sur son épaule, avant de se tourner vers Riley. Veille à ce que Claudia te présente à nos collaborateurs, demain. Nous formons une grande famille ici. Tu dois rencontrer le personnel. Tu es l'une des nôtres maintenant.

Riley ne put s'empêcher de sourire. *L'une des nôtres. Une partie de l'équipe de JBD. Peut-être que les rêves peuvent vraiment devenir réalité.*

CHAPITRE TROIS

Riley s'assit sur le bord de son lit dans la chambre d'amis de l'appartement de Savannah Braden, où elle logeait jusqu'à ce qu'elle trouve un appartement à louer. Savannah travaillait comme avocate spécialisée dans le divertissement, mais elle voyageait souvent et, pour les deux semaines à venir, Riley disposait de l'appartement pour elle seule. L'appartement n'était pas immense. En fait, il était assez douillet, avec deux chambres et deux salles de bains, une cuisine de taille moyenne, et un salon-salle à manger. Vu qu'il était situé à quelques rues de Central Park seulement, elle n'aurait pas pu demander un environnement plus confortable.

Riley enfila un pantalon de survêtement et un t-shirt. Il était 20 h et, si elle travaillait aussi tard tous les soirs, elle devrait reporter sa recherche d'appartement au week-end. L'épuisement et l'excitation se mêlaient, amenant dans leur sillage une pointe de mal du pays. Riley s'empara de son téléphone et appela Jade.

Elle coinça son téléphone portable sous son menton.

— Je suis bloquée avec Cruella De Vil comme tutrice – ou chef, je suppose. Je n'arrive pas à imaginer comment Josh arrive à travailler avec elle ou comment je vais lui survivre, déclara-t-elle lorsque Jade répondit au téléphone.

— Cruella De Vil ? s'esclaffa Jade.

— Oui, et ne rigole pas. Elle est affreuse, ajouta-t-elle avant que Jade ne puisse répondre, et j'ai rencontré l'assistante de Josh, Mia, qui est tout son contraire. Elle est vraiment sympa et simple. J'aurais aimé qu'elle soit ma tutrice.

Riley soupira.

— Tu es tout à fait capable de gérer Cruella, dit Jade. Tu m'as dit toi-même que c'était une industrie impitoyable, tu te souviens ? Ne la laisse pas t'abattre. Elle se sent probablement menacée parce que tu es une styliste qui déchire.

Riley sourit. Elle imaginait Jade sur sa terrasse, dans son jean et ses bottes de cow-girl, ses longs cheveux noirs lui tombant jusqu'à la taille.

— Tu me manques, dit Riley.

— Évidemment, s'esclaffa Jade. Mais tu vas survivre et t'épanouir. C'est ta grande chance. C'est tout ce que tu as toujours voulu, tu te souviens ?

— Oui, bien sûr, et je suis très heureuse, mais tu me manques. L'odeur des fermes et la conduite me manquent. Mon Dieu, ça ne fait qu'une semaine, mais conduire me manque déjà.

Riley se rendit compte qu'elle avait l'air de pleurnicher. Aussi prit-elle une profonde inspiration qu'elle relâcha lentement.

— J'aime vraiment cet endroit, même si ça sent un peu les pieds sales, la nourriture rance et les gaz d'échappement des voitures. Je te jure, il est presque 20 h et toute la ville est encore dehors à se promener. C'est tellement différent de chez nous.

— Je sais, mais Weston ne peut pas t'offrir une carrière, lui rappela Jade.

Et Weston ne peut pas non plus me proposer Josh.

— Je sais. Je veux New York. Je veux ça. J'aimerais juste que tu sois là avec moi. J'aurais bien besoin d'une amie et d'un verre en ce moment.

Riley se dirigea vers la cuisine où elle ouvrit une bouteille d'eau, en se promettant d'acheter de l'alcool pour des moments comme celui-ci.

— L'eau en bouteille ne suffit pas. Je voudrais fêter mon nouveau travail avec toi, que tu me prennes dans tes bras et que tu me dises que Cruella est nulle et que je suis dix fois mieux qu'elle.

— Cruella est nulle et tu es dix fois mieux qu'elle, répéta Jade avant de se taire, puis de reprendre, de la malice dans la voix. Dis-moi comment c'est de travailler avec Josh.

Riley but une gorgée d'eau, puis s'assit sur le canapé de cuir.

— Je n'avais jamais réalisé à quel point il était gentil. Toutes ces années au lycée… Je veux dire, il était mignon. Tous les Braden le sont. Mais Josh est…

Elle se souvint de la façon dont il l'avait regardée, de la sensation de sa main dans le creux de son dos.

— Il est juste très gentil.

— Riley, c'est à moi que tu parles, tu te souviens ? Tu ne décris jamais les garçons comme étant « vraiment gentils ». Et il s'agit de Josh Braden, putain. Crache le morceau.

Riley éclata de rire.

— Ce n'est pas comme s'il y avait quelque chose entre nous. Il est juste… il est différent. Tu sais, Rex est hyper sexy, chaud comme la braise et son frère Treat est plus raffiné ?

— Oui, et… ? Et au fait, merci d'avoir remarqué que Rex était hyper sexy.

Jade gloussa. La querelle qui opposait les pères de Jade et de Rex remontait à bien avant la naissance de Jade et, lorsqu'elle était revenue vivre chez ses parents après une relation toxique, une rencontre fortuite avec Rex avait déclenché des années de passion interdite. Non seulement Jade et Rex étaient follement amoureux, mais ils étaient également en train de concevoir une maison ensemble. Si Jade et Rex n'avaient pas apaisé la querelle entre leurs deux familles, Riley, qui était la meilleure amie de Jade, n'aurait jamais eu la chance de se rapprocher de Josh.

— Tu sais ce que je veux dire. Je suis heureuse pour toi.

Riley enroula ses jambes sur le canapé et frotta ses pieds douloureux.

— Quoi qu'il en soit, tu sais que leur frère Hugh est un peu égocentrique et que Dane est si calme qu'il donne l'impression de devoir être un joueur ?

Elle n'attendit pas que Jade soit d'accord.

— Eh bien, Josh est comme un mélange de tous. Il est calme, mais je ne le vois pas comme un acteur. Il est raffiné, mais pas prétentieux ; il n'est pas égocentrique, mais il suffit de voir à quel point il est méticuleux dans sa tenue et sa coiffure pour savoir qu'il y a un peu d'égocentrisme en lui. Il est juste… différent.

— Tu es toute essoufflée. C'est le type sur lequel tu as craqué pendant toutes ces années, et ta réponse est qu'il est « différent » ? la réprimanda Jade.

Elle et Jade étaient les meilleures amies du monde depuis qu'elles avaient appris à parler et Riley savait que Jade verrait clair dans son jeu si elle cherchait à lui mentir. Aussi opta-t-elle pour la vérité.

— Je suis ici pour faire carrière, pas pour une relation. J'essaie de ne pas me laisser aller à penser à lui de cette façon.

— Eh bien, raté, Ri, tu viens de le faire, la taquina Jade.

— Tu sais ce que je veux dire. Je sais qu'il existe, et je suis une femme après tout, mais je ne vais pas m'engager sur ce terrain-là. Pas avec lui.

Elle se souvint de Claudia se penchant dans le dos de Josh lorsqu'elles avaient été présentées l'une à l'autre.

— En plus, je ne suis pas sûre que Cruella ne couche pas avec lui.

— Qu'en est-il de tout ce truc de « je te jure, je voulais l'embrasser », que tu m'as dit quand vous vous êtes rencontrés pour parler de la possibilité que tu travailles pour lui ? Eh oui, j'utilise des guillemets pour « travailler pour lui », insista Jade.

— Oh ! Jade. C'est déjà assez difficile de voir son beau visage et de ressentir ces choses. Est-ce que je dois vraiment les reconnaître par-dessus le marché ? Je suis ici pour faire carrière, comme je te l'ai dit. Pas pour Josh.

Elle ignorait si elle essayait de se convaincre elle-même ou de convaincre Jade.

— Eh bien, je suis heureuse d'entendre que tu gardes les yeux sur ce qui compte, dit Jade. Mais même si ce n'était pas le cas, je serais là pour t'encourager.

— C'est parce que tu es la meilleure amie du monde. Côté positif, je suis restée tard ce soir et j'ai fait quelques croquis.

— Vraiment ? Tu me feras quelque chose de merveilleux à porter pour Noël ?

L'excitation dans la voix de Jade inspira Riley.

— Oui, bien sûr. J'ai jeté ceux que j'ai réalisés ce soir. J'étais trop fatiguée pour faire quoi que ce soit de valable, mais je vais y travailler. Et tu sais quoi ? Tu as raison. Je ne laisserai pas Cruella m'atteindre. Sinon elle me privera de toute ma créativité.

Elle sentit son intérêt renaître.

— Raconte-moi quelque chose d'amusant. Comment se passe la conception de ta maison ?

Jade et Rex avaient acheté un terrain entre les propriétés de leurs familles, et ils espéraient construire leur maison dans les mois à venir.

— Ça avance. On a les plans plus ou moins définitifs. On rencontre à nouveau l'entrepreneur la semaine prochaine.

— Fais-moi savoir comment ça se passe.

Elle se frotta la plante de pied en ajoutant :

— Je te jure que j'ai l'impression d'avoir eu les pieds attachés. Je vais prendre un bain chaud. Je te rappelle demain ?

— Ça me va. Tu me manques, dit Jade.

Riley mit fin à l'appel et se dirigea vers la salle de bains, s'arrêtant dans le salon pour regarder une photo sur l'étagère de Savannah. Josh se tenait entre son père et Hugh, le reste de ses frères et sœurs se déployant sur les côtés. Chacun des hommes Braden était remarquable, mais, alors qu'elle les regardait tous alignés avec leurs sourires radieux et leurs physiques musclés, ce fut Josh qui attira son attention. *Ça a toujours été toi.*

Elle reposa le cadre sur l'étagère.

— Maintenant, je suis vraiment en train de perdre la tête, dit-elle à haute voix. C'est ton patron. Efface cette pensée. Efface, efface, efface…

CHAPITRE QUATRE

Josh se réveilla comme la plupart des matins, avec les premiers rayons de l'aube éclairant sa vaste chambre. Il descendit de son lit *king size*, prit une télécommande sur la table de chevet et se dirigea en boxer vers les fenêtres. D'une pression sur un bouton de la télécommande, les stores s'ouvrirent, exposant une vue radieuse sur Central Park. Josh vivait à New York depuis huit ans et, à trente-trois ans, il était bien conscient de sa chance. Il avait construit un empire autour de son nom et n'avait pas considéré sa vie comme acquise : comment le pourrait-il alors qu'il y avait toujours quelqu'un qui voulait quelque chose de lui ?

Il s'étira, bras et jambes, comme il le faisait chaque matin, puis s'affaissa sur le sol et commença sa série d'exercices de quatre-vingts redressements assis et pompes, un peu perturbée par sa redoutable érection matinale pourtant bien trop familière. Josh avait toujours eu un solide appétit sexuel, même s'il n'en parlait pas à ses frères trop curieux. Mais depuis qu'il avait mentalement tracé une ligne dans le sable entre fréquenter les femmes avec lesquelles il avait envie de sortir et fréquenter celles avec lesquelles il était censé sortir – et échouer à satisfaire son désir –, son corps ne manquait pas de lui rappeler que ces besoins étaient toujours bien vivants. Une fois calmé, il se doucha pour échauffer encore ses muscles et partit pour les cinq kilomètres de son footing matinal.

Il pouvait s'orienter dans les rues de New York les yeux fermés. Chaque courbe de la route, chaque rebord du trottoir, chaque arbre de Central Park étaient gravés dans sa mémoire grâce à ses courses quotidiennes. Qu'il pleuve, qu'il neige ou qu'il fasse plus chaud que l'enfer, il battait le pavé. Il avait besoin de quelque chose pour évacuer le stress de la carrière qu'il avait choisie. Il ne s'attendait pas à gravir aussi rapidement les échelons de la gloire. Elle était presque apparue du jour au lendemain. Un jour, il montrait ses créations à son patron lors d'un stage et le lendemain, il était styliste à plein temps et ses modèles étaient portés sur les tapis rouges par des célébrités connues et respectées.

Josh dépassa en courant une femme aux cheveux bruns qui marchait dans le parc. En passant, il se dit que ça pouvait être Riley. Au deuxième coup d'œil, il se rendit compte que ce n'était pas elle, mais Riley lui resta présente à l'esprit. Alors qu'il avait voulu l'aider à se sentir chez elle à New York, il l'avait confiée à Claudia, la femme la plus méchante du métier, et plus tard, il était parti pour une réunion, qui s'était avéré une grande perte de temps.

Il était à Weston quand Riley et lui avaient repris contact, et il avait aimé la voir là, le sourire toujours aux lèvres, ses yeux vibrants d'enthousiasme à propos de tout, depuis la relation de son frère Rex avec sa meilleure amie, Jade, jusqu'à la possibilité de venir à New York. Ils s'étaient tout de suite entendus, et maintenant qu'elle était là, il souhaitait apprendre à la connaître encore mieux.

Il avait remarqué une différence dans ses yeux avant de quitter le bureau le soir précédent. Elle avait l'air fatiguée, ce qui était prévisible, mais il avait vu quelque chose d'autre, aussi. Un désenchantement, peut-être ? Claudia aurait-elle déjà tué son énergie ? Cette pensée le mit en colère et il accéléra le rythme. Il ne pensait pas Claudia du genre à se montrer inutilement cruelle, mais elle avait la réputation d'être compétitive et, pour cette raison, Josh s'était volontairement abstenu de lui montrer les dessins de Riley. Il devrait garder les yeux ouverts.

Une heure plus tard, il franchit les portes de JBD. Mia le rencontra à l'entrée, habillée de son jean moulant et de son chemisier habituels. Elle lui tendit une tasse à emporter.

— Expresso. J'appelle dans dix minutes. Tu as deux messages de Madeline Stein, donc s'il te plaît, rappelle-la.

Madeline Stein. C'était la dernière personne à qui il voulait parler, son rendez-vous de la veille : un mannequin élancé avec encore moins de matière grise que les cinquante kilos qu'elle pesait probablement. C'était bien la dernière fois qu'il acceptait un rendez-vous destiné à aider les agences de mannequins en offrant à leurs modèles une bonne publicité, du moment qu'elles étaient vues pendues à son bras.

— Dis-lui que je suis mort, dit-il.

— Pas question. Je ne vais pas faire ton sale boulot, répliqua Mia quand ils entrèrent dans son bureau. J'ai fait ça les deux dernières fois et, si je me souviens bien, quelques fois encore avant.

Josh s'assit derrière son bureau.

— N'est-ce pas ton travail d'assistante ? De satisfaire tous mes caprices ?

Mia posa une main sur sa hanche.

— Pas quand tes caprices consistent à dire aux femmes qu'elles ne t'intéressent pas. Je ne sais même pas pourquoi tu acceptes ces rendez-vous si tu n'as aucune intention de sortir avec elles.

Il pensait à ses frères aînés Treat et Rex et à leur bonheur depuis qu'ils avaient rencontré les femmes avec lesquelles ils voulaient construire leur vie. Aurait-il la chance de trouver le même type de connexion ? À chaque rendez-vous qu'il acceptait, il recherchait chez une femme les qualités qu'il respectait : intelligence, empathie, sens de l'humour. Il n'en avait pas encore trouvé une seule avec laquelle il se sentait compatible. *Compatible comme je l'étais avec Riley à Weston.* Il chassa Riley de son esprit et chercha une réponse appropriée pour Mia. *Parce que c'est mieux que d'être seul. Mais bon, peut-être pas.*

— Parce que ça fait partie de mon travail. Je suis styliste. Tout le monde veut être vu à mon bras. Qui suis-je pour refuser ?

Mia leva les yeux au ciel.

— Même moi, je ne te crois pas aussi généreux.

Il fronça les sourcils.

— Vraiment ? Tu me fais le visage boudeur ? Ça ne marchera pas. Je ne passerai pas cet appel.

Elle regarda sa montre.

— Tu as sept minutes avant la conférence téléphonique. Pourquoi ne pas décrocher le téléphone et lui donner sa grande douche froide ?

Il voulait parler à Claudia de la situation du bureau de Riley. Le cagibi qu'elle lui avait attribué était inacceptable.

— Sept minutes ? Donne-moi en dix.

Il se leva de sa chaise et fila vers la porte, tandis que Mia lançait dans son sillage.

— Sept !

Il trouva Claudia penchée sur le bureau de Riley.

— Claudia, je suis heureux de t'avoir trouvée.

— Je suis venu plus tôt pour revoir certaines choses concernant notre nouvelle ligne. J'ai perdu quelques heures hier à aider Riley.

Elle portait un tailleur Chanel parfaitement ajusté, les cheveux tirés en arrière en un chignon bien lisse. Claudia avait l'air d'une styliste jusqu'au bout des ongles, mais Josh voyait ce qu'il y avait sous cet extérieur manucuré : il avait remarqué le ton agacé avec lequel elle avait prononcé le nom de Riley, même si n'importe qui d'autre aurait pu manquer.

Claudia n'avait jamais vraiment fait quelque chose de choquant à l'égard d'un employé, et la raison pour laquelle elle semblait avoir un problème avec Riley lui échappait complètement, mais il n'allait pas permettre que cela continue.

— C'est à ce sujet que je voulais te parler. Pourquoi Riley est-elle dans le box ?

Sentant sa poitrine se serrer en prononçant son nom, il glissa les mains dans ses poches, dans l'espoir de paraître plus décontracté et moins intéressé personnellement.

— Il n'y avait plus de bureaux libres dans l'arène. Je vais la déménager cette semaine. Ne t'inquiète pas.

Une main sur son bras, elle lui avait parlé d'une voix enjôleuse, qu'elle avait dû longuement s'exercer à obtenir.

Il avait quelques minutes avant sa conférence téléphonique et pas de temps pour ses jeux.

— N'oublie pas. Et aujourd'hui, précisa-t-il avant de tourner les talons.

Il devrait surveiller de plus près ses faits et gestes. Il se retourna pour la regarder une dernière fois. Elle se tenait debout, les bras croisés, fixant le bureau de Riley.

— Tu cherchais quelque chose ? demanda-t-il.

Elle se retourna.

— Pas du tout. Je réfléchissais juste.

Elle s'éloigna.

Ça doit être nul d'être aussi compétitive et peu sûre de soi. Si elle avait été n'importe qui d'autre, il aurait eu de la peine pour elle, mais puisqu'elle visait la carrière de styliste, elle devait passer plus de temps à affiner ses compétences en matière de design et moins à s'inquiéter des personnes susceptibles de la dépasser en cours de route.

Mia lui attrapa son bras et l'entraîna dans une salle de conférence.

— J'ai Peter sur la ligne 3. Ils parlent de la ligne Bliss. Prêt ?

Bliss. Sa nouvelle ligne de vêtements préférée. Il acquiesça, afficha un sourire et se mit au travail pour vendre cette ligne à Peter Stafford, directeur de l'une des premières agences de mannequins à avoir décidé, bien des années plus tôt, de faire porter à ses mannequins les vêtements de Josh. Peter l'avait aidé à atteindre le statut dont il jouissait maintenant et c'était pour cette raison qu'il avait engagé sa nièce Claudia. Il ignorait tout alors de la personnalité de celle-ci et désormais, sa loyauté l'empêchait de la congédier.

CHAPITRE CINQ

Riley suivit Claudia jusqu'à son nouveau bureau dans le studio de design, un bureau placé parmi ceux des autres employés, en face d'un mur vitré. Riley poussa un soupir de soulagement. Elle ignorait quel miracle s'était produit pendant la nuit, mais elle était heureuse – et encore plus motivée pour faire du bon travail et laisser sa marque dans l'industrie de la mode. Elle n'avait pas aimé le sentiment d'oppression avec lequel elle avait dormi la nuit dernière et elle s'était réveillée déterminée à changer les choses avant qu'elles n'empirent. Elle avait décidé d'essayer de devenir amie avec Claudia. Peu importait la résistance de Claudia, Riley devait essayer.

— Clay, voici Riley Banks, notre nouvelle assistante-styliste, annonça Claudia avec ce qui semblait être un sourire sincère.

Les émotions étaient-elles comme la couleur des cheveux ? Après les avoir simulées pendant trop longtemps, une personne pouvait-elle oublier ce qu'étaient les vraies émotions ?

— J'ai entendu dire que tu commençais cette semaine. Enchanté, conclut-il en hochant la tête.

Clay était un homme grand et dégingandé, visiblement de l'âge de Riley, avec une coupe en brosse et une peau blanchâtre.

— Je suis ravie de vous rencontrer, répliqua Riley, juste au moment où Claudia l'entraînait sans ménagement, pour la conduire vers un groupe de personnes qui tournaient autour d'un portant.

Ils discutaient des mérites des jupes classiques par rapport aux jupes évasées, et Riley eut envie d'intervenir et de donner son avis. *Selon le tissu utilisé, une jupe évasée peut facilement être rendue plus formelle, ce qui donne plus d'options à une femme pour passer de la journée à la soirée, alors qu'une jupe droite est généralement plus décontractée. Mais une jupe droite peut faire ressortir une silhouette.*

Claudia s'éclaircit la gorge.

Une femme et un homme se retournèrent, le visage pincé.

— Quoi ? lancèrent-ils à l'unisson.

Riley remarqua qu'une femme blonde ne s'était pas détournée du portant. Une jupe dans chaque main, elle observait tantôt l'une tantôt l'autre, comme si elle suivait un match de tennis.

— Voici Riley Banks. Riley, voici Simone et K.T.

Gênée que Claudia ait interrompu leur discussion pour la présenter, Riley leur adressa un sourire tremblant.

— C'est génial de t'avoir à bord, déclara Simone, en serrant Riley dans ses bras.

— Ravi de vous rencontrer aussi, et merci, balbutia Riley.

Simone ressemblait à… une Simone. Un foulard coloré noué autour de ses fines épaules, elle avait des cheveux noirs coupés avec sévérité juste en dessous de ses oreilles. Ses lunettes rondes à monture métallique étaient haut perchées sur l'arête de son nez retroussé et, lorsqu'elle affichait un sourire à la Julia Roberts, son visage anguleux s'en trouvait considérablement adouci.

Riley rayonnait. Entre la rue surpeuplée, le métro effrayant façon boîte de sardines qu'elle n'osait pas encore prendre et la personnalité froide de Claudia, elle avait commencé à se demander si elle s'intégrerait jamais. L'étreinte amicale et le sourire chaleureux de Simone lui offraient un fil d'espoir auquel elle pouvait se raccrocher.

— Voici Chantal, annonça Simone en faisant un signe de tête vers la blonde qui avait le dos tourné au groupe.

L'intéressée se retourna et, quand leurs yeux se croisèrent, Chantal lui lança un sourire radieux. Elle mesurait près d'un mètre quatre-vingt et, de près, ses yeux verts lui parurent encore plus verts que lors de leur première rencontre.

— Nous nous sommes rencontrés hier matin. Salut, Riley. Je suis impatiente d'apprendre à mieux te connaître.

Sur quoi elle lui fit la bise.

— Comment avez-vous su mon nom hier ? s'enquit Riley.

— Oh ! Alors déjà, commence par me tutoyer, et puis, ajouta-t-elle en agitant la main. M. B. me l'a dit, puisque je suis à la réception en ce moment. C'est toujours agréable d'être salué personnellement, tu ne trouves pas ? J'ai entendu dire que tu étais nouvelle à New York, ajouta-t-elle sans attendre la réponse de Riley.

— Oui, je viens du Colorado.

À peine eut-elle prononcé ces mots qu'elle s'aperçut que K.T., un Afro-Américain d'une vingtaine d'années, la jaugeait, bras croisés, hanche en avant et un pied posé sur le talon opposé. Elle se hérissa.

— Hmm, hmm. Qu'est-ce qu'on a là ? Un peu de Juicy Couture ?

Il toucha la manche de sa robe.

— Et une fille qui ne craint pas de manger. J'aime ça.

Riley se raidit. *Est-ce qu'il vient de me traiter de grosse ?*

En entendant Claudia ricaner, elle souhaita pouvoir se ratatiner et disparaître.

Il dut lire dans ses pensées.

— Ma belle, je veux aller déjeuner avec toi. Manger avec ces squelettes, c'est comme… s'échiner en vain à agiter de la nourriture devant elles, vu qu'elles ne survivent que grâce aux fumées.

Simone tapa sur le bras de K.T.

— Ignore-le. Il n'a pas encore pris ses médicaments ce matin. C'est vraiment génial de t'avoir rencontrée. Si tu as besoin d'aide, fais-le-nous savoir.

Malgré ce commentaire sur la nourriture, Riley était soulagée. Elle pourrait travailler avec eux. Ils se taquinaient, se faisaient des câlins et ils étaient gentils. Claudia faisait l'effet d'une anomalie parmi eux, une bizarrerie avec laquelle Riley devrait composer. *Je peux y arriver.*

Claudia soupira.

— Bon, maintenant que c'est terminé, tu vas passer en revue toutes les fiches produits de la ligne Bliss. Veille à ce que tous les détails et changements des deux derniers jours aient été pris en compte et envoyés au personnel correspondant. Pourquoi me regardes-tu comme ça ?

— Comme quoi ?

Riley s'interrogea brièvement sur ses émotions. Non, elle ne ressentait rien de négatif en ce moment. Elle n'avait aucune idée de ce dont Claudia voulait parler.

— Comme si tu étais trop bien pour les fiches produits. Elles sont essentielles. Si un numéro de modèle, un prix, une couleur ou une taille est erroné, cela risque de pénaliser fortement toute la gamme. Les mises à jour doivent être envoyées quotidiennement, mais comme tu n'as commencé qu'hier, nous avons un jour de retard.

Claudia se dirigea rapidement vers le nouveau bureau de Riley.

— Nous allons assister à un salon professionnel dans deux semaines, donc nous avons beaucoup de choses à revoir, alors au travail. Assure-toi que les croquis sont à jour et rappelle-toi que la précision est primordiale. Fais correspondre toutes les modifications avec les fiches produits. Revérifie ton travail. Oh, et il y a eu une séance photo hier matin. Quand la malle arrive, examine son contenu et assure-toi que nous avons récupéré tous nos échantillons. S'il en manque, appelle Phil et retrouve-les. Assure-toi que ces mannequins avides ne sont pas partis avec des vêtements à nous.

— Phil ? demanda Riley.

Claudia pointa du doigt l'ordinateur de Riley.

— Phil Lancorn. Cherche-le dans ton carnet d'adresses de l'entreprise.

Enfin, un vrai travail. Ce n'était peut-être pas du stylisme, mais elle pourrait au moins mettre la main sur du tissu. C'était un pas dans la bonne direction.

— Compris, dit-elle.

— Bien.

Riley regarda Claudia s'éloigner, le nez en l'air. Elle fit mentalement le point sur ce qu'on attendait d'elle : fiches produits, préparation du salon, inventaire des échantillons, et puis elle se mit au travail.

À 14 h, lorsque la malle de vêtements arriva, Riley avait terminé toutes les fiches produits, confirmé leur réception par les membres de l'équipe correspondants… Elle était affamée. *Pas étonnant que tout le monde soit si maigre. On n'a pas le temps de déjeuner.*

Mia fouilla dans la malle.

— Il me faut la jupe crayon fuchsia de sa ligne de printemps.

— Je n'ai pas encore inventorié les échantillons, déclara Riley, en feuilletant la liste de contrôle des vêtements qui avaient été utilisés pour le tournage.

Simone déboula dans la pièce.

— Carlisle vient à 16 h. Où est l'écharpe qui va avec la combinaison Bliss ?

Elle sortit des vêtements de la malle, les jetant sur le canapé dans le coin de la pièce.

— Je te jure, chaque fois qu'il y a un tournage, il manque quelque chose, maugréa Mia.

Riley récupéra les vêtements jetés çà et là pour tenter de les faire correspondre au plus vite à l'inventaire. Claudia entra dans la pièce au moment où Riley prenait une ceinture des mains de Simone.

— Laisse-moi juste la marquer. Ensuite, tu pourras l'emporter. Promis.

Claudia arracha la ceinture des mains de Riley.

— Josh passe en premier. Il a besoin de ce truc maintenant, déclara-t-elle sur un claquement de doigts.

— Comment puis-je faire l'inventaire si je n'ai pas les articles ? Ça ne me prendra qu'une minute pour les passer en revue avant qu'on les emporte.

Riley regarda Simone se lever avec une pile de vêtements dans les bras et se diriger vers la porte.

— Attends ! S'il te plaît. Dis-moi juste ce que tu prends et je le noterai. Énumère-moi tout aussi vite que tu le peux, plaida-t-elle, avant de grimacer aussitôt.

Simone et Mia s'étaient figées. *Merde. Est-ce que j'ai dépassé les bornes ?*

— Je l'aime bien, glissa Simone à Claudia.

Merci, Seigneur. Elle jeta un regard en coin à Claudia et retint son souffle. Claudia plissa les yeux et croisa fermement les bras sur sa poitrine.

Merde Merde Merde.

— OK, c'est parti.

Simone énuméra tous les vêtements qu'elle avait sur les bras et, une fois sûre qu'elle n'avait pas oublié une pièce, Riley suivit Mia jusqu'au bureau de Josh, prenant également d'abondantes notes sur les pièces qu'elle avait prises.

— Merci, Mia. J'apprécie ton aide. Nous allons devoir trouver un meilleur système pour ça, dit-elle, le nez dans son cahier.

Au moment de se retourner pour partir, elle percuta Josh qui la rattrapa par les avant-bras.

— Oh, désolée. Je suis vraiment désolée, bredouilla-t-elle.

— Ce n'est rien. Ralentis. C'est quoi, l'urgence ? demanda-t-il sans lui lâcher les bras.

— Je dois faire l'inventaire des échantillons de la séance d'hier avant que tout le monde ne les emporte.

Elle cilla plusieurs fois dans l'espoir de mettre un frein à l'énergie qui coulait des mains de Josh dans ses bras à elle et faisait battre son cœur trois fois plus vite. Constatant qu'elle ne parvenait à rien, elle esquissa un mouvement de sortie et rompit tout contact avec lui.

— Tu as déjeuné ? demanda-t-il.

— Pas le temps, répondit-elle, en essayant de dépasser son envie de dire : « Non. Allons manger un bout. »

— Je ne t'ai pas souhaité la bienvenue à New York dans les règles. On pourrait dîner ensemble ce soir ?

Quand Josh et Riley s'étaient retrouvés dans le Colorado, Josh avait eu une façon de la regarder qui n'était ni lascive ni platonique. Quelque chose de difficile à interpréter planait dans la nuance qui assombrissait ses yeux et dans son sourire en coin. Chaque fois qu'il l'avait regardée avec ce regard qui faisait naître des papillons dans son ventre, elle avait eu envie de l'embrasser et de s'enfuir en même temps. Maintenant, elle était figée à côté de lui, essayant d'interpréter le regard exact qu'il lançait dans sa direction. Seulement, cette fois, il y avait des spectateurs — et elle était son employée — et ce qui lui donnait mal au ventre et des frissons dans tout le corps, c'était qu'elle n'arrivait pas à trancher : y avait-il un sous-entendu dans ce qu'elle voyait, un désir étouffé, ou était-elle une employée/amie complètement dingue qui voulait plus que ce qu'il avait à offrir ?

Un dîner ? Un rendez-vous ? Non, il ne parle pas d'un rendez-vous. Il parle d'un truc de travail. Il se montre poli.

— Tu n'oublies rien ? demanda Mia.

Claudia entra dans la pièce à la suite de Josh.

— Riley, la malle se vide, commenta-t-elle d'une voix chantante.

Josh haussa un sourcil à l'intention de Mia.

— Et ton dîner avec Peter Stafford ? répliqua celle-ci.

— Bien. Viens avec moi, dit-il à Riley.

— À ton dîner avec M. Stafford ? Je ne pourrais pas…

— Si, tu pourras, et je serais honoré que tu te joignes à moi. Ce serait une excellente occasion pour toi de voir comment fonctionne l'industrie.

Il chercha à croiser son regard.

— Elle doit se préparer pour le salon professionnel, objecta

Claudia d'un ton sévère.

— Oui, et…

Un dîner avec Josh et Peter Stafford ?

— C'est dans deux semaines. Il y a beaucoup de temps. 18 h ? Je passe te prendre chez Savannah ? Maintenant, ralentis, ajouta-t-il sans attendre sa réponse. Va terminer ton inventaire. Et, Claudia, tu devras la libérer à 17 h pour qu'elle ait le temps de se préparer.

Riley passa timidement devant Claudia, détournant les yeux des poignards que celle-ci lui lançait depuis qu'elle était entrée dans la pièce… en fait, depuis que Riley était arrivée à JBD.

CHAPITRE SIX

Riley était heureuse d'être ensevelie sous le travail, ne s'autorisant que quelques instants d'inquiétude pour savoir si le dîner avec Josh était censé être un rencard ou professionnel. La façon dont il lui avait touché le bras ne semblait pas très professionnelle. Mais d'un autre côté, dîner avec Josh et Peter Stafford, le patron de la plus grande agence de mannequins de New York, c'était vraiment très professionnel. *Je réfléchis trop à la situation.* Bien sûr, il l'avait invitée à un dîner d'affaires, un dîner de bienvenue à New York, plutôt qu'à un rencard. *Ou bien si ?*

Dès qu'elle quitta le bureau, la panique s'installa, remplissant l'espace que le travail avait occupé jusqu'alors. Ses nerfs en émoi lui donnaient des crampes d'estomac. Elle prit une douche chaude, passant en revue toutes les possibilités dans son esprit. Si c'était un rencard, comment devait-elle s'habiller ? Comment devait-elle se comporter ? Elle avait été si à l'aise avec Josh à Weston. Pourquoi était-elle si nerveuse maintenant ? Et si elle lâchait une bourde et se ridiculisait devant Peter Stafford ?

Elle inclina son visage vers le jet de la douche pour évacuer tous ces « si ». Quel conseil donnerait-elle à Jade ? Elle réfléchit à la question en se séchant au sortir de la douche. *Sois juste toi-même.* Jade était belle, intelligente et drôle. Être elle-même fonctionnait. Riley se regarda dans le miroir, avec la sensation de ressembler à un rat noyé. Elle avait besoin de rameuter la cavalerie. Elle avait besoin de soutien… Elle attrapa son téléphone portable.

Jade répondit à la première sonnerie.

— Dis-moi que je suis belle, intelligente et drôle, supplia Riley.

Jade rit.

— Pourquoi ?

Riley soupira en s'asseyant sur le couvercle des toilettes.

— Parce que je dîne avec Josh et Peter Stafford ce soir. Tu sais qui c'est ?

Elle ne laissa pas à Jade le temps de répondre.

— Il dirige la plus grande agence de mannequins de New York. Tu peux le croire ? Et, je ne sais pas du tout si c'est un rendez-vous professionnel, un rencard, ou quoi. En plus, je ne ressemble pas à un mannequin filiforme et je viens de Weston, pas de New York alors, Dieu sait combien de fois je vais tout flanquer par terre.

— Oh, c'est tout ? la taquina son amie.

— Jade ! J'ai besoin de soutien. S'il te plaît ? Quelqu'un m'a dit aujourd'hui que je ne craignais pas de manger. C'est la formule consacrée pour dire « grosse », et maintenant je ne sais pas si je dois faire semblant de manger quand je suis avec Josh et ce Peter Stafford qui me fout les boules. Je suis si nerveuse que je suis à deux doigts de vomir. Je ne serai sans doute pas capable d'avaler quoi que ce soit, de toute façon.

— Oh mon Dieu. Tu plaisantes, n'est-ce pas ?

— Jade…

Riley ferma les yeux et prit une profonde inspiration.

— Allez, Ri. Tu sais à quel point tu es jolie. Tu fais tourner les têtes partout où tu vas. Tu as des courbes et tu sais comment les mettre en valeur. Les hommes adorent ça.

— Je ne pense pas que ceux de New York fassent partie du lot.

— Vraiment ? Josh est un homme de New York maintenant. Et tu sais comment il t'a reluquée avant de t'offrir le poste.

— Comment pourrais-je oublier ? fit Riley.

— Et tu te souviens de la soirée au concert ? Je te jure, Ri. Cet homme ne t'a pas laissé plus de trente secondes avec nous. Il t'a emmenée sur-le-champ.

— On parlait de mode. Il était probablement intéressé parce que je n'étais pas complètement novice. Il n'a jamais fait un seul pas vers moi, Jade.

Je jure que les papillons dans mon ventre sont sous stéroïdes.

— Pour une fille intelligente, tu es parfois une vraie bécasse. Bon sang, c'est Josh Braden. Pense à lui comme au garçon du lycée. Sois toi-même. Tu es charmante et pleine d'esprit, magnifique et intelligente. Tu es si sympathique, Ri, que je ne peux pas imaginer que quelqu'un puisse ne pas t'apprécier.

La sincérité dans la voix de Jade apaisa les nerfs de Riley… un peu.

— Tu le penses vraiment ? Je ne sais même pas quelle fourchette utiliser dans un restaurant.

— Cherche sur Google, ironisa son amie.

— Tu ris, mais c'est ce que je vais faire avant qu'il passe me prendre.

— Josh vient te chercher ? insista Jade.

— Oui.

— C'est un rencard, alors, conclut Jade avec emphase.

— Pourquoi ? Juste parce qu'il vient me chercher ? Je ne sais pas où se trouve quoi que ce soit par ici et j'ai une peur bleue du métro, mais je me suis promis de commencer à le prendre demain. Je pense que Josh cherche juste à se montrer gentil.

Oh mon Dieu, un rendez-vous ?

— Je ne sais pas. Tu me demandes de définir quelque chose qui est difficile à cerner. Je ne sais pas comment les choses fonctionnent à New York, mais si c'est un dîner amical, normalement, tu retrouves les convives au restaurant. Comment t'a-t-il invitée ?

Ça devenait de plus en plus stressant.

— Eh bien, il dit qu'il ne m'avait pas accueillie comme il se devait et m'a proposé de dîner avec lui. Puis Mia lui a rappelé qu'il avait un dîner de prévu avec Peter Stafford, et il m'a proposé de l'y accompagner.

— On dirait bien un rencard, mais aussi une manière de se montrer gentil parce qu'il t'a fait venir à New York, tu sais, en accueillant une amie.

— Tu vois, confirma Riley. C'est ce que je pensais, moi aussi.

— Eh bien, ça n'a pas vraiment d'importance, au fond. Tu es son employée alors, sois professionnelle et reste toi-même. Tu sauras que c'est un rencard s'il t'apporte des fleurs, ou s'il t'embrasse quand il te voit.

— Les gars offrent encore des fleurs aux filles ? s'étonna Riley.

— Rex oui, mais il les cueille en général dans le jardin.

Jade rit et Riley jeta un coup d'œil à l'horloge.

— Oh, mon Dieu ! Je dois me préparer !

Elle passait mentalement en revue ses tenues potentielles pour la soirée.

— Il sera là dans vingt minutes. Souhaite-moi bonne chance.

— Tu n'en as pas besoin. Tu vas passer un bon moment et ils vont tous les deux t'adorer. Tu m'appelles après ?

— Bien sûr. Et, Jade ?

Riley espérait être pour Jade une aussi bonne amie que celle-ci l'avait toujours été pour elle.

— Oui ?

— Merci pour tout.

Riley se sécha les cheveux et se maquilla, puis elle se planta devant son armoire, regrettant de n'avoir pas eu le temps d'acheter quelque chose de nouveau. Elle avait déjà porté deux de ses tenues de créateur et il ne lui en restait que deux. Au fond de son armoire se trouvait la robe qu'elle avait confectionnée juste avant de venir à New York. Elle était un peu osée pour un dîner professionnel, mais elle mettait ses courbes en valeur aux bons endroits. Elle la sortit du placard et l'enfila.

Le fourreau noir épousait ses courbes et l'ourlet festonné se situait juste au-dessus de ses genoux, pas trop court pour un dîner professionnel, mais un peu serré. L'encolure échancrée affinait son buste et elle avait intelligemment conçu les manches avec des découpes aux épaules et un tissu serré autour de ses biceps. Riley n'avait peut-être pas la minceur d'un mannequin, elle avait des épaules bien définies, qui détournaient l'attention de sa taille légèrement épaisse.

Elle vaporisa une bouffée de *Gucci Première*, qu'elle avait obtenu à prix réduit lorsqu'elle travaillait chez *Macy's*, et enfila ses pieds encore douloureux dans une paire d'escarpins Marc Jacobs noir et blanc. *Merci, Macy's*. Campée devant le miroir, elle s'examina de la tête aux pieds. Elle pouvait toujours compter sur ses cheveux. C'était son attribut le plus facile et le plus agréable, pas trop épais et avec une ondulation naturelle qu'elle pouvait renforcer d'un coup de fer à friser. Oui, elle avait des hanches et des seins, et même quelques kilos en trop, pourtant elle était satisfaite de son apparence dans la robe qu'elle avait dessinée. Elle secoua la tête, donnant à sa frange un air espiègle en la rabattant légèrement devant ses yeux. Rencard ou pas, elle était prête, et elle était sacrément belle.

Le coup frappé à sa porte entama sa confiance. Riley se figea, les yeux écarquillés. Soudain, elle devait absolument savoir si Josh lui avait proposé un rendez-vous ou non. Entrant dans le salon, elle fixa la porte. *Bouge. Réponds. Je ne peux pas. Il le faut.*

Au coup suivant, Riley prit une profonde inspiration et tendit la main vers la poignée.

CHAPITRE SEPT

Josh consulta sa montre. *17 h 55*. Il était sûr d'avoir dit : « 18 h ». Cela faisait des mois qu'il n'était pas allé chercher une femme à son appartement. La plupart de ses rendez-vous étaient organisés par des connaissances ou des amis, un service qu'il rendait à des femmes désireuses de se faire une place dans l'industrie de la mode. Il envoyait généralement une voiture les chercher ou les retrouvait à l'endroit prévu. Cette stratégie lui laissait à lui, et non aux circonstances, le choix d'aller plus loin. L'idée de sortir avec des femmes auxquelles il pensait rarement le lendemain ne le dérangeait pas, mais, en voyant Treat tomber amoureux de Max Armstrong, et plus récemment, Rex de Jade Johnson, il s'était mis à désirer le bonheur qu'ils avaient trouvé. La façon dont ses frères regardaient Max et Jade donnait à Josh l'envie d'éprouver la même connexion, et la façon dont Max et Jade leur rendaient cette adoration, avec des regards d'amour presque tangibles et des caresses affectueuses quand ils passaient près d'elles, ne faisait qu'augmenter cette envie. Il était temps. Il avait passé des années à sortir avec les personnes qu'on s'attendait à lui voir fréquenter. Maintenant, il était temps de choisir pour lui-même.

La porte s'ouvrit et Josh en resta bouche bée. Il avait vu plus de mannequins qu'il ne pouvait en compter, et il était sorti avec certaines des plus belles femmes du pays, et pourtant, devant lui, Riley Banks les surpassait toutes dans une superbe robe noire. Elle avait l'air saine et sexy. Elle avait l'air authentique.

— Salut, l'accueillit-elle avec un large sourire, sur un battement de ses magnifiques cils.

— Waouh, Riley. Tu es magnifique.

Josh se pencha et lui fit la bise, tout en inspirant profondément.

— Peu de femmes portent du *Gucci Première*. C'est l'un de mes préférés. Avec ses notes de bergamote et de mûre mélangées à l'odeur musquée du bois de santal. À mon avis, c'est le parfum parfait pour toi.

— Tu as remarqué ? murmura-t-elle.

Devant l'émerveillement qui brilla au fond des yeux de Riley, il eut l'impression que son sens du discernement se manifestait à nouveau. Il avait toujours été tellement impliqué dans l'industrie de la mode qu'il avait tendance à mémoriser les parfums, les textures, et bien sûr, les créateurs, en notant instinctivement ceux que telle ou telle personne affectionnait. C'était l'un de ses plus grands plaisirs : savoir ce qui rendait les gens heureux, même s'il était bien conscient que sa capacité à identifier les stylistes et autres pouvait s'avérer rebutante pour ses fréquentations, ou paraître moralisatrice. *Il faudra que je surveille cette tendance.*

— Désolé, dit-il.

— Ne le sois pas. Ça me plaît que tu l'aies remarqué.

Josh n'avait pas encore utilisé les informations qu'il avait recueillies pour autre chose que courtiser des acheteurs potentiels, mais quelque chose lui soufflait qu'il pourrait vouloir utiliser certains des goûts de Riley.

— C'est qui, le styliste de cette robe ? demanda-t-il.

Elle rougit.

— C'est... l'une de mes créations.

— Tu as conçu ça ? Riley, c'est incroyablement sexy. J'aime l'attention accordée aux détails autour de l'ourlet et les épaules dénudées. Ça mériterait d'être porté sur un podium.

Il faut vraiment qu'elle crée des modèles.

Elle toucha nerveusement la robe au niveau de la taille.

— Vraiment ? Tu l'aimes bien ? J'étais inquiète, je n'osais pas la porter.

— Ce n'est pas que je l'aime. Je l'adore, et tu devrais être fière de le porter. Tu as vraiment un immense talent.

— Merci, balbutia-t-elle, en rougissant à nouveau.

— Tiens, c'est pour toi, ajouta-t-il en lui tendant le bouquet de roses jaunes aux extrémités rouges.

Lorsqu'elle s'en empara, ses doigts effleurèrent les siens, faisant naître en lui un désir inconnu. Cela faisait si longtemps qu'il n'avait pas ressenti de véritable désir qu'il ne l'avait presque pas identifié. Lorsqu'il s'était arrêté pour choisir des fleurs pour Riley, il ne s'était pas posé de questions sur la variété à choisir et, en quittant le fleuriste, il réalisa que la dernière fois qu'il s'était arrêté pour choisir personnellement des fleurs pour une femme, il était encore à l'université.

— Elles sont magnifiques, dit-elle. Merci. Entre, je t'en prie. Je suis sûre que Savannah a un vase quelque part.

Il la suivit dans l'appartement de sa sœur, incapable de quitter des yeux le galbe de ses hanches alors qu'elle le précédait dans l'appartement. Il essaya de ne pas la fixer du regard, mais il se laissa entraîner et gagna la cuisine dans son sillage.

Riley écarta une pile d'esquisses, puis entreprit d'ouvrir armoire après armoire.

— Je n'en trouve pas, mais je suis sûre qu'elle en a un.

Josh se saisit de l'un des croquis.

— Ça te dérange si je regarde ?

— Ils ne sont pas très bons. Je n'ai fait que m'amuser, juste après mon arrivée en ville. Je n'ai pas eu beaucoup de temps pour dessiner depuis.

— Riley, ils sont vraiment bons. Tu as un style unique. Tes lignes sont épurées, mais féminines, et ces décolletés sont à l'opposé de ce que j'ai vu sur ce type de pièces.

Il la regarda tâtonner dans les armoires en évitant son regard. Il se rendit compte alors qu'il l'embarrassait. Reposant les impressionnants dessins, il mit la main sur une boîte de biscuits au pain d'épice.

— Tu m'as démasquée, marmonna Riley. Mon péché secret. Ma bouffe de réconfort.

Je connais un autre de ses goûts maintenant. Il posa la boîte et attrapa une bouteille à large goulot à côté du réfrigérateur.

— Ça pourrait faire l'affaire.

Riley sourit, puis plissa les yeux.

— Ça ressemble à une vieille bouteille de vin ou quelque chose comme ça.

— Ça fait l'affaire, non ? En fait, je la trouve jolie avec sa teinte verte et sa taille trapue. Voyons voir.

Il lui prit les fleurs, en coupa l'extrémité, puis les disposa dans la bouteille, laissant certaines tiges plus longues que d'autres pour créer une composition florale de textures variées.

— C'est presque effrayant de voir à quel point tu es doué pour le design. Je n'aurais jamais pensé à utiliser cette bouteille comme vase. Elle pourrait presque figurer dans un magazine.

— Peut-être que je serai fleuriste dans une prochaine vie, plaisanta-t-il.

Le sourire de Riley commença à s'effacer et Josh remarqua

l'agitation de ses doigts. Elle était si mignonne quand elle était nerveuse qu'il se pencha et lui embrassa la joue sans réfléchir. Devant ses yeux qui cherchèrent aussitôt les siens, il réalisa son erreur et retira sa main.

— Je suis désolé. Je ne sais pas pourquoi j'ai fait ça. Tu avais l'air nerveuse, et je suppose que j'essayais juste de te faire savoir que tu n'en avais pas besoin.

Elle baissa les yeux.

— C'est bon.

— Riley, je suis nerveux moi aussi, mais il n'y a vraiment pas besoin de l'être. On se connaît depuis des années. Sortons et faisons comme si nous nous trouvions à Weston, sur le point d'aller assister à un concert.

Il s'était senti si bien avec elle à l'époque qu'il aurait presque souhaité se trouver de retour à Weston maintenant. Cette robe moulante qui épousait chaque centimètre carré de son corps le rendait encore plus confus. Il luttait contre son désir croissant de reprendre là où ils s'étaient arrêtés à Weston, cette étroite amitié qui aurait pu rapidement devenir beaucoup plus s'ils étaient restés dans leur ville natale. Il était son patron. Il n'avait pas beaucoup de marge de manœuvre.

Elle tripota une couture sur sa hanche.

— Ça a l'air… génial. J'étais vraiment nerveuse. Je ne savais pas si c'était un rencard ou un dîner d'affaires. Je sais que c'est idiot. Je veux dire, pourquoi serait-ce un rencard ?

Il eut l'impression d'avoir reçu un coup de poing en plein ventre. Il avait envisagé la soirée comme un rencard – rendez-vous sur lequel s'était greffé le dîner dont il avait convenu avec Peter. Il envisagea de le lui avouer, mais elle était déjà plus à l'aise, moins nerveuse.

— On y va ?

Il détesta la déception qu'il entendait dans sa propre voix et se promit de mieux écouter ses émotions avant de reprendre la parole. Avait-il trop manqué de pratique en matière de flirt, ces derniers temps ? Ne l'avait-il pas invitée à un véritable rendez-vous ? Légèrement agacé par lui-même, il quitta l'immeuble avec elle pour la guider vers la voiture qui les attendait.

Il lui ouvrit la portière.

— Tu as un chauffeur ?

Le choc dans ses grands yeux était si différent du regard de privilégiée qu'il voyait dans les yeux des cavalières auxquelles il était habitué. Elles n'en attendaient pas moins, alors que Riley trouvait probablement cela excessif.

— Je ne savais pas si tu serais à l'aise dans un taxi, lui expliqua-t-il.

— Les taxis ne me dérangent pas tant que ça. C'est le métro qu'il me reste à conquérir, répondit-elle.

Josh nota une autre chose qu'il aimait chez elle.

CHAPITRE HUIT

Peter Stafford était un homme à la beauté sombre, avec ses tempes grisonnantes, ses yeux bleus perçants et sa peau cuivrée. Il se leva lorsque Riley et Josh parvinrent à sa table. Plus petit que Josh, il avait l'air très débonnaire dans son costume sombre et son impeccable chemise blanche.

— Voici Riley Banks, notre nouvelle assistante-styliste et une future designer très talentueuse, annonça Josh avec un sourire plein de fierté.

Combien de fois va-t-il me faire rougir ?

— C'est un plaisir de vous rencontrer, monsieur Stafford.

Pendant le trajet, Riley s'était repassé les mots de Josh en boucle. *Sortons et faisons comme si nous nous trouvions à Weston, sur le point d'aller assister à un concert.* Avant de l'entendre prononcer cette phrase, elle ne s'était pas rendu compte qu'elle avait en fait commencé à espérer qu'il s'agirait d'un rencard. Pourquoi lui avait-il offert des fleurs alors ? C'était peut-être une coutume new-yorkaise. Mais qu'en est-il du baiser ?

M. Stafford lui fit un baisemain en guise de salutation.

— S'il vous plaît, appelez-moi Peter.

Eh bien, c'est un baiser, ça aussi, et ce n'est certainement pas le signe d'un rencard. C'est une coutume new-yorkaise, pensa-t-elle avec une pointe de déception.

Ils prirent place et commandèrent le dîner. Riley fut soulagée quand le serveur revint avec une bouteille de vin. Elle avait besoin de quelque chose pour calmer ses nerfs.

— Alors, Josh, comment va ma nièce préférée ? demanda Peter.

Josh jeta un coup d'œil à Riley, puis revint à Peter.

— Elle va bien, Peter. Claudia va très bien.

Claudia ? La nièce de Peter ? Merde Merde Merde. Riley tenta de masquer sa surprise.

— Bien. Heureux de l'entendre, lâcha Peter.

Riley vit Josh se repositionner sur sa chaise et passer un temps fou à replier sa serviette. *Pas étonnant qu'elle travaille encore là-bas.*

— Elle est avec JBD depuis quoi, cinq, six ans maintenant ? reprit Peter.

— Oui, c'est ça, convint Josh.

— Une possibilité qu'elle devienne styliste à part entière ?

Josh s'éclaircit la gorge.

— Nous y réfléchissons.

Il prit une gorgée de vin, loucha vers Riley puis se reconcentra sur Peter.

— Bien, fit celui-ci en terminant son vin. Tout le monde a besoin d'avoir sa chance. Je me souviens de la première fois où j'ai habillé mes filles dans des vêtements de ta marque, Josh. C'était un gros risque, et je suis heureux de l'avoir pris, dit-il.

Josh acquiesça.

— C'était un risque, et j'apprécie votre capacité à déceler mon potentiel.

Peter se servit un autre verre de vin.

— Oui, de rien.

Le temps que le serveur apporte leurs salades, ils avaient fini le vin.

Peter commanda une deuxième bouteille, dont il remplit leurs verres dès qu'elle arriva, pour porter un toast.

— À notre incroyable industrie, dit-il.

Riley et Josh levèrent leur verre à la rencontre du sien puis, alors que Riley sirotait son vin, elle se rendit compte que Peter la fixait, sourcil haussé. Elle s'empressa de détourner le regard.

Qu'est-ce que c'était que ça ? Concentre-toi sur ta salade. Riley tritura sa serviette et réalisa qu'elle avait oublié de chercher sur Google quelle fourchette était appropriée pour la salade. Pendant une seconde, elle se figea, paniquée. Entre le comportement professionnel de Peter, qui glissait vers le flirt et ce qu'elle venait d'apprendre à propos de Claudia, elle était à peine capable de penser, donc assimiler l'étiquette pour se servir de l'argenterie... Elle regarda les couverts de Josh, identifia la fourchette dont il s'était emparé et l'imita. *Catastrophe évitée.*

— Dites-moi, Riley, comment avez-vous atterri à New York avec JBD ? demanda Peter.

— Un peu par hasard.

Elle regarda Josh, sans trop savoir quoi répondre. *Son frère m'a recommandée ? Je suis la meilleure amie de la petite amie de son frère ?* Ils se connaissaient depuis toujours, mais si elle le révélait, Peter ne lui demanderait-il pas pourquoi elle n'était pas venue travailler pour Josh plus tôt ?

Josh vint à son secours.

— Riley a gagné deux prix pour ses dessins pendant qu'elle était au lycée et, à l'occasion de l'une de mes visites à ma famille, j'ai demandé à voir son portfolio.

Il la regarda et sourit.

— Son travail était trop bon pour que je le laisse passer.

Où trouvait-il les mots ? Elle respirait un peu plus facilement. Elle devrait veiller à se préparer à tous les scénarios possibles à l'avenir. *De qui me moqué-je ? Ce sera le dernier dîner avec les associés de Josh.*

— Merveilleux, dit Peter. Et parlez-moi de vous. Avez-vous des passe-temps ?

Pourquoi es-tu si concentré sur moi ? Elle regarda son verre de vin vide, le temps d'étouffer un gémissement. *Pourquoi certains hommes ont-ils une vision aussi obtuse quand ils boivent ?* Elle n'était pas prête à répondre à des questions personnelles. Peter remplit à nouveau son verre et elle prit une autre gorgée pendant qu'elle réfléchissait à une réponse. Alors qu'il coulait dans sa gorge, elle se souvint du conseil de Jade. *Sois toi-même.*

— Je n'ai pas beaucoup de passe-temps. J'aime les gens, l'équitation et, enfin, la conception de vêtements. À Weston, j'ai travaillé chez *Macy's*, ce qui n'était ni glamour ni excitant, mais le rythme était soutenu et j'aimais avoir affaire aux clients. Pendant mon temps libre, j'esquissais des tenues, parfois pendant des heures.

— Weston vous manque-t-il ? demanda Peter.

La façon dont il la regardait, suspendu à chacune de ses respirations, la fit hésiter. Elle avait peut-être bu quelques verres, mais il n'y avait plus de doute. Elle savait reconnaître un regard dragueur quand elle en voyait un.

Elle tourna la tête vers Josh, qui la regardait lui aussi, et la pression fit grimper son pouls.

— Mes amis me manquent, mais je suis là où je veux être. J'ai toujours voulu travailler comme styliste et maintenant, me retrouver avec Josh et son équipe, regarder tous ces modèles prendre vie, c'est comme respirer à nouveau de l'oxygène après avoir été sous respirateur artificiel. C'est revigorant.

— Je suppose que Riley viendra avec toi aux réunions de la

ligne Bliss ? demanda Peter à Josh.

— Ça peut se faire, répondit-il.

Les yeux de Peter passèrent de Josh à Riley.

— Pardonnez-moi de vous poser la question, mais je suis un homme assez direct, lâcha-t-il en plantant ses yeux dans ceux de Riley. Tous les deux, vous êtes… ?

Oh, mon Dieu. Je suis morte. Mes sentiments sont-ils si transparents ?

— Non, répondit-elle, aussi vite qu'elle le pouvait.

Jetant un nouveau coup d'œil à Josh, elle eut la surprise de lire quelque chose qui ressemblait à de la douleur dans ses yeux. Qu'avait-elle fait de mal ?

Josh plia sa serviette sur ses genoux et prit un verre de vin. Elle essaya d'attirer son attention, mais il regardait Peter d'un air déterminé. Elle suivit son regard. Il fixait le mur du fond du restaurant. *Il m'évite. Oh, mon Dieu, qu'est-ce que j'ai fait ? J'ai parlé de Weston et de Macy's. Je l'ai embarrassé.*

— Voudriez-vous bien m'excuser, s'il vous plaît ? fit-elle en se levant, sourire forcé aux lèvres, quand les deux hommes se levèrent aussi. Je vais juste aux toilettes.

Pour me noyer dans le lavabo.

Le sang de Josh bouillait. Peter n'étant pas un homme qui incitait au conflit, Josh n'était pas du tout préparé aux sentiments qui surgirent en lui lorsque Peter lui demanda si Riley et lui étaient ensemble. Il était encore en train de ruminer la conversation sur le rendez-vous-galant-ou professionnel qu'il avait eue avec Riley.

Josh n'était pas connu pour renoncer facilement. Il n'était pas arrivé là où il était dans l'industrie de la mode en laissant aller et en se montrant indulgent. Il avait travaillé dur et pris des risques qui avaient conduit à son succès et l'avaient rendu célèbre.

Une fois que Riley fut hors de portée de voix, Josh se redressa et s'adressa à Peter. Il se sentait redevable à Peter pour l'avoir aidé à se faire un nom, bien des années plus tôt, mais en employant Claudia, il remboursait suffisamment sa dette, et Peter avait manifestement trop bu. Josh adopta alors une approche professionnelle.

— Peter, Riley et moi ne sommes pas ensemble, mais j'apprécierais que tu ne l'approches pas de cette manière.

Peter s'assit, croisa ses jambes et esquissa un sourire faussement timide.

— Donc tu as des vues sur elle ? Je savais que j'avais compris quelque chose. Pardonne-moi si je t'ai embarrassé.

Josh retint son regard.

— Je ne suis pas sûr de ce que je ressens pour elle, mais j'apprécierais que tu t'abstiennes d'intervenir et de rendre les choses encore plus difficiles pour moi.

Peter se pencha en avant.

— Message reçu. Des amoureux d'enfance enfin réunis ?

J'aimerais bien. Ce serait beaucoup plus facile à comprendre.

— Non, un coup de cœur peut-être, mais pas des amoureux, admit Josh.

Il regarda la direction que Riley avait empruntée. La tension dans ses muscles, juste parce que Peter avait abordé le sujet, le prenait du dépourvu.

— Si je peux te donner un petit conseil, Josh, une amourette avec une employée risque de te placer dans une situation délicate où tu préférerais sans doute ne pas te laisser empêtrer. C'est comme ça que naissent les scandales.

Josh s'esclaffa.

— Je ne pense pas qu'elle soit du genre scandaleux.

Il y avait déjà pensé et il n'était plus sûr de rien. Mais il savait que lorsqu'il la voyait, lorsqu'il la touchait, même si leurs doigts ne faisaient que se frôler, il ressentait quelque chose qu'il n'avait pas ressenti depuis très longtemps. Quand elle était nerveuse, quand elle rougissait et, ce soir, quand elle s'était pratiquement enfuie de table, il la trouvait adorable et n'aurait pas demandé mieux que de l'enlacer et d'embrasser la peau lisse de sa joue. Il avait apprécié le temps qu'ils avaient passé ensemble à Weston et, putain, il lui suffisait de savoir qu'il avait envie de déterminer s'il y avait plus entre eux. Plus pour eux. Même si elle était son employée. Il découvrirait cela plus tard. Pour l'instant, il n'avait pas besoin que Peter Stafford intervienne et fasse la cour à Riley. Il comprit alors qu'il devait trouver un moyen de faire savoir à Riley ce qu'il ressentait sans l'effrayer.

— Elles n'ont jamais l'air d'être du genre scandaleux jusqu'à ce qu'il soit trop tard.

Peter leva son verre et regarda Josh par-dessus son rebord.

— Il m'est venu une nouvelle idée dont je veux te parler après le Nouvel An. Voyons comment se passe cette soirée.

CHAPITRE NEUF

Quand Riley revint à leur table, Peter et Josh discutaient de mode. Soulagée, elle posa sa serviette sur ses genoux et écouta, espérant se racheter avec un commentaire intelligent. Son appétit l'ayant abandonné, elle repoussa la nourriture dans son assiette.

— Je veux de la classe. De la classe à l'ancienne, pas les tendances ringardes typiques de New York. Cela signifie que nous nous en tenons aux pièces les plus raffinées de ta ligne *Bliss*, déclara Peter.

Ouh-là-là.

— Je ne crois pas qu'il y ait des pièces ringardes dans la collection Bliss, rétorqua Josh.

— Non, non, certainement pas. Je voulais juste m'en tenir aux tissus les plus fins. Des jupes crayon plutôt qu'évasées, de la laine et de la soie, peut-être un peu de cuir. Quelque chose que la vieille génération pourrait être fière de porter.

Peter baissa les yeux et regarda Riley d'un air perspicace.

— Vous n'êtes pas d'accord, Riley ?

Flûte. Ne me mets pas au milieu de votre dispute. Regrettant de ne pouvoir se saisir d'un couteau et de trancher la tension pour dégager un chemin amical, elle prit une profonde inspiration et déclara :

— En fait, je trouve toutes les pièces de Josh raffinées, mais je comprends votre désir d'attirer un public plus mûr.

Un soutien, mais avec discernement. Elle lança un regard à Josh, qui acquiesça, avec un sourire approbateur.

Pour la table voisine, ils avaient probablement l'air de tenir une réunion d'affaires sérieuse, mais pour Riley, qui avait l'impression d'être une mouche du coche en observant un jeu de surenchère silencieux, l'échange était troublant.

— Riley, je serais curieux de voir vos dessins. Ça ne te dérange pas, n'est-ce pas, Josh ?

Si Peter sourit, Riley vit derrière la façade une compétition féroce allumer son regard.

Josh leva son verre comme s'il allait porter un toast.

— Vas-y. C'est de loin la styliste la plus talentueuse que j'aie rencontrée ces derniers mois. Elle a une longue carrière devant elle.

Oh mon dieu ! Oh mon dieu ! Oh mon dieu ! Moi ? Riley serra sa serviette sur ses genoux pour s'empêcher de sauter et de le serrer dans ses bras, puis elle vit la façon dont il sirotait sa boisson, en observant Peter par-dessus de son verre. L'utilisait-il comme une carte à jouer ? Était-il en train de défier Peter ? *Oh, mon Dieu, dans quoi me suis-je fourrée ?*

Josh paya le dîner, et quand ils se levèrent pour partir, il s'empressa de tirer la chaise de Riley et de poser une main possessive sur son dos.

— Peter, comme toujours, ça a été un plaisir. Demande à ta secrétaire d'appeler Mia et de fixer un rendez-vous, dit Josh avec le sourire le plus gracieux possible, tout en étouffant son agacement devant la façon dont Peter essayait de l'énerver et dont lui-même réagissait.

— Je vais en Suisse avec la famille de mon frère pour les

vacances. Je prendrai un rendez-vous pour après le Nouvel An.

Peter déposa un baiser sur la joue de Riley.

— Cela a été un plaisir de vous rencontrer.

Il serra la main de Josh.

— J'ai hâte de voir tout ça se concrétiser.

Josh entendit nettement le double sens.

— Moi aussi, dit-il.

— Merci de m'avoir permis de me joindre à vous pour le dîner. C'était merveilleux de vous rencontrer, et je suis honorée d'être incluse dans les prochaines réunions, déclara Riley.

Dans la voiture, Josh repensait à la conversation qu'il avait eue avec Peter. S'il avait invité Riley à ce rendez-vous – qui n'était pas du tout un aux yeux de Riley –, c'était pour l'accueillir à New York, lui faire passer un bon moment et apprendre à mieux la connaître, et il n'allait pas laisser quoi que ce soit gâcher ses plans.

— Ça s'est bien passé, tu ne trouves pas ? dit-il.

— Oui, il est très gentil, répondit Riley en tripotant le bord de son sac à main. Donc, Claudia est sa nièce ?

Il avait presque oublié que ce lien de parenté avait été révélé.

— Oui. Peter m'a aidé à démarrer dans le business il y a des années et, quand Claudia a été diplômée de l'université et a eu besoin d'un travail…

Il haussa les épaules.

— Je suis quelqu'un de loyal, vois-tu.

— Je suppose que ça explique certaines choses. Je me demandais plus ou moins comment vous étiez connectés. Elle semble… différente des autres employés, expliqua Riley qui ajouta, avant qu'il ne puisse répondre : Josh, je suis vraiment désolée si je t'ai embarrassé avec Peter. Je ne voulais pas parler de Weston comme si j'étais une plouc de cow-girl. Je suis mortifiée.

— C'est qui s'est passé à ton avis ?

Josh ne supportait pas la façon dont elle fixait ses mains et s'asseyait, le dos raide, à côté de lui. La soirée était belle, il était déterminé à ne pas laisser les commentaires de Peter la gâcher. Il s'approcha et lui souleva son menton jusqu'à ce que leurs regards se croisent.

— Riley, tu n'as rien fait de mal. Ta personnalité a étincelé. J'aime l'enthousiasme que tu as pour la vie, pour les gens, et bien sûr, pour le stylisme.

Bon sang, il avait envie de se pencher en avant et d'embrasser ses lèvres pulpeuses, de plonger les doigts dans ses cheveux et de presser son corps contre le sien.

Ses lèvres s'ouvrirent, mais aucun mot n'en sortit. Il regarda le bout de sa langue passer lentement sur sa lèvre inférieure et il se surprit à la fixer. Il dut secouer la tête pour empêcher son cerveau de se demander quel goût aurait ses lèvres sur les siennes.

— Les questions de Peter sur nous, son intérêt intense pour toi, c'était sa façon de me dire qu'il était… intéressé.

Voilà. Il l'avait dit. Au moins une partie de la vérité.

— Par moi ? s'esclaffa Riley. Tu as bu trop de vin ? Je ne suis personne. Il était juste gentil. Je parie qu'il traite toutes les femmes de cette façon, et mieux encore.

Elle détourna le regard, et il fit de nouveau pivoter son men-ton, baissant la voix pour adopter ce qu'il espérait être un ton honnête et éloquent. Si elle voyait Peter comme quelqu'un qui traitait les femmes d'une certaine façon, elle le percevait sûrement, lui, comme quelqu'un du même genre. Ils n'occupaient pas des positions si différentes dans l'industrie de la mode, après tout.

— Riley, je connais Peter depuis que j'ai commencé à dessiner et je peux t'assurer qu'il ne traite pas toutes les femmes de cette façon. En fait, je ne l'ai jamais vu aussi entreprenant avec une femme accompagnant un autre homme.

Il attendit qu'elle comprenne. Elle baissa les yeux et, quand elle les releva, le vert de ses yeux étincela. Un soupçon de l'étincelle qu'il avait vue quand elle avait parlé de Weston revint, atténué par un voile de confusion.

— Mais... c'était un dîner professionnel, et il le savait sûrement, objecta-t-elle avant de secouer la tête. Oui, un dîner professionnel.

— C'est bien ce que tu ne cesses de me répéter.

Josh sourit, mais, intérieurement, il se crispa, sachant qu'il poussait les limites. Elle pourrait ne rien attendre de plus de lui qu'une relation professionnelle.

— Mais je pensais... tu as dit qu'il fallait juste faire comme si on était à Weston.

Elle se cramponnait à son sac à main.

— Ce n'est pas ce que j'avais espéré, admit-il. J'ai vu à quel point tu étais nerveuse et je voulais que tu sois à l'aise.

— Ce n'était pas ce que tu « espérais » ? Tu veux dire les fleurs, le baiser...

— Je n'invite pas souvent les femmes à sortir avec moi, Riley. Je n'en ai plus l'habitude et, idiot que je suis, je pensais que des roses jaunes à bout rouges signifiaient une attirance croissante entre deux amis.

— Ah bon ?

Elle avait l'air hors d'haleine. Josh sentit une tension dans son entrejambe, une constriction dans sa poitrine.

— En effet.

Il chercha dans ses yeux le signe qu'elle subissait, elle aussi, le magnétisme qui les attirait l'un vers l'autre comme le métal vers l'aimant.

— Le rouge seul est l'amour romantique ; le jaune ajoute l'amitié, les espoirs et les promesses.

— Les espoirs, chuchota Riley.

— Rouge seul, dit-il. Peut-être un jour. Riley…

Elle se passa à nouveau la langue sur les lèvres et, cette fois, il laissa son corps les guider. Il lui prit le visage entre ses paumes et l'embrassa doucement, s'imprégnant du goût sucré du vin sur sa langue et de la chaleur de sa bouche, et enfin, du relâchement de la tension lorsqu'elle lui rendit son baiser… timidement d'abord, puis plus fort, répondant à sa passion par la sienne, sondant sa bouche avec sa langue. Josh aurait pu l'embrasser pendant des heures. Il se força à s'éloigner, de peur d'aller plus loin sur la banquette arrière de sa voiture de fonction. Bon sang, il devait reprendre le contrôle de ses émotions !

Ils se regardèrent dans les yeux, l'air entre eux était lourd de désir sexuel. Les seins de Riley se soulevaient à chaque respiration. Il brûlait de l'embrasser à nouveau, de toucher la peau laiteuse du haut de sa poitrine, qui l'avait nargué toute la soirée. Au lieu de cela, il prit sa main dans la sienne et combattit son désir. Il n'était peut-être pas sorti avec une femme depuis longtemps, n'empêche qu'il connaissait les risques à trop précipiter les choses. Et, même s'il détestait l'admettre, Peter avait raison à propos des scandales. Il ne s'inquiétait pas pour lui-même à cet égard, mais Dieu seul savait quel genre d'enfer Claudia ferait vivre à Riley si elle avait conscience des sentiments qui étaient en train de naître en lui.

— Allons voir New York, réussit-il à sortir.

Il n'aurait pas pu effacer le sourire de son visage même si quelqu'un l'avait payé pour le faire. Son cœur dansait avec une énergie renouvelée et, lorsqu'il regardait par la fenêtre, même les lumières de la ville semblaient plus brillantes.

— Jay, dit-il au chauffeur. Théâtre Longacre, s'il vous plaît.

— Oui, monsieur, répondit Jay.

Le sourire nerveux qui s'attardait sur le visage de Riley l'inquiéta. Avait-il mal lu en elle ? Dépassé les limites de leur amitié ?

— Tu regrettes notre baiser ? demanda-t-il.

— Si je regrette ? demanda-t-elle. Non, certainement pas.

Elle sourit et serra sa main.

Il trouvait sa nervosité attachante et poussa un soupir de soulagement : elle ne regrettait pas le baiser qu'il avait adoré ! Pour la première fois depuis des mois, il avait l'impression d'avoir quelque chose à attendre avec impatience en dehors du travail. Une chanson country passait à la radio et il attrapa la télécommande pour changer de station.

— Non, s'il te plaît. C'est ma préférée, dit Riley.

— Qui est-ce ?

— Hunter Hayes : *Wanted* est ma chanson préférée.

Wanted. Hunter Hayes. Josh mémorisa le nom de son artiste préféré.

— La ville est si belle, lâcha Riley en inclinant la tête pour regarder les enseignes lumineuses sur leur passage. C'est tellement différent du Colorado. Tu sais, j'avais l'habitude de regarder des photos de New York en trépignant d'impatience de vivre cette expérience. Et maintenant que je suis ici, je sais que je n'aurais jamais pu imaginer le résultat.

Elle se retourna vers lui avec un large sourire.

— C'est comme si le simple fait d'être ici m'insufflait de l'énergie. Je veux tout expérimenter – les lumières, les nuits…

Son sourire s'effaça.

— Qu'est-ce qu'il y a ?

Riley gémit.

— Oh, rien à propos de ce soir. J'ai juste un peu peur de prendre le métro et je me rends compte qu'il le faut vraiment.

Il serra sa main, à mesure qu'une idée faisait son chemin en lui.

— On va voir si on peut s'occuper de ça.

— Comment ça ? demanda-t-elle.

— On va voir.

Riley se retourna vers la vitre.

— Regarde, c'est *Tiffany's* – elle pivota sa tête – oh, putain ! J'ai l'air d'une vraie touriste. Je suis vraiment désolée.

Elle était trop mignonne.

— Ne le sois surtout pas. J'adore ça.

Alors qu'ils s'approchaient du théâtre, il sentit sa nervosité revenir. Les paparazzi étaient connus pour hanter les théâtres et les restaurants. Heureusement, Jay était doué pour les esquiver. Il travaillait pour Josh depuis cinq ans et ne l'avait jamais laissé tomber. Il dépassa le théâtre de pierre de deux pâtés de maisons et tourna dans une rue sombre.

Josh prévint Jay qu'ils allaient rentrer à pied et ouvrit la portière de Riley.

— On ne vient pas de passer devant le théâtre ? demanda-t-elle en sortant de la voiture.

— On évite juste les chiens de garde des médias. Je ne pense pas que tu veuilles que Claudia nous voie en première page du journal de demain, si ?

Elle écarquilla les yeux.

— Mon Dieu, non !

Incapable de lutter plus longtemps contre l'envie, il se pencha et l'embrassa rapidement sur les lèvres, alors même qu'il aspirait à tellement plus. Quand il s'écarta, elle se pencha et approfondit le baiser, lui disant tout ce qu'il avait besoin de savoir.

— Viens, dit-il, en prenant sa main dans la sienne.

Ils s'empressèrent de tourner au coin de la rue.

— Monsieur Braden, quel plaisir de vous voir !

L'homme âgé qui les accueillit à l'entrée de derrière avait des cheveux gris clairsemés. Il portait une chemise blanche et un pantalon gris. Madame Banks, nous espérons que vous apprécierez le spectacle.

Riley se cramponna à la main de Josh.

— Merci, dit-elle.

Quand Josh avait pris les billets, il avait aussi demandé la présence de Frank Rimmel pour leur entrée. Il voyait à la lumière dans les yeux de Riley qu'elle se sentait aussi spéciale qu'il l'avait espéré.

— Frank a tenu les portes ici pendant vingt ans. Merci, Frank, lui lança Josh en s'engageant dans le couloir en béton à travers un labyrinthe qui devenait plus magnifique à chaque pas.

Ils empruntèrent un tapis rouge très fréquenté jusqu'aux sièges situés juste devant la scène.

Riley lâcha la main de Josh, le temps de s'installer, et il ressentit le vide que laisse un ami disparu. *Comment cela a-t-il pu arriver si vite ?*

— C'est tellement excitant. Comment tu as réussi à obtenir des billets aussi rapidement ? demanda Riley en écarquillant les yeux.

Elle scruta la scène, le public, et finalement lui.

— Merci de m'avoir emmenée ici.

— Le spectacle s'intitule *Premier rendez-vous*. J'ai pensé que c'était approprié, alors j'ai passé quelques coups de fil, répondit Josh en glissant sa main dans la sienne.

Elle porta sur lui un regard plein de chaleur et, comme elle se penchait vers lui, il se dit qu'elle allait peut-être initier un baiser, mais elle chuchota :

— *Premier rendez-vous ?* Vraiment ? Tu es si attentionné. C'est incroyable. C'est à la fois majestueux et intime à la fois. Comme aurait dit Dorothy dans *Le Magicien d'Oz*, « je ne crois pas que nous soyons encore au Kansas, Toto », plaisanta-t-elle.

Ces mots ramenèrent une nouvelle fois Josh dans le concert : détendu, heureux et plein d'émerveillement au sujet de la femme qui avait réapparu sans prévenir dans sa vie.

La comédie musicale débuta. Josh regarda plus Riley que le spectacle. Elle riait fort et de tout son cœur, sans rien de vraiment féminin alors. Elle rejetait la tête en arrière, la bouche ouverte, et rugissait ; des larmes de joie ruisselaient de ses yeux. Son plaisir était contagieux et Josh se surprit à laisser libre cours à son propre rire pour la première fois depuis des années. Il était tellement habitué à surveiller qu'il projetait l'image appropriée pour un homme de son statut qu'il n'avait pas réalisé l'impact de sa carrière sur sa vie personnelle. Ou peut-être vaudrait-il mieux parler de limitations imposées par sa carrière à sa vie personnelle.

À la fin du spectacle, les larmes de rire de Riley avaient fait disparaître la majeure partie de son maquillage, révélant la beauté naturelle qui se cachait derrière. Ses pommettes hautes avaient rosi, ses cils épais mettaient en valeur l'éclat des jaunes et des verts dans ses yeux noisette. Josh sentit un tiraillement dans son cœur, dont la vitesse le déconcerta.

Alors qu'ils se dirigeaient vers la sortie de devant, Riley ralentit le pas.

— On ne devrait pas sortir par-derrière ?

Il avait été tellement pris par elle qu'il avait presque oublié.

— L'arrière va grouiller de spectateurs qui veulent récolter des autographes. Nous ferions mieux de sortir par devant pour être un peu à l'abri.

La dernière chose qu'il voulait, c'était lâcher sa main, mais, s'il voulait la protéger des médias, ils devaient sortir séparément. Il y avait de fortes chances pour qu'il n'y ait pas de médias devant. Les photographes avaient l'habitude de guetter la sortie des artistes après les spectacles, dans l'espoir de prendre des photos des acteurs.

Il se moquait bien que quelqu'un d'autre que Claudia les voie se tenir la main, mais la nièce de Peter pouvait faire de la vie de Riley un enfer.

— On devrait sortir séparément. Je suis vraiment désolé, mais juste pour le cas où. C'est probablement pour le mieux. Sors la première et je suivrai. Prends à gauche et je te retrouve au coin de la rue.

— Oh, bonne idée ! Que tu es sournois, s'esclaffa Riley en lâchant sa main avant de chuchoter : J'ai l'impression de me faufiler en douce au lycée ou quelque chose comme ça.

— Moi aussi, pourtant tu es bien la dernière personne avec qui j'aie envie de me faufiler en douce, dit-il honnêtement.

Elle fronça les sourcils. Elle avait mal interprété ce qu'il avait voulu dire.

— Je veux dire que je préférerais partir en te tenant la main, mais je ne veux pas donner à Claudia une raison de mal te traiter.

— Pourquoi tu la laisses se conduire ainsi ? demanda Riley.

— Je ne la laisse pas faire. Claudia est qui elle est. On ne peut pas changer sa personnalité, mais c'est la meilleure assistante-styliste qu'on puisse avoir et… c'est la nièce de Peter.

Riley rougit et baissa les yeux.

— Quoi ? demanda Josh.

— Je pensais que vous deux étiez, tu sais…

Josh secoua la tête.

— Qu'est-ce qui a bien pu te faire penser ça ?

Si c'était Claudia qui avait planté cette graine dans l'esprit de Riley, il lui parlerait à la première heure le lendemain matin. C'était aller trop loin.

Riley haussa les épaules.

— Quelque chose dans son attitude avec toi, le jour où on s'est rencontrés.

— Elle est passée maître en manipulation et dans la création d'impressions erronées. Je connais ses trucs, mais je ne pensais pas que tu t'y laisserais prendre.

Ou j'aurais réglé le problème tout de suite. Josh allait aussi s'occuper de cette situation dès le lendemain. Plus d'invasions de son espace personnel. Il était grand temps qu'il s'impose et fixe quelques règles à Claudia.

Riley haussa les épaules.

— C'était difficile de ne pas s'y laisser prendre.

— Attends, tu ne penses pas que je… Non, non, non. Je n'ai jamais eu le moindre intérêt pour elle. Riley, vraiment ?

Comment pouvait-elle penser qu'il deviendrait un jour la proie des jeux de Claudia ? *Est-ce que j'ai l'air d'être à ce point joueur ?* Josh n'avait pas réalisé que l'image qu'il projetait pouvait être aussi mal interprétée par ceux qui le connaissaient. Mais là encore, il commençait à peine à connaître vraiment

Riley. Grandir ensemble dans une petite ville où les querelles familiales excluaient les amitiés et où les amourettes se vivaient de loin ne permettait pas vraiment de développer une vision globale d'une personne.

— Désolé. Je le comprends mieux maintenant, mais à ce moment-là…

Josh laissa tomber. À la sortie, il la regarda marcher seule dans la rue animée. Chaque seconde qui passait lui augmentait son sentiment de culpabilité. *Fait chier.* Il se précipita sur le trottoir et agrippa la main de Riley avant qu'elle ne tourne au coin de la rue.

Elle voulut protester.

— Attends. Ils pourraient…

Il l'embrassa – fort – et, sentant le corps de Riley se détendre, il l'embrassa plus longtemps, plus profondément. Quand ils se séparèrent, elle était de nouveau à bout de souffle. Il commençait à apprécier la brume de désir dans ses yeux chaque fois que leurs lèvres se rencontraient.

— Je ne me cache pas, Riley. Je vais m'occuper de Claudia et m'assurer que tu n'as pas à t'en inquiéter, mais je ne vais pas laisser une femme nous voler ces instants.

Il respirait vite et fort, bouleversé par son propre désir de rendre leur relation publique. Même si elle semblait n'en être qu'à ses débuts, elle couvait silencieusement depuis des années : elle avait mis sa volonté à l'épreuve lorsqu'il était plus jeune et attendait, tapie à l'écart, depuis. Il voulait le dire à tout le monde, à sa famille, à ses employés et à ses collègues.

Riley cligna des yeux sans rien répliquer.

Il sentit ses tripes se déchirer.

— Merde. J'ai mal compris ? Tu n'as pas envie qu'on se voie ?

Il retint son souffle.

— Non, répondit-elle, les yeux écarquillés. C'est juste que je n'avais pas réalisé à quel point je voulais ça. Vraiment.

Il laissa échapper un souffle de soulagement.

— Mais, Josh, je vais être la risée de tous. Un cliché. « La fille qui couche pour arriver. » Je serai la discussion de demain devant la fontaine d'eau, et je veux à tout prix éviter cette situation.

Elle avait raison. Le problème, c'était qu'il n'était pas prêt à la laisser partir avant même qu'ils aient commencé. Il la respectait, ne voulait pas qu'elle soit mal à l'aise, mais il voulait aussi être avec elle.

— Ça veut dire que tu veux qu'on agisse en douce ? demanda Josh.

Avant qu'elle ne réponde, il l'avait entraînée de l'autre côté du bâtiment, sous un lampadaire éteint et hors de la vue des passants. Passant les bras autour de sa taille, il posa de nouveau ses lèvres sur les siennes, pressant ses hanches contre elle et… putain, que c'était bon. Ses seins ronds contre son torse firent naître un renflement dans son pantalon. Il passa les mains le long des courbes de ses hanches, mémorisant leur sensation pour les moments où il ne pourrait pas les atteindre et les toucher. Il embrassa son cou, son épaule.

— Oui, murmura-t-elle, haletante. Oui, je veux qu'on agisse en douce. Je sais que ça a l'air stupide, mais je viens juste d'arriver ici, et je me heurte déjà à un obstacle difficile.

Il fit courir un doigt le long de son épaule.

— OK, dit-il en la regardant dans les yeux. Agissons donc en douce, mais pour info, je déteste déjà ça. Cela fait tellement longtemps que je ne me suis pas senti aussi enthousiaste pour autre chose que le travail, et Riley…

Il lui souleva le menton pour que leurs yeux se croisent.

— Tu suscites toutes sortes d'excitations en moi.

Lorsque Josh avait offert le poste à Riley, lorsqu'ils s'étaient revus à Weston, il avait prévu de lui faire visiter New York, d'apprendre à la connaître un peu mieux et de déterminer si ce qu'il avait ressenti dans le Colorado était réel. Il n'avait plus besoin de clarification. Son corps avait envie de Riley. Il la voulait. Il avait besoin d'elle. Le regard sensuel qu'elle lui lançait lui indiquait qu'elle ressentait la même chose, mais il ne voulait pas non plus la brusquer.

Riley entendit les paroles de Josh, mais son cœur se serra et la laissa sans voix quand il dit : « Tu suscites toutes sortes d'excitations en moi ».

— Riley ? demanda-t-il en lui touchant le bras. Tu veux faire une promenade ?

Mon pouls s'emballe. Je pourrais faire du jogging si tu voulais.

Il se rapprocha à nouveau pour la plaquer contre le mur et posa sa joue contre la sienne. Elle inspira son parfum, si caractéristique, qui s'insinua dans son corps, et pour lui posa les mains à la taille.

— Mon Dieu, ce que tu sens bon…

Merde. J'ai dit ça à voix haute ? Elle ferma les yeux.

— C'est *Clive Christian*, chuchota-t-il d'une voix grave de séducteur. On dit que depuis quatre mille ans, il est utilisé pour rapprocher les âmes sœurs.

Elle ravala un gémissement de désir.

Il glissa la bouche vers son oreille, si bien que son cou se retrouva trop près des lèvres de Riley. Elle pouvait pratiquement goûter sa peau, si bien qu'elle dut se mordre la lèvre pour s'empêcher de le faire.

Josh lui embrassa le lobe de l'oreille.

— Tu es sûre de vouloir agir en douce ?

Son souffle était chaud contre sa peau.

— Parce qu'il n'y a rien que j'aimerais mieux que de te tenir la main quand on marche dans la rue.

Comment pouvait-elle dire à l'homme dont elle rêvait depuis des années qu'elle ne voulait pas lui tenir la main, quand elle voulait en réalité tellement plus ?

Il recula. Ses yeux disaient : « Je te veux ». Ses mains sur la taille de Riley chorégraphiaient : « J'ai besoin de toi », et Riley se demanda s'il pouvait déchiffrer ses désirs aussi facilement. Mais son esprit se débattait avec une pensée qu'elle essayait de repousser.

C'est mon chef.

Bon sang de bonsoir. Elle déglutit, cherchant à faire entendre sa voix, qui était enfouie sous un flot de désir épais.

— Je suis… désolée. Oui, réussit-elle à dire.

Il l'embrassa sur la joue.

— Je respecte ta décision.

Josh recula d'un pas et Riley sentit son cœur essayer de se frayer un chemin à travers sa poitrine pour le rejoindre, elle aurait été prête à le jurer.

— On y va ?

Il lui désigna le trottoir. « Je te veux », disaient toujours ses yeux.

Riley tenta d'ignorer les voix qui s'affrontaient dans sa tête. *Agir en douce ? Tu es stupide ? Tu ne dis pas à quelqu'un comme Josh que tu veux agir en douce. Tu n'en as même pas envie ! Il le faut. Claudia va faire de ma vie un enfer. Tu es folle. Tu marques un point. Je me parle à moi-même. Arrête ça Arrête ça Arrête ça.*

Ils déambulèrent le long de Times Square. Josh désignait les boutiques et parlait des différents quartiers de la ville et, pendant ce temps, l'esprit de Riley vagabondait. La combinaison des gratte-ciel, des néons et de la cohue des voitures aurait dû la tenir en haleine. New York était tout ce que Weston n'était pas, mais elle était tellement prise par tout ce qui concernait Josh que les rues, qui insufflaient sûrement de la vie à l'air lui-même, étaient assourdies par la bulle romantique qui s'était formée autour d'eux. Le souvenir de sa main dans la sienne était si fort que lorsqu'elle serra le poing, ce fut la paume de Josh qu'elle sentit au bout de ses doigts. Elle se passa la langue sur les lèvres et y sentit la douceur de Josh. L'odeur de son eau de Cologne était âcre et chaque brise de l'air du soir lui rappelait combien leurs corps avaient été proches, quelques instants plus tôt. Lorsqu'elle se concentrait vraiment, elle pouvait se rappeler la légère piqûre de son début de barbe lorsqu'il avait effleuré sa joue.

Le Klaxon d'un taxi fit sursauter Riley.

— Ça va ? demanda Josh.

— Oui.

Elle secoua la tête pour essayer d'échapper à l'état rêveur où elle était tombée. Times Square revint au premier plan.

— C'est magnifique. Est-ce que ça dure toute la nuit ? Les gens, les lumières, les voitures ?

— Quasiment.

Il lui prit la main alors qu'ils traversaient la rue, avant de la retirer aussitôt.

— Désolé.

— Non, c'est moi qui suis désolée. Je sais que ça doit te

paraître vraiment stupide, mais je ne veux pas que Claudia ait quelque chose à me reprocher. Je sais que New York est une très grande ville et qu'il y a probablement peu de risques qu'elle ou quelqu'un de sa connaissance nous voient, mais…

— Les chances ne sont pas aussi minces que tu pourrais le penser. Quand les médias ont besoin de commérages, je suis bel et bien une cible, avoua-t-il en secouant la tête.

— Juste pour que tu saches, ce n'est pas très réconfortant.

Cela va être plus dur que je ne le pensais.

— Je veux vraiment avoir une chance dans le milieu de la mode, et je ne peux pas y arriver si je commence avec la réputation de sortir non seulement avec mon patron, mais… eh bien… avec toi. Le célèbre et iconique créateur de mode Josh Braden.

J'ai l'air d'une fan.

Il ralentit son rythme.

— Je ne pense pas que ce soit stupide du tout. Je n'aime peut-être pas agir en me cachant avec toi, mais c'est juste moi qui suis égoïste parce que je n'ai jamais eu envie de tenir la main d'une femme, de prendre son visage dans mes mains et de l'embrasser jusqu'à ce qu'elle en oublie son nom…

Il s'arrêta de marcher et se rapprocha d'elle.

Embrasse-le. Fais-le, tout simplement. Riley était paralysée à l'idée de ce qu'il voulait faire. Incapable de bouger, elle pouvait à peine penser à ce que ce baiser lui ferait éprouver.

— Pour toujours, acheva Josh. C'est toi qui stimules tous ces désirs en moi.

Il fouilla son regard.

— Quand on était ensemble à Weston, j'ai ressenti quelque chose, mais je n'étais pas sûr que ce soit réel.

Il détourna le regard et Riley en eut le souffle coupé. Son

profil était encore plus frappant sur la toile de fond de Times Square.

— Je l'ai senti aussi, chuchota-t-elle.

Même si elle n'était pas sûre qu'il l'ait entendue, elle n'était pas assez brave pour répéter.

— Je comprends pourquoi tu tiens à être prudente et, comme je te l'ai dit, je respecte ta décision, expliqua-t-il. Cela ne veut pas dire que ce sera facile. Et si je reste là à regarder ton beau visage, je risque de faire quelque chose qui ne ressemble en rien à un acte discret. Viens. Je veux te montrer quelque chose.

Il posa une main dans le creux de ses reins, le temps d'un pas ou deux, puis glissa sa main dans la poche de son pantalon.

Riley eut toutes les peines du monde de continuer à respirer. Elle le suivit en silence, les bruits de l'animation urbaine s'estompaient derrière eux. Quand ils eurent traversé la Cinquième Avenue, ils furent engloutis par un silence enchanteur. Contrairement à Times Square, il n'y avait pas de néons ou de vitrines ouvertes. On aurait dit qu'ils étaient entrés dans un monde secret, et dans ce silence paisible, le pouls de Riley se calma, son esprit s'éclaircit et elle put enfin penser clairement.

— Où allons-nous ? demanda-t-elle.

— C'est une surprise, mais nous y sommes presque. C'est un de mes tronçons de trottoir préférés. Tu le sens ?

Il écarta ses mains sur les côtés pendant qu'ils marchaient.

— L'aura magique et paisible ? demanda Riley.

— Oui. Je n'ai jamais vraiment su comment l'appeler, mais c'est tout à fait ça.

Il fourra de nouveau ses mains dans ses poches. Était-ce pour lutter ainsi contre son envie de lui tenir la main… ou plus.

Ils tombèrent sur des rues plus animées et des lumières vives… et le silence serein s'évanouit comme une pensée dans le vent.

— Est-ce que c'est…

Riley sentit qu'elle écarquillait les yeux.

— Grand Central Station, répondit Josh en affichant un grand sourire. Je vis ici depuis si longtemps que j'ai presque oublié à quel point cet endroit est spectaculaire.

— C'est génial, dit-elle. On entre ?

— Oui.

Il lui tendit à nouveau la main, dont elle s'empara sans réfléchir. Leurs doigts se touchèrent, leurs yeux se croisèrent et, pendant une fraction de seconde, tout fut parfait. Puis, la petite voix revint – *c'est ton patron* – Riley lui retira sa main et détourna le regard. *Peut-être que j'ai fait une erreur. C'est mon patron.* Elle regarda de nouveau la main de Josh. *Mais c'est aussi Josh.*

— C'est bon, dit-il. Viens.

Elle le suivit à l'intérieur du magnifique bâtiment. Ils traversèrent la gare sur le cliquetis de ses talons. L'arche incroyablement haute du plafond vert s'élevait sur des murs dorés aux épaisses colonnes. Riley admira la splendide structure, dont les impressionnantes fenêtres laissaient filtrer le clair de lune, donnant à la soirée un charme encore plus grandiose.

Ils passèrent devant un énorme kiosque à journaux, puis sous un portail. Ils semblaient se diriger vers une autre sortie, et juste avant de l'atteindre, Josh désigna un escalator.

— Là-bas ? Où tu m'emmènes exactement ? demanda-t-elle.

— Je vais te montrer.

Il indiqua l'escalator, que Riley emprunta aussitôt.

Elle s'agrippa à la balustrade alors qu'ils descendaient sous terre.

— C'est un peu éprouvant pour les nerfs.

— C'est pour ça que tu le fais avec moi, répliqua-t-il.

Ils atterrirent sur une plate-forme bétonnée où des lignes de métro circulaient dans les deux sens.

— Josh, dit-elle, avec la sensation que son ventre se nouait. Je ne suis pas sûre d'être prête.

— Ri, regarde-moi.

Elle obéit, mais ses yeux retournèrent aussitôt vers la plate-forme et le tunnel sombre au-delà.

— Je suis là, insista-t-il. Il ne va rien t'arriver. Tu es une femme intelligente et capable, et je ne veux pas que tu aies l'impression de ne pas pouvoir faire quelque chose. Je te promets que lorsque nous aurons terminé, tu auras une vision totalement différente du métro.

Elle aurait souhaité pouvoir se glisser sous son bras et se blottir contre son corps musclé, échappant ainsi à toute possibilité de monter dans un train.

— Tu me fais confiance ? demanda-t-il.

Elle hocha la tête.

— C'est tout ce que je demande, dit Josh.

Les jambes de Riley tremblaient et ce fut en retenant son souffle qu'elle franchit le bord du quai et monta dans le train avec Josh. Il lui tenait le bras d'une main et plaça fermement l'autre dans son dos, assez longtemps pour qu'elle puisse s'accrocher en toute sécurité à une barre métallique. Le fait qu'il n'y ait pas de place pour s'asseoir ne la dérangeait pas. Cela lui donnait une raison de se tenir plus près de Josh. Les nerfs en pelote, elle avait besoin de la sécurité de sa présence. Une femme âgée lisait le journal ; ses lunettes argentées glissaient à intervalles réguliers, elle fronçait le nez, puis les remontait de la pointe de l'index et recommençait l'opération une minute plus tard. À l'autre bout du train, un groupe de lycéens n'arrêtait pas de rire et de sourire. Riley s'émerveilla de leur aisance. *Pourquoi suis-je si nerveuse ?* Les sièges étaient tous occupés par gens dont les yeux étaient rivés au sol devant eux.

Chaque fois que le train s'arrêtait, toujours plus de personnes en descendaient et, au troisième arrêt, Riley ne se sentit plus aussi nerveuse. Elle regardait les femmes et les hommes en groupe ou seuls et, plus elle les observait, plus elle réalisait que le métro était un mode de vie à New York. C'était comme prendre le bus pour circuler dans Weston ou Allure. Elle leva les yeux vers Josh, qui la regardait attentivement. Elle n'en revenait pas qu'il prenne le temps de l'aider à surmonter sa peur. Mais bon, c'était aussi le même Josh Braden qui, alors en CM2, avait donné son repas à un garçon qui avait laissé tomber son plateau à la cafétéria de l'école. Elle avait presque oublié cet incident et, en observant son beau visage, elle réalisa que le garçon qu'il avait été devait présenter de nombreux points communs avec l'homme qu'il était devenu.

Après l'arrêt suivant, ils s'installèrent sur les sièges durs du métro et, bientôt, il n'y eut plus que trois autres personnes dans le train avec eux.

— Ça sent un peu la cigarette et la nourriture périmée, mais on ne peut pas fumer ici, n'est-ce pas ? demanda Riley.

— C'est dû aux gens. Entassez assez de fumeurs dans un espace confiné et tu obtiendras forcément une odeur résiduelle. Je ferme les yeux et j'imagine que le grondement en dessous de moi est celui d'une montagne russe ou d'un toboggan, et je le sens vraiment, déclara Josh.

— Tu arrives à sentir l'air vif d'une montagne enneigée ? Ici ? s'étonna Riley avec un sourire.

— Je suis un designer. Je peux concevoir n'importe quoi dans ma tête. Donc tout ce que j'ai à faire, c'est de convaincre mon cerveau d'y croire. Essaie, lui conseilla-t-il.

Riley ferma les yeux et laissa échapper un soupir.

— Imagine que tu rentres à Weston. Tu te souviens de la colline derrière le lycée ?

Riley acquiesça.

— Tu te rappelles, quand on était gosses, que tout le monde y faisait de la luge toute la journée quand ils fermaient les écoles ? Imagine que tu t'y trouves.

Riley savait exactement de quoi il parlait. Le problème, c'était que chaque fois que Jade et elle y étaient allées, elles avaient passé la moitié du temps à faire semblant de ne pas regarder Rex et Josh. Alors qu'elle essayait de faire surgir de force l'odeur de l'air hivernal du Colorado, penser à Josh y introduisait des notes de l'eau de Cologne de Clive Christian. Riley sentit le rouge lui monter aux joues.

— Est-ce que ça marche ?

Quand elle ouvrit les yeux, la dernière personne descendait du train.

— Mieux que ce que j'avais imaginé, admit-elle. C'est l'arrêt Brooklyn Bridge. Ce n'est pas le dernier arrêt ?

Elle se leva.

— Ce n'est pas là que nous devons descendre ?

Pourquoi es-tu toujours assise ? Josh se leva et lui passa son bras musculeux autour de la taille, pour l'attirer contre lui.

— Tout le monde pense que c'est le dernier arrêt... Nous sommes seuls. Sans yeux ni oreilles.

Il abaissa la bouche et Riley se haussa nerveusement sur la pointe des pieds pour aller à sa rencontre. *Dernier arrêt ? Où allons-nous ?* À la minute où leurs lèvres se touchèrent, son anxiété disparut. Elle lui faisait confiance pour l'emmener n'importe où. Quand il approfondit le baiser, elle ne parvenait plus à comprendre comment ses jambes pouvaient encore la soutenir. Le train se déporta sur le côté, si bien qu'ils s'écartèrent. Josh tenait la barre métallique de sa main libre, ce qui leur permit de conserver leur équilibre et il la serra contre lui de son autre main.

— Tu vois, il n'y a aucune raison de craindre le métro, dit-il. Il suffit d'être futé. Tu étais nerveuse ?

Seulement d'être aussi proche de toi.

— Pas vraiment.

— Bien. Tout le monde a un endroit où aller, et tu prendras le train pour aller et revenir du travail. Ça ne risque rien, Ri. Je ne veux pas que tu t'inquiètes de tes déplacements. Le métro est super à New York.

— Je sais. Je me sens beaucoup mieux, maintenant. Je ne le prendrai peut-être pas toute seule la nuit pour commencer, mais je pense pouvoir faire le trajet du matin sans trop m'inquiéter. Il me faudra juste un peu de temps pour m'y habituer.

Elle n'arrivait pas à croire qu'il s'était souvenu de son commentaire sur la nécessité de maîtriser le métro. Sa prévenance lui fit chaud au cœur.

— Merci, dit-elle.

— Viens ici. Assieds-toi avec moi. Le train va prendre un virage serré et, à ce moment-là, tu verras la plus belle station de métro oubliée de New York.

— Oubliée ?

Le train ralentit, grinçant sur les rails en effectuant le tour de la boucle. Riley et Josh se protégèrent les yeux et regardèrent à travers les fenêtres.

— Oh, mon Dieu ! Qu'est-ce que c'est que ça ? C'est tellement orné. Josh, c'est grandiose !

Et aussi vite qu'il était apparu, l'endroit laissa place au béton. Riley s'éloigna de la fenêtre, bouche bée.

— Cette station est construite en dessous de l'hôtel de ville. Ils ont rénové la station il y a quelques années, mais ils ne l'ont jamais ouverte au public. C'est magnifique, n'est-ce pas ? Il fait sombre, donc je sais que ce n'était pas facile à voir, dit Josh.

— C'était incroyable. Est-ce que tous les New-Yorkais en connaissent l'existence ?

Josh secoua la tête.

— Comment l'as-tu découverte ? Attends. Ne me dis pas que tu l'as trouvée avec une autre femme.

Elle grimaça à cette idée. Elle avait vu les photos de Josh avec de beaux mannequins à son bras, dans les magazines, et elle essayait de ne pas y penser. *Arrête ça. Tout le monde a un passé.* Il l'enlaça.

— Tu es trop mignonne. C'est mon agent immobilier qui m'en a parlé, expliqua-t-il en l'embrassant sur la joue. Au moins ici, nous n'avons pas à nous cacher.

Il descendit dans son cou et Riley ferma les yeux, se délectant du mouvement du train et de la sensation des lèvres de Josh. Et avec ce nouveau baiser, il l'enlaça et son pouce lui effleura le dessous du sein.

Elle sentit son corps s'enflammer et, alors que le train ralentissait à la prochaine station, Riley ne se répétait plus qu'une seule chose. *J'en ai déjà assez d'agir en douce.*

CHAPITRE DIX

C'est un rêve. Forcément. Riley se tenait à l'entrée de l'immeuble de Savannah – c'était elle qui en avait décidé ainsi. Josh l'avait invitée à son appartement, mais elle craignait qu'être vue en train d'entrer ou de sortir de l'appartement de Josh ne fasse tiquer. Elle détestait s'inquiéter de cela et, lorsqu'ils s'étaient embrassés dans le train, elle avait été prête à oublier la nécessité de se cacher, mais en retrouvant l'air frais de la nuit, elle avait réalisé que la réalité l'attendrait à 8 h le lendemain matin.

Depuis que les lèvres de Josh avaient touché les siennes pour la première fois, Riley avait eu du mal à penser à autre chose. La comédie musicale avait été une distraction romantique très agréable et son aide pour surmonter sa peur du métro, le geste le plus attentionné qui soit, mais à présent, en tenant la main de Josh et sachant qu'ils étaient sur le point de franchir la ligne entre employée et amante, tout ce qu'elle avait en tête, c'était son envie d'être proche de lui.

Ses doigts tremblaient pendant qu'elle tâtonnait avec la clé. Pressant son corps contre son dos, Josh posa sa main sur la sienne, pour l'aider à mettre la clé en place. Son souffle était chaud dans son cou. Elle ferma les yeux alors qu'il tournait la clé, s'imprégnant de la sensation de l'avoir contre elle.

La porte s'ouvrit et elle s'affola. *Oh, mon Dieu ! Je vais faire l'amour dans l'appartement de sa sœur. C'est mal à bien des égards.* Josh, qui l'avait enlacée par-derrière, l'embrassa dans le cou puis, mordillant le lobe de son oreille, lui chuchota à l'oreille :

— Rentrons pour que je puisse t'embrasser encore un peu.

L'enfer et le diable. Riley se retourna et attrapa le col de sa chemise, pour le tirer dans l'appartement. Il claqua la porte derrière eux. Elle avait étouffé son désir pour lui pendant trop longtemps. Elle le voulait, putain, et elle n'allait pas laisser une question comme l'identité de la propriétaire d'un appartement l'empêcher de faire ce que son corps et son cœur désiraient depuis toujours. Le besoin était trop grand. Elle déboutonna sa chemise tandis qu'en route vers la chambre, ils s'embrassaient comme des adolescents excités. Cela faisait trop longtemps qu'elle n'avait pas ressenti une telle envie de libertinage. Josh s'écarta le temps d'arracher sa chemise et de la jeter par terre. Il attrapa sa robe et Riley posa la main sur l'interrupteur.

— Je veux te voir, protesta-t-il.

Pas après tous les mannequins filiformes avec lesquels tu es sorti.

— Je suis un peu gênée, admit-elle.

Il lui caressa la joue – d'une façon dont elle avait déjà commencé à se languir – et murmura :

— Tu es la plus belle femme que j'aie jamais rencontrée.

Je me fiche de savoir si c'est un mensonge ou la vérité. Tu viens de gagner des points importants. Elle attrapa une bougie sur l'étagère.

— Ça te va ?

— Parfait.

Josh prit un paquet d'allumettes sur l'étagère et alluma la bougie, puis la posa sur la table de nuit. Sortant son portefeuille de sa poche, il le posa à côté de la bougie.

Il n'y avait que trois pas entre eux, mais trois pas semblables à un abîme géant. Riley s'avança vers lui et il la rejoignit à mi-chemin, passant une main sous ses cheveux pour saisir la base de sa tête. Sa main était large et chaude et, alors qu'il l'attirait dans un baiser, elle voulut le toucher, sentir sa peau contre la sienne, mais elle hésita. *Va-t-il penser que je suis trop entreprenante ?* Il explora la courbe de sa bouche et sa lèvre inférieure avec la pointe de sa langue, puis il prit sa lèvre entre ses dents, faisant naître un besoin brûlant dans son corps en ébullition. Au moment où elle n'y tint plus, il fit passer sa robe au-dessus de sa tête et l'embrassa à nouveau. Elle attrapa le bouton de son pantalon et le baissa sans jamais manquer un battement de sa bouche chaude contre la sienne. Josh recula, pour dévorer son corps d'un regard lent et avide.

— Bon sang, Riley, tu es sublime !

Elle baissa les yeux sur son soutien-gorge de dentelle noire et sur la ligne de son string. Ce qu'elle voyait était si différent de ce qu'il semblait y voir, lui, mais d'une certaine manière, la façon dont ses yeux s'attardaient sur les courbes de ses hanches et la plénitude de ses seins lui donnait confiance. Elle se déchaussa lentement, savourant la chaleur qui remplissait l'espace entre eux. Elle voulait se souvenir de ce moment pour toujours. Son torse et ses bras musclés étaient si différents de ce qu'elle avait imaginé sous ses beaux costumes. Même ses fantasmes n'avaient pas atteint la dureté et la netteté ciselée de son corps parfait. *Oh, mon Dieu. Il est si beau !*

Il n'y avait pas de musique, pas d'autres bruits dans la pièce que leurs souffles brûlants. Riley avait l'impression d'entendre son cœur tambouriner contre sa poitrine. Le clair de lune filtrait à travers les rideaux, projetant des ombres qui dansaient avec la lumière vacillante de la bougie sur l'épaisse couette. Lorsque Josh s'approcha d'elle, elle ferma les yeux, désireuse de se délecter de la sensation de ses mains qui l'exploraient. Surtout pas penser à ses prochaines respirations, à l'inquiétude du lendemain. Sentant soudain le souffle de Josh sur sa joue, elle ouvrit les yeux.

Il l'embrassa à nouveau et elle enroula ses mains autour de son dos musclé. Sa peau était chaude, ses muscles durs comme la pierre sous ses paumes. Elle fit glisser sa main jusqu'à la courbe de son dos, juste au-dessus de la taille de son caleçon, souhaitant pouvoir empêcher ses doigts de trembler. Riley n'avait fréquenté que trois hommes, mais elle était capable de faire la différence. La nervosité qu'elle ressentait n'était pas causée par le fait d'être avec un homme. Elle tremblait parce que l'homme avec lequel elle se trouvait était le seul qu'elle ait jamais vraiment voulu. *Josh.*

Il s'éloigna de ses lèvres, l'embrassa dans le cou, sur les seins, puis passa son doigt le long du bord festonné de son soutien-gorge, juste avant d'abaisser sa bouche sur la crête tendre de son sein. Elle ravala un souffle. La langue de Josh était chaude et sensuelle quand elle passa sous la dentelle. Elle rêvait depuis si longtemps de sa bouche sur elle qu'elle faillit fondre à son contact. Passant derrière elle, il dégrafa son soutien-gorge pour libérer ses seins lourds. Ses mains furent aussitôt là pour les accueillir, les caressant, lui titillant les tétons entre le pouce et l'index jusqu'à ce qu'elle ne puisse plus retenir un gémissement de plaisir.

Josh l'aida à s'allonger sur le lit et s'installa au-dessus d'elle, les yeux plongés au fond des siens. Ayant repoussé sa frange de son front, il sourit.

— Ça va ? demanda-t-il.

Sous ses caresses, elle était incapable de parler.

— Hmm…

Ce fut tout ce qu'elle parvint à sortir.

— Je ne veux pas que tu fasses quelque chose que tu regretterais, Riley. Je voulais y aller lentement, mais…

Elle s'approcha et toucha le début de barbe qui avait poussé sur la joue de Josh. Il n'était plus Josh Braden, designer, employeur. Il était devenu Josh, l'homme doux et sexy pour lequel elle avait craqué pendant des années. Hors de question qu'elle étouffe une fois de plus son désir.

— Je ne veux pas y aller doucement, répliqua-t-elle en attrapant la ceinture de Josh de son autre main.

Elle glissa la main sous le doux c doux et le gratifia d'une longue caresse, aussi lente que taquine, ce qui lui tira un gémissement, juste avant qu'il n'abaisse sa bouche vers son sein. Riley se cambra contre lui tandis que la langue de Josh lui titillait le mamelon. Toutes ses terminaisons nerveuses remontèrent à la surface de son corps. Il passa du sein droit au sein gauche, en remontant la main pour remplacer sa bouche, puis il fit descendre sa langue jusqu'à son nombril. Riley ferma à nouveau les yeux, savourant la sensation des mains de Josh qui agrippaient ses hanches, la maintenant immobile tandis qu'il décrivait des cercles avec sa langue autour de son nombril, avant de plonger sa langue dedans et dehors. Elle se tordait sous son corps, brûlant à l'idée qu'il l'emmène plus loin.

Les courbes de Riley étaient pulpeuses et pleines, différentes de toutes les autres femmes avec qui Josh avait été. Elle se déplaçait avec lui, pas vers lui comme la plupart des femmes. Ses petites amies habituelles étaient toujours en train de diriger, de montrer, de prendre. Pas Riley. La rondeur de ses hanches remplissait ses paumes, faisant monter le désir en lui. Il passa les pouces sous son string en dentelle pour l'abaisser juste en dessous de ses hanches, puis mordilla la zone sensible au-dessus de ses hanches. Elle gémit et se tordit, se cambrant contre lui. Il avait envie d'arracher son string et de plonger en elle, profondément et sans ménagement, mais il se retint. Il voulait savourer leur passion, la vivre tant qu'elle était nouvelle et intacte. Qui savait ce que le lendemain leur réservait ? Josh avait vécu toute sa vie pour le lendemain. Ce soir, il vivait pour le moment présent.

Riley enroula une jambe autour de sa hanche, ce qui lui envoya des frissons le long du dos. Il remonta le long de son corps, prenant sa bouche avec la sienne tout en glissant la main sous le petit tissu entre ses jambes. Elle avait une peau soyeuse, humide et chaude. Il glissa un doigt en elle, se déplaçant en rythme avec chaque poussée de sa langue dans sa bouche.

Elle répondit à ses efforts par une cambrure de ses hanches, vibrant contre sa main lorsqu'il glissa un deuxième doigt dans sa chaleur. Elle plongea les mains dans ses cheveux et le tira plus fort contre elle, l'embrassant plus profondément. Son besoin de la prendre ressurgit avec une force décuplée. Elle bougea ses hanches plus rapidement contre les siennes, mais il n'était pas prêt à la faire basculer. Il retira ses doigts et elle poussa un gémissement profond et torturé. Le besoin de Josh enfla au son du sien. Il replaça ses doigts lentement, profondément, puis il accéléra ses mouvements pour suivre chaque poussée de ses hanches jusqu'à ce qu'il la sente se resserrer et pulser autour de ses doigts. La tête rejetée en arrière, la bouche ouverte, elle ferma les yeux, agrippant ses épaules, lui enfonçant les ongles dans la peau.

— Josh, lança-t-elle dans l'obscurité. Oh… Josh, répéta-t-elle d'une voix rauque.

Elle haleta, petits souffles courts et rapides, jusqu'à ce que finalement, béatement, ses jambes s'écartent et ses yeux s'ouvrent.

Il abaissa de nouveau sa bouche vers la sienne, sentant la fatigue satisfaite de son baiser qui éveilla en lui toutes sortes de désirs licencieux. Il descendit lentement le long de son corps jusqu'à ce qu'il ait la bouche juste au-dessus de son sexe. Josh n'avait pas léché une femme depuis des années. C'était un acte trop intime pour qu'il le fasse une femme qui l'utilisait pour avancer, ou avec quelqu'un avec qui il ne se voyait pas d'avenir. Sur ce point, il était différent de beaucoup d'hommes et, quand il était plus jeune, il s'était inquiété de cette ligne de conduite, se demandant s'il était étrange de tenir une telle pratique en haute estime. Maintenant, avec Riley allongée sous son corps, ses yeux remplis de confiance, son corps ouvert à lui, et son cœur remplissant le sien, il savait qu'il avait eu raison de sacraliser cet acte. La bouche entre ses jambes, il lécha l'intérieur de ses cuisses. Elle avait une peau salée et douce, l'odeur de son excitation l'attirait. Alors il se mit à la laper lentement, douce-ment. Riley serrait les draps dans ses poings à mesure qu'il accélérait. Agrippé à ses cuisses, il l'amena au bord d'une nouvelle jouissance : les muscles de Riley se contractèrent sous ses paumes, son clitoris se contracta sous sa langue. Alors, d'une main, il baissa son caleçon et le jeta par terre.

Riley gémit son nom. Elle haletait en se cabrant et Josh ne pouvait plus attendre. Son érection pulsait. D'un geste rapide, il attrapa un préservatif dans son portefeuille, le déchira avec ses dents et déroula le latex sur son sexe. Riley lui attrapa les bras et le tira vers elle. En pénétrant dans sa chaleur humide, il posa sa bouche sur la sienne, poussant avec force et avidité, répondant à ses besoins tout en assouvissant les siens. Elle enroula les jambes autour de sa taille alors qu'il s'enfonçait plus profondément, plus fort. Cela faisait bien trop longtemps qu'il ne s'était pas senti aussi bien.

Le corps de Riley se convulsa et se resserra autour de lui alors qu'il atteignait presque l'orgasme.

— Ri, ouvre les yeux, dit-il.

Elle sourit et il ralentit son rythme juste assez pour déposer un long baiser sensuel sur ses lèvres avant de permettre à son corps d'atteindre l'orgasme dans les secondes qui suivirent. Elle ferma les yeux lorsqu'il s'arqua contre elle sur une dernière poussée, puis il se laissa tomber sur elle, rassasié et comblé. Et leurs corps se détendirent enfin contre le matelas.

— Waouh, chuchota-t-elle.

Son corps scintillait à la lumière des bougies. Josh lui prit la main.

— « Waouh », c'est le bon mot, approuva-t-il, et il savait que le lendemain, il aurait beaucoup de mal à garder secrets ses sentiments pour Riley.

CHAPITRE ONZE

Riley se réveilla au son de son téléphone portable qui vibrait sur la table de nuit. Elle l'attrapa sans ouvrir les yeux, puis elle se souvint de la nuit précédente… et de l'élément manquant. *Nous sommes-nous dit « au revoir » ?* Elle se leva d'un bond dans le lit, tirant les couvertures contre sa poitrine. Elle balaya la chambre du regard. Les vêtements de Josh n'étaient plus là, son portefeuille non plus. *Dieu merci. Oh non ! Il a filé en douce ? Comme après un coup d'un soir ?*

Son téléphone vibra contre sa joue et elle prit la communication.

— Allô ?

— Tu étais censée m'appeler hier soir.

— Jade, Dieu merci ! chuchota frénétiquement Riley en se levant du lit.

Elle ignorait si Josh était derrière la porte de la chambre, toujours dans l'appartement.

— Qu'est-ce qui ne va pas ? demanda Jade.

— Rien. Tout. Attends.

Elle posa le téléphone sur la table de nuit, enfila un t-shirt et des sous-vêtements, puis reprit l'appareil.

— C'était bel et bien un rencard.

— Pourquoi est-ce que tu chuchotes ? chuchota Jade.

— Parce que je ne me souviens pas d'avoir dit « au revoir » à Josh après… tu sais quoi.

— Toi et Josh ? cria Jade. Vraiment ? C'est merveilleux !

— Non, ça ne l'est pas. Je veux dire, c'est merveilleux, oui, mais c'est aussi très effrayant.

Elle entra dans le salon sur la pointe des pieds et, voyant qu'elle était seule, poussa un soupir de soulagement.

— Pourquoi ça fait peur ?

— Parce que. Maintenant, je couche avec mon patron : Cruella va m'avaler toute crue et me recracher pour que tout le monde puisse marcher dessus.

Elle remarqua alors un message sur le comptoir de la cuisine.

— Attends, dit-elle en le récupérant pour le lire.

« *Bonjour, ma belle. Je reviens bientôt. J.* »

— Oh mon Dieu !

— Riley, donne-moi un indice, insista Jade.

— C'est un mot de Josh. Il revient. Quelle heure est-il ?

Le soleil commençait tout juste à se lever au-dessus de la cime des arbres.

— 6 h, chez vous, répondit Jade.

— Il n'est pas 4 h du matin là-bas ? Bon sang, tu te lèves tôt pour t'occuper de ces animaux. Pourquoi Josh partirait-il et reviendrait-il avant 6 h du matin ?

Elle se rendit dans la salle de bains et mit la douche en marche : il y avait une serviette fraîchement utilisée accrochée proprement sur le porte-serviettes.

— Il s'est douché, constata-t-elle.

— Et toi, quoi ? Tu as dormi pendant qu'il se préparait et partait après avoir fait l'amour ?

La voix de Jade comportait des notes amusées.

— Eh bien, il faut croire. Je ne sais même pas à quelle heure nous nous sommes endormis.

— Ça veut dire que ça a été une bonne partie de jambes en l'air, constata Jade. Vraiment, réfléchis-y. À quand remonte la dernière fois que tu as fait l'amour sans avoir envie de pousser le gars à la porte après ? Tu n'es pas vraiment du genre à dormir avec lui.

— Tais-toi. Ce n'est pas comme si j'avais une vie sexuelle frénétique, cracha Riley.

— Non, mais tu es archidifficile, ce qui m'indique très clairement une chose : Josh Braden est bon au lit.

Riley coupa l'eau de la douche et s'assit sur le couvercle des toilettes, en repensant à la soirée de la veille. Josh l'avait touchée avec un soin et une attention immenses, savourant apparemment chaque seconde autant qu'elle.

— En effet, mais c'était plus que ça. Quand vous vous êtes mis ensemble pour de bon, Rex et toi, tu avais l'impression que tout ce qu'il faisait était bien ?

— Qu'est-ce que tu veux dire ? C'est un homme, et aucun homme ne fait tout bien, s'esclaffa Jade.

— Non, je veux dire que chacune de ses caresses était bonne. Avec la plupart des hommes, quand ils te touchent, ils se précipitent et sont déjà prêts pour l'étape suivante. Tu sais, bisou, sein, youp-la-boum-tralala. Ce n'était pas comme ça avec lui.

Ouvre les yeux. Un frisson lui parcourut l'échine à ce souvenir.

— Parfois, c'est bien, l'urgence, une bonne partie de jambes en l'air bien torride, mais oui, je vois ce que tu veux dire. Alors, et maintenant ? Comment vas-tu gérer Cruella ?

Riley soupira.

— C'est la pire partie. Je lui ai dit que je préférais qu'on se cache plutôt que de la mettre au courant.

— Non !!

— Si. Oh, Jade, je suis vraiment une idiote ! Il était prêt à lui parler et à lui dire qu'on se voyait, et j'ai un peu paniqué à l'idée d'être vue comme la femme qui a couché pour arriver.

— Eh bien, dit Jade, si tu as couché et dormi pour arriver, tu as sauté toutes les étapes intermédiaires.

— Tais-toi. Tu vois ce que je veux dire. Je veux être prise au sérieux. Oui, je couche avec Josh, mais je ne le fais pas pour faire avancer ma carrière.

N'avait-elle pas commis une erreur en suivant son cœur au lieu de sa tête ?

— Je devrais y mettre fin, c'est ça ? Avant que nous ne soyons plus proches ?

L'idée même de rompre avec Josh lui nouait la gorge.

— Écoute, si Rex et moi avons pu surmonter une querelle familiale qui avait commencé avant notre naissance, alors Josh et toi pourrez survivre aux rumeurs. Dis-moi plutôt : qu'est-ce que tu ressens vraiment pour lui ?

Elle secoua la tête.

— Je ne sais pas. Je l'aime bien. Beaucoup. Peut-être plus que beaucoup, mais peut-être que c'est juste parce que c'est nouveau et excitant. Tu sais comment ça marche. Parfois, au bout d'un mois environ, l'éclat initial s'estompe. Et si c'était le cas et que je ruinais ma carrière pour de bon ?

— Tu sais que tu ne fais que te mentir à toi-même, n'est-ce pas ? demanda Jade. Tu l'aimes bien depuis l'école primaire. Ce n'est pas nouveau. Ça s'est juste avéré maintenant. Comment peux-tu embobiner ton propre esprit comme ça ?

Riley soupira.

— Je ne me mens pas. Bon, peut-être que oui. C'est comme

si toutes ces années à le regarder de loin…

— À fantasmer sur lui tard dans la nuit, la coupa Jade.

— Peut-être.

— Je l'ai fait pour Rex, donc je sais que vous l'avez fait pour Josh.

— Bien, OK. Je fantasme sur lui depuis le jour où mes hormones sont entrées en action, et les fantasmes sont devenus plus forts chaque fois que je l'ai vu. C'était plus facile quand j'étais au lycée. Je pouvais alors repousser ces pensées pour un moment, admit Riley.

— Je connais ce sentiment, mais, Ri, c'est réel. Ça se passe dans la réalité, et tu sais que tu ne veux pas y mettre fin, reprit Jade.

Un coup frappé à la porte la tira de ses pensées.

— Il y a quelqu'un à la porte. Ça doit être lui. Je dois y aller. On se parle plus tard ?

— Oui, et, Ri ?

— Oui ?

— Il n'y a rien de mal à suivre son cœur. Laisse-toi aller au bonheur.

Riley posa le téléphone et répondit à la porte.

— Salut.

Josh l'embrassa sur la joue et lui tendit une tasse de Starbucks bien chaude. Il passa devant elle comme s'il lui rapportait du café tous les matins. Il portait un short de jogging et un t-shirt trempé de sueur et il avait à l'épaule un sac à vêtements et un sac de sport.

— Salut.

Riley ferma la porte et s'y adossa, tout en tenant la tasse chaude entre ses mains. *Laisse-moi être heureuse.* La chaleur de la tasse n'était pas comparable à celle de son cœur lorsqu'elle regarda Josh, dans toute son incroyable beauté, lancer les sacs sur le canapé et revenir vers elle, les bras ouverts. Lorsqu'il l'enveloppa dans ses bras puissants, sa peau était glacée et couverte de sueur. N'empêche, elle faillit fondre sous son baiser et, en l'entendant murmurer : « Tu m'as manqué » à son oreille, elle fut conquise. Elle ne mettrait certainement pas fin à sa relation avec Josh pour éviter les ragots. Elle se figea contre lui. Que devait-elle faire à présent ? Aller au travail et faire comme si rien ne s'était passé entre eux, ainsi qu'elle le lui avait demandé ? Comment y parviendrait-elle alors que tout ce qu'elle voulait vraiment, c'était tomber dans ses bras et l'embrasser à en perdre la tête.

— Ça va ? demanda-t-il. Le café te plaît ?

— Oui, parfait, répondit-elle.

— Qu'est-ce qu'il y a ? Qu'est-ce qui ne va pas ?

Il fronça les sourcils, en proie à une authentique inquiétude.

Comment pouvait-elle lui expliquer ce qui se passait dans sa tête ?

— Riley ? J'ai raté quelque chose ? Je n'aurais pas dû revenir ? demanda-t-il.

— Non, non. Ce n'est pas ça. C'est juste…

J'aime trop ça. Je veux me réveiller avec toi. Je veux que tu m'apportes le café. Je ne veux pas être connue comme la femme qui a fait carrière en couchant avec toi.

— Bébé ? Qu'est-ce qu'il y a ?

Oh, mon Dieu, « bébé » ? J'adore ça.

Riley détourna les yeux pour qu'il ne puisse pas lire son expression. Elle savait que ses yeux révélaient ses émotions. Jade le lui avait répété des centaines de fois.

Elle sentit les bras de Josh l'entourer. Il posa sa joue contre la sienne.

— Quoi qu'il en soit, nous pouvons trouver une solution, lui assura-t-il.

Riley soupira.

— Tu veux vraiment faire ça ?

Pourquoi ai-je l'air si effrayée ? Dieu, je déteste ça.

— Par « ça », tu veux dire…

Il pressa son corps contre le sien et l'embrassa sur la joue.

— Ou bien « ça », c'est « toi et moi » en général ?

— Je voulais parler de toi et moi en général.

S'il te plaît, dis-moi que tu le veux. Non, s'il te plaît, dis-moi que tu ne le veux pas. Argh !

Il s'écarta et plissa ses yeux.

— Oublie ce que je veux, Riley. Que veux-tu ? Qu'est-ce qui te rendra la plus heureuse ? Je ne veux pas m'imposer à toi. Si tu ne veux pas explorer ce qu'il y a entre nous, je comprendrai et ton travail ne sera pas menacé.

— Non.

Elle attrapa son bras et sentit ses muscles se tendre sous ses doigts.

— Josh, il n'y a aucun doute dans mon esprit : je te veux et je ne veux pas me cacher et comploter. Mais je ne sais pas si je pourrais survivre à une tempête de ragots avant même d'avoir eu la chance de faire mes preuves.

Il la serra contre lui une fois de plus, la tenant par la nuque afin que sa joue repose contre sa poitrine, sûre et chaude.

— Oh, bébé. Ce n'est pas une chose facile à réaliser.

Il s'écarta pour lui sourire, puis prit sa joue et l'embrassa.

— Mais je veux trouver un moyen d'y parvenir. Parlons-en.

Il lui prit la main et la conduisit jusqu'au canapé.

— Où es-tu allé ce matin ? demanda-t-elle.

— Courir, puis, je suis passé chez moi pour prendre des

vêtements et des affaires de toilette.

— Tu as couru avec tes sacs ?

— Non. Jay me les a apportés. Je ne voulais pas que tu penses que j'étais parti après la nuit dernière, mais je suis un peu névrosé concernant ma course quotidienne. C'était bien que je revienne ?

— Oui, évidemment. Mais pourquoi as-tu… au lieu de te préparer chez toi, je veux dire ?

— Riley, je voulais faire de l'exercice, mais pas être loin de toi. Je veux passer du temps avec toi et, si tu préfères qu'on se cache, alors je volerai chaque seconde de clandestinité que je pourrai avoir avec toi. Et puis, quel genre de goujat n'apporte pas de café le matin, après une nuit comme celle-là ?

Il se passa une main dans les cheveux.

— J'aurais probablement dû te demander d'abord. Je suis désolé. Je n'ai même pas pensé que je pourrais me mettre en travers de ton chemin ou perturber ta routine. Les femmes ont des rituels le matin. Je suis un grand garçon. Je peux me préparer chez moi, sans problème, expliqua-t-il en ricanant.

Il se leva, mais Riley le fit rasseoir.

— Josh, ce n'est pas du tout ce que je voulais dire. Je n'ai jamais rencontré quelqu'un comme toi. La plupart des hommes seraient partis et seraient ravis de l'être. Tu m'as surpris, c'est tout. Reste. S'il te plaît, reste.

Il lui caressa la joue.

— Je ne suis pas la plupart des hommes.

— Oui, je sais. La plupart d'entre eux n'offriraient pas non plus de m'aider à résoudre un problème.

Il haussa les sourcils.

— C'est une question difficile. Il n'y a pas beaucoup de choix. Nous pouvons aller au travail, faire comme si de rien n'était et voir où va notre relation, ou nous pouvons aller au travail, faire face à la situation et endurer les rumeurs. Il n'y a pas de juste milieu. Je suis prêt à faire ce que tu penses être le mieux.

— Tu es vraiment trop beau pour être vrai. Tu n'es pas du tout inquiet de sortir avec une employée ? Une toute nouvelle assistante ? Tu n'es pas seulement mon patron, Josh, tu es une icône de la mode. Tu diriges JBD. Bon sang, tu es JBD. Ça ne t'inquiète pas de sortir avec quelqu'un du boulot, ou…

— Ou quoi ?

Riley le regarda dans les yeux et lui posa la question qui l'avait taraudée toute la matinée.

— Tu es déjà sorti avec des gens au travail ? Sont-ils habitués à ça ? Tu sais, les mannequins vont et viennent tout le temps chez JBD.

Avant qu'elle ait pu cligner des yeux, Josh était sur elle, lui tenant les mains au-dessus de la tête et l'embrassant dans le cou. Riley cria de surprise et de plaisir.

— Vraiment ? C'est l'opinion que tu as de moi ? Je cherche des assistantes et des mannequins solitaires à baiser ?

Il souleva son t-shirt et lui embrassa le ventre.

— Car, laisse-moi te dire quelque chose, ma petite dame, non seulement je ne suis sorti avec personne du boulot, mais je ne suis jamais sorti avec quelqu'un comme toi avant.

Il lui chatouilla les côtes jusqu'à ce qu'elle hurle de rire.

— OK. OK, capitula-t-elle à travers ses éclats de rire.

Il posa sa bouche sur la sienne et l'embrassa à nouveau. *Je pourrais m'y habituer.* Elle se cambra vers lui et il l'attira sur ses genoux. Les cheveux de Riley tombèrent comme un rideau sur leur baiser. Josh ôta sa chemise par-dessus sa tête et prit un de ses seins dans sa bouche. Elle gémit. Avait-elle le temps de s'amuser avant le travail ? Au *diable tout ça.* Elle trouverait le temps. Il tira sur son short à elle pendant qu'elle lui baissait le sien.

— Préservatif, dit-il, en attrapant son sac.

Elle gémit.

— Dépêche-toi.

Elle s'allongea sur le canapé, nue, le regardant envelopper son énorme érection de latex protecteur. Elle n'avait pas réalisé la nuit précédente à quel point il était bien monté et maintenant, elle pouvait à peine détacher ses yeux de lui.

Il afficha un sourire sournois en grimpant sur elle.

— C'est une malédiction chez les Braden.

— Une sacrée malédiction.

— Quelqu'un doit bien en faire les frais.

— Oh, bébé, laisse-moi être cette personne-là, le taquina-t-elle.

Cette fois, sans la confusion du vin et la brume de la luxure menant au sexe, elle sentit chaque centimètre de son sexe, quand il la pénétra, chaque coup, la plénitude de son gland, la longueur de son érection. Quant à son épaisseur, elle provoqua en elle des sensations engourdissantes. Elle qui avait rêvé de lui pendant si longtemps se retrouvait maintenant, dans cette pièce baignée de soleil, avec ses yeux sombres et provocants qui fixaient les siens. Elle ne s'était jamais sentie aussi en paix et le sexe ne lui avait jamais procuré un tel sentiment de plénitude.

Il prit sa tête entre ses mains et déposa de doux baisers sur ses lèvres, ses joues, son front.

— Tu es vraiment belle, dit-il.

— Tu dis ça à tous les mannequins, le taquina-t-elle. On est sur le canapé de ta sœur. Je ne pense pas qu'elle apprécierait beaucoup.

— D'accord.

Il sauta sur le canapé et elle dut montrer les griffes pour qu'il revienne.

Il la tira sur le canapé, puis la souleva. Elle enroula les jambes autour de sa taille et l'accueillit en elle.

— Maintenant, nous ne sommes plus sur le canapé, dit-il.

Elle savait qu'il devait bander ses muscles, mais, si tel était le cas, il n'en laissait rien paraître. Il la plaqua contre le mur, la tenant sous ses cuisses, la soulevant à chacun de ses coups de reins. Elle embrassa son cou, puis suça la peau de la courbe de son épaule jusqu'à ce qu'il gémisse.

— Tu vas me faire jouir, dit-il.

— Ce n'est pas le but ? plaisanta-t-elle.

Il gémit à nouveau et la porta dans la chambre, puis l'allongea sur le lit. Alors qu'il commençait à grimper sur elle, elle secoua la tête.

— À mon tour, dit-elle en le poussant contre le mur. Enlève ça, ajouta-t-elle, en regardant le préservatif.

— Je l'enlève ?

— Oui. Si je risque de me faire traiter de toutes les façons possibles, autant être à la hauteur des attentes.

Elle le regarda retirer le préservatif.

— Je prends la pilule de toute façon.

Sur quoi elle prit son téton dans sa bouche et le suça jusqu'à ce qu'il durcisse sous sa langue. Il attrapa ses bras en gémissant.

— Doucement, dit-elle, en glissa le long de son corps jusqu'à ce qu'elle se retrouve face à son érection.

— Riley, tu n'es pas obligée, dit-il.

— Chuuut.

Elle passa la langue le long de son érection, appréciant le gémissement bas et guttural de Josh. Elle l'entoura de sa main et lui lécha les bourses tout en le caressant, lentement au début, en serrant la tête, puis plus rapidement. Le corps de Josh se raidissait contre le mur à chaque succion aguichante.

— Bébé, dit-il en serrant les dents.

— Chut.

Elle le guida jusqu'au bord du lit et lui indiqua d'une petite tape sur sa poitrine qu'elle voulait le voir s'allonger. Il écarquilla les yeux et elle lui indiqua d'un signe :

— Regarde.

S'agenouillant, elle prit toute la longueur de son sexe dans sa bouche, le serrant dans sa main pendant qu'elle allait et venait sur son érection.

Allongé sur le lit, Josh gémit à nouveau.

— Merde, tu me rends fou.

Elle accéléra le rythme, tenant ses bourses dans une main et utilisant sa bouche pour l'amener au bord.

— Riley, ce n'est pas juste. Tu dois jouir, insista-t-il.

— Hmm, un amant courtois. J'aime ça.

Elle le taquina jusqu'à ce que son érection s'épaississe encore et qu'il se cramponne au couvre-lit. Puis elle se pressa contre lui et remonta le long de son corps jusqu'à ce qu'ils soient les yeux dans les yeux.

— Préservatif ? demanda-t-elle.

— Tu prends la pilule ?

— Oui, mais tu ferais mieux de répondre rapidement sinon je risque de perdre tout intérêt à la chose, le taquina-t-elle.

Refermant les yeux, il sourit. Elle savait qu'elle ne tomberait pas enceinte, mais elle ne pouvait s'empêcher de penser aux femmes avec lesquelles il avait été. Cette fois, elle prendrait la voie la plus sûre, du moins jusqu'à ce qu'elle en sache un peu plus sur son histoire sexuelle. Il savait très bien ce qu'il faisait hier soir, et pareille expertise ne vient qu'avec la pratique.

— Je reviens tout de suite, murmura-t-elle, avant de se précipiter dans le couloir pour récupérer un préservatif.

Quand elle revint, il était toujours allongé sur le lit, sans que son érection ait faibli. Elle déchira l'emballage et l'aida à l'enfiler, puis elle se mit à genoux pour lui donner un dernier frisson, avec quelques coups de langue sur l'intérieur de ses cuisses.

Il la tira vers lui.

— Tu es une sacrée coquine, plaisanta-t-il.

— Je ne l'ai jamais été. Je pense que tu exerces un pouvoir mental sur moi.

Elle appréciait la nouvelle liberté sexuelle qu'il avait allumée en elle. Dans sa ville natale, tout le monde se connaissait. Les rumeurs circulaient sans relâche. Riley était bien placée pour le savoir : elle était les yeux et les oreilles de Weston. Si une rumeur était répandue, elle savait qui l'avait lancée et en général, si elle était vraie ou non. Elle n'avait jamais voulu courir le risque qu'un homme parle de ses habitudes au lit. Aussi avait-elle joué la sécurité et, ici, à des kilomètres de chez elle, avec un homme qu'elle aimait et respectait vraiment, elle n'avait pas cette crainte.

— Alors je suis un homme chanceux, lâcha Josh.

Il l'allongea sur le dos et lui fit l'amour lentement, l'amenant au bord du précipice, puis ralentissant, la narguant, jusqu'à ce que des tremblements de cœur secouent son corps.

— Plus vite, insista-t-elle.

Il plaqua sa bouche sur la sienne et continua son rythme lent et frustrant. Elle balança ses hanches, le poussant à aller plus vite, mais il refusa et, quand il retira ses lèvres des siennes, il lâcha :

— Les retours de bâton coûtent cher.

Elle rit, puis referma les jambes autour de ses hanches et glissa un oreiller sous ses fesses. Chaque lente poussée la stimulait aux bons endroits.

— Très rusé ! commenta-t-il.

Elle entendit au son de sa voix que lui aussi était sur le point de perdre le contrôle. Enroulant les bras autour de son cou, elle s'accrocha à lui pendant qu'il la précipitait dans les affres de l'extase. Son fourreau se resserra autour de lui tandis qu'il répétait son nom à l'infini, chaque fois avec plus d'émotion, puis tombait, haletant et souriant, à côté d'elle.

— Je pense que nous avons un problème, dit-il.

— Oui, je pensais la même chose.

CHAPITRE DOUZE

Josh était dans son bureau, en train d'examiner un dossier tout en essayant d'arrêter de penser à Riley. Lorsqu'il l'avait vue près de son bureau, il avait dû faire preuve de toute sa volonté pour ne pas l'enlacer et son corps avait réagi d'une manière qui lui rappelait ses années d'adolescence – même à l'époque, la simple vue de Riley suffisait à provoquer une tension dans son pantalon. Il avait dû se retirer dans son bureau pour reprendre le contrôle.

Mia jeta un coup d'œil dans son bureau.

— Treat est sur la ligne 2 pour toi.

— Merci, dit-il avant de décrocher le téléphone. Treat, comment va ?

Il ne l'avait pas vu depuis que Max et lui avaient annoncé la date de leur mariage, quelques semaines plus tôt.

— Super, et toi ? demanda la voix réconfortante et familière de son frère.

— Mieux que jamais. Quoi de neuf ?

— Max et moi venons en ville demain. Je suis désolé de te prévenir si tard, mais j'ai un truc professionnel à faire, donc si tu es libre, pourrais-tu retrouver Max pour sa robe de mariée ?

— Bien sûr, à ton service. Quand ?

Mia jeta un coup d'œil dans son bureau et il lui fit signe

d'entrer.

— J'aurai terminé ma réunion vers 16 h, et nous pouvons nous retrouver n'importe quand après, répondit Treat.

Josh couvrit le récepteur de sa main.

— Qu'ai-je de prévu demain soir ? demanda-t-il à Mia.

— Rien. J'ai déjà libéré le créneau pour Treat, répondit-elle, rayonnante.

Josh pensa à Riley et se demanda si son frère verrait un inconvénient à ce qu'il l'emmène. Il reporta son attention sur leur appel.

— Tu as déjà fait de la place dans mon emploi du temps avec Mia ?

— Eh, tu es un homme occupé, et moi aussi, s'esclaffa Treat.

— C'est cool. En fait, c'est d'une grande aide. Ça te dérange si j'amène Riley ? J'aimerais entendre ce qu'elle pense de la robe de Max.

Josh vit Mia hausser les sourcils. Il couvrit à nouveau le combiné.

— Tu as besoin d'autre chose, Mia ?

— Juste pour te faire savoir que Claudia a été plus diabolique que jamais aujourd'hui. J'ai pensé que tu aimerais le savoir.

Ses nerfs frémirent à l'idée de Claudia traitant mal Riley. C'était une chose de lui permettre de rester chez JBD par loyauté et une autre de l'autoriser à abuser de son sens de la loyauté et de nuire à d'autres. *Ma relation avec Peter en vaut-elle la peine ?* Si seulement la réponse était aussi facile. Dans l'industrie de la mode, quelqu'un comme Peter pouvait faire ou défaire la carrière d'un designer, et vice versa.

— Oh, et n'oublie pas, ajouta Mia, tu as une conférence

téléphonique à 19 h ce soir. Tu as besoin que je sois là ?

Merde. Il se promit d'avoir une conversation sévère avec Claudia et de retarder son rendez-vous avec Riley.

— Non, je peux gérer ça. Merci, Mia.

Il le regarda quitter le bureau.

— Comment ça se passe avec Riley maintenant qu'elle travaille pour toi ? demanda Treat.

Il connaissait assez son frère pour entendre la question silencieuse dissimulée sous les mots, mais il choisit de l'ignorer.

— Elle fait un excellent travail.

— Et ?

— Qu'est-ce qui te fait penser qu'il y a un « et » ?

Merde. Il n'avait jamais été capable d'embobiner Treat. Il ne savait pas pourquoi il avait espéré le faire maintenant.

— Josh, tu l'as amenée chez papa pour déjeuner il y a six semaines. Jamais tu n'avais ramené qui que ce soit. Dois-je croire que ta gentillesse était seulement due au fait qu'elle est originaire de notre ville natale ?

Josh s'appuya sur sa chaise. Il avait passé des années à observer Treat. Son frère possédait des complexes hôteliers de luxe partout dans le monde ; il charmait certains des hommes d'affaires les plus intelligents au point de conclure des accords que personne d'autre n'aurait jamais pu obtenir. Josh avait beaucoup appris de lui sur les négociations et la manipulation et, maintenant, il n'arrivait pas à trouver une seule phrase pour déjouer l'enquête de son frère.

— Ce serait gentil, oui, répliqua Josh avec un sourire.

— Mouais, bon, on va faire semblant alors. Tu es encore jeune. Tu as le temps de comprendre ces choses.

Josh leva les yeux au ciel.

— OK, très bien. Allons droit au but. Riley et moi avons

commencé à sortir ensemble. Hier.

— Hier ? Waouh, tu as bien agi. Elle est à New York depuis une semaine et tu t'es retenu six jours entiers.

— Ha ha, répliqua Josh. Ce n'était pas mon plan de sortir avec elle quand je l'ai amenée ici. C'est juste arrivé comme ça. Et je l'aime bien. Beaucoup.

— Attends une seconde. Josh, tu viens d'admettre être sorti avec quelqu'un. Tu n'as pas admis un seul foutu rendez-vous en six ans. Ce qui fait passer cette déclaration à un tout autre niveau. Tu le sais, n'est-ce pas ?

Merde. Il perdait vraiment pied quand il s'agissait de Riley. Josh ne commentait jamais sa vie privée avec Treat ou avec qui que ce soit d'autre. Il avait été photographié avec des mannequins et des célébrités, et n'avait jamais confié aux médias ou à sa famille la profondeur, ou l'absence de profondeur, de ses relations avec l'une d'entre elles. Mais qu'est-ce qu'il était en train de faire ? Et pourquoi était-ce si bon de parler d'elle ?

— Treat, est-ce que ça peut rester entre nous deux ?

— Tu sais que Max sera là pour discuter de la robe, non ? fit remarquer Treat.

— Entre nous trois, alors ? Sérieusement. Riley veut garder ça secret pour des raisons professionnelles.

— Elle ou toi ? Treat insista.

— Elle. J'étais prêt à le dire à tout le monde, mais elle ne veut pas qu'on pense qu'elle couche pour faire carrière, et je ne lui en veux pas.

— Attends. Tu étais prêt à rendre votre relation publique après un seul rendez-vous ? demanda Treat.

Josh n'y avait pas pensé de cette façon. Était-ce vraiment juste un rendez-vous ? Il se sentait déjà si proche d'elle. À partir du moment où Rex lui avait demandé de regarder le portfolio de

Riley, les sentiments que Josh avait éprouvés pour elle pendant toutes leurs années d'enfance lui étaient revenus en pleine face. Il avait à nouveau été attiré par elle, comme s'il l'avait attendue toute sa vie sans s'en rendre compte. Être avec elle, c'était différent – mieux – que d'être avec n'importe quelle autre femme. *C'est pourquoi j'étais si prête à le crier sur les toits après la pièce. Parce que c'est Riley.*

— Oui, je suppose, admit-il. Je ne sais pas ce qu'elle a de spécial, Treat, mais elle me rend heureux. Plus heureux que je ne l'aie été depuis des années.

Treat rit.

— Je n'aurais jamais pensé entendre ces mots de tes lèvres, frérot. Je suis heureux pour toi. Qui aurait cru que tu finirais avec une fille de notre petite ville natale ? Attends que papa entende ça. Il sera au paradis, à bâtir toutes sortes de plans pour que tu reviennes à la maison.

— Ça n'arrivera pas, déclara Josh, qui ajouta, juste au cas où : Treat, promets-moi, pas un mot à papa ou à quiconque. C'est le choix de Riley. Je respecte ses souhaits, et j'aimerais que tu fasses de même.

— Josh, Riley est peut-être d'accord avec ça, mais toi, tu l'es ? Rex et Jade ont essayé de garder leur relation secrète, et ça a vraiment été stressant pour tous les deux. Tu es sûr que c'est la meilleure voie pour une relation sur laquelle tu pourrais vouloir construire un avenir ?

Treat avait parlé de son ton le plus sérieux, et Josh imagina ses yeux sombres, soucieux, ses sourcils froncés et ses bras croisés sur son large torse. Plus âgé de plusieurs années, Treat lui avait toujours donné de bons conseils. Josh s'était fait la même réflexion et il ne connaissait pas la réponse.

— Si on le dit à tout le monde, elle pourrait vivre un enfer sur le plan professionnel. Elle en paiera le prix fort. Les gens s'attendent à ce que je sorte avec qui je veux. Bon sang, ils m'applaudiraient probablement de sortir avec une employée débutante. Ils sont tellement débiles. Mais Riley ? Ils vont la démolir et la mettre en lambeaux.

Sa poitrine se serra.

— Elle sera étiquetée comme la fille qui a couché pour arriver et on risque de ne pas la prendre au sérieux. Il n'y a pas de réponse facile, mais je préfère être mal à l'aise au lieu de la voir blessée.

Il se passa une main dans les cheveux, espérant que Treat verrait une solution qui lui avait échappé.

— Que ferais-tu, à ma place ? reprit-il.

— Waouh, c'est une question difficile. Je suppose que tu fais la bonne chose. Provinciale dans une nouvelle ville, business impitoyable. Il n'y a pas de moyen facile de contourner la difficulté. Même si vous sortez ensemble pendant un an et qu'elle obtient une promotion pendant cette période, elle sera toujours étiquetée comme cette fille.

Treat rit.

— Frangin, tu sais comment sortir du placard, dis donc ! D'abord, tu ne dis rien et, quand tu finis par avouer, tu le fais avec la relation la plus difficile où tu puisses être impliqué.

— Développe-moi ça.

— Riley est une gentille fille. Jade en dit le plus grand bien, et Jade et Max sont devenus très proches depuis qu'elle est avec Rex. Donc, mon meilleur conseil est d'être sûr de ce que tu veux avant de le rendre public. Tu es un Braden. Tu peux surmonter n'importe quelle tempête. Mais les femmes, elles, sont différentes. Même les dures sont sensibles. Elles se soucient de ce que les gens pensent bien plus que nous, et Riley va forcément être prise dans des feux croisés qu'elle ne pourra pas gérer.

— Oui, je sais. Merci, Treat. Eh, est-ce que 19 h, ça vous convient demain ?

— Oui, 19 h, c'est bien. On se retrouve chez toi ?

Chez moi ? Josh réalisa qu'il pensait déjà à l'endroit où se trouvait Riley comme étant celui où il se trouverait. Les choses bougeaient vraiment vite. Bon sang, c'était ce que c'était, et il n'avait pas l'intention d'y changer quoi que ce soit. Mais tant que Riley voulait garder leur relation secrète, elle ne passerait pas la nuit chez lui, et ils devraient arriver au restaurant séparément pour ne pas donner l'impression de sortir ensemble. Ce qui voulait dire qu'ils ne se toucheraient pas, ne se tiendraient pas la main, pas… Bon sang. Ça allait être l'enfer.

— Tu te soucies de l'endroit où on mange ? demanda Josh.

— Jamais, pourquoi ? l'interrogea Treat.

— Riley habite chez Savannah jusqu'à ce qu'elle trouve un appartement. Pourquoi ne pas dîner là-bas ? Je peux préparer quelque chose, ou faire livrer des plats et, de cette manière, le stress d'être vus ensemble sera éliminé.

— Ça marche pour moi. Où est Savannah ?

— Elle est à Los Angeles pour deux semaines. Elle héberge Riley jusqu'à ce qu'elle trouve un appartement.

— Ça m'a l'air bien. Savannah sait-elle que tu te tapes sa colocataire ? le taquina-t-il.

— Bon sang, Treat. C'est un peu osé, tu ne crois pas ? Et non, elle ne sait pas. Personne ne sait.

— Je parie que Jade, si.

— Peut-être, admit Josh en réfléchissant à la question.

— Ça va être sympa de te voir.

— Oui, toi aussi, Treat, et merci de garder ça entre nous.

— Fais-moi une faveur, Josh. Bâtis un plan de secours. Ce

genre de relation ne reste pas caché longtemps. Je pense que Rex et Jade ont tenu moins de deux semaines avant que Rex ne perde la tête et ne doive le dire à tout le monde. Trouve un plan de secours et assure-toi qu'elle ne soit pas blessée.

— C'est exactement ce à quoi je pensais. Tu m'as bien formé.

CHAPITRE TREIZE

— Les salons professionnels sont l'un des aspects les plus importants de notre travail, commença Claudia. Nous sommes le reflet de JBD, par conséquent…

Elle parcourut lentement des yeux la blouse crème et la jupe noire de Riley, qui, sans être des pièces de haute couture, n'en étaient pas moins élégantes et professionnelles.

— Tu dois représenter JBD. Prends quelque chose dans le placard. Si tu peux trouver quelque chose à ta taille.

Riley serra sa mâchoire. *Laisse tomber. Laisse tomber.*

— D'accord.

— Tu dois être là une heure en avance pour installer le stand. Assure-toi que la disposition est parfaite.

— Vous ne serez pas là ? demanda Riley.

C'était son premier salon professionnel. Elle n'avait aucune idée de la façon dont Josh aimait organiser les choses.

— Si, mais j'aurai des choses à faire. Je te rejoindrai juste avant l'ouverture. Et le spectacle essaie quelque chose de différent cette année. La première est le soir, pas le matin, donc prévois de rester dans les parages au moins jusqu'à 22 h. C'est leur premier spectacle avant Noël, et si ça se passe mal, ce sera le dernier.

— Y a-t-il des règles à suivre dans la disposition du stand ?

Le pouls de Riley s'accélérait : elle avait l'impression insidieuse qu'elle allait échouer.

— Simone peut vous renseigner sur ces détails.

Claudia agita une main désinvolte, avant d'ajouter d'un ton sec, voyant que Riley attendait d'autres instructions :

— Quoi ?

Riley cligna plusieurs fois des yeux. *Tu es sérieuse ?*

— Vous avez fait une telle histoire à propos de ce salon que je m'attendais à beaucoup plus que ça. J'ai l'impression de n'avoir reçu aucune information. Qu'est-ce que je dois mettre en avant ? Qu'en est-il des accessoires ? Que dois-je attendre du salon ? Est-il acceptable de montrer aux acheteurs des combinaisons vestimentaires alternatives ? Des accessoires ?

Elle avait un million de questions et, à l'air pincé de Claudia, elle savait que celle-ci les laisserait sans réponse.

— Simone. Adresse-toi à elle.

Sur quoi Claudia tourna les talons et s'éloigna.

Riley serra les dents et se dirigea vers Simone. *Simone. Va la voir. Je suis quoi, là ? Un chien ? Un enfant ?* Riley n'était en aucun cas une potiche et, si quelqu'un chez elle l'avait traitée de cette façon à Weston, elle l'aurait remis à sa place, mais elle ne pouvait pas se permettre d'énerver Claudia. Elle avait besoin de respecter la hiérarchie. *Respecte la hiérarchie.* Riley s'arrêta dans son élan. Peut-être qu'elle avait tout faux avec Claudia, en se montrant forte, en prenant des décisions sans poser de questions. Elle en avait déjà vu, des femmes comme elle. Claudia avait besoin d'être la reine des abeilles, et heureusement pour Riley, ça ne la dérangeait pas d'être la demi-sœur indésirable. Au moins pour le moment.

Au lieu d'aller voir Simone, elle retourna vers Claudia et s'approcha d'elle en fronçant les sourcils.

— Quoi encore ? cracha celle-ci.

— Je sais que vous m'avez dit d'aller trouver Simone, mais je veux vraiment apprendre le métier auprès de la meilleure.

Elle baissa la voix jusqu'à chuchoter.

— Et Josh dit qu'il n'y a personne de mieux que vous. J'aimerais vraiment que vous me fassiez visiter un peu. Il est évident que vous savez exactement ce qui doit être fait et, d'après Josh, personne ne le fait mieux que vous.

Elle ouvrit de grands yeux et se couvrit la bouche.

— Oh, mon Dieu, s'il vous plaît, ne répétez à personne que je vous ai dit ça. Josh n'avait probablement pas l'intention de le rendre public.

Elle se mordilla la lèvre, puis se retourna, agitant nerveusement les mains.

— Laissez tomber. J'ai dépassé les bornes.

Riley commença à rebrousser chemin.

— Stop, l'arrêta Claudia.

Riley se mordit l'intérieur des joues pour s'empêcher de sourire et de trahir sa ruse.

— Josh t'a dit ça ? fit Claudia en soutenant son regard.

Riley se précipita à ses côtés, feignant l'inquiétude en balayant la pièce du regard, puis murmura :

— Oui, et donc j'ai juste pensé… eh bien… que ce serait mieux d'apprendre directement auprès de vous, puisque vous savez manifestement ce que vous faites.

Claudia laissa tomber son stylo sur le bureau, puis se leva d'un bond.

— Bien sûr que je sais, confirma-t-elle en redressant le menton. D'accord, mais je n'ai pas beaucoup de temps, alors sois très attentive.

Riley la suivit dans une autre pièce, remplie de bannières, de brochures et de divers supports et présentoirs. Claudia tira un classeur d'une étagère et le feuilleta.

— Ce sont des photos de nos expositions précédentes. Les résultats de chaque exposition sont notés derrière les images. Il est évident que les designs doivent changer d'un salon à l'autre, et que la mise en place aussi doit être nouvelle, mais je m'en sers et tire des idées de chacun pour créer quelque chose de nouveau. Quoi que tu fasses, ne copie jamais un étalage. Les acheteurs sont intelligents et ont une excellente mémoire des détails. Tu dois être au sommet de ton art. Mémorise chaque article que nous apportons au salon ainsi que le stock disponible.

— Comment je peux y parvenir en deux semaines ? demanda Riley.

— Tu devras étudier les fiches produits jour et nuit jusqu'à la date fatidique. Toutes les fiches. Je fais toujours en sorte de lire aussi les dossiers techniques, pour savoir quel point de couture est utilisé sur chaque vêtement.

Bien sûr que oui.

— Vous êtes vraiment très avisée. Je vais faire de mon mieux.

— De ton mieux ? répéta Claudia en tournant vers elle un regard sévère. Tu ne dois pas faire de ton mieux. Tu dois être parfaite. Il n'y a pas de place pour les débutants à l'esprit confus dans les salons professionnels.

Alors pourquoi j'y vais ?

— Bien sûr. Je ne vous laisserai pas tomber. Je vais rester tard et étudier les dossiers.

— Pourquoi ne les emmènerais-tu pas chez toi ce soir ? Je trouve toujours plus facile de me concentrer à la maison, suggéra Claudia.

— Vraiment ? Je suis autorisée à les sortir du bureau ? Je

pensais que c'était confidentiel.

— Oh, ne t'inquiète pas. Si je te dis que c'est bon, c'est que c'est bon.

Claudia sourit et toucha l'épaule de Riley, qui essaya de ne pas se hérisser à son contact.

— Merci, Claudia. J'apprécie vraiment votre aide. Je ne vous laisserai pas tomber.

Pourquoi n'avait-elle pas pensé à lui faire de la lèche avant aujourd'hui ? Ça fonctionnait comme un charme. À moins que… ce ne soit une sorte de piège ? Allait-elle avoir des problèmes si elle sortait ces documents du bureau ? Elle eut une sensation de vide au creux de l'estomac et tenta de la faire disparaître.

Riley étudia les registres pendant les deux heures suivantes, prenant de nombreuses notes sur les détails dont elle devait se souvenir. Alors qu'elle retournait à son bureau pour revoir les fiches produits, elle vit Josh s'approcher d'elle, Mia à ses côtés.

— Bonjour, Riley. Comment ça se passe ? demanda Mia avec un large sourire.

— Super. Je suis vraiment excitée par le salon professionnel.

Elle s'efforça de ne pas établir de contact visuel avec Josh, mais elle sentit ses yeux séduisants sur elle, qui l'attiraient, et elle ne pouvait pas faire comme s'il n'était pas là. Alors elle leva les yeux. *Super, maintenant j'ai envie de l'embrasser.*

— Bonjour, Josh.

Il sourit et elle sentit une poussée d'excitation jusque dans ses orteils.

— Riley, lâcha-t-il avec naturel, est-ce que tu as trouvé Claudia inhabituellement méchante aujourd'hui ?

— « Méchante » ? Non. En fait, elle a été tout à fait agréable aujourd'hui, ce qui a été une bonne surprise.

Et une surprise choquante. Je n'ai pas confiance en elle.

Les yeux de Mia passaient de Josh à elle, et Riley réalisa qu'elle fixait Josh avec un sourire amusé sur les lèvres.

— Il faut que j'aille travailler, déclara-t-elle avant de les quitter si précipitamment que la voix de Mia resta en suspens derrière elle.

— Un peu nerveuse aujourd'hui ? commenta Mia.

Riley ralentit pour saisir la réponse de Josh.

— Ce n'est pas le cas de tous les nouveaux employés ? répliqua-t-il.

Merci, Seigneur. Elle poussa un soupir de soulagement. De retour à son bureau, elle s'assit avec les fiches produits étalées devant elle pour la ligne Bliss ainsi que pour celles des deux saisons précédentes. Ouvrant le tiroir de son bureau, elle prit un crayon sans regarder… et se piqua le doigt. Elle porta son doigt ensanglanté à sa bouche et regarda autour d'elle avant de jeter un coup d'œil dans son tiroir. *Bon sang.* Elle aurait aimé savoir ce que Claudia était en train de faire maintenant. Elle avait enclenché le bouton « gentille » bien trop rapidement. Riley avait voulu croire que Claudia était juste devenue gentille après son numéro de lèche-bottes, mais pouvait-elle changer aussi vite… ou pas du tout ? *Si elle me joue un tour après avoir été aussi gentille, je vais…* Elle regarda dans le tiroir, puis fit rapidement rouler sa chaise pour que ses collègues ne puissent pas voir ce qu'elle faisait. Elle retira du tiroir une rose orange. *Josh.* Son cœur manqua un battement. Elle ouvrit son sac à main et y glissa la fleur. En refermant son sac, elle trouva une note qu'elle dissimula dans son poing et se dirigea vers les toilettes pour dames. Elle ne voulait pas être surprise à rougir à son bureau.

Après s'être enfermée dans une cabine, elle déplia le message.

*« Belle Riley, pardonne-moi, mais j'ai une conférence télé-
phonique ce soir. Peut-on déplacer notre rendez-vous à 20
h ? J'ai hâte de te voir. Je passe te prendre chez Savannah.
Mets quelque chose de débraillé. Oui, débraillé, pas joli, pas
stylé, pas coquet.*

J »

*« Débraillé » ? Mais qu'est-ce que ça veut dire ? Est-ce que je
possède au moins quelque chose de débraillé ?*

À 17 h, Riley était toujours au-dessus des fiches produits, l'esprit
envahi d'un flou de tailles, de couleurs et de numéros de stock
qui se répétaient comme un motif.

— Comment ça se passe ? demanda Claudia.

Riley sursauta devant l'amabilité de son ton.

— Super. C'est un peu dur pour les yeux, mais ça se passe
bien. J'ai eu quelques bonnes idées et, avec encore deux
semaines d'études, je pense que ces informations seront ancrées
dans mon esprit pour toujours.

— Bien. Souviens-toi que tout doit être parfait.

— Oui, parfait. J'ai pigé.

Riley vit Josh se diriger vers elles et baissa de nouveau les
yeux sur la feuille.

— Claudia, comment se débrouille notre nouvelle employée ? demanda Josh.

— Oh, elle se débrouille, répondit Claudia.

Le ton séducteur de Claudia attira l'attention de Riley.
Claudia toucha le bras de Josh et battit des cils.

Oh non, je rêve. Riley serra plus fermement son crayon.

— Je lui donne quelques tuyaux supplémentaires, ajouta Claudia.

Riley serra la mâchoire pour faire taire le monstre aux yeux verts qui s'était glissé dans son esprit, mais elle sentait la chaleur envahir son cou, la tension de chaque muscle de son corps. Bouillonnante, elle reporta son regard sur les fiches produits.

— Merci, Claudia. Je savais que tu serais à la hauteur, dit Josh.

— Toujours, répondit-elle en recourant de nouveau à sa voix sensuelle – *tu m'étonnes* – Josh, je voulais te parler de quelques trucs. Je suis un peu occupé, mais tu seras toujours là dans une heure ?

Riley se leva alors de sa chaise, en la faisant reculer de quelques centimètres. Puis, de la voix la plus décontractée qu'elle réussit à sortir, elle dit :

— Excusez-moi. L'appel de la nature.

Elle passa devant Josh, sûre de laisser une traînée de fumée dans son sillage, mais elle était trop agacée par Claudia pour s'en soucier.

CHAPITRE QUATORZE

Josh passa l'après-midi à s'occuper d'acheteurs, à rencontrer son comptable et à répondre à des appels téléphoniques. Il regardait les minutes défiler, le téléphone collé à son oreille.

— Il y a juste une dernière chose, dit Peter Stafford.

Josh était au téléphone avec lui depuis vingt minutes et il était impatient de conclure leur conversation.

— Josh, je suis désolé de m'être montré insistant avec Riley Banks. Je n'étais pas moi-même ce soir-là, dit Peter. Et j'ai peur de m'être mis dans l'embarras.

C'était la conduite de Peter qui avait poussé Josh à agir. Il était content de ce coup de pouce, mais il n'allait certainement pas l'indiquer à Peter. *Ne jamais laisser un associé avoir le dessus* : c'était une autre des leçons de Treat.

— J'ai pensé que quelque chose était un peu… hors de contrôle, convint-il.

— Tu as mes excuses les plus sincères et, si j'ai mis Riley mal à l'aise, je suis vraiment et profondément désolé. Je m'excuserai auprès d'elle à la réunion d'après le Nouvel An.

Josh attendit que Peter explique pourquoi il avait pris cette voie avec Riley, mais, voyant qu'il ne le faisait pas, il laissa tomber. Il accepta les excuses de Peter et, le temps qu'il reprenne son souffle, il était 18 h 45.

Il se rendit au studio de conception et fut surpris de constater que Riley ainsi que la plupart des employés étaient déjà partis pour la soirée. Comme il ne lui restait que quinze minutes avant sa conférence téléphonique, il retourna à son bureau et appela le portable de Riley.

— Comment va ma petite amie secrète ?

« *Petite amie* ». Il aimait bien.

— Fatiguée et grincheuse, répondit-elle.

— Trop fatiguée pour me voir ?

— Pas du tout. Tu pourras chasser mon côté grincheux.

Il aimait son honnêteté.

— Ton côté grincheux a-t-il un rapport avec le fait que Claudia m'ait tripoté cet après-midi ?

— Mon Dieu, j'ai l'air d'une petite amie pleurnicharde et jalouse, c'est ça ? Je ne le suis vraiment pas. Je le jure. Mais elle ne m'inspire pas confiance.

— On est donc deux, conclut Josh. Tu me fais confiance, à moi ?

Riley attendit un peu trop longtemps avant de répondre.

— Ri ?

Josh était très jeune quand sa mère était morte, et il avait vu son père lui rester fidèle année après année, ce qui l'avait poussé à faire plus attention à ses émotions. Il avait envie de ressentir le même amour puissant que son père, persuadé que s'il faisait ce qu'il fallait, il aurait un jour le même amour pour une femme. Même à l'adolescence, il avait été capable de contrôler ces pulsions, d'analyser ses sentiments et, s'il ne ressentait quelque chose de plus grand que du désir pour une fille, il ne l'emmenait pas dans son lit. Josh savait qu'il était différent, dans ce sens, mais il avait toujours pensé que lorsque la bonne fille viendrait, elle respecterait cette attitude chez lui et l'apprécierait. Il était temps que Riley apprenne à mieux le connaître et comprenne l'homme qu'il avait toujours été.

— Je te fais confiance, Josh. Mais vu que je ne sais pas grand-chose de ta vie à New York, je n'ai aucune idée de ta vie avant moi.

Josh prit une profonde inspiration et s'assit sur le canapé de cuir faisant face au mur vitré derrière son bureau. Il étendit ses longues jambes et s'adossa, jetant un coup d'œil à sa montre. Ils ne disposaient que de quelques minutes, ce qui était loin d'être suffisant pour dire ce qu'il avait à dire. Au lieu de cela, il répondit simplement :

— Ne crois pas tout ce que tu penses, Ri, d'accord ?

Il aurait voulu qu'elle soit à côté de lui, blottie sous son bras pour pouvoir embrasser le sommet de son crâne et lui expliquer son passé.

— Comment sais-tu ce que je pense ? demanda-t-elle.

— Je sais ce que les gens pensent. Fais-moi confiance, Ri. Ce soir, nous parlerons.

Un coup frappé à sa porte attira son attention.

— Je dois y aller. J'ai un appel à 19 h, mais je serai là à 20 h, d'accord ?

La porte s'ouvrit lentement et Claudia entra.

— Tu as une seconde ? demanda-t-elle.

Josh leva un doigt.

— 20 h ? répéta-t-il au téléphone, avec la sensation d'être un insecte pris dans une toile d'araignée.

Bon sang, qu'il brûlait de parler à Claudia de sa relation avec Riley, juste pour ôter ce secret et cette tension ! Les nœuds dans ses épaules n'étaient rien, comparés à la colère qui pourrait être celle de Claudia, une fois qu'elle aurait découvert leur liaison. *Peut-être que j'aurais dû mettre fin à son contrat il y a longtemps.*

Sa loyauté envers Peter était comme un nœud coulant autour de son cou, dont il ne se serait jamais soucié avant que Riley ne revienne dans sa vie.

— Bien sûr, chuchota presque Riley avant de couper la ligne.

Josh se leva et passa une main dans ses cheveux. Le manque de sommeil le fatiguait et il avait besoin d'une douche chaude… et de temps avec Riley.

— J'ai un appel dans deux minutes. Il y en a pour long-temps ? demanda-t-il.

Claudia lui adressa un sourire inhabituellement chaleureux, ce qui lui donna le ventre d'inquiétude.

— Je peux repasser. J'ai encore du travail à faire, de toute façon.

Elle referma la porte et Josh poussa un soupir de soulage-ment… pour le moment.

Vingt minutes plus tard, il cherchait son manteau et ses clés lorsqu'on frappa doucement à sa porte et Claudia apparut.

— J'ai vu la lumière de la ligne s'éteindre. Tu as une mi-nute ? demanda-t-elle sans attendre une réaction de sa part.

Josh s'appuya contre son bureau et regarda sa montre.

— Juste une, répondit-il.

Elle s'assit sur le canapé, sa jupe en cuir remontant haut sur ses cuisses. Elle croisa ses longues jambes au niveau de la cheville.

— Riley fait des progrès, constata-t-elle.

Josh poussa un autre soupir de soulagement.

— Génial.

— Elle a un long chemin à parcourir, mais je pense qu'elle travaille vraiment dur pour trouver sa voie.

— Elle est très talentueuse. Je n'en attendais pas moins.

Claudia se pencha en avant, les coudes sur les genoux. Son chemisier s'ouvrit, révélant le renflement de sa poitrine et le bord d'un soutien-gorge de dentelle crème. Josh détourna les yeux.

— Tu me rends nerveuse, dit Claudia. Tu pourrais t'asseoir une minute ? Je ne mords pas.

Il s'attendait à moitié à ce qu'elle ajoute : *Sauf si tu veux que je le fasse.* Il ne broncha pas.

— Qu'est-ce qu'il y a, alors, Claudia ?

Elle pinça les lèvres.

— J'ai juste pensé que nous devrions rattraper un peu notre retard. On n'a pas vraiment parlé de quelque chose de spécial que tu voulais me voir faire dernièrement. Tu sais, des designs, ou des préparations spéciales pour la ligne *Bliss*. Je voulais juste m'assurer que j'étais prête pour *tout ce* dont tu pourrais avoir besoin.

Josh ravala la bile qui montait dans sa gorge. Claudia était une femme séduisante, et on ne pouvait nier ses attitudes séductrices, qui pouvaient avoir un effet puissant sur un autre type d'homme. Mais son abus flagrant de la loyauté dont il se sentait tenu envers son oncle lui répugnait et, tandis qu'il la regardait jouer la séductrice, il se demanda si sa loyauté envers Peter en valait la peine.

Elle fouilla dans son énorme sac Louis Vuitton.

— J'ai rencontré quelqu'un l'autre jour, un rédacteur en chef de *Vogue*. Quelqu'un de nouveau.

— Quelqu'un de nouveau ? Je n'ai pas entendu parler d'un nouveau venu chez *Vogue*.

Maintenant, il était intéressé. Son publicitaire aurait sûrement les détails avant Claudia.

— Il n'est pas encore en poste. Mais c'est imminent.

Elle leva rapidement les yeux et le contenu de son sac à main se déversa sur ses jambes puis par terre.

— Oh, mince. Je suis vraiment désolée.

Josh se pencha pour l'aider à ramasser ses affaires. La main pleine de tubes de rouge à lèvres, d'eye-liner et de son portefeuille, il leva les yeux pour les lui rendre et plongea dans ceux de Claudia, ses lèvres à quelques centimètres des siennes.

— Merci, chuchota-t-elle en passant lentement la langue sur sa lèvre inférieure. J'apprécie vraiment la haute opinion que tu as de moi, Josh, et si jamais je peux faire quelque chose pour toi…

Elle laissa la fin de sa phrase suspendue entre eux.

Josh se leva en même temps qu'elle et ils se heurtèrent la tête. Les lèvres de Claudia effleurèrent sa joue en même temps qu'elle portait les mains à son front.

— Je suis désolé, dit Josh. Ça va ?

C'était bien la dernière chose dont il voulait s'occuper. Saleté de Claudia ! Quel besoin avait-elle de déballer cette merde maintenant ?

— Oui, chuchota-t-elle. Oh, mon Dieu, j'ai mis du rouge à lèvres sur toi.

Elle lui frotta la joue d'un pouce énergique. Josh recula d'un pas.

— C'est bon, je m'en occupe, dit-il en attrapant un mouchoir en papier sur son bureau avant de s'essuyer la joue. Claudia, je sais que tu es prête à… faire un effort supplémentaire pour devenir styliste.

— Oui, confirma-t-elle avec des yeux remplis de désir.

— Personne ne couche pour arriver chez JBD. Tes compétences te mèneront là où tu veux être. Cherche de nouvelles idées ; plus de nouvelles reprises sur de vieux thèmes. Donne-moi quelque chose dont je pourrais me saisir et développer.

Elle s'approcha de lui, pressant ses hanches contre les siennes.

— Oh, j'ai quelque chose dont tu peux te saisir.

Josh émit un son dégoûté et la repoussa.

— Claudia, tu es une femme séduisante, mais ça…

Il fit courir sa main dans l'espace qui les séparait.

— Ça n'arrivera jamais. Laisse ton travail parler pour lui-même.

Les yeux de Claudia s'enflammèrent. Elle redressa les épaules.

— Tu n'as aucune idée de ce que tu rates, Josh Braden. On pourrait former une super équipe, et je ne parle pas seulement du studio de design.

Josh passa une main dans ses cheveux. Il était fatigué de jouer à ces petits jeux avec elle. N'avait-il pas été parfaitement clair ? Claudia avait travaillé dans le milieu assez longtemps pour avoir noué des relations avec les médias, les acheteurs et les designers. Elle pouvait travailler n'importe où et il était prêt à avoir une petite discussion avec Peter pour qu'elle s'en aille. Le jeu dû « Prends-moi-maintenant » avait dépassé le stade où une fille essayait de coucher pour arriver, mais un scandale conçu par Claudia Raven serait douloureux et humiliant… quoique pas impossible à rattraper.

— Claudia…

Elle leva la main pour l'empêcher de parler.

— C'est bon, Josh. J'ai compris. Je suis une excellente assistante, mais il faut que je m'améliore en tant que styliste. Ça ne change rien au fait que je suis attirée par toi, et depuis le jour où j'ai posé les yeux sur toi.

— Claudia, tu es attirée par ce que je représente, pas par

l'homme que je suis.

Il devait arrêter ce train avant qu'il ne devienne incontrôlable.

— Je sors avec quelqu'un.

Voilà, il l'avait dit sans mentionner Riley. *Rumine-moi ça pendant un moment.*

La colère disparut des yeux de Claudia, remplacée par une ombre de douleur. La ligne dure de sa bouche s'adoucit.

— S'il te plaît, ne me prends pas pour une idiote. Tu n'es pas attiré par moi. Je l'ai compris. Il n'y a pas besoin d'inventer une petite amie fictive. L'attirance n'est pas tout, ajouta-t-elle en se rapprochant de lui.

— Arrête, Claudia. Quel que soit le jeu que tu as inventé dans ta tête, ça n'arrivera pas.

Il prit une profonde inspiration.

— Si tu tiens à ton travail, arrête ces pitreries.

Claudia serra les dents.

— Bon, dans ce cas, très bien.

Elle prit son sac à main et se dirigea vers la porte.

— Et, Claudia ?

Elle se tourna vers lui, les yeux humides, si bien qu'il se sentit presque mal pour elle.

— Ne faisons pas pour autant de la vie de qui que ce soit un enfer, d'accord ? Nous sommes tous des professionnels. Je n'ai pas besoin que tu piétines tes collaborateurs ou que tu rendes la situation inconfortable pour qui que ce soit. J'attends que ces bureaux soient un lieu de travail professionnel sans arrière-pensées.

— Oui, monsieur, lâcha-t-elle, avant de sortir en claquant la porte.

CHAPITRE QUINZE

Pas joli, pas stylé. Débraillé. Riley se tenait devant sa commode, se demandant ce qu'il entendait exactement par « débraillé ». Elle était habituée à essayer d'avoir belle allure, pas mauvaise. *Débraillé ?* Josh devait arriver dans dix minutes et elle était perplexe. Elle n'avait pas été capable de se concentrer sur les fiches produits après avoir entendu la voix de Claudia en fond sonore lorsqu'ils étaient au téléphone, et peu importait ses efforts pour étouffer sa jalousie, le picotement à l'arrière de son cou refusait de se calmer. Même si elle savait que Josh n'irait jamais vers quelqu'un comme Claudia, elle se remettait à gamberger. Lui avouerait-il s'il avait couché avec sa tutrice, même une seule fois ? Et s'il l'avait fait et qu'il avait laissé Claudia sur sa faim ? Cela pourrait-il être ce qui entretenait la méchanceté de Claudia ?

On frappa à son appartement. *Merde.* Toujours en tenue de travail, moins ses escarpins, elle se précipita vers la porte et l'ouvrit. Un Josh très en sueur se tenait devant elle, portant un pantalon de survêtement et un t-shirt froissé. Une casquette de baseball des *Mets* était rabattue sur ses yeux, et un sourire éclatant se dessinait sur ses lèvres.

— Ah, débraillée !

Riley sourit. *Toujours aussi magnifique.*

Il referma la porte derrière lui et la prit dans ses bras, l'embrassant comme s'ils ne s'étaient pas vus depuis des semaines. Elle sentit son cœur s'emballer.

— J'ai attendu ça toute la journée, dit-il. Mon Dieu, que tu sens bon.

Riley fronça le nez.

— Oui ? Hmm, fit-elle en regardant son t-shirt trempé de sueur.

— Désolé, je suis venu en courant. J'étais en retard pour sortir du bureau, alors je suis rentré, je me suis douché, changé, puis j'ai couru.

Il baissa les yeux vers son torse en sueur.

— Je suppose que j'aurais pu attendre pour me doucher. C'est une mauvaise habitude que j'ai... une douche après le travail, une douche avant de m'entraîner. Je suppose qu'il y a pire que de trop se doucher. Dans tous les cas, je respecte ton désir de garder notre relation secrète, même si je déteste ça. Mais si ça signifie que je peux faire un peu plus de jogging, alors qu'il en soit ainsi.

Riley l'attira à elle et l'embrassa à nouveau.

— Maintenant, je me sens mal. Je n'ai aucune idée de l'endroit où tu vis. C'est loin ?

— Pas très, une dizaine de pâtés de maisons. Je dirais : « Facile », mais...

Il désigna son maillot détrempé.

— Désolé pour ça, mais l'anonymat a son prix.

— Figure-toi que je trouve la sueur très sexy, susurra Riley en faisant courir un doigt sur son torse.

— Tu ne vas pas me distraire ce soir. Du moins pas encore.

Il regarda sa tenue.

— Tu as reçu mon message ?

— Oui, et c'était très gentil, mais un peu risqué, tu ne crois pas ?

— Tu es une fille intelligente. Je savais que tu n'ébruiterais pas la chose, fit-il en lui prenant la main. Allez, viens. On va te trouver des vêtements débraillés.

Ils allèrent dans la chambre et fouillèrent dans ses tiroirs.

— Des jeans, des jeans, et encore des jeans. Oui, tu es bien de Weston, la taquina-t-il.

— J'ai un pantalon de survêtement, suggéra-t-elle. Où allons-nous, de toute façon ?

— Un pantalon de survêtement. Parfait. Mets-le avec un sweat-shirt. Tu as un chapeau ?

— Désolée, j'ai laissé mon chapeau de cow-girl dans le Colorado.

— J'ai une casquette de baseball dans mon sac de sport. Viens, bébé. Je vais te laisser de l'intimité et t'attendre dans le salon.

Il la laissa seule, et Riley se surprit à être excitée par le truc débraillé qu'ils allaient faire. Elle aurait été bien incapable d'imaginer quelque chose de débraillé à New York, surtout quelque chose impliquant Josh. Elle passa rapidement sous la douche, puis enfila son sweat-shirt.

Dans le salon, elle retrouva Josh vêtu d'un sweat-shirt des *Mets*, allongé sur le canapé, les pieds posés sur la table basse.

— Ma chère, tu es spectaculaire, déclara-t-il, en se levant pour l'embrasser sur la joue.

— Au fait, merci de m'avoir aidée à vaincre ma peur du métro. C'est l'une des choses les plus gentilles que quelqu'un ait jamais faites pour moi, et cela me permet de me rendre au travail beaucoup plus facilement. Merci, dit-elle.

— Je ne pouvais pas laisser ma petite amie secrète craindre

de se déplacer en ville, si ?

Il l'embrassa à nouveau.

— Ça te dérange si je me passe sous l'eau ?

Il attrapa son sac de sport et se dirigea vers la salle de bains. Dix minutes plus tard, il la rejoignit au salon, une casquette des *Mets* à la main. Il la plaça sur sa tête et la tira vers le bas.

— Maintenant, c'est parfait.

— Rien de tel que d'avoir les cheveux plaqués, commenta Riley.

Ça ne l'avait jamais dérangée de porter des couvre-chefs. C'était l'effet secondaire qui n'était pas très attrayant. Mais elle était prête à tout pour Josh.

— Eh, ne critique pas les cheveux plaqués. Certains hommes les trouvent très attirants. Tu as mangé ? demanda-t-il.

— Non, et toi ?

Il secoua la tête.

— Viens. Je meurs d'envie d'être normal pour un moment. J'ai eu une nuit de folie.

Il attrapa ses clés et la tira vers la porte.

— Déjà ? Mince, et moi qui espérais me déchaîner plus tard.

Est-ce que j'ai dit ça à voix haute ? Riley était surprise de constater sa décontraction, aux côtés de Josh. Même la jalousie qu'elle avait ressentie envers Claudia était passée à la trappe.

— J'aime entendre ce genre de promesse.

Il lui planta un baiser sur la joue.

La main de Riley s'insérait parfaitement dans celle de Josh alors qu'ils dévalaient l'escalier et se précipitaient dans la rue animée. L'air frais de la nuit lui refroidissait les joues tandis qu'ils traversaient le quartier illuminé. Riley était fascinée par les pas rapides et déterminés des passants. Les lumières de la ville scintillaient à chaque fenêtre. Riley comprenait pourquoi les gens tombaient amoureux de New York, mais son esprit ne s'attarda guère sur la ville. Elle était trop absorbée et distraite par Josh. Pour Riley, New York n'était rien en comparaison de Josh Braden.

— Alors, c'est notre déguisement ? demanda-t-elle, en désignant leurs survêtements.

— Oui.

— Cool. On est incognito. J'adore ça.

Josh ralentit le rythme quand ils passèrent devant Chez Lenny.

— Notre dîner. J'ai presque oublié.

Il opéra un demi-tour et ils entrèrent dans l'épicerie fine. Josh passa un bras autour de l'épaule de Riley pendant qu'ils attendaient leur tour.

— Voilà New York. Aller chez Lenny par une nuit froide.

Il l'embrassa sur la joue.

Qui se soucie de Chez Lenny ? C'est ça, *New York*. Elle se blottit contre lui.

Josh commanda des sandwichs à la dinde et des cocas light, puis, sac plein à la main, ils repartirent dans la nuit.

— Et si je détestais la dinde ? demanda-t-elle.

— Je suis désolé. C'est le cas ? demanda Josh.

— Non, et j'ai adoré que tu aies passé commande pour moi. Je me suis toujours demandé ce qu'un homme ferait s'il commandait quelque chose qu'une femme n'aime pas.

— La plupart des femmes avec lesquelles je sors ne mangent pas, donc ce n'est généralement pas un problème.

Riley tressaillit et s'arrêta de marcher.

— Josh, je ne suis pas une de ces filles, et si tu espères me voir devenir comme elles, ça ne va pas marcher. Je mange.

J'aime manger, et je ne serai jamais mince comme un manne-quin.

Josh se retourna pour lui faire emprunter à nouveau le che-min par lequel ils étaient venus.

— Où allons-nous ? demanda-t-elle.

— Je te ramène à l'appartement. Bon sang, si tu n'arrêtes pas de manger pour moi, à quoi bon faire semblant ?

Il fronça les sourcils et pinça ses lèvres, tout en l'attirant contre son flanc.

Riley s'esclaffa tandis qu'il la serrait dans ses bras.

— Tu vois à quel point c'est une idée stupide ? demanda Josh.

C'était si bon d'avoir à nouveau son corps contre le sien. Elle avait pensé à lui tout l'après-midi et les émotions qu'elle avait retenues s'enroulaient maintenant autour de son cœur comme des pythons, se resserrant à chaque respiration.

— Bébé, je pensais ce que j'ai dit la nuit dernière. Tu es la plus belle femme sur laquelle j'ai posé les yeux depuis très longtemps.

Il l'embrassa profondément, puis la reposa au sol. Il lui souleva le menton, une autre habitude qu'il avait et qui volait chaque fois le cœur de Riley.

— Riley, tu es ma bouffée d'air frais. Je suis styliste de mé-tier, tout comme tu le seras un jour, mais à l'intérieur, je suis juste Josh Braden, originaire de Weston. Je vis à New York, mais cela ne signifie pas que j'ai les valeurs et la morale d'une ville au rythme effréné.

À chaque mot qu'il prononçait, le cœur de Riley s'ouvrait de plus en plus à lui. Il était si différent de la plupart des hommes avec lesquels elle était sortie. Eux naviguaient en surface, alors que Josh plongeait en profondeur. Elle lui toucha la joue, puis reposa la tête sur son torse.

— Merci, chuchota-t-elle. Parce que je ne peux être que moi. Je ne suis pas parfaite, loin de là, mais c'est ce que je suis, et j'aime ce que je suis.

— Moi aussi.

CHAPITRE SEIZE

C'était une chose pour un homme de la carrure de Josh de courir seul dans Central Park le soir, mais marcher dans Central Park la nuit aux côtés de Riley, c'était une tout autre histoire. Il regardait tous les hommes qui passaient, les jaugeant avant qu'ils ne soient trop proches. Josh n'avait jamais eu d'ennuis dans le parc, mais comme tout New-Yorkais, il avait entendu beaucoup d'histoires.

Il n'avait pas de plan pour la soirée à part s'habiller d'une manière qui, avec un peu de chance, les rendrait méconnaissables. Bon sang, il ne suivait aucun plan pour ce qui se passait entre Riley et lui, mais il était convaincu que la nuit à venir serait merveilleuse.

— C'est tellement joli, commenta Riley alors qu'ils se promenaient sur le chemin qui traversait le parc.

— C'est mon pont préféré. J'aime qu'il soit niché dans le parc, comme un joyau caché.

Ils gravirent la petite arche du pont et s'arrêtèrent pour admirer l'eau en dessous. Le clair de lune illuminait les arbres presque nus et dansait sur l'eau qui passait sous le Gapstow Bridge.

— C'est tellement paisible comparé aux rues, murmura Riley en se penchant par-dessus. Si je ferme les yeux, je peux m'imaginer être quelque part à la campagne.

— Il faut y mettre beaucoup du sien pour ignorer les bruits de la ville.

Josh arriva derrière elle, plaqua son corps contre son dos, un bras de chaque côté d'elle. Il l'embrassa dans le cou.

— *CK One ?*

— C'est effrayant de voir à quel point tu t'y connais en parfums, dit-elle en se retournant pour lui faire face. C'est tellement romantique.

— C'est Lenny's qui réunit vraiment tous ces éléments, la taquina-t-il.

Elle posa les mains à plat contre son torse.

— Crois-le ou non, c'est le cas. J'aime juste être avec toi. Je me fiche de ce qu'on mange ou de l'endroit où on va. J'aime ta compagnie.

Il posa de nouveau sa bouche sur la sienne, embrassant le froid de ses lèvres. Gêné de l'avoir embrassée si souvent, il s'écarta.

— Je suis désolé. Je pourrais faire ça toute la journée, admit-il. Asseyons-nous.

Ils traversèrent le pont jusqu'au bord de l'eau et s'assirent sur l'herbe froide. Riley s'appuya contre lui. Devait-il lui parler – et comment – de Claudia et de ce qui s'était passé plus tôt dans la soirée ?

— Tu fais ça souvent ? De venir ici ? s'enquit Riley.

— Plus maintenant. Quand j'ai emménagé ici, je venais environ une fois par semaine pour me promener dans le parc et en profiter, mais ensuite ma vie est ensuite devenue trop chargée – il haussa les épaules –, maintenant, je cours dans le parc, mais je ne viens presque jamais pour en profiter. C'est pour cela que je voulais t'amener ici, pour que nous puissions en profiter ensemble expliqua-t-il en la serrant contre lui.

— J'adore. Merci.

Josh distribua les sandwichs et ils se mirent à manger. Il était affamé après avoir couru et travaillé toute la journée, sans rien avaler de plus que quelques barres énergétiques. Il engloutit la moitié de son sandwich en quelques bouchées, puis il s'inclina en arrière et observa Riley. Il ne l'avait pas remarqué la veille, mais, lorsqu'elle mâchait, une fossette apparaissait juste au-dessus du côté droit de sa bouche.

Elle détourna le regard et se couvrit la bouche.

— Tu es mignonne quand tu manges, commenta-t-il.

Ses sentiments pour elle se renforçaient à chaque instant qu'ils passaient ensemble… et à chaque seconde qu'ils passaient séparés. Il ne pouvait plus se retenir.

— Écoute, Riley, j'aime vraiment passer du temps avec toi, et je sais que nous n'avons pas encore partagé nos secrets les plus intimes, ni même eu une histoire ensemble dont on puisse parler, mais je veux que tu saches ce que je ressens.

Elle posa une main sur son genou. Il la couvrit de la sienne en souhaitant qu'elle ne soit jamais plus loin qu'elle ne l'était en cet instant.

— Moi aussi, dit-elle.

— Je veux que tu saches qui je suis, et pas ce que tout le monde s'imagine à mon sujet. Je suis une personne très secrète.

Il vit ses yeux s'écarquiller et lut dans ses yeux l'incrédulité à laquelle il s'attendait.

— Je sais que j'ai une vie publique, mais je suis une personne privée par nature. Tu as vu les photos de moi avec une fille chaque fois différente à mon bras, souriant pour la photo, souvent même en les regardant comme si elles étaient spéciales, comme si elles étaient tout, mais ce n'était qu'une farce. C'est le personnage qu'on attend de moi. Je peux compter sur les doigts d'une main les femmes avec lesquelles j'ai eu une véritable relation.

Elle baissa les yeux et se mordit la lèvre.

— Claudia a été l'une de ces femmes ?

— Je t'ai dit que non et elle ne le sera jamais.

Il lui toucha la joue et soutint son regard.

— Ni une fois, ni jamais.

Elle acquiesça.

— OK. Je te crois.

— Je suis sorti avec trois femmes pendant cinq ou six mois et, même si c'étaient des sortes de relations, il n'y a jamais rien eu de réel. Elles étaient des bouche-trous et je pense que c'est ce que j'étais aussi pour elles. Et tout ça s'est passé entre ma dernière année d'université et les deux années suivantes. Je suis quelqu'un de très occupé et trouver du temps pour une femme n'a jamais été une priorité. Une fois que j'ai ouvert JBD, on m'a organisé des rendez-vous, mais, quand tu as tout à portée de main, rien ne signifie grand-chose. Les gens avec qui tu es en contact ne sont intéressés que par ton statut, ou par ce que tu peux faire pour eux. Je savais que je ne trouverais pas de relation sérieuse dans ces circonstances, et je n'en cherchais pas.

— Je crois que je vois ce que tu veux dire, admit-elle. Je ne sortirai jamais avec toi pour ton statut. J'espère que tu le sais.

Il entrelaça ses doigts aux siens.

— Oui, je sais. Ri, je ne te dis pas ça parce que je m'inquiète de la raison qui te pousse à être avec moi. Je te le dis pour que tu saches que je ne joue pas. Je ne suis pas celui que je parais être dans les magazines, et je ne veux pas l'être. Tu sais que ma mère est morte quand j'étais petit.

— Oui, ça a dû être horrible.

— Je ne me souviens pas vraiment de grand-chose sur elle, à part ce qu'on m'a raconté au fil des années. J'étais trop jeune, je suppose, mais entre Treat et mon père, j'ai l'impression de tout savoir sur elle, comme si elle avait été là pendant toutes ces années, même si ça n'a pas été le cas.

— C'est bien, non ? Je veux dire, ça semblerait pire si tu ne savais rien d'elle. De cette façon, tu en as une image, une idée de sa personnalité, murmura Riley.

— Oui. Treat a passé des années à parler d'elle comme si elle était là. Il me racontait des histoires qu'elle lui avait racontées, et il essayait de reproduire ses intonations. J'ai vraiment eu de la chance de l'avoir, parce que même si mon père m'a raconté certaines choses, j'ai toujours eu peur de lui demander trop de détails à son sujet. Elle lui a toujours manqué, putain.

L'un des premiers souvenirs de Josh remontait à son dixième anniversaire, lorsqu'il s'était tourné vers son père et lui avait dit qu'il aurait aimé que sa mère soit là. Les yeux de son père s'étaient remplis de larmes et sa voix d'émotion quand il lui avait dit : « Elle est ici avec nous, fils. »

— Mon père n'a jamais trahi la mémoire de ma mère, du moins pour autant que l'on sache, et j'y vois un grand sens de l'honneur. Pour moi, c'est ça l'amour. C'est un engagement pour une personne qui va au-delà de sa présence physique, et qu'on ne peut même pas définir.

— Donc tu crois au grand amour ? demanda Riley. Le véritable amour, celui qui fait battre le cœur, qui coupe le souffle, pour toujours et au-delà ?

Ses yeux s'illuminèrent.

— Je suppose que oui, admit-il.

— Et qu'en est-il du désir sexuel ?

Elle enroula les bras autour de ses genoux, les ramena contre sa poitrine et croisa ses chevilles, tout en le regardant avec impatience.

— Le désir sexuel est bien réel.

Et celui que tu m'inspires est très vivant.

— Mais quel rôle joue-t-il dans l'amour ? demanda-t-elle en se rapprochant de lui.

— Je pense qu'il y a du désir sexuel dans l'amour. Je veux dire, ce serait bien ennuyeux sans un peu de désir sexuel sordide ?

— Et le désir tout court ? Différent de la luxure ? demanda-t-elle.

— Tu es très curieuse… Voilà ce que je pense. Le désir tout court est une envie, un besoin, une pulsion, et il peut être ressenti pour n'importe quoi. Je peux désirer une glace ou je peux te désirer. Alors que le désir sexuel va bien au-delà, et pour moi, il dépasse la simple envie sexuelle. Je n'ai pas le désir sexuel d'aller courir dans le parc, mais celui de ton corps nu sous moi.

Même maintenant, dans le parc.

— Et…

Elle baissa la voix jusqu'à un quasi-murmure.

— Penses-tu que ce que vivaient tes parents comprenait ces attributs ou étaient-ils simplement amoureux ? Je pense qu'il y a une différence. Comme avec mes parents : je sais qu'ils sont amoureux. Je peux le voir à la façon dont ils se regardent dans une pièce, mais je ne suis pas sûre qu'il s'agisse de désir, sexuel ou non. Je pense que ce qu'ils ont est confortable, et c'est peut-être ce qui se produit après tant d'années. Je ne sais pas. Mais j'aime à penser que le désir, sexuel ou non, peut faire éternellement partie de l'amour.

Josh pensa au regard de son père lorsqu'il était à la grange, prenant soin de Hope, le cheval de sa mère, et il ne doutait pas que ce qui unissait ses parents comprenait toutes les formes d'amour.

— Je pense que c'est possible, mais je ne suis pas naïf. La vie se met parfois en travers du désir sexuel et du désir tout court, et je devine qu'en rentrant à la maison auprès de quelqu'un soir après soir, il peut être difficile de laisser le stress du bureau derrière soi, mais cela ne signifie pas que le désir sous quelque forme que ce soit a disparu.

Il regarda l'eau et réalisa qu'il n'avait jamais réfléchi à ces choses-là jusqu'à maintenant.

— Le stress extérieur peut prendre le dessus si on le laisse faire. Les couples doivent s'accorder du temps à deux et peut-être faire des choses qui sortent de la norme pour pimenter la situation à intervalles réguliers, mais oui, je pense que le désir, sexuel ou non, peut perdurer si on l'aide.

Riley opina et appuya son menton sur ses bras.

— Tu pourrais bien avoir raison.

— Qu'est-ce qui te préoccupe ? demanda-t-il.

Elle haussa les épaules.

— Vraiment, Ri, je veux sincèrement savoir. N'oublie pas que je suis ce type qui aime parler. J'aime le sexe comme tout le monde, mais pas si cela m'empêche de connaître vraiment quelqu'un.

— C'est juste que… je vois à quel point Rex et Jade sont heureux et engagés, et crois-moi, aucune de nous n'a vu cette relation venir. J'espère juste que je pourrais avoir ça un jour, répondit-elle avec un sourire.

— Rex est un homme très passionné, il l'a toujours été. Il protège farouchement les choses qu'il aime. Il défend ce en quoi il croit et combat ce en quoi il ne croit pas.

Josh avait passé sa vie à se sentir moins viril que Rex, le frère qu'il voyait comme l'incarnation du masculin et de l'héroïsme ; or il voulait être honnête avec Riley, même si c'était embarrassant. Si elle voulait un Rex, ce n'était pas lui.

— Ri, je ne suis pas Rex, et je ne le serai jamais. Je n'ai pas ce niveau apparent de colère, de passion, ou quoi que ce soit qu'il possède et qui le rend si… macho. J'ai le même niveau d'amour et de passion, et je me défends à ma façon, mais je ne suis pas quelqu'un qui va se battre. Je suis le type qui règle les choses avec une pensée méthodique et rationnelle. Je suis grand et fort, mais je ne me comporte pas de cette façon. Je ne l'ai jamais fait, et je ne le ferai probablement jamais.

— C'est l'une des choses que j'admire le plus chez toi, répliqua-t-elle en penchant la tête sur le côté. Je ne veux pas quelqu'un comme Rex. J'espère qu'un jour je serai aimée à la folie comme l'est Jade, sous quelque forme que ce soit. Et je ne te demande pas de m'aimer, Josh. Je t'explique, juste. Tu as demandé, j'ai répondu. Je ne me fais pas d'illusions bizarres ni n'essaie de te mettre de la pression sur notre relation pour qu'elle devienne autre chose que ce qu'elle est.

Elle haussa les épaules.

— Je ne sais pas comment un homme pourrait ne pas t'aimer à la folie.

Les mots étaient sur le bout de sa langue. *Je t'aime.* C'était trop tôt. Il la ferait fuir s'il les prononçait à haute voix. Bon sang, ça l'effrayait même un peu de penser les lui dire si tôt. Au lieu de cela, il prit sa main dans la sienne et, sur une profonde inspiration, s'apprêta à partager une partie de ce qui l'avait tourmenté tout l'après-midi. Il en viendrait à Claudia bien assez tôt, mais d'abord, il fallait que Riley comprenne le type d'homme qu'il était vraiment.

— Ri, je ne suis pas vraiment comme mes frères. J'ai beaucoup pensé à Treat, et je lui ressemble probablement plus que Rex, mais je me connais, je ne pourrais jamais abandonner ma carrière comme il l'a fait pour Max, peu importe mon amour pour cette personne. J'aime trop ce que je fais, et je sais que ça semble égocentrique. Quand on tombe amoureux, on est censé être prêt à tout abandonner pour l'autre. Je veux juste être honnête avec toi.

Riley se redressa.

— Pourquoi est-ce que tu songes même à me dire ça ? Je ne voudrais jamais que tu abandonnes ta carrière, pas plus que je ne m'attendrais à ce que tu veuilles me voir abandonner la mienne.

Il s'attendait à sa réponse, ce qui le persuada de continuer. Il savait que ce qu'il disait était vrai, et Riley méritait de le savoir aussi.

— Regarde Rex et Jade. Ils n'ont pas réussi à garder leur relation secrète très longtemps, et je veux juste être sûr que tu sais dans quoi tu t'engages si tu t'impliques avec moi, expliqua-t-il.

— « Si » je m'engage avec toi ?

— Tu sais ce que je veux dire. Sur le long terme.

La conversation devenait trop lourde, et il y avait beaucoup plus à dire et beaucoup plus qu'il désirait savoir sur Riley. Il prit une profonde inspiration et ajouta :

— Je veux juste que tu saches où j'en suis. Je n'essaie pas de te faire fuir, Riley. Mon Dieu, c'est la dernière chose que je veux. Tu mérites de savoir.

Riley détourna le regard, et le silence s'emplit de tension.

— Tu veux marcher un peu ? proposa Josh.

Ils jetèrent les restes de leurs sandwichs et il lui tendit la main. Garder ses pensées pour lui donnait mal au ventre. Il avait besoin de parler ouvertement. Maintenant.

— Il faut que je te dise quelque chose, dit-il.

— Ça a l'air sérieux.

— Je suis quelqu'un d'honnête. Je ne sais pas comment être autrement, pas avec les gens que j'aime. Et je veux être honnête avec toi.

Il s'arrêta de marcher et lui posa doucement les mains sur les bras.

— Il y a eu un incident avec Claudia, ce soir.

Il la sentit se raidir sous son contact.

— Elle est venue dans mon bureau et m'a clairement fait comprendre qu'elle voulait être avec moi. Sexuellement.

Il regarda Riley avaler cette horrible pilule.

— Je lui ai fait comprendre que cela n'arriverait jamais, je lui ai même dit que j'avais une liaison avec quelqu'un, sans lui préciser de qui il s'agissait, ce que je ne ferai jamais sans ton consentement, mais je ne veux pas qu'elle me persécute à un quelconque niveau que ce soit. Et je lui ai bien fait comprendre qu'elle ne devait pas s'en prendre non plus au personnel du bureau. Il est impossible qu'elle n'ait pas compris ce que j'ai dit.

Riley baissa les yeux, mais pas avant que Josh n'ait repéré l'inquiétude dans ses yeux.

— Josh, tu n'as pas…

— Si. Je ne sais pas où nous allons tous les deux, mais je veux y aller, aussi longtemps que ça durera, or on ne pourra rien faire si Claudia sape toujours notre relation. Je ne veux pas que tu t'inquiètes, surtout à son sujet.

Josh eut l'impression qu'on lui ôtait un poids des épaules. Ce n'était que la première étape d'une longue série destinée à leur permettre d'avoir une relation, mais c'était un début.

— Merci, dit Riley.

Ils marchèrent en silence. Josh s'apprêtait à ouvrir la bouche pour le rompre, quand Riley le devança.

— Je ne peux pas la blâmer, vraiment. Je veux dire que tu es charmant, même un peu trop beau.

— Trop beau ? Qu'est-ce que ça veut dire ?

Il sourit. Il n'avait jamais rencontré une femme capable de transformer en plaisanterie une situation menaçante.

— Oh, s'il te plaît, s'esclaffa Riley. C'est comme se promener avec un modèle photoshoppé. J'adore ça, mais mince, je ne peux pas détacher mes yeux de toi alors comment puis-je espérer que quelqu'un d'autre le fasse ?

Elle rit et Josh secoua la tête. Il savait que les femmes le trouvaient séduisant. Toute sa vie, il avait fait la couverture de magazines et on lui avait répété à quel point il était beau, mais cela ne signifiait pas qu'il y croyait. L'entendre de la bouche de Riley, c'était plus fort et plus important pour lui que n'importe quelle couverture de magazine.

— Je veux que tu saches, que tu comprennes vraiment et que tu y croies : tant qu'on sera ensemble, je m'engagerai à fond. Tu n'auras jamais à t'inquiéter que je m'égare avec quelqu'un d'autre. Surtout avec Claudia. Il y a quelque chose que je dois te demander, dit-il.

— Vas-y, mais les réponses sont : « non, je ne porterai pas de sous-vêtements comestibles », « oui, je t'embrasserai dans un cinéma », et… eh bien… nous laisserons le reste à ton imagination.

Je suis l'homme le plus chanceux de la planète.

— Merde, pas de sous-vêtements comestibles ?

— Bon, peut-être que tu sauras me convaincre, le taquina-t-elle.

— Pendant que je pense à toi en sous-vêtements comestibles, il va probablement nous falloir un plan de secours au cas où – et quand – les gens découvrent notre relation. J'ai toujours pensé que j'étais un homme patient, mais je ne suis pas sûr de pouvoir nier publiquement mes sentiments pour toi très longtemps, et je sais que ça pourrait être l'enfer pour toi. Même si je m'explique avec Claudia, elle n'est que la partie émergée de l'iceberg. Tu auras probablement à affronter des ragots sur le fait que tu as couché avec le patron, ce qui me fait mal de l'admettre, mais… Donc, je pense que nous devrions essayer d'élaborer une stratégie pour savoir comment gérer les choses si et quand les gens le découvriront. Une méthode qui te protégera du mieux que nous le pouvons.

Riley le dépassa, puis se retourna et s'arrêta, le forçant à s'arrêter aussi. Debout sur la pointe des pieds, elle l'embrassa.

— Je peux juste te dire que j'aime la façon dont tu penses à moi ? Il n'y a pas beaucoup d'hommes qui s'inquiètent des sentiments d'une femme autant que toi, et il n'y a pas beaucoup d'hommes qui voudraient prendre des mesures pour les protéger dans une situation comme celle-ci. Merci.

Il l'attira vers lui et la fit passer par-dessus son bras, pour abaisser sa bouche vers la sienne et l'embrasser comme si elle était une star de cinéma sur une scène.

— Je ne peux pas m'empêcher de penser à toi, avoua-t-il en la redressant. Je m'inquiète que tu aies à affronter les ragots ou à tout ce que notre relation pourrait susciter. La dernière chose que je veux, c'est que tu te sentes mal à l'aise à propos de nous, que ce soit en public ou au travail.

Elle posa la tête sur son épaule pendant qu'ils se promenaient au bord de l'eau.

— Je n'ai pas de réponse. Quelle que soit la façon dont je vois les choses, c'est une torture. Je pourrais arrêter de travailler pour toi, j'imagine, et essayer de trouver un autre emploi, mais je sais par expérience que ce ne sera pas dans le stylisme.

Il entendit le regret dans sa voix.

— Ce n'est même pas une option. Tes compétences en stylisme sont exceptionnelles. C'était peut-être une erreur de te faire apprendre le fonctionnement de base de l'entreprise d'abord. J'aurais dû te faire venir en tant que styliste.

Elle lui serra le bras.

— Tu penses que je suis si bonne que ça ?

— Je sais que tu es aussi bonne que ça.

— Alors pourquoi n'ai-je pas pu trouver de travail après l'université ?

— Probablement parce que le succès dans cette industrie dépend surtout de qui tu connais. Il y a des centaines de candidats pour chaque poste. À la sortie de l'école, il est probable qu'aucune des personnes qui examinent vos CV ne regardent vos portfolios. Je suis content de l'avoir fait. Tu aurais dû venir me voir il y a des années, déclara-t-il.

— Tu plaisantes, n'est-ce pas ? Nous nous sommes évités à cause de la querelle familiale entre ta famille et les Johnson. Et puis, je n'aurais jamais osé utiliser notre amitié de cette façon, dit-elle.

Il haussa un sourcil pour mimer le scepticisme.

— C'est Rex qui en a parlé, pas moi.

Josh rit.

— Je sais. J'aime juste te voir t'énerver. Mais je regrette que tu ne sois pas venue me voir plus tôt. Pense à tout le temps que nous avons manqué ensemble.

Riley lui caressa le bras.

Josh ne pouvait s'empêcher de se demander s'ils auraient le moindre problème si Claudia n'existait pas. Est-ce que Simone ou K.T. ou n'importe lequel des autres membres du personnel aurait l'impression qu'elle avait couché pour parvenir à ses fins ? Les questions tournaient en boucle dans son esprit.

— Eh bien, comme je l'ai dit avant, nous devrions juste garder le silence, répliqua Riley. Qui sait ? Si ça se trouve, tu ne m'aimeras plus demain.

— Tu mentionnes des sous-vêtements comestibles et vingt minutes plus tard tu penses que je pourrais ne plus t'aimer demain ? Je suis un homme. Je continue de penser aux sous-vêtements comestibles.

— Si tu en portes, j'en porterai, répliqua-t-elle.

— Donc on en parle maintenant.

Il rit, mais il était toujours inquiet de ce que Treat avait dit. Ils avaient besoin d'un plan de secours. À un moment donné, quelque chose serait révélé, que ce soit accidentellement ou intentionnellement, et ils devaient être en mesure d'y faire face en prenant l'initiative, et non se contenter de réagir.

— Que fais-tu demain soir ? demanda-t-il.

— J'étudie les fiches produits pour le salon professionnel.

— Que dirais-tu de faire une pause pour dîner avec Treat, Max et moi, chez toi ? Un double rendez-vous.

L'idée d'être avec elle en tant que couple devant sa famille était un grand pas pour Josh, et il sentit sa poitrine se gonfler de joie.

— Vraiment ? Qu'est-ce qu'ils font ici ? J'aimerais beaucoup les voir.

— Treat est ici pour affaires, et je dessine la robe de mariée de Max. Ça va être amusant. On apportera de la nourriture de n'importe quelle cuisine, si tu veux.

Ils quittèrent le parc et reprirent la direction de son appartement.

— Je sais cuisiner, tu sais. Ma mère m'a appris, répliqua Riley.

— Hmm. Tu sais cuisiner et tu es belle ? Je suis un homme chanceux.

Il y avait moins de gens dans la rue, ce qui écourta beaucoup leur retour. Josh ralentit son rythme, désireux de savourer la normalité de la soirée. Être avec Riley dans un parc lui rappelait ses années de lycée, quand il la regardait dans la cour de récréation avec Jade, ou se promenant en ville avec ses copines. Son corps se souvenait aussi de ces regards volés, et de la montée d'adrénaline qui le traversait. Il sourit et, quand il regarda Riley, il remarqua un sourire paisible sur ses lèvres, alors qu'ils se promenaient main dans la main. Il fallait qu'elle sache que ses sentiments pour elle remontaient à loin.

— Riley, je ne l'ai jamais avoué à personne, mais je craquais pour toi au lycée.

— Non ! ? Je craquais pour toi, moi aussi, mais tu étais un Braden et donc pas dans mes cordes.

— C'est la chose la plus stupide que j'aie jamais entendue, et je l'ai entendue toute ma vie. On est juste une famille. On n'a rien de spécial.

S'il avait toujours été fier du nom Braden, il n'avait pas été aveugle à leur réputation. Ses frères et sœurs et lui étaient considérés comme les intouchables Braden : trop beaux pour que quiconque puisse sortir avec eux et trop riches pour être traités comme tout le monde. C'était le seul aspect de la condition de Braden qui l'avait toujours dérangé. Heureusement, au fil des années, les gens avaient mûri et une partie de cette aura s'était dissipée.

— Vous étiez les gars les plus sexy de la ville, et Savannah ? Bon sang, c'était déjà un mannequin à l'école primaire, avec ses magnifiques cheveux auburn et sa personnalité extravertie. Je te jure, j'étais follement jalouse de son assurance.

— Je me souviens que tu étais sacrément confiante et déjà splendide. Jade et toi étiez toujours fourrées ensemble et, comme nous devions l'éviter, je ne pouvais jamais t'approcher, mais il y avait des fois où je vous voyais Jade et toi, proches l'une de l'autre, en train de rire de quelque chose, ou faisant du shopping en ville, et j'étais très attiré par toi. Je me souviens de t'avoir regardée, en espérant trouver le courage de te parler. Bon sang, c'est embarrassant, mais je me souviens d'avoir pensé à toi, bien trop souvent après t'avoir vue.

— Ah oui ? demanda-t-elle alors qu'ils montaient les marches jusqu'à son appartement.

— Oh oui. Beaucoup trop.

— Eh bien, cette querelle a fait des ravages sur nous tous. Jade bavait devant Rex et moi, je pensais sans cesse à toi, avoua Riley. Mon Dieu, je ne peux pas te dire combien de fois j'ai voulu franchir cette ligne invisible simplement pour passer du temps avec toi au festival d'automne ou après l'école, quand tout le monde traînait.

— Je pense que ça rend les choses plus douces pour nous, d'avoir tout ce temps pour s'attarder sur les pensées privées que nous avons eues l'un sur l'autre.

— Nos fantasmes ? plaisanta-t-elle.

— Je ne dirai jamais une chose pareille.

Arrivé en haut des escaliers, Josh lui prit la main et la porta à ses lèvres.

— Merci pour cette merveilleuse soirée, mademoiselle Banks.

— C'est mon baiser du soir ? demanda-t-elle en nouant les bras autour de son cou.

— Je ne voudrais pas m'imposer.

Ce mensonge lui retourna l'estomac. Il ne voulait rien d'autre que d'ouvrir la porte, l'emmener dans la chambre et faire ce qu'il voulait avec elle, mais il désirait – non, il devait – lui donner du temps et de l'espace pour réfléchir. Ils allaient vite, du moins son cœur allait vite, et il voulait qu'elle ait le temps d'assimiler ses propres sentiments.

— Impose-toi. S'il te plaît, impose-toi.

Elle l'embrassa avec avidité.

Au diable l'espace pour réfléchir.

CHAPITRE DIX-SEPT

Le lendemain matin, Riley sursauta en entendant la vibration de son téléphone portable. Elle n'était pas surprise de voir que Josh était parti, mais elle le fut de voir à quel point cela semblait naturel pour lui d'avoir à nouveau passé la nuit avec elle et pour elle de savoir qu'il serait de retour peu de temps après sa course.

— Je suis désolée. J'aurais dû t'appeler hier soir, dit-elle à Jade.

— Bien sûr que tu aurais dû, fit Jade d'une voix amusée. J'espère que tu as une bonne raison de ne pas m'avoir appelée.

— Trop bonne.

Riley sortit du lit, enfila un t-shirt et se rendit à la cuisine. Quand elle vit qu'il n'y avait pas de mot sur le comptoir et que le sac de sport de Josh n'était plus sur le canapé, elle sentit un vent de panique la traverser.

— On continue à taire notre relation, dit-elle, distraite, en se dirigeant vers la salle de bains.

— Qu'est-ce que tu fais ? demanda Jade. Tu as le souffle court.

— J'entre dans la salle de bains.

Elle alluma et faillit lâcher le téléphone : « *Bientôt de retour. Ne te douche pas sans moi. Xo, J* » était écrit au rouge à lèvres sur le miroir, entouré d'un gros cœur rouge.

Elle poussa un soupir de soulagement.

— Allô ? insista Jade.

— Désolé. Je viens de me réveiller.

— J'ai entendu dire que tu vas avoir de la compagnie ce soir. J'aimerais bien être là. C'est comme si on était de retour à l'université, dans des États différents, et qu'on se parlait tout le temps au téléphone, constata Jade.

Sa meilleure amie manquait à Riley, mais elle n'aurait pas échangé une minute de son temps avec Josh pour rien au monde. Pas même avec Jade. *Josh.* Qu'est-ce qu'elle allait faire avec lui ? Il en aurait bientôt assez de se cacher, et elle aussi, sans doute ? Ne voulait-elle pas d'une vraie relation où ils pourraient être vus en public sans porter de déguisements ?

— Allô ? répéta Jade.

— Je suis désolée. Je suis juste distraite. Je ne sais pas comment tu as fait pour cacher votre relation. Je suis toujours si inquiète. Même quand je n'y pense pas, j'y pense.

— Je t'ai dit quoi faire. Ne cache rien et laisse Cruella digérer la nouvelle, répliqua Jade.

— C'est plus facile à dire qu'à faire. Elle a fait des avances à Josh, hier soir.

— Non !

— Si. Il l'a remise à sa place, mais elle aura encore plus de raisons de me détester quand elle le découvrira, et soyons honnêtes, cela ne fait que deux jours. *Deux jours.*

— De qui te moques-tu ? Ça fait quinze ans et tu le sais. Tu l'aimais déjà beaucoup au lycée, tu le sais bien, dit Jade. Et ne va pas t'imaginer une seule seconde que pendant que je craquais pour Rex, je n'ai pas remarqué que tu bavais devant son frère. Je l'ai déjà dit et je le redirai. Nous les aimions toutes les deux de loin, et c'était sacrément dur.

Riley avait aimé Josh à l'époque, mais elle l'avait chassé de son esprit à l'université, et même au cours des années qui avaient suivi, jusqu'à cette nuit au concert, où elle avait senti la porte de son cœur s'ouvrir. Au cours des deux derniers jours, la puissance avec laquelle ces sentiments refoulés étaient revenus lui avait donné l'impression d'être une enfant en manque d'amour.

— Tu as raison, mais tu me connais, Jade. Je n'ai jamais craqué pour un mec au point de vouloir être avec lui chaque seconde de la journée, et certainement pas au bout de deux jours. Tu crois que c'est juste le fait d'avoir déménagé, nouvelle ville, mec sexy ?

— Pardon, tu y crois, toi ?

Merde. Il n'y avait que Jade pour la pousser dans ses retranchements.

— Honnêtement ? Non. Mais est-ce que ça ne fait pas de moi une de ces filles stupides qui jettent toute prudence au vent et se laissent emporter par l'illusion de l'amour ?

— Eh, je suis très offensée, ironisa Jade.

— Tu sais ce que je veux dire. Rex et toi, vous vous êtes toujours désirés. J'ai connu un coup de cœur, et apparemment Josh aussi, mais pas comme vous deux. La façon dont vous vous êtes regardés pendant toutes ces années ? Vous enflammiez le bitume entre vous, je le jure, et tout le monde s'en rendait compte, même si vous ne pouviez rien y faire. Vous étiez en feu. Et si son désir pour moi s'estompe ? Comment savoir quand l'amour est suffisant ?

— Alors le sexe n'est pas torride entre vous ?

— Si, il est chaud comme la braise. Et de plus en plus. Mais je ne veux pas finir comme mes parents. Je veux de la chaleur pour toujours. Je veux être poursuivie dans mon salon, même quand j'aurai cinquante ans, et être obligée de repousser mon mari en chaleur.

Josh était un amant enthousiaste et agréable et, avec lui, Riley prenait vie comme jamais auparavant. La peur de devenir comme ses parents devait obscurcir ses pensées. *Nous sommes tout aussi torrides que Rex et Jade.*

— Tu ne peux pas prévoir, Ri. Tu demandes des garanties que personne ne peut te donner. Je sais ce qui t'inquiète. Tu ne veux pas être comme tes parents. Tu as peur que vous soyez trop à l'aise l'un avec l'autre. Même les couples qui commencent aussi chaudement que Rex et moi finissent parfois par ne plus avoir d'étincelle, et puis d'autres qui ont commencé tièdement finissent coquins et torrides. Tu dois suivre ton instinct. Et ces choses-là se contrôlent, tu sais.

Riley se brossait les dents, tout en écoutant Jade. Elle se rinça la bouche.

— Qu'est-ce que tu veux dire ?

— Je veux dire que quand les choses se refroidissent, tu fais remonter la température. Bon sang, Ri, c'est toi qui m'as dit de foncer. Pourquoi t'inquiètes-tu ? Peut-être que tu ne l'aimes pas autant que tu le pensais.

— Non, ce n'est pas ça.

Elle ferma les yeux et s'ouvrit à Jade de ses peurs secrètes.

— Le problème, c'est que je l'aime beaucoup plus que je ne le pensais, et c'est effrayant. Je pense à lui tout le temps. Quand il appelle, mon pouls s'accélère. Quand il m'embrasse… Oh, mon Dieu, Jade, c'est tellement plus que du sexe jouissif. On est tellement à l'aise quand on est ensemble, même si on cache notre liaison. C'est comme si on était ensemble depuis toujours. C'est une bonne ou une mauvaise chose ? Je suis tellement confuse. Et cacher tout ça au travail, c'est vraiment nul.

— Tout est super, sauf le fait de *le cacher*. J'aimerais que tu te débarrasses de cette nécessité. C'est vraiment stressant.

— Je pourrais démissionner et il n'y aurait plus de problème.

Riley entendit à nouveau le regret dans sa propre voix, comme la nuit précédente.

— Tu es folle. Il ne voudra jamais que tu le fasses. Ça va s'arranger. Ces choses-là s'arrangent toujours. En plus, il a remis Cruella à sa place. Elle va peut-être démissionner.

— Je ne veux pas qu'elle démissionne. Je veux juste qu'elle soit gentille. En plus, il n'y a pas qu'elle. Tout le monde va penser que j'ai couché pour arriver. Cruella est juste la plus vicieuse de toutes.

Riley arpentait machinalement son couloir. Cette conversation la rendait nerveuse. Elle n'osait pas imaginer la réaction de Claudia en découvrant la vérité sur Josh et elle.

— Assez parlé de moi. Comment vas-tu ? Qu'est-ce qui se passe ? demanda-t-elle.

— Je vais très bien. Tu rentres pour Noël, n'est-ce pas ? demanda Jade.

— Je t'ai promis une tenue, donc bien sûr que oui. Tu as reçu la photo que j'ai faxée ?

— Oui, et j'ai adoré. Tu as énormément de talent, dit Jade. Comment trouves-tu le temps ?

— Je ne mange pas.

— Oh, mon Dieu, ne deviens pas une de ces filles.

— Ça ne risque pas, lui assura Riley. Je dois me préparer pour aller au bureau. Je t'embrasse, dit-elle.

— Moi aussi, Ri. Appelle-moi demain. Dis-moi comment ça s'est passé avec ta famille.

— Tu es une idiote. C'est ta famille, pas la mienne,

s'esclaffa Riley.

— Ce n'est pas encore officiellement ma famille. Nous ne sommes même pas fiancés.

— Vous n'en êtes plus très loin. Je dois y aller.

Riley se sentit mieux après avoir parlé à Jade. Elle déverrouilla la porte d'entrée pour Josh et entra dans la salle de bains avec l'intention de prendre une douche, puis aperçut le miroir et haussa les sourcils. Alors qu'elle envisageait de se passer rapidement sous l'eau avant qu'il n'arrive, la porte d'entrée s'ouvrit et, une minute plus tard, Josh était appuyé contre le cadre de la porte, trempé de sueur, et la regardant d'un air avide.

— Je pensais justement à toi, dit-elle.

Il était tellement sexy, tout émoustillé par sa course. *Et je suis là, avec rien d'autre qu'un t-shirt.* Sous son regard brûlant, elle porta les mains à sa taille, souleva son t-shirt et fit courir ses mains sur son torse moite, puis fit glisser sa langue sur les renflements salés de ses abdominaux. Son corps répondit au goût de celui de Josh, s'enflammant de désir. Elle lui lécha un téton, se servant d'une main pour le caresser sous son short, tandis qu'elle plaquait l'autre contre sa poitrine et le taquinait de ses dents.

— Tu m'as manqué, dit-elle.

Il posa sa bouche sur la sienne, passant sa langue sur sa lèvre inférieure, prenant sa lèvre entre ses dents. Les mamelons de Riley durcirent sous sa chemise tandis qu'il faisait glisser sa main dans son dos jusqu'à ses fesses nues, puis devant, où il la toucha jusqu'à ce qu'elle soit humide et gonflée.

— Riley, laisse-moi t'aimer, chuchota-t-il contre ses lèvres.

Le souffle de Riley s'arrêta dans sa gorge alors qu'il se débarrassait de ses vêtements. Les muscles de sa poitrine et de ses jambes étaient tendus sous sa peau luisante. Il soutint son regard pendant qu'il mettait la douche en marche, puis il lui ôta son t-shirt alors qu'elle tremblait et la conduisit sous le jet d'eau chaude. La salle de bains s'emplit de vapeur, mais, en réponse aux tendres caresses de Josh, Riley sentit la chair de poule l'envahir. Il fit mousser un gant de toilette et lui savonna délicatement des épaules puis les bras jusqu'au bout des doigts, soulevant ses bras au-dessus de sa tête et faisant de même pour la peau sensible en dessous, ce qui la fit à nouveau frissonner. D'un geste doux, il lui lava le cou et la poitrine, puis prit son sein droit et passa doucement le gant de toilette sur sa peau.

— J'ai réalisé quelque chose quand je courais ce matin, dit-il d'une voix haletante.

Riley ferma les yeux tandis qu'il se déplaçait de l'autre côté et répétait les mêmes caresses sensuelles. Après quoi, il se plaça derrière elle et posa sa joue contre la sienne.

— Je veux que tu sentes à quel point je tiens à toi, chuchota-t-il.

Il rassembla ses cheveux et les plaça sur son épaule droite.

— Pas seulement sexuellement, poursuivit-il en lui lavant le dos. Tu es une femme intelligente, au grand cœur, Riley, et plus j'apprends à te connaître, plus j'ai envie de te chérir.

Elle rouvrit les yeux quand il s'approcha d'elle et lui toucha la joue avec sa paume humide. Elle se pencha vers la chaleur de sa main. Une fois de plus, les mots lui manquaient. *Oui ! Chéris-moi*, voulait-elle dire, son cœur avait gonflé, sa gorge s'était serrée et, lorsqu'elle ouvrit la bouche pour parler, il l'embrassa. Elle sentit sa chaleur contre son ventre, dure et prête. Alors elle tendit le bras, mais il l'arrêta.

— Nous avons tout le temps du monde. Laisse-moi t'aimer. Le sexe peut attendre.

Chaque centimètre carré de Riley appelait Josh. Son cœur

était si plein, et ses mots la touchaient plus profondément que n'importe quelle partie de son corps. Elle ferma les yeux pendant qu'il s'agenouillait et lavait l'intérieur de ses cuisses avec lenteur et prudence. Elle sentit un tiraillement au niveau de son ventre. Il se déplaça de l'autre côté et fit glisser le gant de toilette le long de ses mollets et sur l'extérieur de sa cuisse. Riley n'avait jamais rien ressenti d'aussi sensuel. Ses jambes fléchirent sous son contact. Elle recula d'un pas, s'appuyant contre la céramique humide et froide du mur. La sensation de froid contre sa peau chauffée par l'eau qui ruisselait lui transmit comme une décharge électrique. Elle toucha les épaules de Josh alors qu'il remontait le long de son corps, la caressant de ses mains puissantes et laissant une traînée de doux baisers sur ses seins, dans son cou, et finalement, il la prit dans un baiser sauvage. Elle se cambra contre sa chaleur, étonnée d'avoir ne serait-ce qu'un soupçon de contrôle sur son corps après la façon dont il l'avait touchée et aimée, faisant disparaître tout le stress et les soucis qui l'habitaient. Elle n'arrivait plus à penser. Elle tendit la main entre ses jambes, prête, voulant, ayant besoin de lui.

— Pas encore, chuchota Josh. Tourne-toi.

Elle obéit sans réfléchir ni hésiter. Il passa les doigts dans ses cheveux et elle pencha la tête en arrière. La bouteille de shampoing fit entendre un petit « clic », puis il plongea les mains entre ses mèches, faisant pénétrer le shampoing de la pointe de ses doigts. Elle ferma à nouveau les yeux, savourant le sentiment décadent d'être choyée. Lorsque l'eau eut évacué toutes les bulles, il l'embrassa dans le cou, puis fit mousser le gant de toilette et lui caressa longuement les fesses jusqu'à la courbe où elles rencontrent l'arrière de sa jambe. Il la lava également là, lui écartant doucement ses jambes, juste assez pour atteindre son entrejambe. Riley crut qu'elle allait jouir de la transe érotique dans laquelle se trouvait son corps. Elle posa les mains à plat contre le carrelage, aspirant à ce qu'il la prenne.

Les mains de Josh furent bientôt sur ses seins, ses doigts lui serrant les tétons. Le moindre contact l'irradiait. Elle sentait son corps contre le sien, ses dents sur son cou, et elle ne pouvait s'empêcher de gémir son nom dans l'air embué. Il la fit lentement pivoter et lui souleva les mains au-dessus de la tête, les y maintenant tandis qu'il posait sa bouche sur la sienne et la sondait dans un baiser avide et affamé.

— Préservatif ? demanda-t-il.

Ce seul mot la tira de sa rêverie. Elle le fixa, cherchant dans ses yeux la réponse à une question qu'elle n'osait pas poser. Il l'embrassa à nouveau.

— Je les ai toujours utilisés, à part deux fois à l'université, mais j'ai été testé deux fois depuis.

Il parlait avec une urgence intense.

Elle lui faisait confiance, et cette confiance lui insufflait de l'assurance, alimentait son désir.

— Prends-moi, haleta-t-elle.

Lui emprisonnant les mains au-dessus de la tête, il plongea en elle avec un gémissement guttural.

— Tu es tellement mouillée. Bon sang, que c'est bon !

Riley inspira, sentant son corps répondre à son érection tandis qu'il entrait et sortait à un rythme effréné. Elle gémit contre ses lèvres, son corps se cabrant et se projetant en avant pour répondre à son intensité. Il était si bon, elle était si prête qu'il ne fallut que quelques minutes de ce rythme exquis pour qu'elle grimpe, monte, monte et atteigne un orgasme violent et rapide. La tête pressée contre le carrelage, elle gémissait à voix haute, tordant ses mains, se tordant sous son emprise. Josh lui suçotait le cou, ce qui fit à nouveau bouillir son sang. Elle ne pouvait plus supporter ces sensations. C'était trop – les éclairs de lumière vive derrière ses paupières closes, le besoin enivrant dans ses reins, l'électricité de la langue chaude de Josh sur sa peau. Elle cria son nom, fort et dur, juste au moment où il grimpa vers sa propre libération. Son corps trembla au-dessus du sien, son souffle se fit rapide et chaud contre son cou, et Riley sut à ce moment-là qu'elle ne voulait pas cacher ce qu'elle ressentait. À aucun prix. Ni pour sa carrière ni pour échapper à la colère de Claudia. Ni pour quoi que ce soit.

CHAPITRE DIX-HUIT

Josh était dans le bureau de Mia quand l'appel de Peter arriva.

Mia arqua un sourcil.

— Peter Stafford demande Riley Banks.

L'appel n'était pas une surprise. Peter avait demandé s'il pouvait voir le portfolio de Riley, mais Josh sentit tout de même ses tripes se nouer. Il envisagea de parler de ses problèmes avec Claudia à Peter, mais il réalisa que, s'il le faisait à la suite de la conversation de Peter avec Riley, il ressemblerait davantage à un petit ami jaloux qu'à un employeur gérant une employée problématique.

— Passe-le-lui, dit-il avec ce qu'il espérait être un haussement d'épaules nonchalant.

— Entre toi qui te promènes avec cet air satisfait tout le temps, Claudia qui fait souffler le chaud et le froid, et maintenant ça ? J'ai l'impression de travailler dans la Quatrième Dimension, s'affligea Mia.

— Quel regard satisfait ? s'étonna Josh.

Mia leva les yeux au ciel.

En retournant à son bureau, il passa par le studio de conception, où Claudia s'affairait à une table de design. Il se pencha par-dessus son épaule et fut surpris par l'impressionnant dessin qu'elle esquissait.

— C'est vraiment intéressant, la façon dont tu as combiné la taille empire et les découpes aux épaules.

Il se souvint de la robe que Riley portait pour leur dîner : les similitudes étaient frappantes.

— Comment as-tu eu cette idée ?

Claudia se pencha en arrière et afficha un sourire.

— Tu m'as dit de trouver des idées nouvelles, des choses qui ne sont pas des refontes de vieilles tendances. Ça m'a demandé un peu d'introspection, mais c'est ce qui m'est venu à l'esprit.

Elle toucha sa main et il la retira.

— Claudia, dit-il d'une voix sévère. Je t'ai dit de ne plus jouer à ces jeux-là !

— Pardon, dit-elle en retournant à ses dessins. Les vieilles habitudes ont la vie dure.

— Dure ou douce, du moment qu'elles meurent. Et tout de suite.

Il entendit Riley au téléphone et s'approcha d'elle, sentant les yeux de Claudia se vriller dans son dos.

— Oui, monsieur, disait Riley au téléphone.

La curiosité le tuait. Peter dirigeait une agence de mannequins. Il n'était pas dans le domaine du design, ce qui poussait Josh à se demander si Peter n'avait pas quelque chose de plus intime en tête après tout. Il entendit Riley conclure l'appel. Elle s'était adressée sur un ton professionnel à Peter. Il pensa au ton sensuel qu'elle utilisait avec lui dans l'intimité de leurs bras respectifs.

— Oui, je vous les enverrai, mais, encore une fois, je ne cherche pas à quitter JBD. Je suis très heureuse ici. Ah oui, je vois. Je vous remercie. C'est très gentil de votre part. Oui, monsieur. Au revoir.

Riley poussa une pile de dessins et les posa sur le coin de son bureau avant de reculer sa chaise. Quand elle se retourna et vit Josh, le soulagement se peignit dans ses yeux.

— Je venais justement te voir, dit-elle en tendant la main vers lui, puis en la retirant et en jetant un regard aux autres employés.

Il avait senti un changement chez Riley, ce matin-là sous la douche, mais ils avaient eu tout juste le temps de se préparer avant de partir au travail. Et parler était alors la dernière chose qu'il avait eue à l'esprit.

— C'était M. Stafford, dit-elle.

— Oui, je sais.

Il aurait aimé qu'ils soient dans un endroit privé, où il pourrait passer son bras autour d'elle et la sentir contre lui pendant qu'elle parlait, sans autre raison que de calmer ce regard nerveux dans ses yeux.

— Il veut que je lui envoie mon portfolio, mais je ne comprends pas pourquoi. Il sait que je suis heureuse de travailler ici. Devrais-je être inquiète ou flattée ?

Elle croisait et décroisait les bras.

— Flattée, je pense, dit Josh, en essayant de garder un ton professionnel. Tu veux que je l'appelle pour voir ce qu'il a en tête ?

Elle secoua la tête.

— Mon Dieu, non. Merci, mais non.

Elle faisait un pas de plus vers lui quand Claudia se leva et se dirigea vers eux. Josh vit les épaules de Riley se tendre.

— Comment se passe la conception du stand ? demanda Claudia.

— Bien. Je suis aussi prête que possible, répondit Riley.

Claudia hocha la tête.

— Super, lança-t-elle d'un ton amical, avant de les dépasser.

Riley laissa échapper un soupir.

— Tu sais que tu peux me demander tout ce dont tu as besoin pour ce salon. Je m'y connais un peu dans le domaine, dit Josh.

— Je sais. Je veux réussir par moi-même, et je le ferai. Je suis vraiment prête. J'ai aussi trouvé un super design pour la construction. Nous sommes l'un des rares designers à avoir la possibilité de faire une vraie construction, donc je l'ai conçu comme un showroom. Claudia m'a donné tous les matériaux dont j'aurais besoin l'autre jour, et je suis assez douée pour assembler des tenues.

— Et les enlever, murmura-t-il en se penchant vers elle.

Puis il partit, en espérant qu'elle penserait à lui pendant le reste de l'après-midi.

— Riley, viens ici.

Simone lui fit signe d'approcher.

K.T. lui montra deux jupes en laine blanche légèrement différentes.

— Laquelle de ces jupes associerais-tu avec un chemisier en satin bleu aqua ?

Riley étudia les deux jupes, notant la taille plus haute de l'une d'elles et le liseré brodé à peine perceptible sur l'autre.

— Je n'associerais aucune des deux à ce chemisier. Le vrai aqua est trop dur, je pense. Pourquoi pas quelque chose de plus doux ? Un miel doux, ou un bleu violet, ou un cyan clair peut-être ? Quel est l'événement ?

— Un miel doux ? Répéta K.T. N'est-elle pas futée ?

Il posa les jupes et se dirigea vers le placard du couloir.

— Qu'est-ce qui se passe ? demanda Riley.

— Nous sommes en pleine guerre de la mode, s'esclaffa Simone. Un acheteur potentiel arrive dans quelques jours et K.T. refuse de me laisser assembler les pièces seule. Il jure que je néglige un élément chaque fois que j'assemble quelque chose.

— Oups, ça n'a pas l'air agréable.

La compétition ne s'arrête jamais.

Simone fit un signe de la main, puis remonta ses lunettes rouges rondes sur l'arête de son nez. Riley avait appris que Simone choisissait ses montures de lunettes en fonction de ses tenues, et ce jour-là, avec sa jupe à carreaux marron et noir et son haut blanc éclatant, le rouge ajoutait une belle touche de couleur.

— Il est juste comme un gamin. Il veut que ses idées soient entendues. Même si je ne les utilise pas, il aime savoir qu'il les a partagées. Il n'y a pas de malaise ici.

Elle regarda Claudia au bout du couloir, appuyée contre un cadre de porte.

— Sauf avec elle, bien sûr. Tu as remarqué qu'elle alternait le chaud et le froid ces derniers temps ?

Riley n'allait pas se laisser prendre dans cet imbroglio.

— Elle est surchargée, dit-elle avant de retourner à son bureau en pensant à Josh.

Après le dîner inconfortable qu'ils avaient partagé avec Peter, elle ne voulait pas que Josh s'inquiète au sujet de cet homme. *Nous avons assez de vrais soucis pour y rajouter celui-ci.* Elle sortit son téléphone et envoya un message à Josh.

« Désolée pour Peter. »

Son téléphone vibra quelques secondes plus tard. *« Pas besoin. Je suis un grand garçon. »*

Elle réfléchit à une réponse et décida de se montrer un peu espiègle. « *Oui, j'ai connu ce grand garçon et j'aimerais pouvoir…* »

— Envoyer des SMS pendant les heures de travail ?

Claudia. Riley dissimula l'écran de son téléphone et se retourna, sentant le rouge lui monter aux joues.

— Désolée. Ma meilleure amie à Weston. Elle me manque.

— C'est bien normal. Écoute, je travaille sur des choses pour Josh. Tu peux passer au bureau de Phil ? Il a dit qu'il avait quelques trucs du tournage à envoyer.

Riley jeta un coup d'œil à l'horloge. Mince. Ses cinq minutes supplémentaires pour dessiner s'envolaient.

— Mais je les ai tous inventoriés et tout a été rendu, objecta-t-elle.

Claudia haussa les épaules.

— Quelque chose a dû t'échapper. Il n'est que midi. Tu auras tout le temps de finir ton travail après, ajouta-t-elle avec un sourire qui n'atteignit pas ses yeux. Merci, conclut-elle en s'en allant.

Riley soupira. Elle avait travaillé sur quelques idées pour la tenue de Noël de Jade et elle sentait l'inspiration venir. Elle n'avait besoin que de quelques minutes de plus pour mettre ses idées sur papier. Rangeant cependant les dessins dans son tiroir, elle attrapa son sac à main et sortit du bureau.

Elle héla un taxi. Son humeur enjouée et taquine s'étant dissipée, elle supprima son message à Josh.

Quinze minutes plus tard, elle se trouvait devant un Phil Lancorn dégarni et non moins déconcerté.

— Je n'ai aucune idée de ce dont parle Claudia. Nous n'avons plus rien et, franchement, je commence à en avoir assez de ses manières accusatrices.

Merde.

— Peut-être que je l'ai mal comprise. Je suis vraiment désolée. Elle a dû dire le nom de quelqu'un d'autre. Toutes mes excuses.

Phil poussa un soupir de frustration.

— Ce n'est pas grave. On s'attend à ce genre de choses avec les nouveaux.

On s'attend à ce genre de choses ? Riley n'était pas le genre de personne à faire des erreurs qu'on attendait d'elle. Elle savait que la bonne humeur de Claudia lui servait à dissimuler son véritable but : elle essayait de mettre Riley dans des situations qui donneraient une mauvaise image d'elle. Pas question de lui donner cette satisfaction. Elle regagna le bureau avec un plan.

Mia fut plus qu'heureuse d'aider Riley à retrouver l'écharpe jaune qu'elle avait vu Claudia porter la veille, et fouilla dans les accessoires de l'armoire.

— Pourquoi as-tu besoin de ça ? demanda-t-elle.

Riley se mordit la lèvre. Elle ne voulait pas impliquer Mia plus qu'elle ne le devait.

— Je cherche quelques tenues pour le salon professionnel, et je voulais voir si ça irait avec les teintes plus vives de la ligne Bliss.

— J'adore, commenta Mia avec un large sourire.

Elle attrapa l'écharpe jaune canari et la tendit à Riley.

— Remets-la juste en place quand tu as fini.

— Bien sûr. Pas de problème.

Mia se caressa le menton en étudiant le tailleur-pantalon de Riley.

— Ta tenue est magnifique.

Riley sentit que Mia était sincère. Ses yeux étaient brillants et son sourire authentique. La confiance de Josh en Mia la rassura : Riley sentit qu'elle pouvait baisser sa garde.

— Merci, Mia. Je n'ai pas encore l'argent pour ne porter que des vêtements de marque. Et dans le Colorado, se mettre sur son trente-et-un signifiait porter ses plus belles bottes de cow-girl et sa jupe en jean, conclut-elle sur un petit rire.

— Je suis passée par là, avoua Mia.

— Tu viens d'où ?

— De Virginie du Sud. Mon père dirigeait une ferme laitière.

Mia haussa les épaules.

— Je pense que c'est pour ça que je porte toujours des jeans. Ça me rappelle la maison.

— Tu peux t'en sortir avec des jeans moulants. Tu es aussi grosse qu'un haricot vert, et en plus, avec tes talons et ton goût pour choisir les chemisiers, tu es toujours superbe.

— Merci. C'est une question de confort pour moi, et ça n'a pas l'air de déranger Josh, alors…

Elle haussa les épaules.

Josh ne semble pas se soucier de grand-chose, à part des tentatives de Claudia pour le séduire. Riley se sourit à elle-même.

— Mia, tu peux me donner le nom et le numéro du coursier de la compagnie ?

— Bien sûr. Je peux faire envoyer quelque chose par coursier si tu veux, proposa Mia.

— Vraiment ? Peter Stafford demande à voir mon portfolio. Josh est au courant. Ce n'est pas pour un autre emploi ou quelque chose comme ça. J'étais à la réunion avec Josh et lui, l'autre soir, au sujet de la ligne *Bliss*, et il l'a demandé à ce moment-là, et il me l'a redemandé, tout à l'heure.

— Bien sûr. Waouh, c'est énorme ! Peter est connu pour refuser des idées, pas pour en demander.

— Vraiment ? Hmm.

Elle n'avait aucune idée de la raison pour laquelle Peter avait demandé son travail, mais elle avait été franche avec Josh. Et puis, ne rien cacher à la société et travailler avec le coursier de JBD enverrait un message clair et professionnel à Peter.

— Merci. Oh, et je ne sais pas pourquoi, mais j'ai le sentiment qu'il vaut mieux ne rien en dire à Claudia. Elle pourrait penser que je fais quelque chose d'inapproprié.

— Elle serait jalouse à mort. Comment ça se passe avec Cruella ?

Riley se figea. L'avait-elle entendue utiliser ce nom ? Elle passa en revue ses appels à Jade et ne parvint pas à se souvenir de lui avoir téléphoné depuis le bureau.

— Détends-toi. On l'appelle tous comme ça.

Elle laissa échapper un soupir de soulagement.

— J'en étais venue à croire que tu lisais dans mes pensées.

— Non. Est-ce qu'elle fait de ta vie un enfer ?

Riley s'appuya contre une étagère.

— Seulement un peu. Rien que je ne puisse gérer.

— Elle a un faible pour Josh, donc elle fait vivre un enfer à toutes les nouvelles collaboratrices séduisantes.

— Vraiment ?

Séduisante ? Le compliment lui ferait sa journée.

— Tu n'as pas remarqué la façon dont elle le suit, à se montrer dès que Josh et toi êtes proches l'un de l'autre ? Je jurerais que cette femme lui a installé un traqueur dessus.

Riley eut beau se détester pour ce qu'elle s'apprêtait à demander, mais cela n'empêcha pas les mots de sortir de ses lèvres.

— Tu penses qu'ils ont déjà… tu sais ?

— Josh ? s'écria Mia. Pas du tout. Il n'aime même pas sortir avec les superbes femmes qu'on lui soumet. Je n'arrive pas à le comprendre. Il a des tas de femmes à portée de main, et c'est comme s'il attendait la bonne. Je n'ai aucune idée de ce qu'il attend d'une femme, mais il n'aime pas les prétentieuses qu'on lui présente. J'espère simplement que lorsqu'elle se présentera, son âme sœur sera aussi gentille que lui, sans quoi elle pourrait ruiner cet homme merveilleux.

Je suis une femme gentille.

— Tu as raison. Je l'espère aussi.

Mia l'examina alors en plissant les yeux et Riley crut déceler un secret derrière son regard. *Il est impossible qu'elle sache pour nous.* Elle la remercia pour son aide et retourna à son bureau.

Son téléphone vibra au moment où elle s'assit. Elle fut surprise de trouver un message de Max.

« Salut, c'est Max. Jade m'a donné ton numéro. J'ai entendu dire que tu étais avec Josh ! »

Avant de répondre, elle prit une profonde inspiration. Elle avait rencontré Max au ranch du père de Josh lorsqu'elle y avait déjeuné juste après que Josh lui avait offert le poste, et elle avait tout de suite éprouvé de la sympathie pour Max. Pourquoi avait-elle l'impression d'exposer publiquement leur relation en confirmant ce que Max savait déjà ? Et pourquoi était-ce si agréable ? Elle répondit au texto.

« Oui ! STP, ne le dis à personne. Vous venez dîner ce soir ? »

Elle glissa le téléphone sous sa jambe et attendit la réponse en tapotant du pied, en proie à une excitation nouvelle. Après leur intimité du matin, elle avait décidé qu'elle ne voulait plus cacher leur relation, mais elle n'avait pas eu le courage de le dire à Josh. Une fois qu'elle l'aurait fait, il n'y aurait pas de retour en arrière. Il serait impatient de mettre les choses au grand jour, et quand elle était au travail, elle n'était plus aussi sûre de sa décision. *J'aimerais pouvoir décider une fois pour toutes.* Elle fixa le téléphone qui dépassait de sous sa jambe. *Dis-le. Ne dis rien. Argh ! Je ne peux pas décider !* Son téléphone vibra à nouveau.

« *Motus. Promis. Oui. Hâte de te voir.* »

« *Et moi vs 2* », répondit-elle, puis elle rangea son téléphone dans son sac à main et les glissa tous les deux dans le tiroir, au-dessus de sa pile de dessins. Après quoi, récupérant le foulard, elle partit à la recherche de Claudia.

Celle-ci se détourna de son travail lorsque Riley s'approcha.

— Je l'ai trouvée.

Elle montra l'écharpe.

— Phil a été ravi que tu t'en souviennes.

Claudia en resta bouche bée.

— Je vais aller la ranger dans le placard.

Riley partit avec un sourire en coin. *On pouvait être deux à jouer à ce jeu.*

CHAPITRE DIX-NEUF

Riley répondit à la porte en portant ce que Josh savait être son jean skinny préféré, qu'elle avait porté avec assurance dans le Colorado, mais plus depuis qu'elle était à New York, un chemisier rouge transparent à col tombant et un seul collier en or soulignant son épaule. Elle se haussa sur la pointe des pieds pour l'embrasser, et Josh posa une main sur sa hanche.

— Mon Dieu, tu es sexy, murmura-t-il. Je ne t'ai pas vue en jean moulant depuis le Colorado.

— La visite de Max et Treat m'a fait me sentir un peu plus proche de chez moi, et tes compliments sur mon corps ont boosté ma confiance en mes courbes, admit-elle.

— Je les aime vraiment, tes courbes.

Il passa la main sur sa hanche et lui empauma les fesses.

— Tu es presque aussi sexy que dans ta tenue débraillée, la taquina-t-il. Presque. Car il n'y a rien de tel qu'un pantalon de survêtement.

Josh se dirigea vers la cuisine, les bras chargés de plats italiens à emporter et de vin.

— Merci. J'allais porter le survêtement, mais je ne voulais pas trop tenter ton frère.

Elle suivit Josh dans la cuisine.

— Je doute que quiconque puisse détourner Treat de Max.

Il posa les sacs sur la table et commença à sortir les récipients chauds de nourriture.

— J'ai des moules, du pain frais, des pâtes. Et, ajouta-t-il en désignant deux bouteilles, du vin, bien sûr.

— Tout sent délicieusement bon, constata Riley.

Il ouvrit le vin, leur versa deux verres et lui en tendit un. Il repensait à leur premier rendez-vous et à la nervosité dont elle avait fait preuve dans la cuisine. Avec elle maintenant, il avait du mal à croire que cela ne faisait que quelques jours. Il avait l'impression que Riley avait toujours été dans sa vie.

— Tu ne veux pas attendre Treat et Max ? demanda-t-elle.

— Non. Ce toast est pour nous. Nous avons survécu au secret, dit-il, avant de déposer un petit baiser sur ses lèvres.

— À ce propos, je voulais te parler de ça.

Elle passa l'index sur le bord de son verre.

— D'accord. Tu veux aller t'asseoir dans le salon ?

Le ventre de Josh se serra. Il n'avait toujours pas de plan B au cas où son personnel découvrirait leur relation et, plus il pensait à la douleur que Riley pourrait ressentir s'ils rendaient leur relation publique, plus il s'inquiétait.

Ils s'assirent sur le canapé dans le salon. Riley était assise avec son verre entre les mains, les yeux fixés sur le vin. Il la vit pincer les lèvres, battre plusieurs fois des paupières, puis prendre une grande inspiration.

— Il s'est passé quelque chose au bureau aujourd'hui dont je devrais être au courant ? demanda-t-il.

Il était sûr qu'il en aurait entendu parler, si quelqu'un les avait découverts, mais Riley n'était pas du genre à courir vers lui pour demander de l'aide.

— Non, pas vraiment. J'ai juste…

Elle leva les yeux vers lui : il n'eut aucun doute sur la chaleur et le désir qui les animaient. Elle grimaça, fronça les sourcils. Enfin, reposant son verre, elle prit sa main dans la sienne.

— Je veux que les gens soient au courant pour nous, dit-elle.

Josh écarquilla les yeux.

— Waouh. Je ne m'attendais pas à ça, admit-il.

Il en était presque venu à penser qu'elle avait raison de vouloir garder le secret pendant un certain temps encore.

— Je sais. Moi non plus, pourtant ce matin, sous la douche, quelque chose m'a frappée, et j'ai su que tu étais la personne avec qui je voulais être. Garder le secret revient à se comporter comme si on faisait quelque chose de mal, et pas dans le bon sens.

Elle sourit, mais son sourire n'atteignit pas ses yeux.

Josh crut voir un éclair d'hésitation. Son ventre se noua et son cœur se serra. Il était animé d'émotions contradictoires. Il avait voulu parler d'eux au monde entier, mais, après avoir passé des jours à essayer de trouver la meilleure façon d'aborder la question, il n'avait toujours rien trouvé. Plus il y pensait, plus il s'inquiétait pour la carrière de Riley.

Voyant qu'il demeurait silencieux un peu trop longtemps, Riley s'écarta de lui.

— Tu ne veux pas, c'est ça ?

— Si. Je suis juste… Je m'inquiète pour toi, Ri. Peu importe comment je tourne le truc, tu seras étiquetée. Moi non, mais toi si, et je déteste savoir que ça pourrait bouleverser ta vie.

La douleur qui traversa le visage de Riley le tua, mais il savait qu'il avait raison. Ils trouveraient un moyen de gérer les réactions de leurs collaborateurs, mais ils devaient le faire avant de révéler leur relation.

— OK. Mais si je suis prête à prendre le risque, tu devrais l'être, non ?

Elle soutint son regard.

— Tu n'es pas prêt. J'ai compris. Bon, je ne m'attendais vraiment pas à ça, fit-elle avec un petit rire.

Elle se leva, mais il lui attrapa la main.

— Bébé, rassieds-toi, s'il te plaît.

— C'est un peu humiliant, tu ne trouves pas ? D'apprendre que ton petit ami… attends… peut-être que tu as réalisé que tu n'en avais pas envie ? acheva-t-elle, les yeux pleins de larmes.

— Non, Riley, non.

Il se leva et la prit dans ses bras.

— Je ferai tout ce que tu veux. Je veux seulement te protéger. Je ne demande pas mieux que d'aller au travail demain et de l'annoncer à tout le monde. Je peux même envoyer un communiqué de presse si tu le souhaites. Je suis seulement inquiet parce que tu te fais du souci pour ta carrière, et je le comprends. Tu as raison de t'inquiéter. Cette industrie n'est pas très indulgente, ni très tolérante.

Riley s'effondra sur le canapé.

— C'est très dur, Josh. Quand je suis avec toi, j'ai vraiment envie d'être avec toi – en public, je veux dire – et quand je suis au travail, je vois très clairement où sont les problèmes. Mais combien de temps pouvons-nous tourner en rond ? Nous devons soit sauter à pieds joints, soit…

— Soit ?

Ne le dis même pas.

— Ou nous cacher, en utilisant l'appartement de ta sœur comme un nid d'amour, je suppose.

Elle sourit. Il l'attira à nouveau vers lui, soulagé.

— Je suis désolé, Riley. Cela aurait été beaucoup plus facile si j'avais su que tu ressentais la même chose que moi avant que tu ne viennes à New York. Alors j'aurais pu te présenter dès le premier jour comme ma petite amie, et les gens auraient été obligés de l'accepter.

Ou ils auraient supposé que c'était comme ça que tu avais décroché le job.

— C'est tellement frustrant. Et c'est fou. On ne sort ensemble que depuis quelques jours. Qui laisse tomber sa carrière au bout de quelques jours ? Je jure que je perds la tête. Tu sais quoi ? Je ne me soucie plus vraiment de ce que les gens disent de moi. Jette-moi en pâture aux loups. Sautons-y à pieds joints.

L'espoir dansait dans ses grands yeux.

— C'est fou, et c'est rapide, et ce n'est probablement pas la chose la plus intelligente à faire que de placer nos espoirs dans une folle semaine d'amour, mais je fais confiance à mon cœur, Riley, et mon cœur me dit que tu es la femme avec laquelle je veux être. Si tu es partante, allons-y.

Son cœur s'emballait, mais une petite voix à l'arrière de sa tête lui disait de faire attention.

Un coup à la porte les arracha à leur décision.

— On va trouver une solution, bébé. Je te promets qu'on y arrivera.

Il la serra encore une fois dans ses bras avant d'aller ouvrir la porte.

Treat affichait un sourire plein d'affection. Il avait des cheveux bruns épais et fournis, un visage ciselé, rasé de près, et des yeux sombres pleins de joie.

— Josh, fit-il en le prenant dans ses bras. Je suis hyper content de te voir.

Après quoi, il se tourna vers Riley.

— Tu es magnifique ! s'exclama-t-il

Il l'embrassa tout aussi chaleureusement, puis prit la main de Max.

— Viens ici, ma douce.

Max portait un jean et un pull en cachemire. Ses cheveux bruns lui tombaient au niveau des épaules et son visage n'était pas maquillé, à l'exception d'un trait d'eye-liner, ce qui laissait transparaître sa beauté naturelle. Elle prit Riley dans ses bras, puis Josh.

— C'est vraiment chouette de vous revoir.

À mesure qu'elle déambulait dans l'appartement, ses yeux s'écarquillèrent.

— Savannah a beaucoup de goût. J'adore ce canapé et cette table basse.

Même si Treat était riche, Max restait pragmatique. Elle surveillait ses dépenses et se montrait aussi agréablement familière qu'elle l'avait été le jour où Josh l'avait rencontrée, l'année précédente.

— Tu veux du vin ? demanda Riley en se dirigeant vers la cuisine.

Max la suivit, laissant Treat et Josh dans le salon, où ils s'installèrent confortablement sur le canapé.

— Je suis vraiment ravie de vous voir, Treat. Max et toi avez l'air en pleine forme. Est-ce que tout va bien ? Les plans de la maison avancent ?

Treat et Max avaient acheté une propriété qui jouxtait le ranch du père des deux frères.

— Tu sais comment ces choses se passent. Tantôt c'est la cohue, tantôt on attend. Mais tout se passe bien. Et papa est en forme, fort comme un bœuf, ajouta Treat.

Leur père avait souffert d'un problème cardiaque mineur, l'année précédente, mais il s'était rapidement rétabli et n'était pas quelqu'un que l'on pouvait garder au repos longtemps.

— Tant mieux. Et vos projets de mariage ? demanda Josh.

— Ils avancent, répondit Treat. C'est d'ailleurs l'une des raisons pour lesquelles je voulais te voir. Tu te souviens quand le magazine *Vogue* a fait sa première page sur nous ?

Il planta les coudes sur ses genoux.

— Comment pourrais-je l'oublier ? Papa a plaisanté là-dessus pendant deux ans, ironisa Josh avant d'ajouter d'une voix plus grave : « Les hommes Braden : deux des plus beaux célibataires d'Amérique. »

Il s'esclaffa.

— Oui, eh bien, ils veulent faire un reportage sur le mariage, chuchota Treat.

— Et ça t'embête ? demanda Josh.

Il essayait de se concentrer sur Treat, mais son esprit revenait sans cesse à Riley. Son frère coula un regard à Max.

— Je m'en moque un peu, mais Max n'est pas très enthousiaste à cette idée. Elle déteste ce genre de choses, tu sais. Donc, je pensais… les médias vont reprendre ça, que nous soyons d'accord ou pas, mais peut-être que nous pourrions leur donner un angle différent.

Un angle différent. Josh se retrouva à fixer les yeux sombres de son frère et à l'écouter comme il l'avait fait à l'adolescence, quand ils étaient allés tous les deux avec Rex à la foire du comté. Ils s'étaient cachés derrière l'enclos à bétail pour que Rex puisse surveiller Jade, et Josh avait été secrètement ravi parce que cela lui permettait de reluquer Riley. Il avait complètement oublié cet après-midi, mais son souvenir fit naître un sourire à ses lèvres.

— Allô ? l'interpella Treat, en lui agitant une main devant les yeux.

— Désolé. Un autre angle, c'est ça. À quoi pensais-tu ?

Bon sang, je craquais déjà tellement pour elle à l'époque.

— Et si on les amenait à se concentrer sur le frère styliste à la place ?

Josh s'adossa au canapé.

— Tu te moques de moi ? Avec tout ce qui se passe, tu veux que j'invite les médias dans mon salon ? s'insurgea-t-il en secouant la tête.

— Oui, une fois que j'ai su pour Riley et toi, je me suis dit que tu ne serais pas partant.

— Treat, ce serait comme la jeter aux requins. Pour protéger Max, tu éjecterais Riley ? fit-il en secouant la tête.

— Non. Je pensais plutôt que tu la laisses t'aider à dessiner la robe de Max et qu'elle pourrait s'en servir pour attirer l'attention des médias en tant que styliste. Avant de l'engager, tu as dit que son portfolio t'avait époustouflé. Elle a manifestement les compétences pour. Concentre l'attention des journalistes sur la robe de mariée, et tu auras une raison de la promouvoir si tu le souhaites. Par-dessus le marché, elle aura un fait d'armes qu'elle pourra utiliser contre tout retour de bâton. Même s'ils prétendent que tu l'as favorisée, son travail parlera pour elle.

Josh tapota la jambe de Treat.

— Toi, mon pote, tu pourrais bien être brillant.

— Tu en avais douté ? le taquina Treat.

Riley n'était pas nerveuse à l'idée de dîner avec Treat et Max. Ils étaient tous les deux très simples et il était facile de leur parler, mais, malgré le SMS enthousiaste de Max, elle s'était demandé comment ils allaient réagir au fait que Josh et elle soient en couple. C'était pour cette raison que Riley s'était montrée réservée dans ses manifestations d'affection envers Josh. Maintenant qu'ils avaient vidé une bouteille et demie de vin, elle se sentait plus à l'aise et, lorsque Josh rapprocha sa chaise de la sienne et étendit son bras sur le dossier avec un clin d'œil, elle ne fut pas submergée par la vague de panique qu'elle devait affronter au bureau lorsque Josh et elle étaient proches l'un de l'autre. Elle posa une main sur sa cuisse.

— On savait que vous finiriez ensemble, lâcha Max.

Riley repensa au déjeuner dans le ranch du père de Josh, à Weston, et à la facilité avec laquelle ils avaient été ensemble. Elle avait essayé d'ignorer les papillons qu'elle avait ressentis en le voyant, s'imaginant avoir réussi à cacher ses sentiments aux autres. En voyant le regard de Max, elle réalisa que ses talents d'actrice étaient nettement inférieurs à ses talents de créatrice.

— Comment avez-vous su ? demanda Riley.

Un sourire complice passa entre Treat et Max, qui toucha la cuisse de son amoureux.

— Pour moi, c'était juste une question de vibration entre vous deux. Vous étiez tellement… compatibles, répondit Max en haussant les épaules.

— Tu parles ! ironisa Treat. Josh avait l'habitude de l'espionner comme Rex avec Jade. Une fois que vous vous êtes reconnectés, c'était juste une question de temps.

Elle regarda Josh et pointa un doigt sur son torse.

— Tu avais l'habitude de m'espionner ? J'aime bien l'idée.

— Je te l'ai déjà dit, répliqua Josh. Treat rend ça juste plus tordu que ça ne l'était.

— OK, la vérité ? demanda Treat qui continua sans attendre de réponse. Je l'ai su à la seconde où il t'a amenée chez papa pour le déjeuner. Josh n'est pas un homme indécis. Quand il a pris une décision, il n'en change pas. Il peut faire un plus grand détour et vagabonder un peu, mais il finit toujours par arriver là où il l'a dit. Quand il a déménagé à New York, il nous a annoncé que c'était pour devenir un grand styliste, et il l'a fait. Deux ans plus tard, il a dit qu'il allait essayer de rivaliser avec Vera Wang. Il a créé sa marque. Et quand il a engagé Riley, il a déclaré : « Elle est parfaite pour JBD ».

Treat ouvrit les mains.

— Quelqu'un y a-t-il trouvé quelque chose à redire ?

Riley rougit. Elle avait entendu cette déclaration de Josh dans la maison de son père. Elle l'avait interprété comme une remarque à propos de la société, pas de lui personnellement. Treat connaissait vraiment bien son frère.

Josh la serra contre lui.

— Elle est parfaite pour JB, il n'y a aucun doute là-dessus.

Il l'embrassa sur la joue.

— Et il se trouve qu'elle est aussi parfaite pour JBD.

— OK, maintenant que vous m'avez tous embarrassée, on peut parler de la robe de Max ?

Riley entendit réapparaître l'accent de sa ville natale, celui qu'elle avait tant travaillé à gommer depuis qu'elle était à New York. Dieu que cela faisait du bien de l'utiliser à nouveau sans craindre un regard amusé !

— Oui, s'il vous plaît, renchérit Max en se penchant au-dessus de la table. D'abord, Josh, merci beaucoup d'avoir proposé de faire ma robe. C'est vraiment très gentil de ta part.

Gentil. C'était, encore une fois, l'une des qualités de Josh qu'elle préférait.

— Je pense à quelque chose de très simple, sans les fioritures et le côté dramatique de la plupart des robes de mariée. Tu me connais, le plus simple et le plus propre, ce sera le mieux, conclut Max.

— Des lignes simples et nettes. On peut faire ça, déclara-t-il en serrant le bras de Riley.

— Max, j'espère que ça ne te dérange pas, mais j'ai fait quelques dessins, basés sur les conversations que nous avons eues à Weston. Je sais que je ne vais pas dessiner ta robe, mais j'ai pensé à quelques idées que tu pourrais envisager d'utiliser.

Elle retient son souffle, en espérant que Max ne s'en offusquerait pas.

— Tu as fait ça ? s'enquit Josh.

— Juste quelques dessins. J'étais vraiment nerveuse à l'idée de te les montrer. En fait, j'ai moins de mal à les montrer à Max qu'à mon petit ami styliste. Si elle les déteste, tu ne les verras jamais.

Sur un clin d'œil, elle quitta la pièce pour aller chercher ses croquis. Quand elle revint, Josh avait déjà commencé à débarrasser la table.

— Pourquoi n'emporteriez-vous pas tout ça au salon, Max et toi ? suggéra Treat en se levant. Josh et moi, on peut s'occuper de ça.

— Des hommes qui rangent ? J'aime ça, approuva Riley, qui chuchota à Josh, en passant près de lui : Je ne voulais pas tirer la couverture à moi. Je n'ai pas à lui montrer ça. Je suis vraiment désolée.

Il l'embrassa sur le front.

— Tu peux prendre en charge toutes les parties de ma vie que tu veux.

Riley en eut le souffle coupé. Elle serra sa main, puis suivit Max au salon.

— Je me suis dit que tu étais à fond dans les vêtements confortables et une finition propre et jolie, commença-t-elle en étalant ses dessins. Tous tes vêtements doivent être faciles à porter et fonctionnels, mais bien faits. Pour ta robe, j'ai pensé aux mêmes qualités : un peu du sur mesure et sensuel, mais sans être ostentatoire. J'ai donc pensé d'abord à une longue robe à bretelles spaghetti, un peu modifiée.

Max fronça le nez.

— Pour un mariage ?

Riley sourit.

— Écoute-moi.

Elle sentit son rythme cardiaque s'accélérer autant que lorsqu'elle travaillait chez *Macy's* et qu'elle aidait les clients à trouver les bonnes couleurs pour leur carnation, à choisir des accessoires pour une grande soirée et à trouver la coupe parfaite en fonction des différentes morphologies. Elle sortit son dessin préféré de la pile et l'étala devant Max.

— Oui, une robe de mariée.

Et elle désigna la fameuse robe spaghetti. Max poussa un cri, ouvrant des yeux stupéfaits.

— Oh mon Dieu !

— Tu détestes ? fit Riley, un grand vide au creux de l'estomac.

— Non, j'adore. Quelle en serait la matière ? Ce sont des motifs brodés à la main ou le tissu est imprimé ? Oh mon Dieu, Treat, chéri, viens ici, s'il te plaît, appela-t-elle.

Treat et Josh sortirent de la cuisine, s'essuyant les mains sur des torchons.

— Regardez ça. N'est-ce pas parfait ?

Les joues en feu, Max désignait le dessin tout en levant les yeux vers Treat et en entrelaçant ses doigts aux siens.

— On va nous marier à Wellfleet, là où on est tombés amoureux. La station balnéaire surplombe l'océan. C'est parfait. Pas trop fantaisiste, très « plage ». C'est parfait, tu ne trouves pas, Treat ?

— Superbe, répondit celui-ci.

— Oh, Josh ! Pourquoi ne m'as-tu pas dit que Riley avait mis en plein dans le mille ? fit Max en serrant Riley dans ses bras.

Josh rayonnait.

— Elle met toujours en plein dans le mille.

— Josh, qu'en penses-tu ? C'est toi l'expert, répliqua Riley qui retint son souffle.

Il prit le dessin, plissa les yeux et secoua la tête. Son estomac se retourna, craignant qu'il ne l'aime pas.

— Tu as conçu ça après avoir parlé à Max chez mon père, ce fameux jour ? demanda-t-il.

— Oui. J'étais plus ou moins en train d'y penser, et ça m'est venu.

— Mousseline de soie ? demanda-t-il avec perspicacité.

Ses yeux s'étaient assombris alors qu'il étudiait le dessin.

— En simple épaisseur, confirma Riley.

— J'aime beaucoup la forme incurvée du décolleté, la façon dont il attirera le regard sur le visage de Max tout en se rétrécissant en descendant entre les seins. Les fines bretelles spaghetti sont très féminines, très naturelles.

Il passa une main dans ses cheveux et hocha la tête.

— Je n'aurais jamais pensé à tenter ça sur une robe de mariée.

Josh paraissait vraiment aimer son dessin, mais le sérieux de son regard et l'intensité de son examen donnaient à Riley l'impression que son corps était fait de coquilles d'œufs. Une respiration trop saccadée et elle pourrait tomber en morceaux.

— Pas de traîne. S'agit-il d'une broderie, d'une application ou d'un imprimé, à l'endroit où elle s'enroule sous la poitrine et sur le torse ? demanda Josh.

— Une broderie légère. Des pastels délavés : pêches, bleus, jaunes. C'est un peu différent.

Elle s'approcha de lui et désigna l'endroit indiqué. Sous la pression de l'examen de Josh, elle débita ses explications aussi vite que possible.

— Tu vois les motifs sur le corsage, mais cousus horizontalement ? Je pense à un centimètre et demi environ, qui passe sous les seins et un autre centimètre et demi à la taille, puis une broderie festonnée qui borde la partie inférieure de la ligne de taille.

Riley prit une grande inspiration pour essayer de calmer ses nerfs en pelote.

— Je vois, et l'arc sur les hanches, avec juste une étendue de blanc entre cette zone et la taille, constata Josh.

Riley le regarda, persuadée qu'il allait objecter que c'était trop différent, ou que ça faisait bas de gamme.

Josh se frotta le menton, puis regarda Riley, les sourcils toujours froncés.

— Pourquoi n'as-tu pas opté pour une robe de mariée traditionnelle, toute blanche ?

Riley savait qu'elle prenait un gros risque en optant pour une robe crème décorée de tons pastel. Elle avait soupesé les objections potentielles avant de s'engager dans cette direction et, le pire qui aurait pu arriver, c'était que Max ou Josh détestent l'idée. En regardant Josh, elle ne savait pas s'il détestait ou aimait l'idée, autrement dit, mieux valait être honnête avec lui. Elle prit une profonde inspiration, essayant de calmer ses nerfs avant de répondre.

— Ri ? insista Josh.

— C'est ce que j'ai ressenti, expliqua-t-elle avec un regard à

Max, puis à Treat. Quand Max a décrit ce qu'elle envisageait pour leur mariage, elle ne m'a pas donné l'impression de vouloir une robe de mariée traditionnelle. Max a son style à elle, et sa personnalité m'a semblé plus adaptée à une robe de mariée qui accentue ce style. Max, je suis désolée si j'ai mal interprété. Nous pouvons faire la même robe en blanc.

Max posa une main sur son cœur.

— Moi ? Bonté divine, Riley, mais tu as frappé en plein dans le mille.

Le soulagement fit naître un sourire sur les lèvres de Riley.

— Vraiment ? fit-elle, tout excitée.

— Ri, je ne faisais que poser des questions, intervint Josh. Je ne jugeais pas. Je voulais savoir pourquoi pour pouvoir comprendre le processus.

Il n'a pas dit que c'était bas de gamme ou affreux ! Josh se retourna vers le dessin, et Riley observa son visage qui quitta la douceur momentanée qu'il avait eue lorsqu'il expliquait pourquoi il avait posé la question, au plus grand sérieux alors qu'il se replongeait dans le dessin. Elle trouvait sa capacité à passer du mode « affaires » au mode « petit ami », et vice versa, des plus séduisantes. Elle se mordit la lèvre inférieure et attendit qu'il la bombarde de nouvelles questions.

— Tu as reproduit le même schéma sur le corsage que sur le devant de la jupe, à partir de l'arc de l'imprimé, remarqua Josh.

— Oui, dit Riley nerveusement. Quand on regarde la robe dans son ensemble, ça donne l'impression d'une brise d'été, de mouvement, je suppose. C'est ce que je voulais, mais si tu penses que c'est trop, je peux le changer.

— Non, protesta Max. S'il te plaît, j'adore ça. Josh, je pensais voir cinquante modèles de robes blanches duveteuses. C'est tellement… moi. C'est simple, léger, aéré, et j'aime les couleurs.

— Et la longueur ? demanda Josh.

Treat se leva.

— On dirait que la longueur n'a pas d'importance, vous avez une styliste sur les bras, et une styliste sacrément bonne.

— J'ai d'autres dessins, proposa Riley en farfouillant dans ses papiers. J'en ai dessiné, genre, une vingtaine. C'était tellement amusant.

— Quand tu as eu le temps ? demanda Josh.

Riley se mordit la lèvre.

— Dans mes périodes creuses au travail et dans le métro.

Elle haussa les épaules, regardant les lèvres de Josh se retrousser en un sourire.

— Bon sang, Riley, tu ne manques jamais de m'étonner. En tout cas, tu l'as, ta styliste, Max, lança-t-il.

Max poussa un cri et se leva d'un bond.

— Je suis si heureuse ! J'appréhendais un peu tout le truc.

Riley était incapable de remuer les jambes, les yeux fixés sur Josh qui la regardait comme si elle venait de restaurer la paix dans le monde. *J'y suis arrivée. Je vais vraiment dessiner sa robe. Je n'y crois pas.* Max l'enlaça à nouveau, ce qui la tira de sa stupeur.

— Une fille ne devrait jamais appréhender le jour de son mariage. Surtout quand elle épouse un homme comme Treat, répliqua Riley qui noua ses bras autour du cou de Josh et l'embrassa. Merci beaucoup !

— Je suis sacrément fier de toi, dit Josh.

— Je sais que j'ai un peu agi à la hussarde, mais, honnêtement, ce n'était pas dans mes intentions. J'ai juste pensé que ça lui donnerait quelques idées à intégrer dans tes dessins, dit Riley.

— Tu peux agir à la hussarde dans ma vie, mon travail, tout ce que tu veux, Riley Banks, répliqua Josh en l'attirant à lui.

— Je ne sais même plus qui tu es, le taquina Treat.

— Quoi ? s'étonna Josh qui ouvrit les bras en signe d'interrogation.

— Tout ce que je peux dire, c'est que Riley, qui qu'elle soit, fait de toi un homme plus heureux. Riley, pourquoi as-tu attendu si longtemps ? s'enquit Treat.

— Les garçons Braden sont un peu intimidants, s'esclaffa-t-elle. La vérité, c'est que je n'ai jamais pensé que quelque chose sortirait de mon coup de cœur pour Josh. D'abord, il y a eu toute cette histoire de querelle familiale, et comme j'étais dans le camp de Jade, je devais tirer un trait sur Josh, et je ne savais pas non plus qu'il m'aimait bien à l'époque. Bon sang, je craquais tellement sur lui que c'est embarrassant à admettre – elle sentit le rouge lui monter aux joues –, puis il a déménagé pour devenir cet incroyable designer connu du monde entier. Je n'étais plus qu'une petite provinciale qui l'adorait de loin.

Elle prit la main de Josh.

— Maintenant, je regrette d'avoir gaspillé une seule seconde. J'aurais voulu saisir ma chance il y a des années et franchir bien avant la ligne imaginaire résultant de la fameuse querelle et de mon amitié avec Jade. J'ai l'impression que nous avons raté d'innombrables années ensemble.

— C'est exactement ce que je ressens, convint Josh.

Les yeux de Treat passaient de Josh à Riley.

— Tu as trouvé un appartement à louer ? demanda-t-il à Riley.

Elle s'assit sur un fauteuil rembourré en face du canapé. Assis sur le bras du fauteuil, Josh lui tenait la main.

— Je n'ai même pas encore eu le temps de chercher, mais ça fait partie de mes projets du week-end.

Josh voulut dire quelque chose, mais Treat le coupa en

l'attrapant par le bras.

— Josh, finissons la vaisselle et laissons les dames boire du vin pour pouvoir en profiter plus tard.

— Je peux m'en occuper, protesta Riley.

Max balaya ses scrupules d'un geste de la main.

— C'est leur truc. Laisse-les.

Quelques minutes plus tard, Treat et Josh revinrent dans le salon, en échangeant des sourires timides.

— Riley, Max et moi possédons un appartement près de Central Park. Nous ne sommes jamais là. Enfin, nous y logeons maintenant, mais nous ne venons pas souvent ici. Tu peux y rester si tu veux, du moment que ça ne dérange pas Max, proposa Treat.

— Quelle bonne idée ! s'exclama l'intéressée.

— On quitte New York demain, dans la matinée, donc tu peux emménager demain après-midi si tu veux, précisa Treat.

— J'ai l'impression d'être une vraie profiteuse. D'abord, j'emprunte l'appart de votre sœur, maintenant le vôtre ? Je ne peux pas faire ça. Vraiment, merci, mais je vais trouver un endroit à louer. Ça ne doit pas être si difficile.

Josh et Treat secouèrent la tête.

— Bébé, accepte l'offre. C'est un endroit génial et on sera voisins, insista Josh.

— Ça rend la chose beaucoup plus séduisante, mais je me sentirais trop coupable, protesta Riley en réfléchissant.) Et si vous voulez venir à New York ?

— Alors, tu habiterais chez Josh, répondit Max. C'est la solution parfaite.

— Je ne sais pas. Il faudrait qu'il y ait une sacrée mesure d'incitation pour que je l'autorise, plaisanta Josh.

— Je ne sais pas. Il faudrait que vous me laissiez payer un

loyer. C'est important pour moi. Je ne suis pas une pique-assiette.

Riley savait qu'elle ne pouvait pas payer beaucoup, mais elle trouverait un moyen de payer le prix que Treat trouvait juste.

— Que pensez-vous de ça ? commença Treat. Puisque tu vas dessiner la robe de Max, ça va nous coûter au moins deux mille dollars, non ?

— Je ne veux pas être payée pour dessiner sa robe. C'est amusant pour moi et c'est un bon entraînement, insista Riley.

— Avec ce genre d'attitude, tu seras une créatrice de mode fauchée. Ce qui est juste est juste, répliqua sévèrement Treat. Supposons à la place qu'on enlève le prix de la robe du loyer total ? Un loyer de mille dollars par mois, sans engagement, au cas où tu ne l'aimerais pas l'endroit, ça me semble juste.

— Ça semble terriblement bon marché, protesta Riley.

— Elle va le prendre, dit Josh. Merci, Treat.

— Mais…

Josh la coupa :

— Ri, c'est l'affaire du siècle, et l'appartement offre beaucoup d'espace pour que tu puisses dessiner et créer. Dis juste « merci » et revenons au vin, conclut-il sur un clin d'œil.

— Merci, dit-elle.

Comment ai-je eu la chance de tomber dans les bras d'un homme aussi merveilleux et d'une famille aussi généreuse ? Elle savoura l'idée de déménager, de concevoir le design de la robe de Max et la façon séduisante dont Josh la regardait, comme si elle était la seule personne dans la pièce.

CHAPITRE VINGT

Le samedi matin, Josh se leva tôt pour aller courir. S'il n'avait pas manqué un seul footing depuis son arrivée à New York, l'idée de quitter Riley, allongée nue et seule dans le lit qu'ils partageaient, rendait dernièrement son footing matinal moins attrayant qu'il ne l'avait été. Il se doucha et enfila ses vêtements de course aussi discrètement qu'il le put, puis écrivit un mot pour Riley et le posa sur le comptoir de la cuisine.

Chaussé pour courir, il se dirigea vers la porte, hésitant pendant une seconde à se recoucher à côté de Riley… juste pour cette fois. C'était une pente glissante et, s'il manquait un footing, il aurait encore plus de mal à se sortir du lit le jour suivant, et le suivant, et le suivant…

Il faisait son jogging dans Central Park, regardant le soleil grimper au-dessus des arbres, ses rayons chauds filtrant à travers la canopée de branches nues. L'aube était son moment préféré de la journée, avant que les masses ne commencent à affluer, lorsque les oiseaux s'attardaient encore sur l'herbe humide et que les canards dormaient paresseusement au bord de l'eau.

Quand il atteignit le Dakota, il ralentit pour marcher et reprendre son souffle. Sortant la clé de la poche de son short de jogging, il pénétra dans son appartement. Après avoir passé du temps avec Riley dans l'appartement pittoresque de Savannah, le sien lui semblait trop grand, trop vide, et bien trop… froid. Il se souvenait de la fierté qu'il avait éprouvée lorsqu'il avait acheté ce huit-pièces et du sentiment spécial qu'il avait éprouvé en sachant qu'il entrait dans l'immeuble où John Lennon avait vécu. Maintenant, alors qu'il traversait le vaste salon pour se rendre sur le balcon donnant sur le parc, il réalisait à quel point ce sentiment avait été stupide et ce qu'il disait de l'homme qu'il avait été. Lorsqu'il était venu à New York, il s'était éloigné de ses racines du Colorado pour essayer de s'intégrer à l'élite des designers et, réalisait-il maintenant, s'inquiétait de son image et de ce que les autres pensaient de lui.

Après avoir passé du temps avec sa famille lors de son récent retour aux sources – deux de ses frères maintenant amoureux, son père se languissant toujours de sa mère –, il était revenu à New York désireux de plus. Riley semblait être la réponse à ses prières. Depuis qu'elle était entrée dans sa vie, il s'était senti comblé d'une façon qu'aucun bien matériel n'aurait jamais pu lui procurer. Elle nourrissait son désir d'aimer et d'être aimé. *D'aimer.* Il savait que c'était fou de tomber amoureux si rapidement, mais il était sûr que la façon dont son cœur battait dans sa poitrine quand il pensait à elle – comme c'était le cas en cet instant précis – et le fait qu'elle ne quittait jamais ses pensées, indiquaient qu'il tombait de plus en plus amoureux d'elle. Lorsque Treat l'avait attiré dans la cuisine pour lui proposer de louer son appartement à Riley, il avait instinctivement deviné que Josh était sur le point de suggérer à Riley d'emménager avec lui. Treat avait proposé son appartement comme filet de sécurité. Riley pourrait y vivre, ou avoir la possibilité d'y rester, ce qui leur donnerait le temps d'être certains de leur relation sans la pression supplémentaire d'un bail d'un an ou d'une cohabitation immédiate. *Il n'y a pas d'urgence*, lui avait dit Treat.

Josh n'avait ni besoin ni envie de temps. Il était sûr de ses sentiments, mais il ne voulait pas mettre la pression sur Riley.

Il traversa le plancher de bois dur, passant devant la cheminée sculptée à la main et les portes coulissantes qui menaient à sa majestueuse salle à manger. Il ne se rappelait plus la dernière fois qu'il avait utilisé la salle à manger. En fait, il ne se souvenait pas non plus de la dernière fois où il était entré dans la chambre d'amis, de l'autre côté de l'appartement. Il supposait que sa femme de ménage l'avait nettoyée, mais il ne se serait pas rendu compte si elle ne l'avait pas fait.

Il se dirigea vers la pièce principale. Il se tenait au centre de son salon, les bras croisés, scrutant la pièce rarement utilisée avec la belle cheminée. *Cela pourrait être le studio de design de Riley.* Il n'était pas sûr de trouver du temps pour que Riley dessine la robe de Max pendant qu'elle travaillait sous la supervision de Claudia en tant qu'assistante. Si elle dessinait au bureau, cela soulèverait toutes sortes de questions. Il n'allait pas trouver une solution dans les cinq prochaines minutes, et il voulait dire au revoir à Treat et Max avant de retourner chez Riley. Il passa de la chambre à la salle de bains, où il se lava le visage à l'eau fraîche. Il se sécha en tapotant sa peau et se pencha sur le lavabo, pour se regarder dans le miroir. Passant une main dans ses cheveux, il ricana devant son t-shirt trempé de sueur. *Treat m'a déjà vu dans un état bien pire.* Josh n'avait aucune envie de passer plus de temps dans cet appartement où il avait autrefois trouvé du réconfort, à moins que Riley ne soit à ses côtés.

Il le quitta et rendit à l'étage suivant, où il trouva Treat et Max refermant la porte derrière eux.

— Josh, qu'est-ce que tu fais ici de si bonne heure ? demanda Treat.

— Je suis venu te dire « merci ».

Il serra son frère dans ses bras, l'embrassant un peu plus longtemps que d'habitude. Treat lui avait prodigué de sages conseils tout au long de sa vie, et il l'appréciait pour cette raison et pour l'amour qu'il lui avait témoigné au fil des années. Quand il se dégagea de la forte poigne de son frère, il serra Max dans ses bras. On aurait dit un oiseau fragile en comparaison.

— Merci d'avoir laissé Riley dessiner ma robe, Josh, murmura-t-elle. Je me sens bénie à bien des niveaux.

Elle prit la main de Treat avec un sourire.

— On se voit chez papa pour Noël ? demanda Treat.

— Oui, bien sûr.

Il résista à l'envie de tenir encore un peu la jambe de Treat, et comme son frère l'avait toujours fait, il sentit son hésitation.

— Qu'est-ce qu'il y a ? demanda-t-il. Tu as le regard que tu avais quand tu étais petit et que tu voulais demander quelque chose à papa, mais que tu avais peur de le faire.

Il avança la tête pour le regarder fixement.

— Et tu prends cette mine pensive, à te mordiller la joue… Qu'est-ce qu'il y a ?

Josh baissa les yeux. Était-il un imbécile ? Avait-il manqué un signal d'avertissement ? Il n'avait pas l'habitude de gérer des sentiments aussi intenses et il avait besoin de conseils.

— Comment tu as su ? demanda-t-il à mots rapides et déterminés. Quand tu as compris que tu étais amoureux, est-ce que cela t'a foutu la trouille et donné l'impression d'être sur un nuage en même temps ? Ou bien est-ce juste moi ?

Treat se fendit d'un large sourire alors qu'ils se dirigeaient vers l'ascenseur.

— Oh la la, lâcha Max. Le petit Joshy est amoureux.

Josh ferma les yeux et secoua la tête. Quand il les rouvrit, le regard sombre de Treat exprimait le plus grand sérieux.

— Je vais te dire ce que papa m'a dit à propos de Max, dit-il en attirant l'intéressée contre son flanc. « *Inutile de prétendre que le nœud coulant autour de ton cœur ne se resserre pas chaque fois que tu vois cette femme.* »

Il haussa les épaules.

— C'est le mieux que je peux faire pour toi, Josh. Tu sais quand tu sais, et l'amour ne ressemble à rien de ce que tu as déjà ressenti. Il te pousse à remettre en question tout ce que tu as fait et tout ce que tu as connu.

Il déposa un baiser sur le front de Max.

— Et c'est la meilleure chose qui puisse arriver à un homme.

— Un nœud coulant autour du cœur. C'est exactement ça. Merci, Treat. J'ai l'impression que tout va très vite, mais je ne veux pas ralentir. Je veux juste courir avec ça. Pour toujours, admit-il.

Les portes de l'ascenseur s'ouvrirent, et Treat tint la porte d'entrée ouverte pour que Max et Josh sortent dans l'air glacial du matin.

— Alors, qu'est-ce que tu attends ? Trouve une solution et va de l'avant. Riley est un bon parti, et le fait qu'elle soit de Weston me fait penser que le destin est entré dans la vie d'un autre Braden. Treat ouvrit la portière de la berline qui attendait.

— Je t'aime, frérot.

Il l'enlaça à nouveau et monta dans la voiture à la suite de Max.

— Eh, tu as toujours la clé, non ?

Treat avait donné à Josh une clé de son appartement quand il l'avait acheté.

— Bien sûr.

— Bonne chance. Je t'aime, lança Treat.

— Je vous aime aussi, tous les deux.

Les mots n'avaient eu aucun mal à sortir. Leur père leur avait toujours montré de l'amour, verbalement, physiquement et émotionnellement, si bien qu'ils avaient tous les deux été à l'aise pour se manifester de l'amour l'un envers l'autre. Josh était maintenant prêt à partager cet amour avec Riley. Il les regarda s'éloigner avant de sprinter vers l'appartement de sa bien-aimée.

Riley était en train d'emballer ses affaires quand Josh fit irruption. Il traversa le couloir d'un pas déterminé. Elle fit un pas dans sa direction et Josh la prit dans ses bras pour l'embrasser, la serrant si fort qu'elle pouvait à peine respirer. Ce n'était pas un baiser sexuel, et la différence lui coupa le souffle. Ce baiser était chargé d'une énergie qui vibrait à travers lui, avant de s'infiltrer dans ses poumons, son cœur, et – elle aurait pu le jurer – dans son âme. Ce baiser était la promesse de quelque chose de si grand qu'elle se sentait pratiquement emportée. Elle pouvait en goûter la douceur acidulée.

Il s'écarta, les mains sur sa taille, pour la fouiller du regard. Un sourire idiot se dessinait sur ses lèvres.

— Je t'aime, Riley.

Incapable de respirer, elle demeura bouche bée tandis que son cœur cognait si fort dans sa poitrine qu'elle le crut sur le point d'exploser.

— Il n'y a pas à tortiller, reprit-il à mots rapides et sonores. J'aime tes blagues excentriques. Je t'aime quand tu es débraillée, et je t'aime quand tu es nue. J'aime la façon dont tu fonds à mon contact et, surtout, j'aime ton âme gentille et généreuse.

Riley, tu es l'une des personnes les plus authentiques que j'aie jamais rencontrées, et je… je… Bon sang, Riley, je t'aime tout entière. Tu n'as pas besoin de me dire que tu m'aimes. Simplement, je n'arrivais plus à retenir cet aveu. Il fallait que tu le saches ou… ou plutôt, j'avais besoin de te le dire.

Riley parvenait à peine à penser au-delà de la montée d'adrénaline qui la traversait. Son ventre se serra, alors que ses bras se couvraient de chair de poule.

— Josh…

Ce fut tout ce qu'elle parvint à sortir. Elle fit un pas en avant, les paumes et la joue contre son torse. Il l'enveloppa de ses bras, le cœur battant contre sa joue, sûr et régulier.

Elle leva les yeux vers lui, sachant qu'elle se souviendrait à jamais de la sincérité et de l'espoir dans ses yeux. Ses yeux se mouillèrent de larme et sa gorge se serra. Elle déglutit, forçant sa voix à dépasser la bosse qui s'y était logée. Pourvu qu'elle soit aussi forte que l'amour dans son cœur.

— Je t'aime aussi.

CHAPITRE VINGT ET UN

Avec l'aide de Jay, le chauffeur de Josh, l'emménagement dans l'appartement de Treat ne prit pas beaucoup de temps, mais, dès qu'elle entra dans le Dakota, Riley se sentit complètement hors de son élément. L'énorme foyer l'avala et, entre les plafonds de quatre mètres de hauteur, le vaste salon, la salle à manger, la bibliothèque et les trois grandes chambres, elle savait qu'on lui avait fait la charité avec un loyer de mille dollars par mois. Cela l'embarrassait.

Josh l'emmena dans le dédale des pièces, chacune plus grande que la précédente, passant devant des meubles si riches et si finement fabriqués qu'elle avait peur de les toucher. *Y a-t-il vraiment des gens qui vivent de cette façon ?*

Elle déballa ses maigres affaires dans la chambre principale aménagée pour un roi et une reine. Un lit à baldaquin, dans lequel elle ne pouvait grimper qu'avec l'aide d'un pouf, trônait au centre de la pièce, entre deux fenêtres de deux mètres. Des meubles en cerisier aux sculptures élaborées, qui ne pouvaient être que des créations artisanales, bordaient les murs. Un miroir plus grand que le mur de sa chambre chez elle était accroché au-dessus de la commode surdimensionnée. On aurait dit qu'il appartenait à une salle d'exposition haut de gamme.

Elle s'échappa vers la cuisine, espérant se sentir plus à l'aise loin des bois et des textures coûteuses. Elle n'eut pas cette chance. Riley se laissa tomber sur un tabouret de bar dans l'immense cuisine. Elle s'était toujours imaginé que vivre dans une maison somptueuse serait excitant. Non seulement elle ne se sentait pas à sa place, mais elle éprouvait un immense sentiment de solitude, même avec Josh au bout du couloir dans la suite principale ridiculement grande. Elle se leva d'un bond et vola dans ses bras quand il vint à sa rencontre.

— Ça va ? demanda-t-il en lui frottant le dos.

— Je n'ai jamais séjourné dans un endroit comme celui-ci auparavant. C'est énorme. Pourquoi Treat possède-t-il un endroit aussi grand ? Je veux dire, même avec Max, ça semble vraiment, vraiment grand. Je pensais qu'il était beaucoup plus simple.

Elle se blottit contre lui, regrettant d'avoir quitté l'appartement de Savannah.

— C'est quelqu'un de simple. Qui ne se résume pas aux maisons qu'il possède. C'est de l'immobilier, des investissements. Treat est l'homme que tu as toujours vu en lui. C'est un peu grand. Je l'admets. Mais ne le juge pas en fonction de son appartement.

Il prit une profonde inspiration.

— Riley, viens avec moi.

Il lui saisit la main et l'entraîna hors de l'appartement de Treat, pour l'emmener dans son propre appartement, à l'étage d'en dessous.

— Où allons-nous ? Ne me dis pas qu'il possède deux de ces monstres.

Il sortit la clé de la poche de son jean et ouvrit la porte.

— C'est chez moi, annonça-t-il.

Riley se couvrit la bouche. *Je suis vraiment une idiote.*

— J'aurais mieux fait de me taire, balbutia-t-elle. Je suis désolée. Seulement, je ne suis pas habituée à ce genre de luxe. Et à recevoir l'aumône. Mille dollars par mois ne suffiraient même pas à payer le lavage de ces vitres.

— Relax, bébé. Ce n'est pas comme s'il avait besoin d'argent, dit Josh.

D'une main au creux de ses reins, il la fit avancer.

Riley n'avait pas passé beaucoup de temps à imaginer l'appartement de Josh et, en traversant les pièces somptueuses, elle réalisa qu'elle voyait des morceaux de lui partout. Au lieu de canapés de velours, comme ceux de Treat, c'étaient des canapés en cuir et tissu, avec des jetés de tissu chenille sur le dossier et d'épais tapis bruns couvrant le bois dur. Son appartement était très masculin, très Josh. Elle jeta un coup d'œil aux étagères, où elle trouva non seulement des livres, mais aussi des bougies et d'autres bibelots. Elle se saisit d'une lourde grenouille en métal tenant une loupe et leva un sourcil interrogateur.

Il haussa les épaules.

— Je l'ai trouvée mignonne.

Elle la reposa et prit une photo d'un très jeune Hugh, debout à côté d'une voiture rouge.

— Il a l'air heureux.

— Sa première course. Je l'ai prise juste avant qu'il n'entre sur la piste.

Elle reposa le cliché et fit courir son doigt le long des livres : un mélange de classiques et de fiction récente.

— Tu lis beaucoup ?

— Quand j'ai le temps, répondit-il en haussant encore les épaules.

— Des bougies. Pour tes rencards ? plaisanta-t-elle, non sans grimacer intérieurement, parce qu'elle ne voulait pas entendre la réponse.

— Aucune des femmes avec qui je suis sorti n'est entrée dans mon appartement.

Riley se retourna.

— Tu plaisantes ?

— Absolument pas. Je te l'ai dit. Je suis un homme secret. Mon appartement est mon appartement. C'est le seul endroit où je me sens… je ne sais pas… en sécurité, loin de l'attention du public. Amener une femme ici, ce serait comme faire entrer ce public. Je ne voulais pas.

Elle posa la question qui exigeait d'être posée.

— Et si tu voulais, tu sais…

— Elles avaient un appartement, répondit-il honnêtement.

— Huit ans et pas une seule femme dans ton lit ? Allez, Josh…

— Huit ans et pas une seule femme dans mon lit, lui assura-t-il.

Elle ne parvenait pas à imaginer ce genre de sang-froid. Cela semblait inimaginable. Lui donnait-il des réponses qu'il pensait susceptibles de lui plaire ? Elle chercha une réponse dans ses yeux et comprit qu'il lui disait la vérité.

— Donc je serai la première ? conclut-elle en lui tendant la main.

— C'est ce qu'on verra, la taquina-t-il. Et j'espère que tu seras la dernière.

Elle l'enlaça et réalisa qu'il l'avait invitée chez lui dès leur premier rendez-vous.

— Josh, tu m'as invitée ici après m'avoir fait prendre le métro le premier soir, tu te souviens ?

— Je me souviens très bien de cette nuit, et j'espère ne jamais l'oublier, déclara-t-il en souriant.

— Mais… si tu n'as jamais eu une femme ici…

Il haussa les épaules.

— C'est toi, Riley. Mon cœur a toujours voulu que ce soit toi.

— C'est beaucoup de pression pour une fille comme moi, avoua-t-elle en se dirigeant vers la cheminée.

Elle était décorée de photos de famille dans des cadres en bois dépareillés, bien que coûteux. Des photos de chacun de ses frères et sœurs, de son père, et même une photo de Max et Jade assises côte à côte, qui lui souriaient depuis le cadre.

— Ta mère, commenta-t-elle, en désignant le cliché qui montrait d'Adriana Braden.

C'était une femme éblouissante, avec des cheveux auburn et des yeux verts, tout comme Savannah. Sur la photo, les yeux brillants, la bouche ouverte, la tête rejetée en arrière, elle semblait avoir été surprise en train de rire.

— Elle est toujours avec moi, dit-il.

Riley traversa le salon jusqu'au balcon, où se trouvaient deux chaises de fer.

— Ton endroit préféré, devina-t-elle en contemplant Central Park en contrebas, dont la vaste étendue de nature contrastait fortement avec le monde bétonné alentour. Pas étonnant que tu vives ici.

Elle se retourna et trouva Josh, souriant, un regard aimant au fond des yeux. Son cœur se réchauffa et elle se rapprocha de lui.

— J'adore, dit-elle. Ça te ressemble… mais en plus grand.

Il sourit.

Elle lui donna une tape sur la poitrine.

— Arrête de penser au sexe.

— Tu veux voir la chambre ? suggéra-t-il en haussant les

sourcils.

Elle le suivit dans le hall et traversa un grand salon orné d'une magnifique cheminée.

— Waouh, c'est incroyable !

Elle remarqua un *Men's Journal* sur la table basse et d'autres photos de famille sur la cheminée. Ils franchirent des portes à double battant pour accéder à la chambre principale, qui était presque aussi grande que le salon. Le lit king size était placé au centre, flanqué de tables de chevet en acajou, chacune abritant une lampe. Celle de gauche était plus masculine que celle de droite, avec un abat-jour légèrement plus foncé et un pied plus grossier. Le sol en bois dur était partiellement recouvert d'un tapis blanc profond. Dans le coin de la pièce se trouvaient deux fauteuils de lecture en cuir surmontés de lampes et une ottomane surdimensionnée devant eux. Les deux fauteuils étaient également recouverts de couvertures douces. Au centre de la longue commode se trouvait une grande photo de famille encadrée. Riley passa le doigt sur les enfants de la photo.

— Vous étiez tous si jeunes, murmura-t-elle.

— Elle a été prise à Wellfleet, dans le Massachusetts, avec ma mère. Mes parents avaient l'habitude de louer un petit cottage là-bas quand nous étions petits. Treat l'a acheté il y a quelques années. Cette photo a été prise la dernière fois lors du dernier séjour de ma mère.

Il fixait le cadre en disant cela, comme si les souvenirs se détricotaient sous ses yeux.

Riley se dirigea vers le lit et s'assit sur l'épaisse couette.

— Qui s'est chargé de la décoration ?

— Tu me poses vraiment la question ? Moi, bien sûr.

— Tout est conçu pour un homme et une femme, un couple très proche, me semble-t-il.

Josh sourit.

— Je suppose que j'ai toujours espéré te trouver, dit-il en s'approchant d'elle avec un regard séducteur dans les yeux.

Elle tapota l'édredon.

— Ce truc doit faire dix centimètres d'épaisseur.

— Six.

Il se positionna au-dessus de Riley, ses pieds entre les siens, et se pencha sur elle pour la forcer à s'allonger sur le lit.

— Tu es un surdoué, la taquina-t-elle.

— Alors ? Tu me vois différemment maintenant, n'est-ce pas ?

Il passa la main sous son chemisier et déposa un baiser sur sa joue, avant de semer une traînée de baisers dans son cou.

— Je te connais un peu mieux maintenant, dit-elle en levant la tête, pour dévoiler son magnifique cou.

Josh releva son chemisier au-dessus de ses seins dont il embrassa la courbure.

— N'est-ce pas ?

— J'ai toujours su que la famille était importante pour toi, mais me retrouver dans ta maison et voir ta famille si vivante dans tout ce que tu possèdes, ça me donne la sensation que tu es bien celui que j'ai toujours imaginé.

Riley ferma les yeux.

— Et qui est cet homme ? demanda-t-il en lui embrassant le ventre, désormais.

— L'homme de Weston qui place la famille au-dessus de tout. L'homme qui a un cœur plus grand que tout New York, répondit-elle dans un murmure haletant.

Josh lui remonta sa jupe autour de la taille et la caressa à travers le petit morceau de tissu au niveau de son entrejambe.

— Hmm. Tu es déjà tellement humide, dit-il en léchant son ventre.

Elle se cambra vers lui, désireuse et prête, inspirant lorsqu'il fit glisser sa langue sur l'intérieur de sa cuisse, s'arrêtant juste à côté de la main, qui effectuait ses mouvements magiques et portait ses nerfs hypersensibles au bord de la frénésie.

— Josh, chuchota-t-elle.

— Préservatif ? chuchota-t-il en retour.

Ils avaient déjà fait l'amour sans préservatif, et Riley n'avait aucune intention d'avoir quoi que ce soit entre eux. Elle secoua la tête.

— Non.

— Quoi alors ? fit-il en la regardant.

Elle lui attrapa les épaules.

— Toi. Je te veux.

Il se glissa le long de son corps et posa sa bouche sur la sienne, faisant onduler ses hanches contre les siennes, chaque coup de langue aiguisant son besoin de plus. Elle attrapa le bouton de son pantalon. Josh s'écarta, l'embrassa doucement, puis se leva et déboutonna son pantalon. Il haussa les sourcils.

— C'est ça que tu veux ? demanda-t-il et, avant qu'elle puisse répondre, il constata : Bon sang, que tu es à ta place, dans mon lit.

— Tu es ce que je veux, Josh.

Elle s'assit pour l'aider avec la fermeture Éclair, puis il la poussa de manière ludique sur le lit.

Mon Dieu, que tu es sexy ! Elle le regarda remuer les hanches dans un petit strip-tease sensuel, puis ôter son pantalon et le jeter au sol, la clouant sur le lit de son regard sensuel et l'hypnotisant en balançant des hanches tandis qu'il continuait se caler sur le rythme d'une musique silencieuse. Baissant lentement son boxer, il le tint au-dessus d'elle comme un trophée qu'elle fit mine d'attraper en riant et il le jeta sur le côté.

— Mon Dieu, que tu es mignon, s'esclaffa-t-elle.

— Je ne cherchais pas vraiment à être mignon.

D'une main, il fit passer sa chemise par-dessus sa tête et la jeta par terre. Riley lui caressa le torse tandis qu'il s'abaissait sur elle, pour prendre son mamelon entre ses lèvres.

— Hmm.

Elle le prit dans sa bouche, glissant les mains le long de ses flancs fermes et musclés, pour plaquer ses hanches contre les siennes.

Il gémit quand elle s'éloigna de son téton et prit sa bouche alors qu'ils s'enfonçaient tous les deux dans la couette moelleuse. Elle aimait la façon dont Josh embrassait, comme si son cœur entier lui appartenait, comme si chacun de ses souffles était à partager avec elle. Quand il se retira d'elle et descendit le long de son corps, laissant une traînée de baisers et de coups de langue jusqu'à sa hanche, elle ferma les yeux, envoûtée par ses caresses.

La bouche juste en dessous de son nombril, il lécha la peau sensible, juste au-dessus de sa toison bouclée. Glissant un doigt sous son string, il remonta la couture entre ses jambes, pour caresser les lèvres gonflées et humides de son sexe tandis qu'elle se trémoussait sous son corps. L'anticipation du plaisir faisait voler ses pensées en éclats. Il lui écarta les jambes. Elle se cambrait vers lui, les yeux fermés, la bouche ouverte, sentant ses doigts entrer en elle, puis se retirer et entrer à nouveau. Son esprit se vida, engourdi. Son corps la brûlait. Et lorsque Josh fit glisser son string sur le côté, elle ouvrit les yeux, pour découvrir son regard avide et lascif juste avant qu'il ne s'enfonce en elle. La tête rejetée en arrière, elle s'agrippa à la couverture, poussant un cri presque douloureux : « Ahhh ».

Il bougeait avec urgence, vite et fort, la remplissant de sa chaleur.

— Plus, plus fort, supplia-t-elle.

Elle n'en avait jamais assez de lui. Son corps nu secouait ses seins. Elle lui griffa le dos, l'attirant plus profondément en elle, voulant chaque morceau de lui et refusant que ça s'arrête.

— Ri, lâcha-t-il dans un murmure ardent. Oh, mon Dieu, Ri.

Les muscles de ses jambes se contractèrent lorsqu'il ralentit le rythme ; l'attente la mettait au désespoir. Elle attira son visage vers le sien et l'embrassa. Haletant, il releva la tête, et elle prit sa lèvre inférieure entre ses dents pour la lécher, la sucer, puis ramena sa tête contre la sienne. Elle devait le goûter alors qu'il l'entraînait vers le sommet d'un orgasme croissant. Ravalant ses cris de plaisir, accélérant ses va-et-vient alors qu'elle montait crescendo, il allait à la rencontre de ses hanches, tandis que chacun des muscles de Riley pulsait autour de son érection.

— Oh mon Dieu. Oh mon Dieu. Oh mon Dieu.

Il avait la bouche dans son cou, lui mordillant la peau alors qu'il gémissait sous son propre orgasme, puis il vint se rallonger à côté d'elle.

— Mon Dieu, ce que je t'aime, chuchota-t-il.

— Je t'aime aussi, mais j'ai vraiment aimé ton petit strip-tease.

Elle retira sa jupe et son haut puis s'allongea sur le côté, face à lui. Elle suivit le tracé de sa mâchoire avec son doigt, puis lui embrassa le menton.

— Eh, pas de strip-tease pour moi ? demanda-t-il.

— Je ne veux pas te tenter avant que tu n'aies eu le temps de récupérer, le taquina-t-elle. Comment était la première femme dans ton lit ?

— Tu ne veux pas dire la première et la dernière ?

Il l'attira dans ses bras et l'embrassa.

— Parfaite.

CHAPITRE VINGT-DEUX

Tout l'après-midi et toute la soirée, Riley avait été accroupie, à travailler à la table de la salle à manger de Josh, ajoutant les dernières touches à la conception de la robe de mariée de Max. Elle avait enfilé une jupe en coton qui lui arrivait aux chevilles et un pull fin, dont elle avait remonté les manches jusqu'aux coudes. De la musique était diffusée dans la pièce par un haut-parleur encastré dans le mur, juste à côté de l'encadrement de la porte contre lequel Josh s'appuyait, vêtu d'un jean et d'un polo bien repassés, une tasse de chocolat chaud dans chaque main. Elle travaillait depuis des heures, et Josh s'était efforcé de la laisser tranquille et de ne pas s'attarder comme un petit ami en manque d'affection, mais il se sentait attiré par elle et, toutes les demi-heures environ, il se promenait dans la pièce juste pour lui toucher l'épaule ou embrasser sa joue. Il aimait savoir qu'elle était là. Son appartement était différent depuis son arrivée. L'austérité qu'il avait ressentie ce matin-là s'était dissipée. Maintenant, il avait davantage la sensation d'être chez lui.

Riley posa son crayon et leva la tête, souriant quand elle le remarqua.

— Désolée d'avoir été si longue, dit-elle.

— Je pourrais m'habituer à ta présence, répliqua-t-il en lui tendant une tasse chaude.

— Merci – elle prit une gorgée –, maintenant, je comprends pourquoi tu as emménagé ici. Jusqu'à ce que le soleil se couche, la chaleur de ses rayons à travers les fenêtres était très inspirante. Je te jure, si j'étais toi, j'oublierais le bureau et je resterais ici.

Elle passa le doigt sur les sculptures complexes du bord de l'imposante table de la salle à manger, sur laquelle Josh avait posé un plan de travail qu'il avait fait fabriquer spécialement pour cette surface.

— Bien sûr, cela nuit à la beauté de ta salle à manger d'avoir des notes et des dessins éparpillés partout.

Il tira une chaise et s'assit à côté d'elle.

— Je ne reçois jamais, donc cette salle à manger reste inutilisée, la plupart du temps. C'est parfois trop calme ici, quand je suis seul.

— Je m'en rends compte. En discutant avec Max, j'ai réalisé à quel point ça me manquait de travailler avec le public. Je sais que je dois apprendre le métier, et j'apprécie cette occasion, mais l'interaction avec les clients me manque.

— C'est exactement ce que tu feras avec les acheteurs du salon professionnel, et ceci…

Il désigna la robe de mariée.

— … ceci te fera passer à un tout autre niveau. Mais penses-tu que tu seras heureuse en tant que styliste ? Il y a beaucoup de pression, encore plus que lorsque tu es assistante, même si les assistants semblent faire tout le sale boulot. Et à notre niveau, les gens pour qui tu crées des modèles n'ont rien à voir avec ceux de Weston. Certains d'entre eux sont notoirement difficiles, des salopards vaniteux. La vie d'un styliste n'est pas aussi glamour qu'elle en a l'air de l'extérieur.

Elle tendit la main et toucha sa cuisse.

— Je sais. Je ne suis pas naïve, Josh. Je sais que tu aimes le design, mais que penses-tu vraiment du secteur en tant que milieu professionnel ? Ça restera entre toi et moi, et je ne dirais jamais rien à personne.

Il la regarda et comprit qu'il voulait partager cette opinion avec elle. Il n'avait jamais partagé avec personne ses véritables sentiments sur le business, et il l'avait souvent regretté. Il posa alors sa main sur la sienne et, lorsqu'il ouvrit la bouche, les mots sortirent sans hésitation.

— J'ai voulu me consacrer au stylisme depuis toujours. J'étais l'enfant qui critiquait les autres enfants à l'école. Seulement dans ma tête, bien sûr, et je ne le faisais pas exprès. C'était comme si une petite voix dans ma tête pensait : « Si seulement elle portait des talons noirs au lieu de chaussures plates marron, ou quelque chose d'aussi odieux… » Je regardais Rex avec toute sa bravade de macho, Dane avec son penchant pour la prise de risque, ou Hugh et son besoin de vitesse et, pendant un moment, je me suis demandé comment j'allais trouver ma place.

Elle le regarda plus intensément.

— Oh, Josh ! chuchota-t-elle. C'est tellement triste.

— Pas tant que ça. J'ai juste travaillé plus dur pour découvrir qui j'étais. Je suis loyal, dévoué…

— Beau, fort, ajouta Riley.

— Admettons, et je suis farouchement honnête. Je suis un Braden jusqu'au bout des ongles, mais je pense que je ressemble plus à ma mère dans le sens où j'aime que les choses aient une certaine aura. Elle était comme ça, d'après ce que m'a dit Treat. Il m'a raconté que certains matins, quand il était petit, il se réveillait et les meubles du salon avaient complètement changé de place. Notre mère souriait simplement, comme si elle n'avait rien fait que de très banal, levait les paumes vers le plafond et disait quelque chose comme : « L'énergie dans la pièce a changé » ou « Le canapé empêchait le soleil de se déplacer librement ».

Il sourit à ce souvenir, avant de reprendre :

— Quoi qu'il en soit, ce que j'ai réalisé, c'est que je suis tout à fait un Braden. J'ai l'allure masculine et la force de mon père, mais les capacités créatrices de ma mère.

Son père, Hal Braden, qui avait la stature de Treat, était un éleveur dans l'âme, comme Rex.

— Et maintenant que tu es dans le métier ? Est-ce que tu le regrettes parfois ?

— Non, jamais. Le secteur a changé, et tu ne le vois probablement pas, mais la haute couture était autrefois exclusivement réservée aux personnes fortunées. Les défilés de mode étaient le seul moyen pour les acheteurs de mettre la main sur les nouvelles lignes, mais aujourd'hui, avec Internet et la mode au bout des doigts, c'est une tout autre paire de manches. Nous devons toujours avoir trois longueurs d'avance, expliqua-t-il.

— Je sais. J'ai lu beaucoup de choses à ce sujet. Ce n'est plus exclusivement pour les riches, mais d'une certaine manière, c'est une bonne chose, déclara Riley.

— Absolument. Je suis d'accord, mais cela signifie qu'il faut travailler plus dur pour se démarquer. Cela étant, c'est comme tout le reste de nos jours. Regarde la musique et les livres. Dès qu'ils sont en ligne, les prix baissent. C'est le monde qui change.

— Tu regrettes que le stress se soit accru parfois ? Est-ce que Weston te manque ? demanda Riley.

— Lorsque j'ai emménagé ici, j'étais tellement heureux de sortir de l'environnement d'une petite ville que le Colorado ne m'a pas beaucoup manqué. Je vivais enfin dans un endroit où le monde ne tournait pas autour des chevaux et du bétail. Je sais que cela peut paraître prétentieux, mais au début, c'est ce que je ressentais. Au bout d'un certain temps, et récemment, quelque chose a commencé à me manquer, alors que je n'avais même pas réalisé l'avoir laissé derrière moi.

Il détourna le regard, réalisant qu'il est sur le point de révéler à Riley l'un de ses secrets les plus intimes.

— Qu'est-ce que c'était ? demanda-t-elle.

Sa voix le rappela à lui et l'amour dans ses yeux lui apporta le réconfort dont il avait besoin pour continuer.

— Le spectacle du véritable amour, d'un amour qui ne soit pas guidé par ce que quelqu'un pouvait donner à quelqu'un d'autre, ou par sa stature sociale. La seule chose que j'avais chez moi et que je n'ai jamais vue reproduite, sauf récemment avec Treat et Max, puis Rex et Jade, c'est l'amour que mon père avait pour ma mère et l'amour qu'il a toujours eu pour chacun d'entre nous. C'est presque un être physique plutôt qu'un sentiment, même si cela peut paraître stupide.

— Mais…

— Je sais. Ma mère n'était pas là, donc comment pouvais-je le voir ? Riley, ma mère est morte, mais l'amour de mon père pour elle est présent dans tout ce qu'il fait et dit. Il lui parle toujours, même maintenant, après toutes ces années. Il jure qu'elle vit toujours dans le ranch.

Il chercha de l'incrédulité dans ses yeux, mais ce qu'il y trouva fut tout le contraire. Riley prit ses mains dans les siennes et ses yeux brillèrent à nouveau.

— Je crois que ça arrive. J'y crois. Je pense que si tu aimes quelqu'un suffisamment, il ne part jamais vraiment. Il reste toujours là par l'esprit.

— Tu y crois ?

— Oui. Et j'y ai toujours cru, répondit Riley.

Il secoua la tête.

— Je ne l'ai jamais remis en question jusqu'à ce que je sois adulte et, alors, je me suis inquiété que mon père soit peut-être un peu à côté de la plaque. Mais l'amour qui l'anime est très réel, Riley. C'est ce qui m'a le plus manqué. Voir cet amour vivant dans ses yeux. Sentir cet amour qu'il a pour moi, ma sœur et mes frères. Ce genre d'amour ne court pas les rues, je doute qu'il se rencontre fréquemment. Mais il a toujours été là pour moi, et c'est ce qui me manque le plus. Je veux ressentir cet amour chez moi et dans ma vie. New York est rapide et furieux. Non pas que je veuille retourner dans le Colorado, mais je veux dans ma vie la chaleur et la profondeur de l'amour qui existe là-bas. Je les veux ici, à New York.

Il rapprocha sa chaise, pour loger ses genoux entre les siens.

— Ça m'a manqué jusqu'à ce qu'on se retrouve. Je savais, quand on a assisté au concert, qu'il y avait quelque chose chez toi qui était différent de tout le monde. Riley, tu as comblé ce vide dans mon cœur, et j'espère qu'un jour tu ressentiras la même chose pour moi.

Riley connaissait les dangers des mauvaises relations. Elle avait vu des gens tomber amoureux et elle avait eu trop d'amies qui se sentaient dépassées par la carrière ou les hobbies de leur petit ami. Le temps qui s'était écoulé depuis que Josh et elle s'étaient mis ensemble était plus court que le temps qu'il fallait pour obtenir un permis de port d'arme. Mais elle se sentait aussi amoureuse de Josh qu'il l'était d'elle.

— Je ne suis pas une de ces filles qui ont passé des années à planifier le mariage parfait ou à imaginer l'homme idéal. En fait, maintenant que j'y pense, j'ai passé très peu de mes presque trente-deux années sur cette terre à penser à me fixer. Je suppose que je me suis toujours dit que si ça devait arriver, ça arriverait, et que je saurais quand ce serait le bon moment.

Son cœur se gonfla d'amour pour lui et, quand elle continua, sa voix était encore plus sérieuse.

— Je n'ai pas senti de feu d'artifice quand on s'est embrassé pour la première fois. J'ai senti la terre bouger, Josh. Et chaque minute que nous avons passée ensemble depuis a eu le même effet sur mon âme, peu importe ce que nous faisons – l'amour ou travailler. Je pense à toi quand tu es avec moi et je me languis de toi quand tu es loin. Tu remplis aussi mon cœur et je veux que tu te sentes aussi désiré que j'ai l'impression de l'être, et aussi complet. J'ai vécu longtemps sans toi à mes côtés, et maintenant je ne peux pas comprendre comment j'ai seulement pu me sentir bien.

Josh l'attira sur ses genoux et l'embrassa. Ses baisers avaient un goût de paradis pour elle. La façon dont il déplaçait sa langue dans sa bouche, l'explorant et la caressant à chaque coup de langue, lui communiquait un frisson de chaleur. L'envie de lui faire l'amour vint vite et fort. Elle déposa des baisers sur la ligne de sa mâchoire, son cou, sa clavicule. Elle ne put s'empêcher de prendre son cou dans sa bouche et de le sucer jusqu'à ce qu'il gémisse. Tous ces discours sur l'amour et l'éternité lui avaient fait chavirer le cœur. Elle posa la main sur son ventre, sentant les ondulations de ses abdominaux sous le coton fin de sa chemise, et l'envie s'intensifia comme un animal sauvage qu'on aurait libéré. Elle prit son visage entre ses mains et l'embrassa à nouveau. Quand il enroula ses paumes puissantes autour de ses côtes pour la hisser sur la table, elle sut qu'il se sentait aussi fiévreux – fou d'urgence – qu'elle. Il se glissa entre ses jambes, remontant sa jupe autour de sa taille. Son jean était raide et rugueux contre ses cuisses alors qu'il la prenait dans un baiser brutal. Son début de barbe frottait contre sa peau alors qu'ils se dévoraient avidement. Elle s'agrippa à son dos, aspirant l'air qui sortait des poumons de Josh. Sentir son érection contre elle ne faisait qu'intensifier son désir de l'avoir en elle. Elle attrapa le bouton de son jean. Il remonta son pull sur ses seins, emportant le soutien-gorge dans le mouvement. Puis il lui prit un sein dans sa bouche, les dents contre son mamelon, les mains pressées contre son dos. Elle se cambra en arrière, voulant – ayant besoin – qu'il la ravage. Il n'y avait plus de tendresse, plus de mouvement lent et affectueux. Ils étaient consumés par un besoin purement animal. Il saisit ses hanches et lui arracha son string, l'envoyant à travers la pièce, puis il baissa son jean et enfonça son sexe d'une seule poussée en elle, en même temps qu'il prenait sa bouche de la sienne. Elle haletait, gémissait, s'agrippait, accueillant chaque assaut de sa langue, chaque mouvement de ses hanches, et y répondant avec les siens. Contre la poitrine de Riley, le torse de Josh ressemblait à un mur de briques qui la projetait en arrière sur la table, tandis que leurs hanches demeuraient jointes. Il tenait le bord opposé de la table, approfondissant chaque mouvement entre ses jambes. Elle avait les nerfs en feu, le sexe gonflé, se contractant autour de son épaisse érection, si perdue dans l'urgence et la chaleur de leur amour que ses ongles s'enfonçaient dans les cuisses de Josh alors qu'elle le suppliait d'y aller plus profond. Au bord de l'extase, elle haleta, enfonçant les doigts dans son dos, jusqu'à ce qu'elle ne puisse plus supporter la sensation de feu et qu'elle crie. Son sexe pulsait en rapides saccades alors qu'il l'emplissait, serrant les dents et grognant contre son oreille à l'instant où la dernière lumière de la soirée disparaissait de la pièce.

CHAPITRE VINGT-TROIS

On était la semaine d'avant Noël et la semaine du salon professionnel. Les jours s'étaient écoulés dans un tourbillon de préparatifs et, lorsque le vendredi arriva, Riley avait l'impression d'avoir traversé la semaine sur un nuage, si heureuse dans sa vie personnelle que la préparation du salon l'effleurait à peine. Le salon se déroulait sur le vendredi et le samedi. Le dimanche, Josh et elle repartiraient ensemble dans le Colorado et passaient leur premier Noël en tant que couple dans la maison de leurs parents.

Elle ne pouvait pas imaginer une vie plus parfaite, le seul obstacle étant de garder leur relation secrète et ils avaient été un peu moins vigilants quand il s'agissait de couvrir leurs traces en dehors du bureau. Jay passait généralement prendre Riley, puis revenait chercher Josh, mais en de rares occasions, comme ce jour-là, où ils étaient en retard, ils allaient au travail ensemble.

— Est-ce que ça t'inquiète ? demanda Riley.

Ils avaient passé la majeure partie du week-end précédent au lit et, quand ils n'y étaient pas, ils baptisaient une des autres pièces de son appartement, marquant chacune d'elles de leurs ébats amoureux, revendiquant chaque meuble de leurs corps entrelacés, brisant le caractère solennel de chaque pièce avec leurs caresses amoureuses, leurs baisers voraces.

— Après le week-end que nous venons de partager, rien ne m'inquiète, répondit Josh.

Elle savait que ce n'était pas vrai. Ils avaient hésité une centaine de fois avant de parler de leur relation au personnel de JBD. C'était devenu la décision la plus douloureuse que Riley ait eu à prendre, et elle n'avait toujours pas à trancher.

— Josh, je ne plaisante pas, insista-t-elle.

— Riley, on vient de passer des jours à mémoriser chaque courbe du corps de l'autre. La semaine dernière, on a pique-niqué sur le sol du salon, on a déménagé tes affaires chez moi. Notre endroit à nous. Plus de « et si » dans nos vies. Ne puis-je pas me délecter de cet endroit heureux encore un peu ?

Il lui caressa la joue.

— J'ai l'impression que nous avons enfin une vie semi-normale, bébé. Je n'ai jamais gardé de photos de femmes dans mon appartement. Et maintenant, sur ma cheminée, il y a cette photo de nous deux du week-end dernier, avec nos casquettes des *Mets*, et une autre dans la chambre. J'aime la façon dont nos vies se mettent en place. Je ne veux pas penser au fait que retourner au travail pourrait faire tanguer le bateau.

Ils avaient pris la photo à Central Park, le dimanche soir précédent, vêtus de leurs survêtements et de leurs casquettes des *Mets*. Josh avait tenu l'appareil à bout de bras et ils avaient souri comme des idiots. Elle aimait le cliché, mais elle aimait encore plus celle de la chambre. Une photo encadrée d'eux deux, têtes inclinées l'une vers l'autre sur leurs oreillers, les draps blancs moelleux entourant leurs visages d'êtres sexuellement rassasiés tandis qu'ils regardaient joyeusement dans l'appareil photo de son iPhone.

Elle regarda par la fenêtre, pensant à la vitesse avec laquelle la semaine de travail avait filé : ils passaient leurs journées à tenir leurs hormones déchaînées en laisse et à travailler jusqu'au départ des autres employés, puis à s'embrasser comme des enfants sur le canapé du bureau de Josh. En dépit de son désir de profiter de ces derniers jours, elle se sentait hantée par leur secret, et en même temps, elle avait peur de le révéler.

Josh caressa sa joue et l'obligea à le regarder.

— J'aime voir ta bouteille de parfum à côté de mon eau de Cologne dans la salle de bains. Et j'aime que, même si nous avons deux lavabos, nos brosses à dents soient suspendues côte à côte. Je ne suis pas indifférent au reste – vraiment –, mais tout ce que je veux, c'est ne pas y penser pour le moment, d'accord ?

Comment pourrait-elle demander quelque chose de plus ?

Quand ils arrivèrent ensemble au bureau, personne ne sembla le remarquer, et Riley en fut reconnaissante… en quelque sorte. Elle avait été sur le point d'annoncer leur liaison à l'ensemble de leurs collaborateurs et de jeter la prudence au vent, mais Claudia avait été plus agréable ces derniers temps et ; d'après ce que Josh lui avait dit, les efforts de Claudia payaient. *Elle te fait une concurrence féroce en matière de stylisme*, avait-il dit. Riley était heureuse pour Claudia. Elle comprenait l'esprit de compétition, même si elle ne pensait pas que Claudia gérait les choses de la manière la plus appropriée. Si elle pouvait progresser par ses propres mérites, alors tant mieux, et c'était ce qu'elle avait dit à Josh. Tout le monde méritait une chance. La seule que Claudia n'aurait pas, c'était avec Josh. Il était à cent pour cent à Riley.

— C'est comme un conte de fées devenu réalité, Jade.

Riley faisait les cent pas dans les toilettes des femmes, ce vendredi après-midi-là.

— On ne pourrait pas être plus heureux dans notre vie personnelle, et je dois faire du bon travail chez JBD, parce qu'il m'a donné une clé du bureau, la semaine dernière, donc je n'ai plus besoin de demander à quelqu'un de rester quand je veux travailler après les heures d'ouverture ou le week-end.

— Donc nous serons belles-sœurs un jour ? conclut Jade. Génial !

— Je ne sais pas, mais…

Chaque fois que Riley pensait à sa proximité avec Josh et commençait à envisager un avenir commun, elle se forçait à s'arrêter. Elle ne voulait pas porter la poisse à leur relation.

— Ma fille, tu es sacrément mordue. Pas de détails, s'il te plaît. Si Josh doit être mon beau-frère un jour, je ne devrais probablement pas savoir toutes ces choses.

Elle s'esclaffa.

— Qu'est-ce que vous avez décidé pour le travail ?

Les nerfs de Riley étaient si tendus au bureau qu'elle était sûre que tout le monde voyait son amour pour Josh s'écouler de ses pores. Lorsque Josh et elle se trouvaient dans la même pièce, elle évitait de le regarder et, lorsque Claudia était dans les parages, il lui fallait toute sa détermination pour maîtriser ses impulsions de petite amie.

Le soir où ils avaient dîné avec Max et Treat, ils avaient parlé de ne plus cacher leur relation, mais, d'une certaine manière, agir en douce était plus sûr. C'était devenu une habitude dont elle ne savait pas vraiment comment – ou si – elle devait se défaire, et ces sentiments contradictoires la déchiraient de l'intérieur.

— On n'arrête pas de faire des allers-retours. Je veux dire, qu'est-ce qu'on est censé faire ? Une annonce générale ? Ça semble bizarre, mais ne rien dire semble étrange aussi. Que ferais-tu, toi ?

Riley n'avait pensé à rien d'autre depuis qu'elle était arrivée au travail à 7 h 30 ce matin-là.

— Je ne sais pas. Ça ne concerne personne, au fond. Pourquoi ne pas vivre simplement vos vies sans vous soucier d'autrui. Quand vous êtes au travail, soyez professionnels parce que c'est un lieu de travail, mais ne cachez rien exprès. Pas à ce stade. Cela ne pourrait que nuire à votre relation sur le long terme.

— Jade, j'aimerais que tu sois là.

— Non, parce qu'alors, adieu les parties de jambes en l'air effrénées. D'ailleurs, tu seras bientôt à Weston et on se verra à ce moment-là. J'ai reçu le fax que tu m'as envoyé de la robe de Max, ce matin. Tu es incroyable ! Je veux que tu dessines ma robe de mariée, si on se marie un jour. Oh, et j'adore, j'adore, j'adore le dernier modèle que tu m'as envoyé. Je sais que tu ne peux pas le faire avant les vacances, mais pour Pâques ?

Riley se couvrit les yeux. À quoi avait-elle pensé en promettant de faire une tenue à Jade pour Noël ? Elle n'avait pas réfléchi du tout. C'était le problème. Son cerveau nageait dans une rivière d'amour.

— Je suis désolée, dit-elle.

— Ne t'inquiète pas pour ça. J'ai d'autres robes. Je vais juste en choisir une. J'essayais de faire en sorte que tu te sentes utile, la taquina Jade. Mais il semble que Josh s'en sorte très bien.

— Ha ha, répliqua Riley. Je suis vraiment nerveuse. Josh veut montrer mon dessin pour la robe de Max à la réunion mensuelle de l'équipe qui a lieu aujourd'hui. Il pense que ça va les inciter à me voir comme une styliste et pousser Claudia à accepter plus facilement mes compétences. Il dit que mes compétences en stylisme sont supérieures à celles de Claudia, et je suppose qu'il pense à l'avenir, s'il me fait passer à un poste plus élevé. Mon Dieu, ça semble bizarre. « Mes compétences », comme si j'étais quelque chose de spécial.

— Tu es quelque chose de spécial, Riley. Josh est un homme intelligent. Suis-le.

— C'est juste un tel tourbillon. J'attends toujours le retour de bâton. La vie peut-elle vraiment être aussi belle ?

Riley regarda sa montre. Elle avait passé trop de temps aux toilettes. Claudia allait la fusiller du regard.

— Je dois y aller. La réunion est dans quelques minutes, et le salon professionnel commence cet après-midi, donc je suis débordée.

— Ne t'inquiète pas. Je suis là quand tu as besoin de moi.

— Merci, Jade. Souhaite-moi bonne chance.

— Tu es la chance faite femme. Tu n'en as pas besoin.

Riley ne s'était jamais sentie chanceuse de toute sa vie, jusqu'à ce que Josh et elle reprennent contact. Maintenant, alors qu'elle se prépare à faire face à l'ensemble du personnel – y compris Claudia – elle se demandait si la chance serait suffisante.

CHAPITRE VINGT-QUATRE

Riley était assise, les jambes croisées dans la salle de conférence bondée, ses yeux passant d'une personne à l'autre. Simone et K.T. chuchotaient entre eux. K.T. désigna quelque chose sur sa tablette et Simone laissa échapper un grand rire. Clay faisait défiler les messages sur son téléphone portable, Chantal tapotait son stylo sur un cahier noir posé sur la table. Elle affichait un air pincé. Riley se demandait de quoi elle devait avoir l'air, avec son pied droit qui ne cessait nerveusement de battre et sa mâchoire serrée au point de lui faire mal aux dents. Elle ferma les yeux pendant une seconde et se rappela ce qui comptait : *Je possède de solides connaissances, je suis instruite et pleine d'enthousiasme. Je peux le faire.* Elle rouvrit les yeux et pensa : *Correction : je suis une styliste compétente. Je vais le faire.*

Mia entra dans la salle de conférence vêtue d'une longue jupe noire et d'un chemisier de smoking blanc. De gros colliers noirs, blancs et dorés pendaient sur sa fine poitrine. Josh entra à sa suite, vêtu du costume Versace noir qu'il avait enfilé plus tôt ce matin-là. Riley savait qu'il portait un boxer noir sous le pantalon finement confectionné. Elle percevait encore la circonférence de son érection entre ses mains, lorsqu'elle l'avait taquiné avant qu'il ait eu le temps de remonter son pantalon. Riley sentit la chaleur lui monter aux joues. *De la glace. Pense à la glace.* Mais penser à la glace lui évoquait seulement des glaçons et toutes les choses coquines que l'on était censé pouvoir faire avec. *Je suis en train de devenir une obsédée sexuelle.* Cette pensée fit naître un sourire espiègle sur ses lèvres.

Josh toucha le dossier de sa chaise en passant derrière elle et elle serra le portfolio qu'elle tenait sur ses genoux pour ne pas se retourner et toucher sa main.

Une fois qu'il se fut assis au bout de la table, elle laissa échapper le souffle qu'elle avait retenu. Il lui était de plus en plus difficile de refouler ses sentiments devant ses collègues et, ces derniers temps, elle n'aimait pas avoir à le faire. *Est-ce un besoin ou un désir ?* Elle ne pouvait pas trancher pour l'instant. Elle devait se concentrer.

Mia passa en revue l'ordre du jour de la réunion et les détails de la soirée du Nouvel An. Josh lui avait parlé de l'élégante soirée annuelle organisée par JBD. Chaque année, il faisait un discours, distribuait des chèques de prime et félicitait chaque employé pour ses réussites au cours de l'année. Riley était sûre que le salon professionnel serait un succès et elle se demandait si Josh allait commenter son travail à la soirée du Nouvel An. C'était un grand événement pour les employés. Un moment pour eux de se sentir honorés et appréciés. Dans sa hâte d'y être, elle avait déjà commencé à feuilleter le placard de JBD à la recherche d'éventuelles robes à porter. Mia avait mis de côté les articles qui, selon elle, pourraient lui aller. Comme les échantillons étaient faits pour des mannequins, sa taille à elle était considérée comme grande. Vu l'appétit insatiable que Josh avait d'elle, elle se sentait aussi sexy et attirante que lorsqu'elle avait quitté Weston, avant de pénétrer dans le monde incroyablement filiforme du stylisme. *En fait,* pensa-t-elle en écoutant Simone décrire les éléments de design avec lesquels elle avait du mal, *je suis fière de ne pas être obsédée par mon image comme c'est le lot à Manhattan.* Elle se souciait de la mode – oh, oui, plus qu'elle ne voulait l'admettre –, mais cela ne la définissait pas. Elle était toujours la même Riley Banks qui avait quitté Weston tant de semaines auparavant. Elle se plaisait toujours avec ses jeans et ses t-shirts. Elle mangeait toujours ce qu'elle aimait et riait plus fort que la plupart des hommes. Sa confiance grandissait à mesure qu'elle réalisait le chemin parcouru et la place qu'il lui restait à prendre. Au moment où vint son tour de présenter son travail, son émoi s'était calmé. Elle carra les épaules et redressa la tête.

Riley posa son portfolio sur la table.

— Mon premier salon professionnel a lieu cet après-midi et, grâce à Claudia, je suis parfaitement préparée.

Elle jeta un regard à Claudia, qui se rengorgeait. Riley n'aimait pas voir Claudia jubiler, mais c'était elle qui lui avait donné les informations dont elle avait besoin pour réussir ce salon.

— Les échantillons sont prêts et j'ai mémorisé tout ce que Josh a conçu. Chaque numéro de stock, chaque couleur, chaque point de couture et chaque pièce de tissu. Je crois que j'ai même mémorisé le nombre d'heures qu'il a fallu pour fabriquer chaque pièce. Le salon permet à trois designers de bénéficier d'un espace premium avec une extension importante, et nous avons obtenu une place, donc nous ne pouvons pas échouer. En fait…

Elle regarda sa montre.

— Le stand devrait être monté à l'heure qu'il est.

— Bien joué, Riley. Tu vas leur en mettre plein la vue, lança Simone.

— Merci, Simone. Je me contenterai de les amener à ouvrir leurs portefeuilles.

Riley évita les yeux de Josh, qui étaient fixés sur elle avec ce qui devait ressembler à de la fierté professionnelle, mais elle sentait encore ses mains autour de sa taille, comme elles l'avaient tenue un peu plus tôt ce matin-là, sa joue contre la sienne, l'odeur de son eau de Cologne s'insinuant dans ses pores, et sa voix à son oreille. *Je suis si fier de toi. J'ai hâte que la journée se termine pour pouvoir faire l'amour à une femme qui a l'expérience des salons professionnels.* Il avait rendu ça si érotique. Elle s'éclaircit la gorge pour se vider l'esprit et se concentra sur la présentation du design de la robe de Max.

— J'ai travaillé sur le design d'une robe pour le mariage d'une amie sur une plage, commença Riley.

— Pas seulement une amie, mais la fiancée d'un des célibataires les plus convoités d'Amérique, ajouta Josh.

— Oui, c'est vrai, balbutia Riley que cet aveu avait fait sursauter.

Claudia baissa son menton.

— Je n'en ai pas entendu parler. Qui cela peut-il être ?

Sa question mit à mal la confiance de Riley. Elle regarda Josh, en quête d'indication.

— Ça n'a pas d'importance à ce stade, répondit Josh. Riley, s'il te plaît, continue.

Elle jeta un autre coup d'œil à Claudia, qui la fixait désormais du regard. Son pouls accéléra encore. Elle feignit une toux pour tenter de recouvrer son calme. *Je peux le faire. Je peux le faire.*

Ses mains tremblaient lorsqu'elle souleva les feuilles de dessin. Elle se cramponna au dossier d'une chaise pour soutenir ses genoux flageolants tandis qu'elle plaçait les dessins sur les tableaux d'affichage. Chaque respiration résonnait à ses oreilles. Elle examina les images sur lesquelles elle avait passé des heures à travailler, à la recherche de défauts. Devant le décolleté fin, les motifs uniques et complexes du corsage, la simplicité et la fluidité de la jupe, elle retrouva un peu d'assurance.

Elle fit face à ses collègues, dans l'espoir d'une réaction positive, et prit une profonde inspiration avant de commencer à décrire son processus créatif.

— La mariée est très pragmatique. Ce qu'elle cherchait surtout, c'était une tenue confortable et facile à porter. Le mariage aura lieu en été et elle désirait une robe simple qui ne jure pas avec le statut social de son fiancé, mais qui l'exprime dans un chuchotement plein d'élégance.

Il y eut un « hmm » collectif autour de la table. Satisfaite de la réponse et inquiète du froncement de sourcils de Claudia, elle s'obligea à continuer :

— J'ai opté pour une robe à bretelle spaghetti et un décolleté en cœur modifié pour attirer les regards vers le haut.

K.T. hocha la tête. Les yeux de Riley se reportèrent sur Claudia, dont le froncement de sourcils s'était transformé en un rictus sournois, qui lui retroussait le côté gauche de la bouche. Adossée à sa chaise, elle avait croisé ses jambes et appuyé son bras droit sur la table.

Riley jeta un coup d'œil à Josh, espérant tirer un peu de force de lui. Il hocha la tête juste assez pour qu'elle le voie, mais pas assez pour que les autres le remarquent. Les yeux écarquillés, Mia hocha la tête, puis leva le pouce, pour encourager Riley à continuer.

Prenant une nouvelle inspiration, elle redressa les épaules et décrivit les matériaux qu'elle utiliserait pour la robe, l'absence de longue traîne et les embellissements complexes et délicats. Il y eut beaucoup de questions sur les motifs imprimés, auxquelles elle répondit avec confiance, et au moment où elle termina, Josh lui souriait depuis l'autre extrémité de la table. Les autres échangeaient à mi-voix entre eux, à l'exception de Claudia, qui gardait la même position que depuis le début. Et avec le même sourire mauvais sur ses lèvres.

CHAPITRE VINGT-CINQ

« Tu étais incroyable. Je ne pourrais pas t'aimer plus. Xox. »

Riley était assise à l'arrière du taxi en route pour le salon professionnel, fixant le message. Il était arrivé quelques secondes seulement après la fin de la réunion, alors qu'elle avait été mise devant le fait accompli par Claudia, qui lui avait annoncé qu'elle serait seule pendant la majeure partie du salon. Claudia devait s'occuper de quelque chose, et elle n'était pas sûre de l'heure à laquelle elle arriverait.

Elle avait répondu au SMS de Josh, et il n'avait toujours pas répondu. Lorsque le taxi s'arrêta devant le Javits Center, Riley glissa son téléphone dans son sac, prit ses sacs et sortit dans l'air glacial de l'après-midi. Mia avait choisi la robe parfaite pour l'occasion, et Riley aimait savoir qu'elle avait été conçue par Josh. Elle avait l'impression qu'il était là avec elle. Il avait une réunion dans la soirée, et ils avaient prévu d'arriver à l'appartement à peu près à la même heure. Elle ne savait pas à quoi s'attendre. Le salon d'avant les fêtes était un nouvel événement. Jamais auparavant les organisateurs de la convention n'avaient organisé un spectacle aussi proche d'un jour férié, et selon Claudia, le succès de ce spectacle déterminerait la poursuite de ce salon à l'avenir.

À l'intérieur de l'immense bâtiment, les gens s'agitaient déjà à toute allure. Elle suivit les panneaux indiquant le hall d'exposition et s'arrêta net. Le stand de JBD était au premier plan, construit pour ressembler à un élégant salon de mode, avec d'énormes chaises blanches et confortables et une table basse circulaire, exactement comme elle l'avait imaginé. Il avait l'air majestueux comparé aux tables et aux bannières plutôt simples des autres exposants. Elle n'arrivait pas à croire qu'elle avait conçu tout cela elle-même. *C'est moi qui l'ai fait. J'ai permis que ça arrive.* Elle redressa les épaules, leva le menton et s'avança fièrement.

Riley commença par ranger les vêtements, mettre en place des présentoirs et placer les documents destinés aux acheteurs sur le comptoir. Ses pieds la faisaient déjà souffrir. Alors que Mia pouvait porter des talons très hauts tous les jours de la semaine, Riley trouvait que ses pieds étaient mieux adaptés aux bottes de cow-girl, et elle changeait de chaussures tous les deux jours, passant de talons très hauts à des escarpins plus bas. Les talons que Mia avait choisis pour elle étaient stupéfiants, mais torturants.

Elle fouilla dans son sac pour vérifier l'heure et consulta également ses SMS. Toujours rien de Josh. Elle laissa échapper un soupir et coupa la sonnerie, puis rangea son sac à main sous la tenture de la table.

— Je ne pense pas avoir jamais vu un stand aussi beau.

Riley se retourna.

— Mia, qu'est-ce que tu fais ici ?

— Tu ne pensais pas que j'allais te faire défaut maintenant que Claudia t'a laissée en plan, non ? Je l'ai vue s'enfermer dans une pièce avec Josh, donc j'ai demandé à Chantal de prendre ses appels et je suis venue directement.

Enfermée dans une pièce avec Josh ? Elle ne pouvait pas se laisser dérouter par ces âneries, pas maintenant, avec un événement aussi important dans quelques instants.

— Et puis, Josh m'a bien fait comprendre que je devais veiller à ce que Claudia ne fasse rien pour entraver ton travail.

Elle haussa les épaules.

— J'aime ces choses de toute façon. On va s'amuser.

— Mia, tu me sauves la vie. Vraiment, merci.

— Simone vient aussi. Elle sera là dans dix minutes. Elle était juste derrière moi.

— Simone ? Claudia va me tuer si je vous ai toutes les deux ici. Elle m'a dit que d'habitude, elle se débrouillait avec une assistante.

Riley était soulagée d'avoir de l'aide, malgré ce que Claudia pouvait en penser. Elle n'arrivait pas à imaginer comment elle pourrait tenir le stand toute seule avec les trois mille visiteurs attendus au salon.

— N'importe quoi. Cette femme ne raconte que des conneries.

Mia posa les mains sur ses hanches.

— Elle est toujours accompagnée de trois ou quatre personnes, et si elles ne sont pas là à l'aube et ne repartent pas tard, elle les dénonce. Une vraie garce.

Riley essaya de garder un visage impassible, mais elle jubilait à l'idée de découvrir à quel point Mia détestait Claudia. Mais au lieu de danser de joie, elle resta digne.

— Peu importe. Nous allons faire du bon travail et Josh sera fier. C'est ce qui compte vraiment. Claudia est juste compétitive. Je ne pense pas qu'elle soit mauvaise. Elle a juste une vision étroite de son objectif, et d'après ce que Jo... – elle rattrapa rapidement son erreur –, d'après ce que j'ai vu, elle fait de grands progrès pour produire des designs plus originaux.

Simone arriva au stand dans une flopée de bonjours et portant un énorme bouquet de fleurs.

— J'ai apporté des goodies, lança-t-elle.

— C'est magnifique, Simone. Je n'arrive pas à croire que j'ai oublié un bouquet. Sur les photos que j'ai vues des stands précédents, la plupart étaient ornés de bouquets. Je suis vraiment désolée, gémit Riley.

— Oh, s'il te plaît. Regardez ce stand. C'est fabuleux. Simone, dis-moi que tu n'as pas apporté à manger, dit Mia.

— La dernière chose dont on a besoin, c'est d'empreintes grasses sur les vêtements.

— Non, petite idiote, même si un morceau de chocolat à l'heure actuelle ne nous faisait pas de mal.

Elle posa le bouquet sur la table de présentation et adressa un clin d'œil à Riley.

— Hé, j'ai une idée. Nous n'avons pas passé de temps avec Riley depuis qu'elle commença à travailler chez JBD. Que diriez-vous d'une soirée entre filles après le salon ?

— Je suis partante, répondit Mia.

— Moi aussi, ajouta Riley avec un sourire forcé.

Après le salon ? Désireuse de se lier d'amitié avec ces deux femmes, elle était impatiente de sortir et de passer du temps avec elles, mais elle avait aussi envie de voir Josh. Elle les regarda travailler côte à côte et rire à des blagues privées. *À quoi je pense ?* Josh serait là, peu importe l'heure à laquelle elle rentrerait. Il l'aimait. *Il sera toujours là.* Mais trouver du temps pour créer des liens avec Mia et Simone, l'occasion ne se présenterait qu'une fois et elle n'allait pas la laisser passer.

Dès l'ouverture des portes du salon, le stand de JBD fut envahi. Riley répondit aux questions, suggéra des accessoires et des tenues, et elle se surprit elle-même de l'étendue de ses connaissances sur JBD. Heureusement que Simone et Mia étaient là, parce que juste au moment où Riley reprenait son souffle, cinq autres questions lui étaient lancées.

— Le salon se termine dans une demi-heure, souffla Simone. Je suis prête à ficher le camp. J'ai mal aux pieds et j'ai besoin d'un verre. Où allons-nous, mesdames ?

— Je veux appeler Jo…

Merde.

— Jade, mon amie du Colorado. Je lui ai dit que je l'appellerai quand j'aurai fini. Ça vous dérange si je lui passe un petit coup de fil vite fait pour lui promettre de la rappeler demain à la place ?

Mia et Simone haussèrent les épaules.

— Bien sûr que non, répondirent-elles à l'unisson.

— Super. J'en ai pour une seconde.

Riley attrapa son téléphone portable et se dirigea vers le hall. Elle n'avait reçu qu'un seul message, et il était de Jade.

« Bonne chance pour le salon ! Xox. »

Elle lui répondit. *« Ça s'est bien passé. Je t'appelle demain. Xox. »*

Elle appela le portable de Josh, puis se souvint qu'il avait une réunion et raccrocha avant la sonnerie. Elle envoya un message à la place. *« Le salon était génial. Ça te dérange si je sors avec Mia et Simone ? Je rentre avant minuit, je pense. Je t'aime. Xox. »*

La musique retentissait dans le club faiblement éclairé. Riley, Mia et Simone étaient assises dans un box près du bar, sirotant leurs boissons et laissant le stress de la journée s'évacuer de leurs épaules. Simone avait commandé une tournée de cocktails. Ce n'était pas la boisson préférée de Riley, mais elle pouvait suivre le mouvement pour une nuit.

Elle regarda le bar, c'était très différent d'une soirée à Weston. Ici, tout le monde avait l'air d'avoir de l'argent. Les femmes arboraient des coiffures élégantes et des vêtements coûteux. Elles portaient des talons très hauts, et chaque mouvement qu'elles faisaient semblait maîtrisé et gracieux. Le style des hommes était tout aussi soigné, certains avec une touche artistique et d'autres dans des costumes qui coûtaient probablement plus cher qu'un mois d'aliments pour chevaux dans le Colorado. Riley pourrait être heureuse n'importe où du moment qu'elle était avec Josh, mais elle se demandait ce que Jade ferait de New York.

— C'était un salon mortel. JB va être fou de joie, lança Simone.

Elle leva son verre et rejeta la tête en arrière, en prenant une bonne gorgée.

— Et ça, mesdames, c'est le but de cette soirée.

Quand elle sourit, ses fines montures noires glissèrent un peu sur son nez, qu'elle remit sur leur perchoir de la pointe de l'index.

JB ? Riley réalisa qu'elle pourrait entendre des choses sur Josh qu'elle préférerait éviter. Et si elles lui disaient qu'elles craquaient pour lui et découvraient ensuite qu'elle sortait avec Josh ? *Oh non.* Ou pire, elles pourraient détester quelque chose à son sujet et elle devrait faire semblant de ne pas se sentir offensée. *C'était peut-être une mauvaise idée.*

— Riley, c'est quoi le scoop avec toi ? demanda Mia.

— Le scoop ? s'étonna-t-elle.

Simone termina sa boisson et tendit son verre à la serveuse

blonde.

— Ils devraient en apporter deux à la fois.

— Tu sais, parle-nous de toi. Tout ce qu'on sait pour l'instant, c'est que tu es une super styliste qui travaille comme assistante de design, et que tu viens de la ville natale de Josh, dit Mia.

Riley fronça les sourcils.

— Tu sais d'où je viens ?

— Bien sûr. Nous savons où tu as travaillé, quelles récompenses tu as décrochées ; nous savons même que tu détestes Cruella autant que nous, déclara Mia.

Tu sais que je couche avec Josh ?

— Je ne la déteste pas. Elle est OK ; elle essaie juste de monter en grade.

Et elle utilise les pires tactiques.

— En parlant d'avancement, vous avez entendu parler d'elle et de JB ? demanda Simone.

Les yeux de Mia s'écarquillèrent.

— Non, s'il te plaît, ne me dis pas qu'il a cédé à ce Snark.

Riley se hérissa.

— Non, mais j'ai entendu dire qu'elle avait essayé… encore une fois. Wella, la femme de ménage de nuit, a dit à Chantal qu'elle avait vu Claudia sortir en trombe de son bureau assez tard, un soir, l'air énervé et troublé, expliqua Simone.

— Elle mérite d'être virée, si vous voulez mon avis, dit Mia.

— Du harcèlement sexuel, voilà ce que c'est. Et JB peut avoir tellement mieux, déclara Simone.

Riley ravala l'envie de leur parler de sa relation avec Josh. Elle visa son verre. Il était clair qu'elles l'aimaient assez pour vouloir qu'il soit avec une bonne personne, mais était-elle cette personne à leurs yeux ou serait-elle considérée comme Claudia, une arriviste utilisant le sexe pour arriver au sommet ?

— J'ai entendu dire qu'il a trouvé.

Mia sirotait son verre, les yeux rivés sur Riley.

Riley se figea. *Est-ce qu'elle sait ?*

— Vraiment ? réussit-elle à dire.

La serveuse apporta une autre tournée de boissons et Riley prit une autre gorgée pour engourdir le pincement qui s'insinuait lentement dans sa nuque.

— C'est ce que j'ai entendu, aussi, dit Simone. Il a une femme cachée quelque part. Tout ce que je peux dire, c'est que j'espère que ce n'est pas une garce et qu'elle n'est pas déloyale. Ce type est plein aux as et putain, je ne le chasserais pas de mon lit s'il s'y trouvait.

Riley s'étrangla, toussa et fut obligée de s'éventer.

— Désolée, désolée, balbutia-t-elle, en reprenant son souffle. J'ai avalé par le mauvais tuyau ou quelque chose comme ça.

— Bois un peu plus. Ça va aider.

Simone poussa le verre de Riley vers elle.

— De toute façon, j'ai toujours pensé que Mia finirait par sortir avec JB.

Elle lui décocha un sourire, donna un coup de coude à Mia, puis fit signe à la serveuse pour qu'elle apporte une autre tournée.

— S'il te plaît, grommela Mia en levant les yeux au ciel. Je suis une excellente assistante, et il apprécie mes compétences, mais il n'y a rien de plus. Il est plus comme un grand frère pour moi. Ne vous méprenez pas. Je ne dirais pas « non », mais je ne le poursuivrais jamais de mes assiduités. J'aime les mauvais garçons. Tu le sais, Simone. En plus, il ne les ramène même pas chez lui, les magnifiques mannequins, tête en l'air et cuisses légères, qu'il fréquente. Je pense que M. B. est plutôt difficile, si tu veux mon avis. Et toi, Riley ? Tu as un petit ami ?

Oh mon Dieu. Oh mon Dieu. Oh mon Dieu. Oui, et tu te le ferais bien. Merdemerdemerde. Elle vida sa boisson et dit :

— Vous avez faim, les filles ? On pourrait se prendre une entrée ?

— Oh, nous sommes bien plus intelligentes que tes amies du Colorado, petite. Crache donc le morceau, insista Simone.

— Attends, elle est nouvelle dans la grande ville. Ne lui mets pas la pression. Elle a une morale et des valeurs, et…

— Oh mon Dieu, vraiment ? Je ne suis pas une plouc débile, tu sais, s'insurgea Riley qui accepta un autre verre de la serveuse et but une gorgée.

— Je ne voulais pas dire ça, dit Mia qui toucha le bras de Riley. Vraiment, ma belle. Je ne faisais que faire mon Josh avec toi.

Faire son Josh ? Merde.

— OK, oui, j'ai un petit ami, et il est génial. Je veux dire, on ne se voit pas depuis très longtemps, mais il est…

Elle secoua la tête, pensant à toutes les façons dont elle pourrait décrire Josh : attentionné, aimant, sensuel, magnifique, intelligent, drôle, un amant incroyable. Au lieu de cela, elle prit la voie la plus sûre.

— Il est plutôt génial.

— Est-ce que M. Super a un nom ? demanda Simone qui termina son verre et fit un nouveau signe à la serveuse.

Mia lui attrapa le bras.

— Ralentis, folle que tu es. Je ne peux pas boire autant que toi.

— Tu n'es pas obligée. Je vais boire le tien, déclara Simone avec un clin d'œil.

Riley était contente que la conversation se détourne de Josh avant qu'elle ne doive lui trouver un faux nom.

— Vous avez aimé la robe que j'ai dessinée, ou c'était plutôt nul ?

— Tu plaisantes, n'est-ce pas ? fit Mia en lui jetant un regard sévère.

— Non, je veux vraiment savoir.

Tout pour éloigner la conversation de Josh.

— C'était la robe de mariée la plus originale que j'aie jamais vue, déclara Mia.

— J'envisagerais même de me marier si j'avais cette robe, plaisanta Simone.

Riley laissa échapper un soupir de soulagement.

— Oh, merci, mon Dieu. Je pensais que vous étiez juste gentilles pendant la réunion.

— Nous ne faisions pas tous preuve de gentillesse, nuança Simone. Surtout Cruella. Tu as vu sa grimace devant ton dessin ? J'ai cru que des griffes allaient lui sortir du bout de ses doigts. Sérieusement. Qu'est-ce qu'elle a après toi ? Tantôt elle est aimable, tantôt c'est une peau de vache. Tu sais pourquoi ?

Parce que je couche avec Josh ? Riley haussa les épaules.

— Ne me demande pas. Je fais juste ce que l'on me dit.

La brume engendrée par l'alcool commençait à s'installer. Elle balaya le bar du regard, repérant une piste de danse qu'elle n'avait pas vue plus tôt. Elle commença à se balancer au rythme de la musique, fermant les yeux et imaginant Josh à ses côtés. Oh, ce qu'elle ne ferait pas pour que cela devienne réalité.

— OK, c'est l'heure, déclara Simone.

Les yeux de Riley s'ouvrirent.

— Quoi ?

Simone et Mia jaillirent hors du box en entraînant Riley.

— De la danse. Ça permet de se débarrasser de toutes les conneries. Allez, jeune provinciale.

Simone l'entraîna et, avant que Riley puisse protester, elle était entre Mia et Simone au milieu de la piste de danse.

Plus elles dansaient, plus la piste de danse se remplissait, jusqu'à ce qu'elles soient pratiquement écrasées les unes contre les autres. Riley était bien éméchée. Elle entendait à peine la musique, fredonnant la mélodie, s'amusant sans se soucier de qui la voyait, et ça faisait du bien.

Mia lui tira le bras.

— Viens, dit-elle, en la ramenant jusqu'à la cabine. Prends tes affaires.

— Pourquoi ? Que s'est-il passé ?

Mia lui montra l'écran de son téléphone portable. Riley plissa les yeux, s'éloigna, puis se rapprocha à nouveau, essayant de se concentrer, mais elle en était incapable.

— Qu'est-ce que ça dit ?

Simone sortit son téléphone de son sac à main.

— Moi aussi. Merde. Je me demande ce qui s'est passé.

Riley fouilla dans son sac à main, tâtonnant à la recherche de son téléphone pour lire l'unique texto. Quand elle l'eut fait, elle était encore plus confuse. Mia regarda par-dessus son épaule et Riley rangea son téléphone dans son sac.

— Il faut qu'on aille au bureau. As-tu reçu un texto de Josh du genre alerte rouge ? demanda Mia.

Riley secoua la tête, se demandant comment les yeux de Mia pouvaient paraître si clairs alors qu'elle-même se sentait si étourdie.

— Tu es capable de rentrer chez toi toute seule ? demanda Simone, en se glissant dans son manteau.

— Bien sûr, répondit Riley. Pourquoi allez-vous au bureau ?

— Je ne sais pas. Mais quand JB envoie un texto de type alerte rouge, on y va. On se voit demain au salon ? Je suis sûre que Claudia aura une excuse pour ne pas se montrer.

Mia jeta de l'argent sur la table, puis passa son sac à main à l'épaule et son bras dans celui de Simone.

— Eh, cow-girl, c'est génial de traîner avec toi. On te tiendra au courant demain s'il y a quelque chose qui vaut la peine d'être partagé.

Simone glissa deux billets de vingt dollars dans la main de Riley, puis l'embrassa sur la joue.

— Tu es si mignonne quand tu es pompette. Sois prudente.

— Merci. J'ai passé un très bon moment.

Riley les regarda se dépêcher de quitter le bar avant de sortir son téléphone et de relire le texto de Josh.

« Il faut qu'on parle. Je rentre plus tard que prévu. J. »

CHAPITRE VINGT-SIX

Riley frissonna en entrant dans l'appartement de Josh. Il était presque 1 heure du matin et elle était encore un peu étourdie par l'alcool. Elle avait un peu dégrisé pendant le trajet en taxi, réfléchissant à ce qui avait pu se passer et s'inquiétant de savoir si quelqu'un avait eu vent de leur relation. Peut-être que ce n'était pas la pire chose qui pouvait arriver. Peut-être que c'était pour le mieux, surtout après ce soir. Il serait plus facile d'avouer tout de suite à Mia et Simone qu'elle sortait avec Josh, plutôt que de laisser les mensonges s'installer entre eux. Si quelqu'un l'avait découvert, ne m'aurait-il pas appelée en premier ?

Elle posa son sac à main sur le guéridon près de la porte, jeta un coup d'œil dans le salon et la salle à manger vides, puis se dirigea vers la cuisine, qui était également vide. Elle traversa le couloir sans bruit jusqu'à la chambre principale, en espérant que Josh était là. Mais le lit était vide. Elle ôta ses talons et s'écroula sur le lit.

Mais qu'est-ce qui se passe ? Elle lissa la couette en pensant à leurs ébats amoureux et sourit à cette idée. *Oui, peut-être que ce serait mieux si notre relation était exposée.* Elle détestait se cacher et mentir, et même s'ils n'étaient plus aussi prudents en dehors du travail, elle se sentait toujours comme une voleuse en liberté conditionnelle. Elle avait vu des photos de Josh dans les magazines au fil des ans et en couverture des plus grandes publications lorsque sa carrière avait commencé à décoller, et elle se souvenait que son cœur avait fait un bond, insufflant une nouvelle vie au coup de cœur qu'elle avait travaillé si dur à étouffer. Chaque fois qu'elle voyait l'un de ces articles, elle achetait le magazine et le regardait quand elle était seule le soir. Puis elle forçait ces sentiments à retourner au fond de son esprit. Dans un endroit où ils ne la rendraient pas incapable de penser correctement, comme ils l'avaient fait lorsqu'ils avaient repris contact. Peut-être qu'il n'était plus aussi bon lecteur qu'avant. Il avait peut-être réagi de façon excessive. Après tout, pourquoi les médias s'intéresseraient-ils au fait qu'il sorte avec elle ? Elle tournait encore en rond. Elle connaissait la réponse à cette question incessante. Ce n'étaient pas les médias qui l'inquiétaient. S'ils prenaient sa photo, ce ne serait qu'un hasard, un remplissage d'espace pour la section « Vu en ville » d'un quelconque magazine inutile. C'était la possibilité que Claudia ait eu vent de cette photo qui l'inquiétait.

Elle se débarrassa de ses vêtements, les accrocha sur un cintre pour les apporter au pressing, et prit une douche chaude. Elle devait être au salon le lendemain matin à 7 h 30, et elle ne pourrait pas dormir si elle ne se relaxait pas. Elle repoussa la sensation désagréable au creux de son ventre, la mettant sur le compte de l'excès d'alcool, et entra dans la douche en espérant que Josh rentrerait et la rejoindrait.

À 1 h 45, elle se mit au lit, se demandant si quelque chose de pire n'était pas arrivé. Sans autre message de Josh et sachant qu'il avait envoyé un message à Mia et Simone, son estomac faisait des sauts périlleux. *Il faut qu'on parle.*

CHAPITRE VINGT-SEPT

La pièce semblait se refermer sur lui. La poitrine de Josh se contractait, et il était en sueur. *Qu'est-ce qui se passe, bordel ?* Ce n'était pas la pièce et ce n'était pas une crise cardiaque, réalisa-t-il, mais l'éclatement de son cœur. Il s'assit derrière son bureau, la tête enfouie dans ses mains, ressassant les dernières heures et les accusations de Claudia selon lesquelles Riley lui avait volé le modèle de la robe de Max. *Riley ? Une voleuse de modèle ?* De toute façon, ce serait sa parole contre celle de Riley, sauf s'il pouvait prouver que Claudia mentait.

La dernière chose qu'il voulait faire, c'était de bouleverser Riley avec l'accusation obscène de Claudia. Il voulait prouver à Claudia qu'elle avait tort ici et maintenant et rentrer chez lui avec Riley sans cette merde au-dessus de leurs têtes. Il irait au fond de ce chaos même si ça prenait toute la nuit.

Il savait qu'un texto de type alerte rouge soulèverait toutes sortes de questions, mais ce soir, avec l'épuisement et la colère prenant le dessus sur son esprit rationnel, il s'en fichait. Il espérait que l'un des membres du personnel pourrait vérifier que Riley avait dessiné la robe de Max pendant qu'elle était au travail, ou qu'elle avait partagé ses dessins avec eux. N'importe quoi pour prouver que Riley n'était pas celle qui avait volé le modèle. Pourquoi le ferait-elle ? Elle avait Josh. Ses compétences en stylisme étaient parfaites. Elle avait tout. Pourquoi voudrait-elle tout risquer ? *Pourquoi risquerait-elle notre amour ?*

Clay et K.T. ne furent pas d'une grande aide. Tous les deux étaient arrivés au bureau comme s'ils venaient de sortir du lit, l'inquiétude gravée sur le visage. Aucun des deux n'avait vu Riley faire un travail autre que celui de JBD, bien que Clay ait prétendu avoir vu Claudia dessiner pendant le déjeuner à plusieurs reprises. Ils avaient quitté le bureau avec la ferme consigne de ne pas ébruiter ce dont ils avaient parlé.

Mia et Simone passèrent les portes d'entrée et entrèrent dans le bureau. Ayant eu une heure de plus pour réfléchir sans Claudia sous le nez, il réalisa qu'il aurait dû parler à Riley avant de s'entretenir avec le personnel, mais il était trop tard pour cela maintenant.

— On est là, patron. Qu'est-ce qu'il y a ?

Il leva un regard frustré en entendant la voix de Mia.

— Asseyez-vous, mesdames.

Il se leva et fit les cent pas.

— Qu'est-ce qu'il y a ? demanda Simone, en décochant un regard inquiet à Mia.

— Il y a eu une accusation concernant le design de la robe de mariée de Riley, commença-t-il. Est-ce que l'une d'entre vous sait quelque chose à ce sujet ?

La surprise dans leurs yeux ne faisait que le frustrer davantage. Quelqu'un aurait sûrement vu Claudia fouiller dans les affaires de Riley, ou Riley travailler sur ses croquis.

— Qu'est-ce que tu veux dire par une « accusation » ? demanda Simone.

— On l'accuse d'avoir volé ce modèle, admit Josh, la mâchoire serrée.

— Nous venons de passer la soirée avec Riley, et elle n'a pas l'air de quelqu'un qui volerait un modèle, répliqua Simone.

— Ça doit être Cruella, non ? fit Mia en se levant d'un bond.

Voyant que Josh ne répondait pas, elle continua.

— Bon sang, Josh. Cette femme ferait n'importe quoi pour avancer. Comment peux-tu croire un seul mot de ce qu'elle dit ?

— Tu ne penses pas que les mêmes pensées m'ont déjà traversé l'esprit ?

Il s'assit sur le bord de son bureau et laissa échapper un long soupir.

— Elle a des preuves, Mia. J'espérais que Riley avait partagé ses dessins avec l'une d'entre vous, ou que vous l'aviez au moins vue travailler dessus. J'ai vu des croquis dans son appartement, mais ils étaient déjà dessinés. Je ne l'ai pas vue travailler dessus.

Mia secoua la tête.

— Je ne l'ai pas vue, mais ce n'est pas surprenant. Je ne peux pas imaginer qu'elle ait informé tout le monde ici qu'elle faisait autre chose que son travail pour JBD.

— Bon point, dit Josh, en mâchant la petite pépite d'espoir.

— Mais encore une fois, ajouta Simone, on a vu Claudia travailler sur de nouveaux modèles. Tu te souviens, Mia ? Elle nous a montré un tailleur-pantalon, avec une ceinture épaisse et les jambes évasées.

Merde. Merdemerdemerde.

— Je n'y crois toujours pas.

Mia croisa les bras et fit les cent pas.

— Quelle sorte de preuves a-t-elle ?

Josh savait qu'il n'aurait pas dû divulguer les détails de l'accusation ou la preuve que Claudia avait présentée, mais ses nerfs étaient tendus et la colère étouffait toute patience qu'il aurait pu avoir. Il cherchait quelque chose pour prouver l'innocence de Riley. Un petit bout de preuve, c'est tout ce dont il avait besoin.

— Dessins. Scannés, datés et enregistrés, répondit-il.

— Merde.

Mia s'assit de nouveau sur le canapé, les coudes sur ses genoux.

— Qu'est-ce que tu vas faire ?

— Qu'est-ce que je peux faire ? C'est une accusation sérieuse. Je dois parler à Riley et entendre sa version des faits.

Josh essaya d'ignorer la douleur perçante dans son estomac.

— Elle va démissionner. Bon sang, je démissionnerais même si je n'avais pas volé les modèles. Le simple fait d'être accusée de quelque chose d'aussi odieux me mettrait hors de moi, dit Simone.

— Tu ferais mieux d'être sûr avant de faire ce saut. De ce que j'ai vu aujourd'hui, Riley pourrait vendre un lit double au pape. Elle a plus de compétences humaines dans son petit doigt que Claudia dans tout son corps. Elle n'aura aucun mal à trouver un autre travail, surtout si c'est elle qui a vraiment dessiné cette robe.

Dis-moi quelque chose que je ne sais pas.

Josh passa sa main dans ses cheveux, réfléchissant, gagnant du temps avant de rentrer chez lui. Il avait beau retourner l'accusation dans tous les sens, il n'avait pas la moindre preuve pour étayer les efforts de Riley.

— Pas un mot de tout ça à quiconque en dehors de ces quatre murs. Compris ?

Après avoir parlé avec le personnel, Josh avait l'impression qu'une main géante avait traversé sa poitrine et lui avait arraché le cœur. Il sortit du bureau dans l'air froid de la nuit, et au lieu de monter dans un taxi ou d'appeler Jay pour qu'il vienne le chercher, il marcha, écrasant sa colère à chaque pas déterminé. *Aurais-je pu me tromper sur Riley ? Y a-t-il eu des drapeaux rouges que j'ai négligés à cause de mes sentiments pour elle ?* Il passa devant l'appartement de Savannah, où sa relation avec Riley avait commencé. Il s'arrêta devant l'immeuble, souhaitant pouvoir revenir aux nuits où Riley et lui s'étaient couchés dans les bras l'un de l'autre, sans ce désordre sur leurs épaules.

Quand il atteignit le Dakota, il avait l'impression d'avoir traversé une guerre. Ses muscles lui faisaient mal et ses émotions étaient si vives qu'il ne se sentait pas capable de faire face à cette situation de façon rationnelle, avant d'avoir eu le temps de dormir et de comprendre les faits. Dans l'appartement sombre, il enleva ses chaussures près de la porte, sentant la chaleur de la présence de Riley autour de lui, et marcha d'un pied léger vers la chambre. Son ventre se noua à la vue de Riley paisiblement installée dans son lit. Ses beaux cheveux flottaient autour de sa tête comme un halo. Il avala la boule dans sa gorge. Il ne pouvait pas l'accuser de quelque chose de si affreux. *Ce doit être une erreur.*

CHAPITRE VINGT-HUIT

Riley se réveilla au réveil à 6 h et tendit le bras à travers le lit vide. Elle sortit en trombe du lit, se précipitant dans le hall, portant le t-shirt de Josh et ses sous-vêtements.

— Josh ? appela-t-elle en marchant dans le hall.

Elle le trouva endormi sur le canapé du salon. Il remua quand elle s'assit à côté de lui et, lorsqu'elle déposa un baiser sur son front, il cligna des yeux pour chasser les restes de sommeil.

— Salut, chuchota-t-elle. Tu m'as manqué la nuit dernière. Pourquoi as-tu dormi ici ?

Il se frotta le visage et s'assit.

— Salut. Je ne voulais pas te réveiller.

— S'il te plaît, ne t'inquiète jamais pour ça. Je préférerais toujours t'avoir à mes côtés. Pourquoi n'as-tu pas au moins dormi dans la chambre d'amis ? demanda-t-elle.

— Ça m'a semblé trop loin.

Elle l'embrassa sur la joue et le sentit se raidir contre ses lèvres.

— Qu'est-ce qui ne va pas ?

Elle chercha à croiser son regard. Quelque chose n'allait pas. Quelque chose de très grave.

Josh s'éclaircit la gorge.

— Laisse-moi aller chercher un café.

Il se leva et se dirigea vers la cuisine, Riley sur ses talons.

— Pourquoi n'as-tu pas répondu à mes textos hier soir ? Il s'est passé quelque chose avec Claudia ? Je sais que tu as envoyé des SMS à Mia et Simone. J'étais avec elles, hier soir, quand les textos sont arrivés.

Josh ne répondit pas. Il posa les deux mains sur le comptoir et se pencha.

— Tu rates ton footing du matin, remarqua-t-elle.

Merde, ça doit être mauvais.

— Je sais, chuchota-t-il.

Elle posa une main dans son dos, détestant la façon dont il s'éloigna, juste légèrement, mais suffisamment pour lui envoyer un message très fort.

— Josh ? Est-ce que j'ai fait quelque chose ?

Quand il se retourna, ses yeux étaient remplis d'amour. Soulagée, elle fit un pas vers lui. Il détourna le regard et, en une fraction de seconde, elle vit ses yeux se plisser, puis se fermer, la stoppant net dans son élan.

— Josh ?

Les poils de sa nuque se hérissèrent. *Oh, mon Dieu, qu'est-ce que j'ai fait ?*

— Riley, asseyons-nous.

Elle se déplaça tel un robot vers une chaise. Il s'assit en face d'elle, mais il semblait à des millions de kilomètres. La bouche sèche, elle pensa qu'elle pourrait se trouver mal à force d'attendre qu'il parle.

— Où as-tu trouvé le design de la robe de Max ? demanda-t-il.

Elle secoua la tête, pensant qu'elle l'avait mal entendu.

— Où est-ce que je l'ai trouvée ? Tu veux dire d'où viennent mes idées ?

Il soupira et se passa à nouveau la main dans les cheveux. Ses yeux se promenèrent autour de la table, à sa gauche, sur ses genoux, partout sauf sur son regard confus. Lorsque leurs yeux se croisèrent enfin, ce fut le reste de son visage qui lui noua le ventre. Des rides d'inquiétude striaient son front et un profond sillon s'était formé entre ses sourcils froncés.

— Riley, Claudia prétend que le design était le sien.

Riley eut l'impression d'avoir reçu un coup de pied dans le ventre. Elle se leva, projetant sa chaise en arrière.

— Quoi ? La garce ! Tu sais que ce n'est pas vrai.

Son corps entier était secoué. Elle croisa les bras pour les empêcher de trembler. Sa lèvre inférieure frémissait, et elle la mordit, afin de l'immobiliser. *Ne pleure pas. Ne pleure pas.*

— Bébé, dit-il.

Elle regrettait que cet adjectif lui rappelle l'ampleur de son amour.

— Josh, tu sais que ce n'est pas vrai. Tu étais là quand je l'ai montré à Max. Tu as vu le dessin. Tu m'as vu travailler dessus juste là, à la table de ta salle à manger.

Ne pleure pas.

— J'ai vu le croquis quand tu l'as montré à Max, mais je ne t'ai pas vue le dessiner.

Il la regarda alors avec un mélange d'incrédulité et d'empathie… ou peut-être était-ce de la pitié, elle n'aurait su le dire.

— Ne me regarde pas comme ça. Je n'ai rien volé. Je peux le prouver.

Elle ne voulait pas crier. Elle essuya une larme qui avait roulé sur sa joue. *Le prouver ? Je dois te prouver quelque chose ?*

— Je n'y crois pas. Tu crois Claudia plutôt que moi ? C'est moi, Josh. Tu te souviens ?

Il n'y avait plus moyen d'arrêter ses larmes de colère qui coulaient à flots. Elle aspira de l'air dans ses poumons comprimés.

— Tu te souviens de moi, Josh ? De la fille que tu disais aimer ? Tu penses vraiment que je ferais quelque chose comme ça ?

Il baissa les yeux.

— Je ne voulais pas le croire, mais elle m'a montré des croquis scannés de tous les dessins, datés de bien avant que tu ne montres la robe à Max. Je l'ai accusée de mentir, de voler. Bon sang, je l'ai accusée de tout ce à quoi je pouvais penser. Puis j'ai dû la regarder cliquer sur les images de son ordinateur de dessins de vêtements scannés qu'elle avait soi-disant dessinés. Des modèles que je n'avais jamais vus auparavant, à l'exception de la robe de mariée de Max et d'une robe que je l'avais vue dessiner plus tôt dans le mois. *Je l'ai vue, Riley.* Bon sang, pourquoi je ne t'ai pas vu dessiner cette foutue robe de mariée en premier lieu ? Tu dois me croire. Je ne voulais pas la croire, même si ses preuves étaient indiscutables. Alors j'ai parlé au personnel et…

— Tu as parlé au personnel ?

Oh mon Dieu.

— Tu m'as humiliée sans aucune preuve.

— Riley, personne ne t'a vue dessiner autre chose que le travail de JBD.

Il la regarda alors et, cette fois, le sens de son regard était clair. De la pitié. Avant que les sanglots ne s'échappent de sa poitrine, elle quitta la pièce en trombe.

— Je n'y crois pas, cracha-t-elle.

Dans la chambre, elle jeta ses vêtements sur le lit. Elle tremblait tellement qu'elle les faisait tomber par terre. Elle entendit Josh entrer dans la pièce, sentit ses bras la toucher par-derrière.

Elle s'arrêta un instant, puis se détourna.

— Tu n'es pas l'homme que je pensais, dit-elle, plus triste que furieuse.

Elle ramassa les vêtements, attrapa les quelques paires de chaussures auxquelles elle pouvait se raccrocher et se dirigea vers la porte d'entrée.

— Riley, attends. Parlons-en.

Elle attrapa son sac à main et se tourna pour lui faire face. Il se tenait debout, les épaules voûtées, les cheveux ébouriffés et des poches sous ses beaux yeux sombres et tristes. Elle l'aimait tellement que chaque fibre de son être souffrait de son accusation. Elle ne pouvait pas rester dans cet appartement ni avec lui. Peu importait son amour, elle savait qu'elle devait partir. Elle rassembla tout le courage qu'elle trouva, serrant les vêtements contre son corps – un bouclier entre elle et la douleur – et lorsqu'elle parla, elle reconnut à peine le son de sa propre voix.

— L'homme que j'aime n'aurait jamais cru à cette farce. Je vais rester chez Treat et je récupérerai mes affaires à un moment ou à un autre. Je déménagerai de chez lui quand je rentrerai dans le Colorado. Je suis désolée, mais trouve quelqu'un d'autre pour gérer le salon. Mia et Simone sont géniales. Elles le feront.

Elle attrapa la poignée de la porte au moment où Josh toucha ses épaules.

Il posa son front contre son crâne.

— S'il te plaît, ne fais pas ça.

Elle serra les yeux, pour éviter les larmes. Son cœur criait : *Retourne-toi ! Tiens-le ! Aime-le !* Son esprit criait : *Quelqu'un qui t'aime ne fait pas ça.*

— Tu l'as déjà fait, répliqua-t-elle.

CHAPITRE VINGT-NEUF

Putain, putain, putain, putain. Putain de merde. Josh traversa l'appartement, le hall, le salon et enfin la chambre principale, où il s'appuya sur la commode et se regarda dans le miroir. Ses cheveux étaient en désordre, ses yeux étaient injectés de sang et en colère. Il avait envie de frapper quelque chose. Il avait envie de crier. Il voulait rembobiner le temps et, putain, voir Riley faire ce dessin original. Il serra les dents et arpenta l'appartement jusqu'à ce que sa poitrine et son ventre lui fassent si mal qu'il dut libérer le poison. Levant les bras vers le plafond, il cria :

— PUTAIIIIIN !

Les veines de son cou pulsaient contre sa peau. Son visage était chauffé à blanc. Mais enfin, comment allait-il réparer ce désordre ? Il atteignit sa porte d'entrée et l'ouvrit. Il allait s'excuser auprès de Riley. Il la prendrait dans ses bras et arrangerait cette merde. *Et puis, quoi ?* Et s'il s'était trompé sur elle ? Et si elle avait volé le design ? *Je n'ai pas tort. C'est une bonne personne.* Mais si…

Il referma la porte, soulagé par le fait que c'était samedi. Il avait le temps de réfléchir. De planifier. *De faire mon deuil.*

Riley jeta ses vêtements dans l'entrée et s'effondra sur le canapé du salon, en sanglotant. Comment cela avait-il pu arriver ? Hier, elle était sur un nuage, et maintenant sa carrière – et sa relation avec Josh – était terminée. Kaput. Finie. Elle sanglota jusqu'à ce que sa poitrine et sa gorge lui fassent mal et qu'elle n'ait plus de larmes à verser. Elle frappa les oreillers du canapé, puis se leva et fit les cent pas. Elle souhaitait sortir de sa peau et se cacher. Riley se jeta sur le sol du salon et se mit en position fœtale. Comment quelque chose pouvait-il faire aussi mal ?

Elle ne pouvait pas voir au-delà de la douleur de la méfiance que Josh lui avait témoignée. Il aurait dû venir la trouver en premier. Maintenant, tout le monde savait qu'elle avait été accusée de quelque chose qu'elle n'avait pas fait, mais dont Josh la croyait coupable.

Elle composa le numéro de Jade. Son amie répondit dès la première sonnerie, et le son de sa voix fit jaillir de nouveaux sanglots d'un puits profond dont Riley ignorait l'existence dans son corps. Comment quelque chose pouvait-il faire si mal ?

— Ri ? Qu'est-ce qu'il y a, ma chérie ? Qu'est-ce que je peux faire ? insista Jade.

— Je… je veux rentrer à la maison.

C'était ça. Elle devait retourner à son existence sûre. Personne à Weston ne l'accuserait jamais de quelque chose d'aussi vil.

— Oh, ma chérie, bien sûr que tu peux rentrer à la maison. Ri, ma belle, dis-moi ce qui se passe. Est-ce que quelque chose est arrivé ? Est-ce que Josh t'a fait quelque chose ?

Riley surmonta la douleur et l'humiliation et raconta à sa meilleure amie ce qui avait anéanti sa volonté de continuer.

— Oh, ma chérie. Je n'arrive pas à croire que Josh ait pu croire une chose pareille, dit-elle.

Sa voix était comme une étreinte chaleureuse, une étreinte contre laquelle une partie de Riley voulait se rebeller et qu'elle voulait repousser pour pouvoir se vautrer dans la douleur tandis qu'une autre partie d'elle voulait s'y réfugier juste pour sentir qu'elle était aimée.

Il n'y avait pas d'échappatoire à cette douleur atroce. Elle devait faire face à Josh ou abandonner. Comment pouvait-elle aimer quelqu'un qui ne lui faisait pas confiance ? Mais putain, elle l'aimait !

— Eh bien, si, confirma-t-elle à Jade. Que dois-je faire ? Est-ce que je devrais lui parler un peu plus ? Mais qu'est-ce que je peux dire ? Il n'y avait personne pour me regarder dessiner la robe de Max. Mon Dieu, je devais me cacher de Claudia quand je dessinais, sans quoi j'aurais eu à affronter sa colère. Je n'ai pas eu de témoins oculaires.

— Prends une grande respiration, Riley. Laisse le remue-ménage s'apaiser, puis parle-lui. On est samedi. Parle-lui demain, quand tu seras moins bouleversée. Comme ça, tu pourras arranger les choses avant lundi.

— Je ne sais pas si je veux arranger les choses. Je ne suis pas sûre d'être faite pour cette histoire de coup de poignard dans le dos après tout.

Ou une relation avec Josh.

— Je ne peux pas te donner les réponses, mais je ne prendrais pas de décision finale aujourd'hui, déclara Jade.

— J'ai dit à Josh de trouver quelqu'un d'autre pour gérer le salon, admit-elle.

— Alors Cruella gagne. C'est clair et net.

Elle savait que Jade la poussait de la même manière qu'elle l'aurait fait si elle avait été dans une situation similaire, mais ça faisait tellement mal.

— Alors, rentre à la maison. Abandonne, insista Jade.

Riley essuya ses yeux quand la réalité lui apparut. Jade avait raison. Si elle abandonnait, Claudia gagnait. Même si elle ne poursuivait pas sa relation avec Josh, il était hors de question qu'elle laisse Claudia définir sa carrière.

— Parfois, je te déteste, lâcha-t-elle.

— Je peux l'accepter. Maintenant, mets ton cul sous la douche, montre-toi sur le pas de la porte de Josh, et dis-lui que tu fais le salon. Garde cette belle tête bien haute et ne laisse pas des conneries de ce genre te miner. Tu vas trouver une solution. Et si tu ne le fais pas, tu peux venir chez moi. J'ouvrirai une bouteille de margarita Middle Sister et on boira pour oublier tout ça.

Riley entendit un sourire forcé mêlé d'inquiétude dans la voix de Jade. Elle soupira.

— Et Josh ?

— C'est une question difficile. Je comprends pourquoi tu as l'impression qu'il ne te fait pas confiance, mais c'est aussi un homme d'affaires, et il faut en tenir compte. Il a une entreprise et une réputation à protéger. Riley, sans lui parler, tu ne peux pas savoir. Peut-être qu'il est aussi confus que toi.

Riley essuya ses dernières larmes et prit une profonde inspiration.

— OK. J'essaierai, mais je risque de finir demain sur le pas de ta porte.

Riley se tenait sur le seuil de Josh, la main levée pour frapper à la porte. Elle n'avait pas pu faire grand-chose contre pour ses yeux rouges et gonflés ou le sentiment de vide dans sa poitrine, mais au moins était-elle bien habillée. Elle portait l'autre tenue JBD que Mia avait choisie pour elle, et la robe marine moulante lui donnait un peu d'assurance. Elle venait de s'entraîner pendant trente minutes à ce qu'elle allait dire, mais lorsque Josh ouvrit la porte dans ses vêtements froissés, les yeux également gonflés et injectés de sang, les cheveux toujours en pétard, elle dérailla complètement.

— Riley, lâcha-t-il dans un murmure épuisé, avant de reculer pour ouvrir la porte en grand. Entre, s'il te plaît.

Le peu de confiance qu'elle avait recouvré s'effondra avec sa voix cassée. Ses yeux se remplirent de larmes, et elle les ferma.

— Merde.

Il l'enlaçait, la serrant contre son torse. Ses lèvres qui lui embrassaient le sommet du crâne tirèrent de nouvelles larmes du puits invisible au fond d'elle.

— Je suis tellement désolé, chuchota-t-il. J'aurais dû venir te trouver en premier. Bon sang, j'aurais dû virer Claudia il y a longtemps, mais c'est la nièce de Peter, et il a tant fait pour moi. Je me suis toujours senti redevable envers lui. Mais j'ai fini de m'inquiéter pour lui.

Riley pleurait contre sa chemise froissée. Elle voulait rester là, dans son étreinte, avec ses mots gentils qui la baignaient comme ses mains l'avaient fait un jour, mais elle voulait aussi le repousser. *Comment as-tu pu me faire ça si tu m'aimes ? Pourquoi l'amour fait-il si mal ?*

Josh referma la porte derrière eux, Riley toujours dans ses bras.

— Peux-tu me pardonner ? demanda-t-il.

Elle s'écarta alors, juste assez pour voir ses yeux sombres la fixer avec le regard le plus intense qu'elle n'ait jamais vu, étranglant ses mots une fois de plus.

— Tu n'as pas à me pardonner. Sache juste qu'on va trouver une solution ensemble. Tu as raison, Riley. Je ne peux pas imaginer que tu aies fait quelque chose comme ça. J'étais juste complètement dérouté, la nuit dernière.

— Tout ça, ça craint, réussit-elle finalement à sortir.

Elle s'éloigna de lui, redressa son menton et carra les épaules : elle devait le faire.

— Je suis vraiment blessée que tu puisses considérer ce qu'elle dit comme vrai, et je suis plus qu'humiliée que tu aies communiqué ça à tout le personnel.

— Je comprends, dit-il en lui passant son index le long de la mâchoire. Riley, crois-moi quand je te dis que j'ai fait ça dans le but de laver ton nom. J'espérais que quelqu'un t'aurait vue concevant le modèle.

— Oh, c'est vrai, comme si j'allais informer quelqu'un que je faisais autre chose que le travail demandé par JBD – elle se détourna – écoute, je ne sais pas comment gérer tout ça, toi, moi, ma carrière, sur le long terme, mais je vais honorer mon engagement. Je vais aller gérer le salon et je serai au travail lundi.

Elle le regarda déglutir, puis croiser les bras.

— Qu'est-ce que tu essaies de me dire ? demanda-t-il.

— Je ne sais pas, répondit-elle honnêtement.

— Tu ne veux plus être avec moi ? demanda Josh.

La douleur dans sa voix rivalisait avec la douleur dans le cœur de Riley.

— À quel point sommes-nous ensemble, Josh ? Nous avons une histoire d'amour secrète.

Les mots la surprirent autant qu'ils surprirent Josh. Il tendit la main vers elle, et elle s'écarta, sans savoir ce qu'elle faisait, et encore moins de ce qu'elle disait.

— Je t'aime, mais je suis blessée. Plus que blessée.

Elle attrapa la poignée de la porte et l'ouvrit.

— Riley, attends, dit Josh.

Elle ferma les yeux, incapable de former une réponse rationnelle ou même de faire le tri dans la confusion de ses sentiments pour savoir si elle devait l'écouter ou non.

— Claudia ne sera pas au salon aujourd'hui. Je sais qu'elle devait le faire avec toi, mais je lui ai dit de s'en abstenir. Jusqu'à ce que cette histoire soit réglée, je ne veux pas que vous vous trouviez en présence l'une de l'autre. Elle m'a assuré que tant que ce ne serait pas réglé, elle n'en parlerait à personne, donc au moins ce n'est pas de notoriété publique.

Les yeux rivés sur la porte, elle demanda :

— Je ne devrais pas faire le salon ?

— Si. Juste, je n'ai pas confiance en elle.

Il n'en fallut pas davantage pour que ses yeux croisent les siens. Ces cinq mots signifiaient qu'il lui faisait confiance, en tout cas plus qu'à Claudia. Elle réalisa que ça ne voulait pas dire grand-chose, mais c'était déjà ça. Et en cet instant, Riley avait besoin de quelque chose pour passer la matinée.

CHAPITRE TRENTE

Josh avait plus que jamais besoin de son footing matinal. Il courut comme s'il était poursuivi à travers le parc et dans les rues, jusqu'à ce qu'il finisse devant le bâtiment de JBD. Il mettrait le bureau sens dessus dessous s'il le fallait. Merde. Si Riley avait dessiné la robe de Max au travail, même en utilisant des moments libres, il devait y avoir des preuves.

Il franchit les portes et entra dans le studio de design.

Claudia leva les yeux de sa table à dessin avec un sourire.

— Salut, Josh. Je pensais être seule ce matin.

Son corps couvert de sueur était en feu.

— Qu'est-ce que tu fais ici ? répliqua-t-il.

— Je dessine.

Elle avait lancé sa réponse comme si rien au monde ne la tracassait.

— Tu dessines…

Tu dessines, mon cul.

— Oui, je peaufine un des dessins de mon portfolio. Tu veux voir ?

Elle haussa les sourcils, et ses yeux verts qui étincelaient déclenchèrent une vague de colère en lui.

— Non.

Il serra les poings et la dépassa pour gagner le bureau de

Riley.

Il ouvrit chaque tiroir, les fouilla, puis les referma.

— Qu'est-ce que tu fais ? demanda Claudia.

L'ignorant, il continua ses recherches, ouvrant ses tiroirs de classement et feuilletant chacun des dossiers. S'il y avait une preuve, elle était là, quelque part. Il sentit les yeux de Claudia dans son dos, et cela ne fit que renforcer sa détermination à laver le nom de Riley.

Dix minutes plus tard, n'ayant trouvé aucune trace de ses dessins, il alluma l'ordinateur de Riley.

— Tu as besoin de son mot de passe, dit Claudia.

Il lui lança un regard noir.

— C'est *WestonGirl4Life*. En un seul mot, majuscules aux initiales.

Josh plissa ses yeux.

— Comment le sais-tu ?

— C'est mon travail de connaître les mots de passe de tous les ordinateurs du design, tu te souviens ? Tu as ajouté cette compétence à mes fonctions il y a deux ans, quand tu essayais de retrouver je ne sais plus quoi sur un ordinateur.

J'ai eu tort. Josh s'assit dans le fauteuil de Riley. Son odeur était partout, le distrayant momentanément de sa colère. Pendant que l'ordinateur démarrait, il repensa à leur conversation plus tôt ce matin-là. Il avait été tellement soulagé de la voir qu'il en avait presque pleuré et, quand il l'avait prise dans ses bras, il aurait voulu lui dire de ne pas aller au salon, mais de rester plutôt avec lui. Ils auraient pu faire l'amour et résoudre ce problème plus tard. Il avait l'impression qu'on la lui avait arrachée des bras même s'il savait qu'elle n'avait pas été arrachée du tout. Elle avait été poussée, et c'était lui qui l'avait poussée.

— Est-ce que ça a marché ? demanda Claudia.

Sa voix le tira de ses pensées. Il tapa le mot de passe de Riley et son écran d'accueil JBD apparut. Il ne répondit rien à Claudia. Moins il aurait d'interaction avec elle, mieux ce serait, jusqu'à ce qu'il connaisse la vérité sur ses accusations. Il parcourut les fichiers de Riley, se sentant légèrement voyeur, puis il cliqua sur son compte e-mail JBD. Il parcourut tout ce qui contenait une pièce jointe, espérant trouver quelque chose qui validerait son innocence. N'ayant rien trouvé une fois de plus, il consulta ses documents scannés. Peut-être avait-elle procédé comme Claudia avait scanné les documents dans l'ordinateur. Quelques clics plus tard, il n'avait toujours rien trouvé. Riley semblait être l'employée typique de JBD faisant son travail. *Merde.*

Ce n'est pas une employée typique. Elle a un talent exceptionnel. Elle est honnête et plus Weston que New York. Il se retourna sur sa chaise, scrutant Claudia qui se penchait sur la table à dessin. *Celle-là n'est pas honnête. Plus Alcatraz que n'importe où ailleurs. Il y a quelque chose qui cloche.*

Riley tentait d'ignorer la différence qu'elle percevait dans le comportement de Mia et Simone et se concentrait plutôt sur la masse des acheteurs. Elle prenait une commande et s'était arrêtée d'écrire pour présenter un ensemble d'accessoires à l'acheteur quand le flash d'un appareil photo se déclencha. Elle leva les yeux et, éblouie par le flash, elle ne tarda pas à voir des taches noires.

Elle sourit au photographe, heureuse que JBD soit inclus dans la couverture médiatique de l'événement.

Mia se glissa entre Riley et la caméra.

— Riley, pourquoi n'emmènerais-tu pas notre acheteur dans un endroit un peu plus privé ? suggéra-t-elle.

Riley se retourna vers l'acheteur, observant du coin de l'œil Mia en pleine discussion avec le photographe. Lorsque le photographe partit, sa collègue chuchota quelque chose à Simone, avant d'attraper son téléphone et de se diriger vers les toilettes pour femmes.

Une autre vague d'acheteurs arriva et, alors que le samedi après-midi se transformait en soirée et que le salon touchait enfin à sa fin, Riley fut surprise de réaliser qu'elle n'avait pas pensé à Claudia de tout l'après-midi, alors que Josh occupait chacune de ses pensées. Peut-être qu'elle pourrait surmonter cette épreuve. Peut-être que ça passerait sans trop de fanfares. Se sentant légèrement mieux, elle souhaita que Jade soit là pour aller boire un verre avec elle ou même simplement pour lui donner la force de faire face à tous les soucis qui tournaient dans sa tête.

Elle remballa les brochures et corrigea les commandes pendant que Mia et Simone préparaient les vêtements pour les renvoyer au bureau.

La dernière chose que Riley voulait, c'était de rentrer dans l'appartement désert de Treat. Elle ne voulait pas être seule. Elle voulait être dans les bras de Josh, l'écouter lui dire que tout cela était une erreur, mais elle savait que cela n'arriverait pas. Elle regarda Mia et Simone, espérant qu'elle pourrait se détendre un peu, au moins avec elles. Elles n'avaient pas pipé mot au sujet des accusations de Claudia, et Riley n'aimait pas que cela se dresse entre elles comme un éléphant blanc dans une pièce. Elle se prépara à se faire éconduire.

— Eh, ça vous dirait de prendre un verre ce soir ? lança-t-elle, reprenant malgré elle l'accent de la ville natale.

Mia et Simone échangèrent un regard, rappel clair et douloureux des accusations qui planaient au-dessus de sa tête comme un nuage sombre.

— J'ai un rendez-vous, répondit Simone en se détournant.

Mia attrapa le bras de Simone et lui jeta un regard dur.

Simone fit un bruit réprobateur, en levant les yeux au ciel.

— Bien, souffla-t-elle.

— Bien sûr, répondit Mia.

Une nouvelle inquiétude traversa l'esprit de Riley. Et si elles étaient persuadées qu'elle avait vraiment volé le travail de Claudia et qu'elles n'avaient accepté d'aller boire un verre que pour lui en faire baver ? C'était une chose de ne pas aimer une collègue, mais la traiter de voleuse portait les choses à un tout autre niveau.

— Vous n'êtes pas obligées, protesta-t-elle, sentant qu'elle était allée trop vite en proposant une sortie à Mia et Simone.

Peut-être que ce dont elle avait vraiment besoin, c'était de rentrer et de parler à Josh.

— Mais nous venons quand même, répliqua Mia.

CHAPITRE TRENTE ET UN

Elles choisirent un bar tranquille, hors des sentiers battus, et prirent place dans un box au fond du bar. Mia et Simone étaient assises d'un côté, Riley en face d'elles, se mordillant nerveusement l'intérieur de la joue. *Qu'est-ce que j'imaginais ?*

— Tu veux en parler ? demanda Mia.

Non. Je veux me cacher sous un rocher. Elle laissa échapper un soupir.

— Pas vraiment, admit-elle.

— Tu l'as fait ? demanda Simone.

— Simone ! fit Mia en lui flanquant un coup de poing dans le bras.

— Non, cracha Riley tout en tentant de retenir le flot de larmes qui lui montait aux yeux.

— Je sais que tu ne l'as pas fait, dit Mia.

— Ce n'est pas ce que tu as dit tout à l'heure, protesta Simone.

— Qu'est-ce que tu as aujourd'hui ? protesta Mia. J'ai dit que je ne savais pas qui croire, et je ne sais vraiment pas, mais je suis plus encline à croire Riley que Claudia.

— Comme nous tous, convint Simone. Riley, tu dois bien avoir des preuves. Des croquis originaux ? Quelque chose pour régler l'affaire une fois pour toutes.

Riley avait été tellement sidérée par l'accusation qu'elle n'avait même pas prévu un moyen de prouver qu'elle était la créatrice originale.

— Je les ai. Ils sont dans le tiroir de mon bureau. Et j'en ai faxé quelques-unes à une amie, dit Riley, en pensant à Jade.

— Tu vois, fit Mia avec un coup de coude à Simone. Donc demain, tu récupères les dessins et tu appelles Josh. Il ne part pas pour les vacances avant dimanche soir. Je suis sûre qu'il te retrouvera dans la matinée, comme ça, tu pourras mettre un terme à tout ça avant que ça n'aille plus loin.

Noël. Bon sang. Elle avait complètement oublié Noël. Elle avait été si excitée à l'idée de passer les fêtes avec lui, et maintenant – *oh, mon Dieu ! – elle* n'avait aucune idée de ce que cela allait donner.

— Je ferai ça. J'espère que ça mettra fin à cette histoire, mais je suis tellement gênée. J'ai failli démissionner ce matin.

— Josh t'a appelée ? demanda Mia.

Elle chassa d'un clignement d'œil le souvenir de Josh endormi sur le canapé, si paisible et si beau. C'était avant… avant qu'elle sache ce qu'il y avait dans son cœur et qu'il brise le sien.

— Oui, mentit-elle.

— Tu lui as dit que ce n'était pas vrai ? demanda Simone.

— Oui, mais…

— Mais il avait déjà parlé à tout le monde et savait que personne ne t'avait vu faire de dessin, dit Mia.

— Oui, confirma Riley, soulagée quand la serveuse apporta leurs boissons.

Elle prit une gorgée de son verre et ferma les yeux sous la brûlure de l'alcool dans sa gorge.

— Je n'arrive toujours pas à y croire. Je ne vous en veux pas de douter de moi. Vous me connaissez à peine. Je vous jure, cependant, que je n'ai volé le design de personne. Cette robe de mariée était mon idée.

— Quand l'as-tu dessinée, Riley ? demanda Mia.

Son ton n'était pas accusateur, mais plutôt curieux.

Riley haussa les épaules.

— Je ne sais pas. Chaque fois que je pouvais trouver quelques minutes de libres. Ce n'est pas comme si j'en gardais une trace. J'aurais aimé commencer à le dessiner à la maison, mais je ne faisais vraiment que réfléchir à des idées jusqu'à ce que j'arrive à New York. Je n'ai jamais pensé que je serais un jour en position de me défendre.

Mia et Simone échangèrent un autre regard.

— Dans ce business, couvrir ses arrières est une chose qu'on ne doit jamais oublier de faire, dit Simone.

— Tu l'as déjà dit à ton petit ami ? Cette ville a des yeux et des oreilles partout. Je ne serais pas surprise si Claudia l'avait déjà crié sur les toits. Tu ne l'entends pas ?

Elle rejeta la tête en arrière de façon théâtrale et passa le dos de sa main sur son front.

— « Les loups ont volé mon travail. Malheur à moi. Venez à mon secours. »

— Arrête ça, lui intima Mia en lui tapant sur le bras.

— Vous ne pensez pas qu'elle le dirait à quelqu'un en dehors de JBD, n'est-ce pas ? Vous me faites peur, les filles.

C'était déjà assez dur d'être humiliée devant ses collègues, mais que pareille accusation devienne publique, ce serait trop dur à supporter. Riley vida son verre d'un trait.

— Je vais y aller.

Elle attrapa son sac à main juste au moment où son téléphone portable se mit à vibrer.

— Écoute, on est de ton côté, même sans les preuves, dit

Mia avec un sourire amical.

— C'est dire à quel point nous méprisons Cruella, ajouta Simone.

Mia leva les yeux au ciel.

— Quoi ? Nous la méprisons, s'entêta Simone.

— Oui, mais ce n'est pas pour ça que nous soutenons Riley. Nous la soutenons parce que nous la croyons, expliqua Mia.

— Bien sûr. Bon sang, je pensais qu'elle le savait déjà, dit Simone.

Riley ne les écoutait pas se chamailler. Elle jeta de l'argent sur la table et lut le SMS de Josh.

« On peut parler ? »

CHAPITRE TRENTE-DEUX

La distance entre Josh et Riley était bien plus grande que les deux pieds qui les séparaient sur le canapé de son salon. Riley tripotait le bord de la couverture drapée sur le dossier du canapé. Elle avait à peine regardé Josh depuis qu'elle était arrivée, et ça le tuait.

— Je suis allé au bureau aujourd'hui pour voir ce que je pouvais trouver par moi-même, déclara-t-il.

— Tous mes dessins originaux sont dans mon bureau. Je sais qu'elle m'accuse d'avoir volé la robe de Max, mais mes dessins se trouvent avec les autres idées auxquelles j'ai pensé ces dernières semaines. Et j'ai oublié de te dire que j'avais faxé le design de la robe de Max et d'une autre robe que je pensais faire à Jade, il y a quelque temps, dit Riley.

— J'ai fouillé ton bureau. Il n'y avait pas de dessins.

Les mains de Riley se figèrent. Il la regarda lever enfin son regard incrédule pour rencontrer le sien.

— Pas de dessins ? C'est impossible. Je les ai tous gardés dans le tiroir du bas à droite. Ils étaient là il y a quelques jours.

Il couvrit sa main de la sienne.

— Peut-être que Claudia les a pris.

— Elle l'a forcément fait. Josh, c'est affreux. Comment vais-je pouvoir me défendre si je n'ai pas mes dessins ?

Elle se leva et fit les cent pas.

— Et les dessins que j'ai vus dans ton appartement, le soir où nous avons dîné avec Peter ? demanda Josh.

— Je les ai dessinés le week-end de mon arrivée à New York, avant même de commencer à travailler, ils n'avaient rien à voir avec la robe de Max.

— Y a-t-il autre chose qui pourrait prouver que tu l'as dessinée ? J'aurais aimé que tu me montres les dessins quand tu as commencé à les dessiner. Pourquoi personne d'autre ne t'a-t-il vu faire ?

Le ton accusateur de ses paroles le surprit et il s'empressa d'ajouter :

— Je suis désolé. Je ne voulais pas dire ça comme ça.

Elle le fixa, les lèvres serrées, peu touchée par ses excuses.

— Riley, ce sont de sérieuses accusations. Je les ai passées en revue des centaines de fois ces dernières vingt-quatre heures. Bon sang, j'étais prêt à la virer ce matin au bureau.

— Elle était là ? demanda Riley.

— Quand je suis arrivé, elle était en train de dessiner.

— Bien sûr, marmonna Riley en secouant la tête. Elle a une longueur d'avance sur moi, Josh. Comment puis-je produire des preuves si elle a volé mes dessins ? Je n'en reviens pas qu'on en soit arrivé là. Je dois prouver mon innocence ? Ça ne serait jamais arrivé à Weston.

Il soutint son regard, souhaitant pouvoir lui dire qu'elle n'avait pas à prouver quoi que ce soit, mais il savait que ce n'était pas vrai. Le problème était grave, et il devait être résolu d'une manière ou d'une autre.

— Tu as raison, Riley. Cela n'arriverait jamais à Weston. Mais on est à New York. C'est là que tu voulais être et, avec tes compétences, c'est là que tu dois être. Je vais vous convoquer toutes les deux dans mon bureau et nous allons régler ça, dit-il.

— Régler ça ? Qu'est-ce que ça veut dire ?

Elle s'effondra sur le canapé, en secouant la tête. Il s'assit à nouveau à côté d'elle et lui souleva le menton.

— Bébé, tout ça craint, mais on ne peut pas laisser ces accusations nous ruiner.

Une larme coula sur la joue de Riley, qu'il essuya de la pulpe du pouce.

— Comment cela pourrait-il ne pas nous ruiner ? Comment cela pourrait-il ne pas me ruiner ? Tout le monde pense que je suis une voleuse. Nous ne pouvons pas rendre publique notre relation maintenant, ça ne ferait qu'empirer les choses, et si nous attendons, les gens penseront du mal de toi parce que tu es avec moi. Elle a ruiné ma vie à elle seule, constata Riley, qui ajouta, avant qu'il ne puisse répondre : Et tu me fais du mal. Tu ne me fais pas confiance, Josh.

Des larmes jaillirent.

— Comment puis-je être avec toi, en sachant que tu ne me fais pas confiance ?

— Riley, bébé, je vais passer le reste de ma vie à me faire pardonner. J'ai commis une erreur, une énorme erreur, mais mon erreur n'a pas été de ne pas te faire confiance.

Josh aimait Riley. Il lui faisait confiance, et il croyait de tout son cœur qu'elle disait la vérité, mais cela n'empêchait pas une petite bête au fond de son esprit de lui rappeler d'être prudent. *Ta réputation est en jeu.* Il détestait le sentiment d'écœurement qu'il ressentait, et il faisait tout ce qui était en son pouvoir pour étouffer cette petite voix, mais elle ne se taisait pas. Il allait aller de l'avant, ignorer cette horrible voix qui s'opposait à son cœur et, alors qu'il essayait de convaincre Riley, il devait se demander s'il n'essayait pas aussi de se convaincre lui-même.

— Tu dois me croire sur ce point, Riley. Mon erreur a été de ne pas venir te voir avant d'impliquer le personnel. J'essayais de laver ton nom. J'ai réalisé mon erreur après les avoir appelés, mais c'était trop tard.

Les mots n'étaient pas suffisants pour exprimer le chagrin qu'il ressentait comme des aiguilles sous sa peau. Il lui tendit la main et elle se détourna.

— Ne me dis pas qu'en essayant de laver ton nom, je t'ai perdue pour toujours.

Merde. Que pouvait-il faire d'autre que lui dire la vérité ? Il la sentait s'éloigner et il ne pouvait pas le supporter.

— Riley, s'il te plaît. J'ai réagi. Je suis intervenu en pensant te protéger. J'ai merdé. S'il te plaît, pardonne-moi, Riley.

Elle se retourna vers lui, les joues mouillées de larmes. Il voulait la prendre dans ses bras et la serrer jusqu'à ce que toute la douleur disparaisse, mais il n'osait pas bouger.

— Je te jure, Riley, je ne te ferai plus jamais de mal. Plus jamais. S'il te plaît, Riley.

Il aurait supplié toute la nuit si c'était nécessaire.

— J'ai merdé et je le regrette plus que tu ne peux l'imaginer.

— Ce serait facile pour toi de t'en tirer, objecta Riley. Tout le monde oublierait ce qui s'est passé, et ta vie pourrait reprendre son cours normal. Tu serais libéré de ce désordre.

— Facile ? Tu crois que ce serait « facile » pour moi de m'éloigner de toi ? Se libérer de ce gâchis signifierait te perdre et ce serait la chose la plus difficile que je puisse faire. Je préfère tout perdre pour être avec toi plutôt que de continuer sans toi.

Mince, je le ferais vraiment.

Abasourdi par son propre aveu, il n'arrivait plus à bouger. Riley et lui se fixaient l'un l'autre, chacun drapé dans un manteau de douleur. Il ne lâchait pas prise. La rage se développa dans ses tripes, une colère inconnue, brûlante, incontrôlable. Il serra les poings. Il était hors de question qu'il laisse Claudia lui enlever ce qu'ils avaient, Riley et lui, et il était hors de question qu'il la laisse ruiner la carrière que Riley méritait. *Claudia.* Il serra la mâchoire. Son pouls s'emballa et il détourna le regard de Riley, pour tenter de calmer sa haine menaçante qui ne cessait de croître. Lui qui ne s'était jamais senti incapable de contrôler sa colère, il ne comprenait pas ce qui se passait. Mais il était sûr d'une chose. Il devait y avoir un moyen de prouver que Claudia mentait.

Son téléphone portable sonna.

— Vas-y. Décroche, dit Riley.

— C'est bon. Je le prendrai plus tard.

Le téléphone sonna encore.

— Je vais bien. S'il te plaît, dit-elle.

Il se leva à contrecœur et prit son téléphone sur la cheminée. *Mia.*

— Oui ?

— Je viens d'avoir un appel de mon contact au magazine *Page Six* qui me demande une déclaration, dit Mia.

— C'est quoi ce bordel ? Une déclaration ?

Josh lança un regard à Riley, en espérant que ce n'était pas à propos des dessins.

— Claudia a dû divulguer la chose. Ils font un reportage dessus, répondit Mia.

— Merde. Putain de merde.

— Quoi ? fit Riley en se levant d'un bond.

Il prit sa main et la serra fort. *Je ne te lâcherai pas. Jamais.*

— Tu sais ce qu'il va dire ? demanda-t-il à Mia.

Son pouls s'emballa. C'était la pire chose qui pouvait arriver. Il n'avait aucune preuve pour soutenir Riley.

— Non. Juste qu'ils vont traiter de l'histoire, dit Mia.

— Voici ma déclaration. Vous avez un stylo ?

Il attira Riley contre lui, en espérant qu'il faisait ce qu'il fallait.

— « Nous pensons que les allégations de Claudia Raven sont totalement infondées. Une enquête interne est en cours. »

Il raccrocha sans attendre la réaction de Mia et enlaça Riley.

— Qu'est-ce qui se passe ? demanda-t-elle.

— L'enfer s'est déchaîné.

CHAPITRE TRENTE-TROIS

Le premier appel que Josh passa fut à Claudia, pour la placer en congé administratif pendant qu'il enquêtait sur l'affaire. Elle était furieuse, mais il s'en fichait. Il appela ensuite Kelly Treejen, sa responsable des relations publiques, puis son avocat, lui conseillant d'engager un détective privé pour découvrir la vérité. Une fois ses appels passés, il alla dans la chambre principale, où Riley dormait, et s'allongea à côté d'elle. Après le coup de fil de Mia, ils avaient parlé pendant une heure et il avait finalement réussi à la convaincre. Il ne savait pas ce qu'il aurait fait si elle ne l'avait pas repris ; l'idée de la perdre était trop terrifiante pour qu'il y réfléchisse. Elle remua à côté de lui, et il enroula son bras autour d'elle.

— Ça va ? demanda-t-il.

Elle se retourna et lui fit face. Dieu qu'elle était belle, même avec le monde qui s'écroulait autour d'elle, sa positivité demeurait. Il repoussa les cheveux de ses yeux et l'embrassa.

— Nous devons parler, dit-il.

Riley se raidit dans ses bras.

— Ne t'inquiète pas. Ce n'est rien d'horrible.

Elle s'assit et croisa les bras.

— OK.

— J'ai mis Claudia en congé administratif.

Il chercha son regard, mais savait qu'elle n'avait aucune idée de la suite.

— Et je dois te mettre en congé administratif, aussi, jusqu'à ce que cette chose soit réglée.

Il s'attendait à ce qu'elle se mette en colère, à l'instar de Claudia. Au lieu de cela, elle hocha la tête.

— OK, je comprends.

— Vraiment ?

— Bien sûr. Si tu ne prenais pas les mêmes mesures avec moi, on pourrait croire qu'il y a quelque chose entre nous, dit-elle.

— C'est l'autre chose dont je dois te prévenir. Riley, je dois engager un détective privé. Si tu n'as aucun moyen de prouver que c'est toi qui as conçu ce modèle, alors quelqu'un d'autre doit trouver ce moyen.

Elle fronça les sourcils.

— Que peuvent-ils faire pour le prouver ?

— Peut-être rien, mais nous devons essayer, sinon ce cauchemar continuera.

Il prit une grande inspiration qu'il relâcha lentement.

— Cela signifie que nous allons être exposés. Toi et moi.

— Mais ça ne fera qu'empirer les choses, insista-t-elle.

— Peut-être, mais si nous voulons t'innocenter, nous devons être transparents sur tout. Y compris sur nous.

Même si Josh s'inquiétait de révéler leur relation tout en étant embringué dans la folie de Claudia, il était soulagé. Au fond de son cœur, il savait que Riley n'avait pas volé ces idées, et il était fatigué de prétendre que son amour pour elle n'existait pas.

— Et maintenant, qu'est-ce qui se passe ? demanda-t-elle.

— *Page Six* fait une sorte d'article sur les accusations. Qui sait ce que le journaliste racontera, mais tu as entendu ma réponse. C'est la semaine de Noël, donc, avec un peu de chance, ça va se calmer et on trouvera une solution avant la nouvelle année. Je veux que tu rentres à Weston pour ne pas être prise entre deux feux.

— Tu ne viens pas ? demanda-t-elle en se rapprochant de lui. Je ne veux pas que tu t'occupes de ça tout seul. Ce ne serait pas mieux si tu quittais la ville, toi aussi ?

— Non. Je dois être ici pour gérer les choses. Je rentrerai pour Noël, mais je veux que tu partes demain matin. Tu n'as pas besoin de voir cette folie s'étaler devant toi. Je vais m'en occuper, et je te rejoindrai ensuite.

Du moins, je l'espère. Josh reconnut qu'il se plaçait dans une position vulnérable. Sans preuve que Riley n'avait pas volé le modèle, il pourrait ne pas être en mesure de laver son nom et alors, non seulement JBD serait vu comme un studio de design malhonnête, mais lui-même apparaîtrait comme le styliste qui s'était fait duper.

Un regard dans les yeux de Riley lui indiqua que tout cela n'avait pas d'importance. Il était convaincu qu'elle disait la vérité, et son seul regret était de ne pas l'avoir soutenue cette première nuit. Il aurait dû grimper directement dans le lit avec elle, lui dire ce qui se passait et croire chacun de ses mots. Il savait quel message le silence et l'hésitation renvoyaient, et il regrettait d'avoir eu recours aux deux.

Il grimpa sur le lit et se déshabilla, ayant besoin de sentir le corps de Riley contre lui avant qu'elle ne s'en aille. S'étant glissé sous les couvertures, il l'aida à enlever son t-shirt et sa culotte, et la serra contre lui. Sa poitrine contre la sienne, son cœur battant à l'unisson avec le sien. Mon Dieu, ce qu'elle lui faisait du bien.

Elle leva les yeux vers lui et il posa sa bouche sur la sienne, la prenant dans un baiser profond et passionné, destiné à expulser la douleur de son cœur. Il avait besoin de guérir la douleur qui les avait tués tous les deux. Ses mains se précipitèrent avec urgence sur ses seins et sa bouche suivit, caressant et suçant ses tétons jusqu'à ce qu'elle émette de petits bruits de gorge. Elle s'agrippa à ses hanches, l'installant sur son corps, et il la pénétra. Une poussée désespérée après l'autre, il récupéra leur amour, gémissant, puis enfouissant sa bouche contre son cou, goûtant le sel de sa sueur alors que les hanches de Riley bougeaient pour répondre à ses efforts. Il devait la goûter, l'embrasser plus profondément, plus longtemps. Elle répondit à son empressement, alimentant encore plus sa passion. Il lui prit le visage entre ses grandes mains et murmura :

— Je t'aime, Riley. Bon sang, ce que je t'aime.

Il se retira d'entre ses jambes, voulant retarder la fin de leurs ébats, et il glissa le long de son corps, goûtant chaque centimètre béni de ses courbes pleines. Avec sa langue, il décrivit des cercles autour de ses tétons, en maintenant ses bras à plat contre le matelas.

— Tu me pousses à bout, gémit-elle en se trémoussant.

Il libéra son mamelon et suça sa lèvre inférieure, puis la lécha.

— Mais tu peux encore en supporter un peu, dit-il. Si je dois passer ne serait-ce qu'un jour sans toi, je veux m'arranger pour que tu penses à moi pendant notre séparation.

Il lécha le dessous de son bras, la courbe où il rejoignait le buste, puis suivit la pente de son corps jusqu'à sa taille. Une main sur chaque hanche, il souleva son sexe vers sa bouche et la lécha légèrement, puis lui coinça les hanches sur le matelas, annulant ses efforts pour se courber vers lui.

— Josh, haleta-t-elle.

Il continua à la lécher, la taquinant jusqu'à ce qu'elle saisisse ses cheveux dans ses poings, les cuisses crispées autour de lui. Il relâcha un côté de sa hanche, glissant les doigts dans son fourreau et passant la langue le long de son intimité humide pour sentir la tension monter en elle.

— S'il te plaît, supplia-t-elle. S'il te plaît, fais-moi l'amour.

— On y vient, bébé. Ne t'inquiète pas.

Le corps de Riley se mit à trembler et à frissonner sous son emprise. Il sentit les effets des terribles accusations se dissiper tandis que ses hanches tressautaient contre sa main. Il la caressa à nouveau alors qu'elle redescendait de son orgasme, car il n'en avait pas fini. Il la voulait rassasiée, pleine. Il abaissa de nouveau sa bouche vers elle, léchant ses replis maintenant trop sensibles.

Elle respirait par petites bouffées saccadées, poussant des gémissements aigus et haletant à chaque inspiration, ce qui l'encourageait.

— Je ne peux pas…, dit-elle.

— Tu peux, bébé. Fais-le pour moi, insista-t-il.

Puis il trouva le bon endroit avec son doigt et la caressa jusqu'à ce qu'elle crie. Et au moment où ses hanches se projetèrent en avant, il plongea d'un coup son érection en elle.

— Oh, mon Dieu ! cria-t-elle.

— C'est ça, bébé.

Il lui posa une main sur la poitrine, sentant son cœur s'emballer sous sa paume.

— Jouis pour moi, bébé. Pour nous.

Elle lui attrapa les bras, les mains humides de leur sueur durement gagnée, puis lui empoigna les fesses, lui envoyant une décharge de chaleur alors qu'il ralentissait son rythme.

— Plus vite. S'il te plaît, insista-t-elle.

Il se déplaça lentement, sortant presque complètement de

son sexe, et quand elle voulut l'attirer à elle, il l'aida dans son effort, glissant et s'enfouissant dans son fourreau jusqu'à ce qu'il ne puisse plus supporter les taquineries.

Elle avait les yeux fermés, les lèvres légèrement entrouvertes.

— Ouvre les yeux, Riley. Regarde-moi, dit-il. Je t'aime.

Elle obéit et il bougea plus vite, plus profondément. Elle ferma les yeux juste avant les siens. Il serra les dents, gémissant alors qu'ils jouissaient ensemble. Puis il continua à aller et venir en elle au-delà de leurs orgasmes, lui tirant quelques petits cris sexy. Elle eut le corps secoué d'une ultime secousse, d'un dernier frisson de plaisir avant qu'ils ne s'effondrent tous les deux sur le matelas, en se prenant la main.

CHAPITRE TRENTE-QUATRE

— Ce n'est pas juste de t'entraîner dans cette galère avec moi, insista Riley.

Il était 5 h du matin, ce dimanche-là, et Josh et elle se préparaient à partir pour l'aéroport. Ils venaient de se doucher, Riley enfilait un jean.

— Je suis déjà dans la boue, et il n'y a personne avec qui je préférerais y être, dit Josh.

Comment leur vie avait-elle pu devenir aussi folle en si peu de temps ? La veille, elle avait voulu s'enfuir et ne jamais revenir. Aujourd'hui, avec la déclaration de soutien de Josh, elle voulait rester à ses côtés et trouver une solution, mais elle savait aussi que ce n'était pas juste. Josh avait une grande carrière, qu'il avait mis des années à construire, et une réputation qu'elle ne voulait pas salir.

— Mais tu n'as pas besoin de rendre publique notre relation pour résoudre le problème. N'engage pas de détective privé. On trouvera un moyen. Il n'y a pas un graphologue ou quelqu'un qui pourrait valider mon travail sur les dessins que j'ai donnés à Max ?

— Cela ne prouverait pas que ce sont tes dessins originaux, répliqua Josh. Écoute, nous allions devoir finir par parler de nous aux gens. C'est juste que ça arrive un peu plus tôt que prévu.

— Et lié à un scandale, lui rappela-t-elle.

Il l'attira contre lui alors qu'elle enfilait son chemisier.

— Peut-être, mais si tout ce cauchemar m'a fait réaliser une chose, c'est que je t'aime, Riley, je n'ai plus aucun doute là-dessus. Or quand on aime quelqu'un, on endure sa douleur.

Il lui embrassa la pointe du nez.

— Viens. Nous devons y aller.

— Attends. Je n'ai vraiment pas envie de partir. Je ne peux pas juste rester avec toi, que nous gérions ça ensemble ? demanda-t-elle.

— Tu n'as aucune idée de ce que ça va être. Une fois que ce torchon sera sorti, nous serons traqués jour et nuit, tous les deux. Ce sera un cauchemar. Tu penses qu'on doit se cacher maintenant ? Quand les médias auront vent d'un scandale, ils ne nous lâcheront plus. Demain, à cette heure-ci, je ne pourrai plus quitter mon appartement sans que les flashs des appareils photo explosent dans toutes les directions.

— Josh, pourquoi rester ? Viens avec moi, alors. Nous allons tous les deux y échapper.

Elle lui toucha la joue.

— S'il te plaît ?

— Je ne peux pas m'enfuir. Je vais devoir tenir une conférence de presse et je veux rencontrer le détective privé pour lui faire passer en revue chaque centimètre carré du bureau. Il y a des preuves quelque part. Je vais passer au crible les bandes de sécurité, aussi. Quand il y a un crime, il y a des preuves.

Il prit ses sacs et se dirigea vers la porte.

Alors qu'ils sortaient des ascenseurs et se dirigeaient vers la porte d'entrée de l'immeuble, le téléphone portable de Josh sonna. Il répondit alors que Riley ouvrait la porte et s'engageait sur le trottoir.

— Salut, Mia.

Josh leva les yeux au moment où les appareils crépitèrent : une foule de journalistes encerclait Riley.

Elle savait qu'elle devait avoir l'air d'une biche prise dans le faisceau des phares. Elle vit la bouche de Josh former le mot « bâtards ». Ses muscles se contractèrent et ses jambes s'élancèrent vers l'avant, poussant pour écarter la foule. Le regard noir, il scruta la foule indisciplinée des journalistes. Elle ne l'avait jamais vu aussi en colère, comme s'il était prêt à tuer quiconque la touchait. Glissant son téléphone dans sa poche, il tendit son bras gauche devant les photographes – une ligne de protection qu'ils ne pouvaient pas franchir. Son sac à elle se balançait de sa main.

— Josh ! cria-t-elle.

Il l'enveloppa de ses bras, la protégeant de la presse et soulevant ses sacs devant leurs visages alors qu'ils se dirigeaient vers la voiture qui les attendait. Jay s'envola de la portière côté conducteur et fit irruption entre les photographes et Josh et Riley, les bras tendus en criant aux photographes de reculer.

Riley sentit les muscles de Josh, durs comme la pierre et tendus autour d'elle. Il avait le visage rougi, comme si un élan de rage le propulsait vers l'avant. Il la poussa dans la voiture, puis monta à côté d'elle et verrouilla la portière.

Riley cligna des yeux pour effacer les taches noires laissées par les flashs des appareils photo. Elle n'avait jamais rien vu de tel que cette bousculade de photographes et de reporters qui lui tendaient des micros et la mitraillaient de questions. Son cœur battait la chamade dans sa poitrine alors qu'elle essayait de reprendre son souffle. Elle fixa la foule de photographes à l'extérieur des vitres teintées, qui poursuivaient la voiture dans la rue.

— Ça va ?

Les muscles des bras et du cou de Josh pulsaient, ses poings étaient toujours serrés, les jointures blanchies sous la pression, comme s'il était toujours prêt à attaquer.

Elle acquiesça.

— Que s'est-il passé ?

— Mia m'a dit que l'article de *Page Six* est paru. Ce cauchemar médiatique est ce dont j'essayais de te parler depuis le début.

Josh jeta un coup d'œil derrière eux. Ils s'étaient fondus dans la circulation sans photographe à leurs trousses. Il prit une grande inspiration, qu'il relâcha lentement. Ses yeux scrutaient les rues où ils roulaient à toute allure.

— Ça va ? C'était horrible, dit Riley en s'appuyant contre lui. J'ai fait de ta vie un cauchemar. Je pense que je devrais juste rentrer à Weston, te laisser reprendre le cours normal de ta vie. Tu n'as pas besoin de cette folie.

Elle avait mal aux tripes en faisant cette suggestion.

— Pas question, répondit-il en serrant les dents. Je ne laisserai pas Claudia ou ces trous du cul des médias nous séparer.

Elle vit ses yeux se plisser, puis se fermer le temps d'une inspiration. Quand il les rouvrit, sa mâchoire se détendit. Il frotta ses mains sur son pantalon, puis l'une contre l'autre, prenant une autre profonde inspiration. Riley savait qu'il essayait de se débarrasser de sa colère. Lorsqu'il lui prit le visage dans ses mains, comme il l'avait fait la nuit précédente, elle fut attirée par son regard sérieux et aimant. Son souffle avait encore l'odeur mentholée du dentifrice, ses paumes étaient chaudes et sûres.

— Je suis d'accord avec toi. Photographes ou pas photographes. Scandale ou pas, Riley Banks. Je t'aime.

Elle se laissa tomber contre lui.

— Merci de ne pas nous avoir abandonnés – la culpabilité lui serrait le cœur –, je suis désolée que ma présence ici ait causé tout ça.

Il l'embrassa sur le front.

— Ce n'est pas toi, Riley. C'est Claudia. C'est son problème de merde.

Le téléphone de Josh sonna et elle voulut s'éloigner un peu, mais il attrapa l'appareil d'une main, en la gardant bien contre lui, et il appuya sur le bouton du haut-parleur.

— Treat, dit-il.

La voix inquiète de son frère retentit dans le haut-parleur.

— Qu'est-ce qui se passe, putain ?

Gênée d'écouter son appel téléphonique, Riley essaya à nouveau de s'éloigner, mais le bras de Josh autour d'elle était trop fort. Elle désigna le téléphone et porta une main à son oreille, en disant : « Tu peux parler en privé. »

Josh secoua la tête et la tira plus près.

— C'est un peu le cirque, résuma Josh.

— C'est quoi cette histoire de Riley qui aurait volé le modèle de la robe de Max ? demanda Treat.

Riley ne put s'empêcher de crier.

— Ce n'est pas vrai, s'insurgea-t-elle.

— C'est la nouvelle ruse de Claudia. On s'en occupe, dit Josh.

— Tu t'en occupes ? Pas beaucoup, d'après ce que je vois. Tu as vu les gros titres ? *Linge sale dans le stylisme.* Ça ne peut pas être bon pour ta carrière, ou celle de Riley. Ce n'est pas exactement ce que je voulais dire quand je parlais d'attirer l'attention des médias sur ses compétences en design.

— Treat, maugréa Josh, s'il te plaît, c'est assez stressant comme ça. Pas de blagues, d'accord ?

— Je suis désolé. Qu'est-ce que je peux faire ? Vous voulez que je fasse une déclaration ? Dire qu'elle nous a montré la robe deux mois plus tôt ? Parce que je suppose qu'elle est innocente dans cette histoire, dit Treat.

— Oui, intervint Riley, mais je ne veux pas que tu mentes.

Riley était stupéfaite par l'offre de Treat, mais elle voulait prouver son honnêteté.

— On va s'en occuper, promit Josh. Je la renvoie chez elle pour qu'elle soit hors de portée des médias. Et j'engage un détective privé pour découvrir la vérité.

— Ça semble intelligent, convint Treat. Fais-moi savoir ce que je peux faire. Si tu veux que je revienne à New York, je peux y être dans quelques heures. Au fait, Riley, où ont-ils eu cette photo de toi ? Vous avez vraiment l'air d'une enfant avec la main dans le bocal de bonbons.

— Une photo ? Quelle photo ?

— En une de *Page Six*, répondit Treat.

— Merde. On doit y aller, Treat. Merci d'avoir appelé.

Josh sortit son iPad et afficha le site web du *New York Post*. Le visage effaré de Riley les regardait au-dessus de l'article, à côté d'une photo de Claudia tenant le dessin de la robe de Max.

— Oh mon Dieu. Ils ont pris ça au salon, hier. C'est dingue. J'ai l'air coupable.

C'était dix fois pire que ce qu'elle avait imaginé. Comment pourrait-elle se montrer à nouveau dans les rues de New York ? Quel effet cela aurait-il sur Josh et sa réputation ? Alors qu'elle ruminait ces questions, une inquiétude s'imposa à elle.

— Josh, ils nous ont surpris quittant ton appartement ensemble.

— Non, ils nous ont surpris tous les deux quittant l'immeuble, rectifia-t-il.

— Avec toi portant mes sacs et courant à mes côtés pour me protéger des caméras. Allez. Il n'y a pas moyen d'étouffer ça. Des photos de nous ensemble seront sur tous les sites web dans une heure, si ce n'est déjà fait.

— Je n'essaie pas d'étouffer l'affaire. Je te l'ai dit : je suis avec toi, scandale ou pas scandale.

Josh chercha son nom sur Google. Avec une douleur cuisante dans l'estomac, Riley lut les trois premiers résultats.

La nouvelle petite amie du designer Josh Braden est-elle une voleuse ?

Le scandale Braden : sort-il avec un escroc ?

MISE À JOUR : Le styliste Josh Braden quitte son immeuble avec sa maîtresse accusée d'avoir volé des modèles.

— Qu'est-ce qu'on va faire maintenant ?

Riley avait du mal à sortir les mots. Elle était venue à New York pour faire carrière et, non seulement elle avait perdu la sienne, mais elle avait ruiné celle de Josh dans l'affaire.

Le téléphone de Josh sonna encore. Il appuya à nouveau sur le bouton haut-parleur.

— J'ai déjà vu, dit-il à sa sœur.

— Tu couches avec Riley et je suis la dernière à le savoir ? demanda Savannah. Tu m'as mis sur haut-parleur ? Je déteste ça.

— Oui, et Riley est juste là, ajouta-t-il.

Souhaitant qu'il lui pousse des ailes et qu'elle s'envole, Riley lança

— Salut, Savannah.

— Salut, Ri.

— Désolé de ne pas t'avoir dit qu'on sortait ensemble. On

essayait de garder ça secret, expliqua Riley.

— Vous auriez peut-être dû y penser avant de quitter l'appartement de Josh ensemble. C'est quoi ces conneries sur le fait que tu as volé les dessins de Cruella ? demanda-t-elle.

— Même toi, tu l'appelles comme ça ? s'étonna Riley.

— Tout le monde le fait, répondit Josh. Elle ne les a pas volés. C'est un tour de Claudia. On doit juste trouver un moyen de le prouver.

— Je t'ai dit de la virer il y a des années. Je ne l'ai jamais aimée, dit Savannah.

Si seulement il l'avait écoutée.

— J'aurais pu, j'aurais dû…, je sais. Ma loyauté envers Peter, c'est terminé, d'accord ? Ça m'a pris une éternité et ça craint, mais c'est comme ça. Écoute, Savannah, mon avocat va engager un détective privé, mais tu en connais un qui pourrait être bon ?

— Si j'en connais un ? Bon sang, j'ai le meilleur de New York. Appelle Reggie Steele. Je t'enverrai son numéro par SMS. Et, Josh, ça va toi, avec tout ça ? demanda-t-elle.

— Je vais bien, mais je renvoie Riley à Weston. Où tu es, toi ? demanda-t-il.

— Je rentre dans le Colorado. Riley, on se voit à ton retour, d'accord ? proposa Savannah.

— Merci, Savannah. J'aimerais bien, et je suis désolée des embarras que je cause à votre famille, dit Riley.

— N'importe quoi, lui chuchota Josh.

— Tu ne peux pas embarrasser un Braden, s'esclaffa Savannah. On a la peau plus épaisse que les alligators.

CHAPITRE TRENTE-CINQ

Josh envoya un message à Riley alors que Jay quittait l'aéroport en voiture. « *Ne t'inquiète pas. On va s'en sortir. Je t'aime. J.* »

Il attendit que Riley réponde, et comme il n'avait pas reçu de réponse dix minutes plus tard, il ignora le nœud dans son ventre et supposa qu'elle franchissait la sécurité de l'aéroport. Il appela son avocat, qui lui dit qu'il n'avait pas encore réussi à joindre son détective privé, sans doute à cause de l'imminence des vacances. Josh lui parla de Reggie et, lorsque son avocat reconnut que Reggie était qualifié et l'un des meilleurs, Josh l'appela. Une heure plus tard, il était assis dans le bureau de Reggie.

La voix de Reggie Steele était profonde et rauque. C'était un trentenaire imposant, aux cheveux bruns, avec des yeux bleu ardoise et une personnalité affable.

— Savannah m'a appelé ce matin après vous avoir parlé. Je suis désolé d'apprendre ce que vous traversez. Les médias peuvent être de vrais chacals, mais je suppose que vous le savez déjà, déclara Reggie. Si l'accusation est infondée, ce genre d'absurdité devrait être facile à résoudre.

— Je l'espère, parce que je ne peux pas trouver une seule preuve pour écarter les allégations de Claudia. Sauf que mon instinct me souffle qu'elle a menti pour faire la une.

Les nerfs de Josh avaient été mis à rude épreuve quand il avait comparé le visage suffisant de Claudia et à la mine affligée de Riley.

— Si je comprends bien, l'accusée et vous êtes ensemble ? fit Reggie en se penchant sur sa chaise, les doigts croisés devant lui.

— Nous nous voyons, oui. Nous essayions de garder notre relation séparée de notre vie professionnelle.

Josh regrettait maintenant qu'ils ne se soient pas affichés comme un couple dès le début. Cela aurait été un problème de moins à gérer. Son téléphone vibra. *Mia.* Il cliqua sur le bouton « Ignorer ».

— Autre chose que je devrais savoir qui pourrait avoir un impact sur l'enquête ? demanda Reggie.

— Seulement que Claudia est venue me faire du rentre-dedans à plusieurs reprises, et il y a quelques semaines, je l'ai fait repoussée assez durement. Mais je ne vois pas comment cela pourrait affecter votre enquête d'une manière ou d'une autre.

Merde. Au moins s'était-il souvenu de documenter ces cas dans son dossier personnel, avec toutes les autres plaintes, qu'il n'avait jamais déposées officiellement. Par loyauté envers Peter, il n'avait pas voulu ébruiter le comportement de Claudia. Maintenant, il regrettait de ne pas l'avoir licenciée la première fois qu'elle l'avait harcelé et d'avoir simplement confronté Peter à la vérité.

— Vous seriez surpris de ce qui ressort de ce genre d'enquêtes. Vous pourriez découvrir des choses sur d'autres membres du personnel que vous ne voulez pas savoir. Et, je déteste le dire, mais vous pourriez découvrir que vous vous trompez sur votre petite amie, aussi, dit Reggie.

— J'apprécie votre franchise, mais je doute que cela se pro-duise. Elle a été sous la supervision de Claudia ces dernières semaines et, quand elle n'était pas au travail, elle était avec moi. Elle n'a pas eu le temps de voler quoi que ce soit. Le seul risque que nous courions, c'est d'en découvrir plus sur Claudia que ce à quoi je suis préparé.

Prenant conscience de la probabilité de ses paroles, Josh fut encore plus déterminé à aller au fond de cette histoire.

— Assez juste. Dites-m'en plus sur les habitudes de Claudia. Travaille-t-elle tard, arrive-t-elle tôt ? Travaille-t-elle les jours impairs, les week-ends, pendant le déjeuner ? Quel genre d'accès a-t-elle aux dossiers de travail de Riley ? Et j'aurai besoin de savoir la même chose sur Riley, bien sûr.

Enfin, une avancée. Il était avec Riley chaque matin et chaque soir. Elle n'avait jamais été seule au bureau.

— Riley n'a pas accès aux dossiers personnels. Elle travaille plus tôt que certains, plus tard que d'autres, mais il y a toujours quelqu'un ici avant son arrivée et après son départ. Elle travaille de chez elle quand elle en a besoin, le week-end, alors que Claudia est avec nous depuis cinq ans. Elle est souvent là avant tout le monde et, le week-end, elle est souvent seule au bureau. En tant qu'assistante-styliste en chef, elle est la gardienne des mots de passe pour toute la zone de conception. Elle a un accès complet aux fichiers de Riley.

Tout cela semblait facile à déchiffrer. Riley n'avait accès à rien. Claudia disposait d'un accès total. Pourquoi était-il si difficile de trouver des preuves de ce qui semblait si évident ?

— Avez-vous visionné les bandes de sécurité ? demanda Reggie.

Josh secoua la tête.

— Pas encore, mais…

— Ne vous en faites pas. C'est pour ça que je suis là. Avez-vous des dossiers de sécurité séparés pour chaque zone du bureau ?

Dieu merci, oui. Il se sentit rougir, en se rappelant les choses que Riley et lui avaient faites dans son bureau.

— Oui, je vous donne un accès complet aux bandes de la salle de conception.

Reggie hocha la tête. Il baissa le menton et regarda la pointe de son nez anguleux.

— C'est juste une femme contre une autre ? Vous ne pensez pas que d'autres employés sont impliqués ? Il ne s'agit pas d'une femme qui essaie d'obtenir une promotion pour en amener une autre dans son sillage ? Une opération en équipe ?

Josh secoua la tête.

— Claudia n'est pas assez appréciée pour avoir un partenaire dans le crime.

— Et Riley ? demanda Reggie.

Les pulsions protectrices de Josh ressurgirent. Il se rappela que Reggie ne faisait que son travail, travail pour lequel il l'avait engagé.

— Pas que je sache, répondit-il, en rencontrant le regard de Reggie.

— J'avais prévu de prendre quelques jours de congé pour me reposer avant les vacances, mais il semble que ce soit le bon moment pour commencer à enquêter pendant que vos employés ne sont pas au bureau. Quel est votre calendrier ?

— Le plus vite sera le mieux, répondit Josh. Les médias scrutent mes faits et gestes. Je suis venu ici directement de l'aéroport, donc ils n'ont pas encore fait le lien entre nous et je préférerais qu'ils ne sachent que je vous aie embauché.

— Je suis très doué pour être discret. Je vous tiendrai au courant des résultats et d'ici là, j'aurai besoin d'accéder à vos dossiers de sécurité, aux bureaux des employées incriminées, à leurs dossiers personnels et, bien sûr, à leurs ordinateurs.

— Combien de temps pensez-vous que cela va prendre ?

Reggie haussa les épaules.

— Je ne le saurai pas tant que je n'aurai pas commencé. On pourrait avoir de la chance et trouver quelque chose en une heure, ou ça pourrait prendre des semaines.

— Je vais vous accompagner au bureau, dit Josh.

— Vous ne voulez pas connaître mes tarifs ? s'étonna Reggie.

— Savannah dit que vous êtes le meilleur. Je fais confiance au jugement de ma sœur. Je paierai ce qu'il faut pour en finir avec cette merde le plus vite possible. Faites juste quelque chose pour ne pas ressembler à un détective privé, conclut Josh avec un sourire.

Reggie baissa les yeux sur son jean et son t-shirt.

— Dois-je porter un costume Armani ?

— Je plaisantais, dit Josh. Je retourne au bureau, là.

Reggie lui passa un dossier.

— J'ai besoin que vous remplissiez ces formulaires, et je vous suis, dit-il.

Josh appela Claudia depuis la voiture.

— Oui, monsieur B. ? lança-t-elle.

Le son de sa voix trop joyeuse lui mit ses nerfs à vif.

— J'envoie Jay chercher la clé du bureau.

— Quoi ? Pourquoi ? répliqua Claudia.

— Parce que tu es en congé administratif et que tous les employés en congé administratif perdent leurs privilèges de libre accès au bureau. Il sera là dans l'heure. Et, Claudia, j'ai besoin de ton mot de passe.

Elle soupira.

— Bien. C'est « lesgagnantsraflenttout », en un mot, sans

majuscules.

L'appel suivant fut pour Riley. Il laissa un message sur sa boîte vocale.

— Salut, bébé, je voulais juste m'assurer que tu étais bien arrivée. Appelle-moi dès que tu as une seconde. J'ai rencontré le détective privé et je pense que nous sommes entre de bonnes mains.

Il mit fin à l'appel en espérant qu'il avait pris la bonne décision en engageant le détective… et en mettant sa carrière en péril pour soutenir Riley.

Quand son téléphone sonna, la dernière personne à laquelle il s'attendait était son plus jeune frère, Hugh.

— Salut, Hugh, comment vas-tu ? demanda Josh.

Hugh passait ses journées à piloter des Ferrari et ses nuits à coucher avec des femmes.

— Je vais très bien. Je travaille sur la côte ouest en ce moment. J'ai entendu dire que tu avais les faveurs de ta nouvelle employée, plaisanta son frère.

— Hugh !

— Désolé. J'ai vu les conneries sur *Yahoo ! News*. Qu'est-ce qui se passe ? Tu couches avec une ancienne camarade de classe et c'est une voleuse de modèles ? Raconte-moi. Je ne connais pas très bien Riley, mais elle ressemble plutôt aux femmes de Weston. Pas exactement le type sournois.

Hugh était généralement le dernier à tendre la main à un membre de la famille en crise et, cette fois, il avait devancé ses frères Rex et Dane.

— En effet, convint Josh sans ambages. Je m'en occupe. C'est le bordel, mais on va s'en sortir.

— Tu as besoin d'aide ? Tu veux que je vienne écraser quelqu'un ? s'esclaffa Hugh.

Oui. Josh sourit à cette pensée. Hugh ressemblait à un Patrick Dempsey plus grand et plus musclé, et il imaginait le large sourire de son frère, les yeux illuminés par le rire. Josh n'avait qu'un an de plus que Hugh, mais la façon dont celui-ci vivait sa vie – comme si c'était une grande fête – donnait l'impression que leur différence d'âge était bien plus grande.

— Non, je pense que je peux gérer, mais j'apprécie ton offre.

— Quand est-ce que tu arrives chez papa ? interrogea Hugh.

— Mercredi. Et toi ?

— Demain. On se voit bientôt alors, et si tu as besoin de quelque chose, je suis ton homme, répéta Hugh.

Ce dont Josh avait besoin, c'était seulement de l'innocence de Riley.

— Merci, Hugh. Je t'aime, mec.

CHAPITRE TRENTE-SIX

À la seconde où Riley sortit de l'aéroport et respira l'air vivifiant du Colorado, elle se sentit mieux. Elle déposa ses sacs sur le trottoir, ouvrit grand les bras et regarda le ciel. Puis elle ferma les yeux et inspira.

— Tu t'es convertie au New Age ?

Riley poussa un cri au son de la voix de Jade et se précipita dans ses bras.

— Je suis si heureuse de te voir ! Merci d'être venue me chercher.

— Qui d'autre aurait pu le faire ? la taquina Jade.

— Tais-toi.

Elle l'enlaça à nouveau et récupéra ses sacs.

— C'est si bon d'être à la maison. Je n'avais pas réalisé à quel point voir l'herbe et les montagnes me manquait. Ni à quel point ça me manquait de sentir autre chose que le parfum, le chauffage électrique, la vapeur du métro et les ordures, acheva-t-elle en riant.

— Allez. Tu as faim ? Tu veux manger un morceau ?

Jade portait un jean, des bottes de cow-girl et un t-shirt sombre sous une chemise en flanelle, et cela donnait envie à Riley de porter le même ensemble confortablement familier.

Elle s'amusa à tirer sur les cheveux noirs que Jade portait

jusqu'à la taille.

— Je pensais que tu allais te couper les cheveux. Je vois que tu as choisi la longueur « baise-moi » pour que Sexy Rexy puisse s'y accrocher et tirer dessus, s'esclaffa-t-elle.

— Mon Dieu, oui. Que veux-tu que je fasse d'autre ? Tu as vu mon homme.

— En effet, convint-elle, en pensant non pas à Rex, mais à Josh.

Il lui manquait déjà. Elle avait passé en revue leur situation et, quel que soit l'angle de vue, elle ne pouvait pas ignorer l'égoïsme de cette situation. Elle l'aimait tellement que son cœur souffrait quand elle n'était pas avec lui, mais devait-elle pour autant l'entraîner dans la boue avec elle ? Elle jeta ses sacs dans la voiture de Jade et essaya de ne pas laisser le poids de sa situation gâcher ses retrouvailles avec son amie.

Hunter Hayes passait à la radio, et elles fredonnaient toutes les deux.

— *Fingers*, ça va ? demanda Jade.

Il lui fallut un moment à fixer ses mains pour que Riley réalise que Jade lui demandait si elle voulait aller au Fingers Bar & Grill, à Allure, une ville située juste avant Weston sur leur trajet.

— Bien sûr, parfait, dit Riley.

Elles roulèrent en silence. Riley posa la tête sur l'appuie-tête et s'endormit rapidement.

Riley se réveilla en sursaut lorsque Jade se gara sur le parking du Fingers Bar & Grill.

— Je suis vraiment désolée. Je n'ai pas beaucoup dormi ces derniers temps.

Jade agita ses sourcils avec un large sourire.

— Non, ce n'est pas pour ça.

Riley passa un bras autour de Jade quand elles entrèrent dans le restaurant.

— Tu m'as manqué, dit-elle.

— Tu m'as manqué aussi, renchérit Jade.

Elles s'assirent à un coin de table et commandèrent le déjeuner, puis Jade croisa les mains sur la table. Ses yeux bleus se plongèrent dans ceux de Riley.

— Quoi ? demanda-t-elle.

— Rien, répondit Jade.

— Menteuse.

— OK, j'attends que tu vides ton sac. Quand je suis allée sur Internet pour relever mes e-mails, j'ai vu les photos de Josh et toi, et toute cette horrible histoire. Tu dois être mal, Ri.

Elle lui prit la main.

— Tu ne veux pas en parler ?

Riley refoula d'un battement de cils le flot d'émotions qui devenait trop familier.

— C'est tellement… n'importe quoi. Je veux dire, à un moment, Josh et moi sommes heureux comme tout, et la minute suivante, je suis accusée d'avoir volé le modèle de la robe de mariée de Max et je ne peux pas prouver que c'est ma création. Ce sont des conneries. Cette femme est mauvaise, vraiment mauvaise – Riley serra ses lèvres –, elle est… Mon Dieu, tu sais que je ne déteste pas facilement les gens, mais elle est vraiment horrible, et elle a fait des avances à Josh, aussi.

Jade écarquilla les yeux.

— Non ?!

— Si. Et maintenant, tous mes autres dessins originaux ont disparu, eux aussi. Il n'y a aucune trace de mes dessins et, bien sûr, personne ne m'a jamais vue dessiner au travail. C'est ce qui arrive quand on essaie de garder secrètes ses activités extraprofessionnelles, je suppose.

La nourriture commandée arriva, et Riley repoussa sa salade. Elle ne pourrait pas manger si elle avait un pistolet sur la tempe.

— Et les fax que tu m'as envoyés ? demanda Jade. Ça doit prouver quelque chose.

— Josh dit que ça ne prouverait pas qu'il s'agisse de mes dessins originaux. Je ne sais pas… J'y ai pensé pendant tout le chemin du retour. Je ne suis pas sûre de devoir y retourner. Regarde ce que Josh est en train de vivre, et tout ça à cause de moi. Il était un styliste respecté, couronné de succès, au sommet de son art et, soudain, je débarque et il est vu comme un homme qui couche avec l'ennemi.

Des larmes chaudes coulaient sur ses joues. Riley se détourna, pour les essuyer.

Jade attrapa sa main.

— Riley, ma chérie, tu n'es pas l'ennemie.

— Je sais, sanglota Riley. Saleté de larmes.

Elle essuya ses yeux avec une serviette.

— J'ai juste envie de me tapir dans une grotte. Je ne veux plus jamais y retourner.

— Tu n'y es pas obligée, dit Jade.

Riley demeura silencieuse. Elle avait besoin du soutien de Jade. Elle avait besoin de savoir qu'elle pouvait rentrer et rester à Weston si elle le voulait.

— Cruella peut avoir tes dessins. Bon sang, elle peut même avoir ton homme, d'ailleurs. Vraiment, Ri, pourquoi as-tu besoin de Josh Braden de toute façon ?

Jade prit une bouchée avec sa baguette, sans jamais quitter Riley des yeux.

— Je sais ce que tu fais. Tu m'as déjà poussée comme ça à New York. Je ne suis pas stupide, Jade.

— Tu es sûre ? Parce que je connais beaucoup de femmes qui donneraient leur bras gauche pour être aimées de la façon dont Josh t'aime, répliqua Jade.

— Qu'est-ce que tu en sais ?

— Rex m'a répété les paroles de Treat : il n'avait jamais vu Josh tomber amoureux d'une femme, et encore moins vivre pratiquement avec. Et d'après Max, Josh te regardait comme Rex me regarde… et tu sais comment il fait.

Elle haussa les épaules.

Une petite ville, et tout et tout.

— Ils ont dit ça ?

Riley savait à quel point Josh l'aimait. Cela se voyait dans tout ce qu'il faisait : à la façon dont il lui disait de le regarder pendant qu'ils faisaient l'amour, à son aveu de n'avoir jamais fait venir des femmes dans son appartement, au fait d'avoir remué ciel et terre pour être secrètement avec elle. Qui d'autre aurait mis sa carrière en jeu pour se tenir à ses côtés ? Puis le souvenir de cette horrible nuit où elle l'avait trouvé sur le canapé lui revint, et la douleur de l'accusation qui allait avec. Elle se leva et frotta sa nuque douloureuse.

— Oui, confirma Jade.

Riley souhaitait que la grotte soit vraiment une option. Ce serait tellement plus facile que de se débarrasser de toutes ses émotions contradictoires.

— Laisse-moi te demander quelque chose, reprit-elle. Si tu savais que tu ne méritais pas un châtiment, mais que si en voulant te défendre, Rex risquait de s'attirer des ennuis, est-ce que tu le laisserais faire ? Ou te retirerais-tu de la situation pour qu'il n'ait pas à y faire face ?

— Il ne l'a pas déjà fait ? répondit Jade. Nous nous sommes tous les deux opposés à nos parents au risque de les perdre. Ça a été très douloureux pour nous tous. Ce n'était peut-être pas douloureux façon *Yahoo ! News,* mais c'était tout aussi handicapant émotionnellement.

— Je suppose, soupira Riley.

Son téléphone vibra, mais elle l'ignora. Elle avait vu un message de Josh pendant qu'elle attendait le décollage de l'avion, pourtant elle était trop troublée pour répondre.

— J'ai tellement peur de le blesser, admit-elle à Jade, ignorant les vibrations incessantes de son téléphone.

— Riley ?

— Quoi ?

Jade fit un signe de tête vers le sac à main de Riley.

— Je sais ce que tu es en train de faire. Tu ne peux pas juste l'ignorer. Les relations ne fonctionnent pas comme ça, et tu n'es pas ce genre de femme. Tu es une communicatrice.

Riley soupira.

— Juste, je ne suis pas prête à lui parler. Je ne peux pas m'empêcher de penser que je l'ai blessé, et quand il m'a dit ce qui se passait, je te jure que j'ai détesté le regard de pitié dans ses yeux. C'était comme s'il m'aimait, mais qu'il n'était pas sûr de me croire à ce moment-là et qu'il était désolé pour moi.

— Alors, dis-le-lui. C'est ce que tu me conseillerais de faire. Décroche ce foutu téléphone et dis-le-lui. Il remue ciel et terre pour s'assurer que l'on s'occupe de toi. C'est le moins que tu puisses faire.

Riley fouilla dans son sac à main.

— Parfois, je te déteste quand tu as raison.

— Je sais. Heureusement, nous avons une relation d'amour-haine qui peut survivre à n'importe quel problème d'homme, plaisanta Jade.

Riley lut les messages de Josh. Elle ne pouvait pas nier l'amour qu'elle avait pour lui. Elle lui répondit. « *Je suis là, saine et sauve. Merci de me soutenir. Je t'aime. Ri.* »

Puis, elle fit défiler ses messages jusqu'au texto de Mia, qu'elle lut.

« *Accroche-toi. Je suis là si tu as besoin de moi. Xox. M.* »

— Mia m'a envoyé un texto.

Elle sourit et répondit. « *Merci. Tu n'es pas en colère contre moi pour ne pas te l'avoir dit ? Je suis vraiment désolée.* »

— Et ? demanda Jade.

Le téléphone de Riley vibra. « *Peut-être un peu blessée* », mais j'ai compris. *Ne t'inquiète pas. On est cool. Xox.* »

— Elle me soutient.

Le soulagement l'envahit. « *Merci ! Xox.* »

Elle écouta le message vocal de Josh, puis rangea son téléphone.

— Tu ne te sens pas mieux ? demanda Jade.

Riley laissa échapper un soupir.

— Je sais, et je suis contente que Mia ait envoyé un message. Je suppose que je me suis fait une amie. Merci mon Dieu, parce que c'était bizarre de ne pas avoir de copines.

— Et moi ? protesta Jade en feignant un froncement de sourcils.

— Tu seras toujours ma meilleure amie, mais tu es là, et parfois j'ai besoin de quelqu'un là-bas aussi. Merci, Jade. Je me sens beaucoup mieux après avoir lu le texte de Josh et écouté son message. Il dit qu'il a rencontré le détective privé et qu'il pense que nous sommes entre de bonnes mains. Son amour m'aide énormément.

Si seulement je pouvais me souvenir de ça dans dix minutes.

— Riley, ça va passer. Tout va s'arranger.

— Mais si ça ne marche pas ? Et si on ne peut pas laver mon nom ? Josh n'a rien dit, mais elle peut me poursuivre pour mes propres créations ? Et maintenant, le monde entier en a entendu parler. Que doit penser Max ? Oh mon Dieu, pauvre Max. Il faut que je l'appelle.

— Elle va bien. Je lui ai parlé un peu plus tôt dans la journée. Treat lui a assuré que ce n'étaient que des mensonges.

— Je suis sidérée de la façon dont les Braden se battent les uns pour les autres, constata Riley. Avant 7 h ce matin, Treat et Savannah avaient déjà appelé Josh.

— Laisse-moi te dire quelque chose. Toute cette histoire de loyauté familiale, c'est authentique. Je le vis au quotidien avec Rex, et ça ne concerne pas seulement les membres de sa famille. Il est tout aussi loyal et protecteur envers moi et même envers ma famille, ce à quoi je ne m'attendais pas du tout, étant donné notre passif familial.

— Quoi que leur père ait fait quand il les a élevés, il l'a bien fait, je suppose.

Riley se souvint de la conversation qu'elle avait eue avec Josh sur son sentiment d'être différent de ses frères. Elle ne le pensait pas qu'il était si différent après tout. Il n'avait pas hésité à se battre pour elle, une fois le choc initial passé. Elle prit son téléphone et lui envoya un nouveau message.

« *Désolé pour tout. J'ai hâte de te voir mercredi. Tu me manques déjà.* »

CHAPITRE TRENTE-SEPT

Josh traversait le studio de design de JBD en se souvenant du moment où Rex lui avait demandé de regarder le portfolio de Riley. Jamais, en un million d'années, il n'aurait imaginé que Riley était aussi talentueuse que ces croquis l'avaient prouvé. Et puis, il n'aurait jamais imaginé tomber aussi amoureux de la femme qu'il avait passé des années à désirer. Il pensait qu'une fois Weston derrière lui, il ne la reverrait plus jamais. Maintenant, il se tenait à côté de son bureau, et la tristesse s'insinua une fois de plus dans son cœur. Comment pourrait-elle ressentir la même chose pour New York – ou JBD – ou lui, après ça ?

Il fouilla dans sa poche pour répondre à la sonnerie de son téléphone portable.

— Salut, papa.

Il essaya de paraître souriant.

— Fiston…

La voix grave de son père réveilla les émotions qu'il avait refoulées toute la matinée, provoquant une fissure dans sa façade de fer.

— J'ai entendu dire que tu rentrais à la maison mercredi. C'est vrai ?

Hal Braden avait un lien spécial avec chacun de ses enfants et il les traitait différemment les uns des autres. Il ne leur mettait pas la pression pour qu'ils viennent lui rendre visite ni pour qu'ils fassent quoi que ce soit en particulier, mais c'était vers lui que ses enfants se tournaient lorsqu'ils envisageaient de prendre des décisions qui changeraient leur vie. À cet instant-là, Josh n'aurait pas pu souhaiter une meilleure oreille vers laquelle s'épancher.

— Oui. Mercredi.

Il hésita à se confier à son père, bien que le petit garçon en lui crie : « *Papa, dis-moi ce que je dois faire. S'il te plaît, dis-moi.* » Hal Braden ne croyait pas aux ordinateurs et ne comprenait pas vraiment l'énormité de la presse. Josh espérait que ses frères et Savannah ne l'inquiéteraient pas avec ses problèmes, même si, à présent, il était sûr que le téléphone arabe de Weston bourdonnait. Il attendit, pour voir si son père aborderait le sujet.

— Bien. Tu as parlé à Dane dernièrement ? demanda-t-il.

— Pas depuis un moment, pourquoi ?

— J'ai juste pensé que tu pourrais en avoir envie. J'ai l'impression qu'il a besoin de passer un peu de temps avec sa famille. Il rentre à la maison pour Noël, mais un coup de fil lui ferait du bien, si tu peux t'en charger.

Entendant l'inquiétude dans la voix lente de son père, Josh fronça les sourcils et s'assit dans le fauteuil de Riley.

— Papa, quelque chose ne va pas ?

Son père soupira.

— Non, j'ai juste un pressentiment à son sujet, tout comme j'en ai un sur toi.

Josh et ses frères et sœurs avaient l'habitude d'entendre parler des pressentiments de leur père, ou plutôt des soucis qui, selon leur père, lui venaient de leur mère décédée. Josh n'était pas sûr qu'il s'agisse de l'un de ces pressentiments, mais il allait appeler Dane et s'assurer qu'il allait bien.

— Que veux-tu dire à propos de moi ? demanda Josh, sachant exactement où son père voulait en venir.

Il s'adossa à sa chaise et étira les jambes.

— J'ai entendu dire que Riley est de retour en ville, dit son père. Et mon petit doigt m'a dit qu'elle a traversé une période difficile dans la grande ville.

Josh redressa la chaise, ayant besoin de stabilité.

— Je m'en occupe.

— Je n'en doute pas. J'ai aussi entendu dire que Riley et toi étiez ensemble. C'est vrai ?

Josh avait espéré l'annoncer de vive voix à son père, pour voir ses yeux et déchiffrer son expression, mais il ne lui mentirait jamais.

— Oui. C'est vrai.

— Alors, assure-toi de tuer cette merde dans l'œuf. Ne laisse pas ces gens de la ville salir notre nom, tu entends ?

Si seulement c'était aussi facile.

— Papa ?

— Oui ?

— Je soutiens Riley sur ce point, et mon instinct me dit que j'ai raison, mais si… ?

Il n'arrivait pas à prononcer les mots suivants. Ils le rendaient faible, égoïste, et les prononcer à voix haute revenait à manquer encore une fois de respect à Riley.

— Et si elle n'était pas la femme que tu crois ?

Son père s'éclaircit la gorge.

— Fils, il n'y a pas de solution facile à cette question, et je ne peux pas te dire ce que tu devrais ou ne devrais pas faire, mais je peux te dire ce que ta mère aurait dit dans cette même situation.

— Je t'en prie, fit Josh d'une voix dont il entendit l'urgence.

— Ta mère était une femme de cœur, mais c'était la femme la plus intelligente que j'aie jamais rencontrée. Têtue, aussi. Une fois que son cœur avait pris une décision, elle la ruminait un peu, réfléchissait aux tenants et aboutissants, puis elle revenait avec un grand sourire en coin et elle avait sa réponse. Elle me regardait dans les yeux et disait : « Celui-là pourrait me mordre le cul, mais putain, mon cœur ne peut pas survivre sans. » Demande-toi si ton cœur pourrait vivre sans elle ? Quand tu auras trouvé, tu auras ta réponse.

Josh secoua la tête et s'obligea à desserrer les poings.

— Mais les décisions de maman n'ont pas fait échouer sa carrière.

— Ne t'engage pas sur cette voie avec moi, Josh Braden.

Le ton sévère de son père le prit au dépourvu. Avant que Josh puisse répondre, il continua :

— La vie de ta mère était tout aussi importante que la tienne. Sa carrière était sa famille, ce ranch, moi, toi et chacun de tes frères et sœurs. Quand elle prenait des décisions, la vie de sept autres personnes en dépendait. Elle tenait ta vie entre ses mains.

— Je suis désolé, papa. Je suis juste confus. J'ai travaillé dur pour arriver là où je suis.

— C'est un fait, et ta mère s'est démenée pour que notre famille soit ce qu'elle est. Tu penses que c'était facile ? Tu crois qu'elle n'a pas compris qu'une seule erreur pouvait faire du nom des Braden la risée de tous ? Bon sang, dans cette petite ville, un geste de travers pouvait faire fermer un ranch. Josh, je ne suis pas en colère contre toi, mais, putain, fils, prends un peu de recul. Les gens sont importants. La famille compte. Le reste de ces conneries, la célébrité, les voitures, les grands appartements, tout ça ne veut rien dire sans un cœur plein.

Après les mots abrupts de son père, Josh jeta un dernier coup d'œil au bureau de Riley, puis se dirigea vers la salle de sécurité pour voir ce que Reggie avait trouvé.

— Comment ça se passe ? demanda-t-il.

Reggie interrompit la vidéo qu'il regardait et pencha son grand corps en arrière sur la chaise, croisant sa cheville droite sur son genou gauche. Puis il croisa les mains derrière sa tête. Un large sourire se dessina sur ses lèvres.

— Eh bien, si les vidéos que j'ai regardées sont une indication de ce qui est à venir, je dirais que votre intuition est juste, et nous allons probablement trouver quelque chose bientôt.

— Vraiment ? Qu'avez-vous trouvé ?

L'espoir enflait dans sa poitrine.

— Pas grand-chose. Juste des petits trucs. Le langage corporel, la façon dont Claudia observe les autres comme un faucon.

Il haussa les épaules et ajouta :

— Il se pourrait qu'elle soit juste une femme curieuse, mais j'ai le sentiment qu'il y a plus. Elle est vraiment concentrée sur Riley. Regardez ici.

Il rembobina la vidéo et appuya sur « Marche ».

Josh vit Claudia regarder Riley pendant qu'elle s'éloignait, ses yeux la scrutant de haut en bas. Elle plissa les yeux, et un rictus retroussa ses lèvres fines.

Reggie coupa à nouveau la bande et s'assit.

— Ce n'est peut-être rien, mais j'ai déjà vu des femmes avoir ce regard et, croyez-moi, ce n'est jamais un bon signe.

— Vous devez vraiment bien savoir déchiffrer les gens maintenant, hein ? demanda Josh. Quel est votre point de vue sur

Riley ?

— Avec tout le respect que je vous dois, Josh, jusqu'à ce que nous ayons une réponse définitive, je pense que je vais m'abstenir de porter un jugement.

Porter un jugement ? Sur Riley ? Cet éclair de colère qui avait surpris Josh ces derniers jours monta à nouveau en lui. Il croisa les bras pour se contenir. Reggie pensait-il que Riley était mauvaise ? Voyait-il quelque chose en elle que Josh ne voyait pas ?

— Ne vous mettez pas dans tous vos états, le rassura Reggie. Elle est votre moitié pour le moment. Je ne veux rien dire tant que je ne suis pas sûr.

Pour le moment ?

— OK, d'accord, concéda Josh.

— J'aimerais travailler pendant la soirée si cela ne vous dérange pas, puisque les vacances arrivent vite. J'ai les mots de passe pour accéder aux dossiers. Vous pouvez me laisser ici si vous avez des projets. Y a-t-il un agent de sécurité qui peut fermer à clé ?

Josh passa la main sur le visage.

— Je vais rester dans le coin.

— Comme vous voulez. Oh, et votre sœur me charge de vous dire de ne même pas penser à ne pas rentrer à la maison mercredi, acheva Reggie avant de se retourner vers l'ordinateur.

— Oh, j'en ai bien l'intention, à moins que cette pagaille ne nous explose à la figure.

CHAPITRE TRENTE-HUIT

Dane répondit au téléphone à la quatrième sonnerie, juste au moment où Josh allait raccrocher.

— Josh ! Comment va mon petit frère ?

Même si quelques années seulement les séparaient et que Josh tenait tête à son frère d'un mètre quatre-vingt, Dane ne manquait jamais de lui lancer du « petit » aussi souvent qu'il le pouvait.

— Je m'accroche. Et toi ? Où es-tu ? demanda Josh.

— Je rentre à la maison, en fait. Je me rends à l'aéroport, là.

— Papa m'a dit que je devais prendre de tes nouvelles. Il se passe quelque chose que je devrais savoir ? fit Josh en ouvrant sa messagerie.

— Ah, papa, s'esclaffa Dane. Comment ce vieil homme sait-il toujours quand quelque chose se passe ? Il n'y a pas de grandes secousses dans ma vie.

Josh nota un vide dans la réponse de Dane.

— Tu es sûr ? Qu'est-ce que j'entends dans ta voix ?

— Merde, Josh. Rien, vraiment, fit Dane en poussant un grand soupir. Rien de comparable à la merde qui se passe dans la tienne, Dieu merci.

Il s'esclaffa à nouveau.

— Super. Amuse-toi de ma douleur. Je trouve un vrai soutien en toi.

— Bon sang, ça me fait réaliser la chance que j'ai. Pas de liens qui me lient les mains.

Josh entendit une autre note de quelque chose… de solitude peut-être, dans la voix de Dane.

— Tu es sûr qu'il n'y a rien dont tu ne veuilles parler ?

— Pas à ce stade, mais c'est bon de savoir que tu es là. J'apprécie. Je peux faire quelque chose pour faciliter ta situation ? demanda Dane. Je compatis avec Riley. Je veux dire que c'est déjà assez difficile de passer de Weston à New York. Un tout nouveau monde. Et la pauvre est attaquée par les loups. Tu ne la penses pas coupable, n'est-ce pas ?

Josh détesta la voix qui lui trottait dans la tête. *Je ne pense pas, mais comment en être sûr ?*

— Tu connais Riley. Tu penses qu'elle ferait quelque chose comme ça ? Mettre en péril une carrière qu'elle vient juste de commencer ?

Les mots sonnaient faux.

— Ou sa relation avec le patron ? ajouta Dane.

— Oui, il y a ça aussi.

— Non, je ne sais pas, mais on ne connaît jamais vraiment quelqu'un avant que la merde ne remonte dans les tuyaux, non ? fit Dane avant d'échanger quelque chose avec quelqu'un en arrière-plan. Je dois y aller. Mon vol est en cours d'embarquement. On se voit à la maison. Je t'aime, frérot.

Satisfait que le radar de son père ait dû être défaillant et que Dane aille bien, Josh mit fin à l'appel et se tourna vers ses e-mails, cliquant sur celui de Peter Stafford.

« Josh,

Je suis en Suisse avec un accès limité pendant que je suis avec la famille. Nous avons prévu une réunion le 4 janvier, et j'ai l'intention d'y assister. J'ai une nouvelle entreprise dont j'aimerais discuter. J'ai passé en revue le portfolio de Riley Banks, et tu avais raison. Son talent est inégalé. Assure-toi de l'inclure dans notre réunion, comme convenu. J'aimerais avoir son avis sur le programme de printemps de nos filles. Je crois que tu as une gagnante entre vos mains.

Cordialement,
Peter »

Josh ferma son courrier électronique et s'éloigna de son bureau, regrettant que Reggie n'ait pas affirmé catégoriquement l'innocence de Riley. Les mots de son père lui trottaient dans la tête. *Ton cœur pourrait-il vivre sans elle ? Tout ça ne veut rien dire sans un cœur plein.* Bon sang. Il voulait son avis sur le programme du printemps ? Josh avait vraiment besoin d'obtenir des réponses et de laver son nom.

— Monsieur B., tu es là ? lança Mia en entrant dans son bureau, en un plateau de café dans une main et un sac en papier dans l'autre.

Josh attrapa les boissons.

— Tu es censée rentrer chez toi pour passer les fêtes avec ta famille, la réprimanda-t-il, même s'il était heureux de la voir.

Ses nerfs noués comme des serpents, il avait besoin d'une distraction.

— Toi aussi, souligna-t-elle. Mais comme je savais que tu serais ici, alors je t'ai apporté à dîner.

— Ce n'était pas la peine.

— Non, mais c'est ce que fait la meilleure assistante du monde. Elle planifie, résout les problèmes avant qu'ils ne surviennent et…

Elle leva les yeux au ciel en posant les sandwichs sur son bureau.

— Oh putain, je ne sais pas quoi d'autre, mais je ne suis pas venue ici pour prouver à quel point je suis géniale. Je suis venue ici pour m'assurer que tu ne t'effondrais pas. Tu n'as pas répondu à mes messages téléphoniques ni aux textos que je t'ai envoyés.

— Ça a été une sacrée journée, admit-il.

— J'imagine. Comment Riley s'en sort-elle ?

— Je n'ai pas parlé…

Il se souvint que leur relation faisait la une des journaux.

— Je ne lui ai pas parlé depuis qu'elle est retournée dans le Colorado, mais elle m'a envoyé un texto et elle semble aller bien. Secouée, ajouta-t-il.

Mia acquiesça, et Josh ravala sa culpabilité. Mia avait été une employée loyale et dévouée, et il appréciait son amitié. Il aurait dû lui dire qu'il voyait Riley, même sous le sceau de la confidence.

— Je suis désolée de ne pas t'avoir parlé de Riley et moi, Mia. Elle ne voulait pas être regardée comme une bête curieuse et faire l'objet de commérages.

Mia sourit et sirota son café.

— Oui, vous auriez dû, pour que je puisse la protéger. N'oublie pas qu'une partie du travail de la meilleure assistante du monde consiste à régler les problèmes avant qu'ils ne surviennent.

— Tu l'aurais protégée ? demanda-t-il en levant son verre.

Bien sûr que tu l'aurais fait. Je suis désolé. C'était peu perspicace de ma part. Mais tu sais que tu n'aurais pas pu arrêter Claudia.

— Non, mais j'aurais pu la surveiller de plus près et peut-être la prendre sur le fait pour que les choses ne dégénèrent pas aussi vite ou aussi loin.

Elle but une gorgée de café.

— Alors, ça y est ? C'est celle que tu as espérée pendant toutes ces années ?

Décontenancé par le caractère direct de sa question, il répondit :

— Je ne l'ai pas vraiment attendue.

— Oui, bien sûr. Sur les dix-huit derniers rendez-vous, tu n'as répondu aux appels téléphoniques que de deux d'entre elles, et sur ces deux-là, tu n'en as revu une qu'une seule fois, et encore, pour l'emmener à un événement. Elle est rentrée directement chez elle après et tu m'as demandé d'y mettre fin. Si je me souviens bien, tu m'as demandé de lui offrir une tenue et de lui dire « merci » au téléphone, mais pas de carte de remerciement. Je pense que tu attendais, même si tu ne le savais pas.

— Tu as gardé une trace de mes rendez-vous ?

Josh connaissait déjà la réponse. Mia gardait une trace de sa vie entière. C'était Mia qui l'avait appelé avant 6 h du matin pour le prévenir des médias, et c'était Mia qui lui apportait le dîner quand il ne le demandait pas.

— OK, tu as gagné, Mia. Peut-être ai-je attendu, ou espéré que Riley apparaisse. Mais quand même, ça m'a pris au dépourvu.

Elle recula dans son fauteuil, croisant bras et jambes.

— J'ai réfléchi à toute cette histoire. Claudia est vraiment intelligente. Si elle a volé tous les dessins originaux de Riley, alors Riley n'a rien. Que peut-elle faire ou dire qui prouverait qu'elle était la créatrice de cette robe ? Puis j'ai commencé à réfléchir. Si Claudia a vraiment fait ça, alors elle a dû le faire ici, non ?

Ses yeux s'agrandirent.

— Tu vois où je veux en venir, n'est-ce pas ? Les caméras de sécurité. Nous en avons partout dans la maison. Même si nous n'avons rien vu, ça a été enregistré. Monsieur B., je pense que Riley pourrait avoir une chance.

— J'ai une longueur d'avance sur toi. Viens avec moi.

Il la conduisit à la salle de sécurité, où Reggie fixait un écran vide. Son visage était un bloc de pierre.

— Reggie, voici mon assistante, Mia. Elle est au courant de la situation.

Reggie se retourna et se leva.

— Je pense que vous avez un voleur très sage dans vos mains.

Ses yeux se tournèrent vers Mia à qui il tendit la main et son regard acéré s'adoucit pour devenir appréciateur.

— Ravi de vous rencontrer.

Mia lui serra la main. L'attraction qui jaillit entre eux faillit électrocuter Josh. Il s'éclaircit la gorge.

— Un voleur très sage ? reprit-il.

— Sage, oui.

Reggie reporta son attention sur Josh, même si ses yeux se tournaient vers Mia chaque fois qu'il prononçait quelques mots.

— Les horaires des caméras de sécurité ont été trafiqués. Au cours des quatre dernières semaines, les caméras ont été réglées pour fonctionner jusqu'à 11 h 30 le matin. Puis elles sont éteintes jusqu'à 21 h. Le week-end, elles ne tournent pas du tout. Celui qui a fait ça a accès aux horaires.

Josh lança un regard à Mia.

— Autrement dit n'importe qui possédant un passe-partout, par opposition à une clé de la porte d'entrée. Les gens du ménage, moi, toi, dit-elle en désignant Josh d'un signe de tête à Josh. Claudia, et je pense que Clay en a une. À mon avis, c'est tout. Mais nous vérifions les vidéos tous les jours pour voir si elles fonctionnent. Personnellement, je les vérifie tous les matins à 8 h.

Elle ferma les yeux et soupira.

— Et bien sûr qu'elles fonctionnent. Elles sont éteintes plus tard dans la matinée.

Josh déglutit. Il avait aussi donné un passe-partout à Riley, et omis de le signaler à Mia.

— Eh bien, ça résout le problème, non ? C'est forcément Claudia, conclut son assistante.

— C'est circonstanciel au mieux. Il pourrait s'agir d'un problème complètement distinct du vol de modèle.

Reggie croisa ses bras musculeux sur sa poitrine et se campa fermement sur ses jambes.

— J'ai vu cela des dizaines de fois. On trouve un problème secondaire en cherchant le principal. Je vais examiner les fichiers de leurs ordinateurs. Nous verrons ce que nous pouvons trouver d'autre.

Josh se hérissa de l'utilisation du mot « leur » et de l'insinuation que, selon Reggie, Riley pouvait faire partie du plan. Peu importait combien il l'aimait, il demeurerait fidèle à ses normes éthiques et morales. Aussi admit-il à contrecœur ce qu'il avait fait.

— J'ai donné une clé à Riley. Le seul double que j'avais était un passe-partout, dit-il feignant la désinvolture.

Mia arqua un sourcil.

— C'était celui du coffre, expliqua-t-il.

— Pourquoi tu ne m'as rien dit ? demanda Mia.

— J'ai oublié, et elle ne l'a jamais utilisé.

Josh lut de la déception dans ses yeux et comprit qu'il la méritait. Mia arqua un sourcil.

— Je suis avec elle, Mia, matin et soir. Elle n'est jamais seule ici.

— Une vérification des clés électroniques nous dira quand certains employés sont entrés dans le bâtiment. Tu as une liste des employés et de leurs codes, non ?

Mia hocha la tête.

— Cette porte reste-t-elle fermée ? demanda Reggie.

— Oui, répondit Mia.

— Alors, à moins que les enregistrements clés aient été trafiqués, on devrait avoir quelques réponses supplémentaires. Et les enregistrements clés sont dix fois plus difficiles à falsifier que les caméras. Josh, j'ai besoin que vous remplissiez les papiers que je vous ai donnés pour que nous puissions faire des réquisitions en votre nom.

— Pas de problème. Je m'en occupe tout de suite.

Josh répondit sans réfléchir, toujours obnubilé par le fait que Riley avait un passe-partout.

— Selon ce que nous trouverons, nous devrons peut-être envisager que d'autres employés puissent être impliqués dans ces bandes de sécurité. Je vous ferai savoir quand nous aurons bouclé cette partie de l'enquête, dit Reggie.

— Je vais vous conduire à leurs bureaux, proposa Mia en tournant les talons.

Les jambes de Josh étaient enracinées dans le sol. Riley aurait-elle pu faire ça ? Il se laissa tomber dans la chaise que Reggie venait de quitter et se couvrit le visage de ses mains. Il avait des coups de fil à passer. Une autre série d'enquêtes auprès des personnes en qui il avait confiance. Clay, la femme de ménage, Wella… et Riley.

CHAPITRE TRENTE-NEUF

La brise du soir soufflait sous le porche de la maison à un étage des parents de Riley. Elle regarda le soleil se cacher derrière les arbres et se pelotonna dans son pull épais, anticipant le froid que le vent allait apporter. Elle entendit la porte d'entrée s'ouvrir en grinçant et se retourna pour voir sa mère la rejoindre sous le porche. Ses cheveux autrefois châtains foncés, désormais parsemés d'abondants fils d'argent, lui descendaient jusqu'aux épaules en vagues épaisses. Elle portait un manteau de grange par-dessus son pull et tenait une bouteille de vin et deux verres, qu'elle posa en s'asseyant dans la chaise à bascule à côté de Riley.

— Comment va ma fille ? demanda-t-elle.

Riley se considérait comme chanceuse d'avoir toujours eu une relation forte avec sa mère, Arlene. Celle-ci avait toujours été tendre, même lorsque Riley savait qu'elle méritait un savon et, pour cette raison, elle s'était toujours sentie à l'aise pour lui demander conseil.

— Je vais bien, maman. C'est bon d'être à la maison.

Riley avait pensé à Josh tout l'après-midi. À quoi faisait-il face à New York. Les médias le harcelaient-ils ? Avait-il trouvé d'autres preuves de la culpabilité de Claudia ? Avait-il des doutes sur elle ? Sur eux ? Elle se battait encore avec le dur constat qu'en étant lié à elle, la réputation de Josh serait ternie.

— Tu nous as manqué, mais nous savions tous que ton heure viendrait un jour. Tu es trop talentueuse pour *Macy's*.

— Merci, maman.

— Le travail te plaît-il autant que tu l'avais espéré ?

Elle savait que sa mère tournait autour du sujet des accusations de Claudia, mais elle non plus n'était pas prête à se lancer dans la discussion.

— Je ne fais que de l'assistanat pour le moment, mais oui, j'aime ça, et j'aime New York en général – ou du moins, j'aimais ça.

Les planches du porche grincent sous le mouvement rythmique de sa chaise à bascule.

— C'est bien, dit sa mère. Tu as toujours été capable de t'adapter facilement au changement. Même quand tu étais petite, lorsque nous nous déplacions pour voir tante Betty ou pour partir en voyage l'été, tu n'as jamais eu de mal à dormir dans un nouveau lit ou à t'adapter à de nouveaux horaires.

— Je me rappelle.

Riley sourit au souvenir des biscuits au pain d'épice de sa tante. Elle en avait toujours une fournée prête quand Riley arrivait.

— Il n'y a pas grand-chose que tu ne puisses gérer, Riley.

Sa mère la dévisagea, dévoilant le sens caché dans la lueur de ses yeux et le hochement de sa tête.

— Je ne suis pas si sûre, avoua Riley. Maman, comment as-tu su que papa était tout ce que tu avais toujours voulu ?

— Je ne l'ai pas su, admit-elle. Et je ne suis pas sûre qu'il le soit maintenant, non plus.

Oh non. S'il te plaît, ne me dis pas qu'il y a d'autres mauvaises nouvelles. Elle fixa son regard sur un nœud de la balustrade et mit sa bascule en mouvement.

— J'aime ton père. C'est un homme remarquable, attentionné, qui ferait tout pour toi ou moi. Mais, chérie, on ne sait jamais aujourd'hui ce qu'on voudra demain, ni pourquoi.

Riley croisa le regard de sa mère.

— Comment peux-tu savoir à trente ans ce que tu voudras à quarante ans ? Tu n'es pas encore passé par là. L'amour est une chose puissante, mais le désir l'est aussi, et l'un sans l'autre peut être mortel, même pour la relation la plus solide.

Sa mère fit une pause pour resserrer sa veste sur sa poitrine.

— Je ne savais pas, quand j'ai épousé ton père, si j'aurais encore envie d'être avec lui deux ans après, et encore moins trente ans après, et je savais que malgré tout ce qu'il me disait, il n'y avait aucune chance qu'il le sache non plus – elle regarda les montagnes –, j'ai fait un acte de foi, et j'ai espéré le meilleur. Je savais que je l'aimais, et je savais que je le désirais. Le reste… Je me suis dit que je m'en occuperais en cours de route, conclut-elle en haussant les épaules.

— Et ? insista Riley.

— Et le désir et l'amour vont et viennent dans une relation. Même les plus fortes d'entre elles. Je vais te confier un petit secret que ma mère a partagé avec moi.

Riley se pencha, prête à entendre le secret de sa grand-mère.

— Je ne suis pas sûre que Dieu savait ce qu'il faisait quand il nous a donné l'idée de vivre ensemble, même après avoir été mariés. Les hommes et les femmes sont juste câblés différemment. Nous pensons différemment. Nous avons des envies et des besoins différents, et rien que cela peut séparer un couple assez rapidement.

Donc j'avais raison : tu n'as pas de relation amoureuse avec papa ?

Sa mère sourit en regardant le ciel étoilé.

— Je savais que nous aurions probablement des moments de frustration où j'aurais l'impression de détester quelque chose que ton père a fait ou de souhaiter qu'il fasse quelque chose que je savais qu'il ne ferait jamais. Je pense que ma mère a sauvé notre mariage en partageant cela avec moi, parce que, lorsque ces moments sont arrivés, j'étais préparée. Je les voyais pour ce qu'ils étaient. De petites bosses sur une très longue route. Je n'ai pas abandonné, et je ne me suis pas éloignée. Et quand le désir semblait très loin, nous avons tous les deux travaillé pour le ressusciter.

Comment ai-je pu me tromper à ce point ?

— Alors ? insista-t-elle.

— Donc, tu peux ne jamais vraiment savoir ce que l'avenir te réserve, tu dois te fier à ce que ton cœur te dit quand tu penses avoir trouvé ton grand amour. Tu sauras quand il sera temps de faire le grand saut de la foi.

Riley laissa échapper un souffle.

— Le saut géant de la foi.

Sa mère prit la bouteille de vin et leur versa un verre à chacun.

— Et un peu de vin pourrait t'aider à t'éclaircir les idées.

— Oui, peut-être.

Riley sirota le sien, en assimilant ce que sa mère venait de lui révéler.

— Riley, les relations ne sont pas toujours torrides et passionnées, et parfois c'est cet amour plus profond et plus significatif qui te tire d'affaire. Être soutenue par la personne que tu chéris le plus, ou entendre sa voix à la fin d'une journée particulièrement éreintante, cela peut être bien plus puissant que la passion initiale, chaude et trépidante d'un nouvel amour.

Riley sentit le rouge lui monter aux joues.

— Je ne voulais pas…

— Non, mais tu t'es posé la question. Toutes les femmes se demandent ce qui va se passer quand ça va s'estomper, et c'est là que ton acte de foi entre en jeu, ainsi que ta force et ton courage pour vous ramener, ton partenaire et toi, à l'endroit où vous êtes tous les deux les plus heureux.

Riley acquiesça.

— Josh et toi, tu veux en parler ?

— Je ne sais pas, maman. Il me manque déjà, tu sais. C'est fou, je le sais. Je l'ai vu ce matin, mais chaque fois que je pense à lui, je vois son visage. Et voir son visage me donne la chair de poule.

Elle tendit ses bras à sa mère pour qu'elle sente sa peau hérissée.

— Mais il y a beaucoup plus. Il est si différent de ce que j'avais imaginé. Quand on a grandi, j'étais folle de lui, mais c'était un Braden. Un beau garçon, sûr de lui, qui était complètement hors de ma portée.

— Ne te voile pas la face, Riley Roo, répliqua sa mère. Tu t'es éloignée de Josh à cause de cette stupide querelle entre les Braden et les Johnson. Si ces bêtises n'avaient pas eu lieu, je ne suis pas sûre que nous aurions pu vous séparer.

Sa mère ne l'avait plus appelée par son surnom d'enfant depuis qu'elle était partie à l'université, et cela aurait dû la rassurer, mais Riley était trop perturbée par le fait que sa mère était au courant de son gros coup de cœur pour Josh — et vice versa. Avant qu'elle puisse répondre, sa mère continuait :

— Tu aurais pu avoir tous les hommes que tu voulais et tu le peux encore. Non pas que tu en aies besoin, mais tu es d'une intelligence vive et jolie comme tout, et ta personnalité a toujours attiré les gens vers toi.

Riley laissa échapper un rire.

— Merci, maman. Tu savais que je craquais pour lui ?

— Chérie, tout le monde le savait.

Oh, mon Dieu !

— Vraiment ? Merci, maman. Peut-être que tu aurais pu me dire que je le reluquais trop ouvertement ou quelque chose comme ça.

— Ça n'aurait pas eu beaucoup d'effet. Tu aurais continué. Tu ne pouvais pas t'arrêter, pas plus que Jade ne pouvait arrêter d'aimer Rex.

— OK, c'est juste, concéda Riley. De toute façon, ce n'est pas ce que je voulais dire. Je voulais juste dire… je ne sais même pas. J'ai toujours eu l'impression qu'il serait plus… je ne sais pas… coincé ou autre, surtout maintenant qu'il est au sommet de sa carrière… ou du moins, il l'était avant que j'arrive.

Son sourire s'effaça.

— Oh, chérie, tu le sais bien, voyons. Aucun des Braden n'est comme ça. Je ne sais pas pourquoi tu as eu cette impression, mais c'est une très bonne famille. Très tolérante, travailleuse. Hal a fait du bien à chacun de ses enfants.

— Je sais tout ça maintenant. Ça m'a juste pris au dépourvu et, maintenant, je m'inquiète d'avoir sali leur famille.

Voilà. Elle l'avait énoncé à haute voix et, avec ces mots, un lourd fardeau s'était levé de sa poitrine.

— Oh, chérie, je suis sûre que tu réagis de façon excessive.

— On est sur *Yahoo ! News*, maman.

— *Yahoo ! News* ?

— J'ai oublié que tu n'utilisais pas d'ordinateur. Tu devrais vraiment, tu sais. *Yahoo* est un gros site web qui fournit des e-mails à des millions de personnes et qui transmet les nouvelles en même temps. Mon visage a été diffusé partout à des millions de personnes, ainsi qu'un article disant que j'ai volé des dessins que je n'ai pas volés.

Pendant une minute, sa mère resta muette. Elle sirotait son vin et regardait le champ devant la maison. Qu'est-ce que sa mère devait penser d'elle maintenant ?

— Maintenant je comprends pourquoi tu te promenais ici avec le cœur lourd, constata sa mère. Riley, tu n'as pas volé les dessins, donc comment peux-tu pu faire honte à quelqu'un ? C'est la personne qui t'accuse qui devrait avoir honte d'elle-même.

La différence entre Weston et New York sauta aux yeux de Riley. Si la même accusation avait été portée à Weston, Riley aurait pu affronter l'accusateur en face, la communauté l'aurait soutenue sur la base de sa seule réputation.

— Ce n'est pas si facile, expliqua Riley. Je ne sais pas si elle peut porter des accusations formelles contre moi, même si ce sont mes modèles. Je ne sais pas quel impact cela aura sur la carrière de Josh, ou la mienne, ou notre relation. Oh, maman, c'est un tel gâchis !

Sa mère acquiesça.

— Je ne prétends pas être très mondaine, mais je sais qu'avec le temps, les choses comme ça se calment. Pendant que tu es dans le feu de l'action, tu peux avoir l'impression que ça ne se terminera jamais, mais crois-moi. Le temps guérit vraiment toutes les blessures.

— Peut-être, maman, mais il ne pourra pas restaurer les carrières. Et que se passera-t-il si, même si Josh m'aime, il se réveille un jour en regrettant de m'avoir soutenue parce que dans un an, dans six mois ou dans dix ans, toute cette histoire ressurgira à un moment inopportun, comme un événement de mode ou une autre cérémonie très médiatisée ?

— Et s'il le fait ? demanda sa mère.

— Je ne sais pas, cria Riley. C'est pour ça que je t'ai interrogée. Ça craindrait, je suppose.

— Oui, Riley, ça craindrait. Mais si tout cela n'était jamais arrivé, que Josh et toi restiez ensemble, ou vous marriez, et que quelques années plus tard, Josh se réveillait un matin pour te dire qu'il ne t'aimait plus ? Est-ce que ça serait mieux ?

Riley finit son vin en une seule gorgée.

— Tu es censée m'aider à aller mieux, pas pire.

— Ne vois-tu pas, Riley ? Tout ce dont tu peux être certaine, c'est de l'ici et maintenant. Le tangible, le temps auquel tu peux t'accrocher et que tu peux apprécier, un baiser à la fois. Tu peux supplier pour avoir toutes les réponses que tu veux, mais comprends que nous sommes obligés de faire des conjectures pour tout ce qui concerne l'avenir. Tu dois t'accrocher au présent et en tirer le meilleur parti. Savoure-le. La famille de Josh en est la preuve. Crois-tu qu'ils pensaient perdre Adriana à un si jeune âge ?

— Non, mais…

— Tu ne crois pas qu'elle a dit un million de fois à Hal qu'elle l'aimait et qu'elle ne le quitterait jamais ? C'est un acte de foi.

Sa mère remplit leurs verres, puis continua :

— De la manière dont je vois les choses, tu devrais moins t'inquiéter de la honte que tu pourrais causer aux autres et plus t'inquiéter de récupérer les droits de ces dessins sur lesquels tu as sans doute travaillé longtemps et durement.

— Josh y travaille, répliqua Riley.

— Depuis quand laisses-tu les autres mener tes batailles ?

— C'est un peu dur, tu ne crois pas, maman ?

— Non. Je suis réaliste, Riley. Tu t'es toujours défendue.

Tu as affronté de plus gros rivaux dans ta vie qu'une femme de New York. Tu te souviens en CM1 quand Alex Harper, en sixième, s'était mis en tête de se moquer tous les jours de Jade ?

— Oui, mais on était des enfants, protesta Riley.

— Oui. Mais ça ne t'a pas empêchée d'aller vers lui et de lui mettre un pain dans le nez.

Sa mère secoua la tête.

— Je me souviens encore que sa mère m'a crié dessus au téléphone, et j'étais très fière de toi. Je n'ai pas aimé que tu aies réglé le problème avec tes poings, mais j'étais fière que tu aies pris en main une situation que les enseignants et le directeur n'avaient pas su gérer. J'ai foi en toi, Riley. Il doit y avoir quelque chose que tu négliges. Une preuve de ce que tu as créé.

— Eh bien, si c'est le cas, je n'arrive pas y penser.

Sa mère fronça les sourcils.

— Alors tu ne réfléchis pas assez, ou alors peut-être, juste peut-être, tu es tombée dans le rang des victimes et tu ne peux pas trouver la sortie.

CHAPITRE QUARANTE

Josh se tenait dans le hall du Dakota, les épaules voûtées et les yeux cernés, attendant l'ascenseur qui descendait lentement.

— J'ai toujours su que tu l'avais engagée pour autre chose que ses compétences.

Josh se retourna au son de la voix de Claudia.

— Putain, qu'est-ce que tu fous ici ?

Il appuya plusieurs fois sur le bouton de l'ascenseur, souhaitant qu'il aille plus vite pour pouvoir échapper à Claudia.

Vêtue d'un jean moulant, de talons aiguilles et d'une veste en fausse fourrure GUESS Candide, Claudia avait plutôt l'air d'aller à un rencard que partie pour lancer des fléchettes virtuelles à son patron.

— Pourquoi ? Tu as peur qu'elle nous voie ensemble ? Selon mes sources, ta petite amie est partie depuis longtemps. Elle est rentrée chez elle pour se cacher. Oh…

Elle feignit un long regard sur ses ongles rouges, puis planta une main sur sa hanche et fixa Josh des yeux.

— Je suppose que tu le sais déjà, puisque tu l'as emmenée à l'aéroport.

Tous les nerfs de Josh se tendirent. Il serra les mains, les narines dilatées, tandis qu'il réprimait son envie de lui dire de dégager de sa vue. L'ascenseur s'ouvrit et Josh y entra. Claudia l'imita et, dans le souffle suivant, des éclairs lumineux lui brouillèrent la vue : un photographe prenait photo sur photo de Josh et Claudia.

— C'est quoi ce bordel ?

Il dissimula son visage.

— Sors, Claudia. Tu es complètement malade.

Elle sortit de l'ascenseur.

— Tu aurais dû accepter mon offre quand tu en avais l'occasion.

L'ascenseur se ferma derrière elle. Josh jura. Quand les portes se rouvrirent enfin à son étage, il était rouge de fureur. Il entra chez lui et claqua sa porte, faisant les cent pas, jurant et frappant l'air. Trop en colère pour parler à qui que ce soit, il ignora la sonnerie de son téléphone portable. *Dieu merci, Riley n'est pas là. La dernière chose dont elle a besoin, c'est de Claudia à ses basques.* Il arpenta sa chambre et ôta sa chemise, qu'il jeta sur la chaise dans le coin. Apercevant la photo de Riley et lui sur la commode, il ramassa le cadre en gémissant, puis le reposa. Il était trop en colère pour penser, et encore moins pour ressentir autre chose que le flot de haine que Claudia avait remué en lui.

Dix minutes plus tard, il entra dans une douche chaude, laissant l'eau bouillante chasser la tension de son dos et de ses épaules. Il savait qu'il devait prendre une décision. Et s'il ne trouvait pas de preuve et que Riley devait assumer la responsabilité du vol des dessins ? Que se passerait-il alors ? Comment pourraient-ils aller de l'avant ? Claudia n'avait pris aucune mesure pour porter des accusations formelles contre Riley, ce qui ne faisait que pousser Josh à croire que Riley n'avait rien fait de mal et que tout cela n'était qu'un jeu pour Claudia.

Josh sortit de la douche et essuya son corps mince et musclé. Son téléphone sonna à nouveau et, encore sous le choc, il le laissa sur la messagerie vocale. Tout devenait clair pour lui. Alors qu'il s'était inquiété de prouver l'innocence de Riley, il avait complètement négligé le plus gros problème. *Et si elle n'était jamais blanchie des accusations ?* Il se sentit vaciller entre deux mondes, et il ne voulait pas en lâcher un.

CHAPITRE QUARANTE ET UN

Il était presque minuit quand Riley vida finalement ses sacs. Elle dézippa la valise et ouvrit le rabat. Au-dessus de ses vêtements se trouvait une enveloppe. Josh. Elle s'assit sur le lit de son enfance et porta l'enveloppe à son nez, sentant l'odeur de cet homme qui restait sur le fin papier de lin. Elle passa son doigt sous le rabat, en retira un morceau de papier à lettres monogrammé où elle lut la note écrite à la main.

Coucou, bébé,

Ça pue, hein ? Je suis désolé pour tout. De ne pas être venu te voir avant de parler au personnel et pour tout ce gâchis. Je crois en toi, et je ferai tout ce que je peux pour que tout s'arrange rapidement et que je puisse venir te voir. À présent, tu es chez tes parents et je suis de retour à mon appartement, regrettant que tu ne sois pas là. Je ne me suis jamais senti aussi seul à l'idée de dormir seul.

On va trouver une solution. Je t'aime.
-J. »

Riley s'allongea sur le lit, tenant le message contre sa poitrine. *Mais est-ce que tu m'aimeras encore demain ?*

Riley se réveilla le lendemain matin en entendant du bruit en bas. Elle sauta du lit et prit une douche rapide dans l'espoir de se réveiller. Elle n'avait pas bien dormi après s'être endormie en attendant que Josh appelle et en s'interdisant de l'appeler. Et s'il hésitait à la soutenir ? Et s'il avait des doutes à propos d'eux ? Elle n'avait pas voulu entendre la différence dans sa voix à ce moment-là, et maintenant elle se sentait coupable. Elle l'avait laissé affronter la situation seul, alors qu'elle était en sécurité dans la maison de ses parents, avec le soutien de sa famille et de ses amis. Elle se regarda dans le miroir et soupira. Le stress des deux derniers jours était évident dans les cernes sous ses yeux gonflés.

Elle vérifia les messages de son téléphone portable et lut un texte de Josh qui était arrivé à 4 h du matin. *« Sache que je t'aime aujourd'hui. J'ai hâte de te voir mercredi. »* Elle aimait qu'il ait pensé à elle au milieu de la nuit, puis se demanda pourquoi il avait attendu qu'il soit si tard pour lui envoyer un message.

Elle répondit : *« Je t'aime. Tu m'appelles plus tard ? »*

Riley enfila un jean moulant et un sweat-shirt épais et confortable, en s'éloignant le plus possible des marques. Elle avait besoin de confort aujourd'hui. Cette semaine. *Peut-être pour toujours.*

En descendant les escaliers, elle entendit la voix de Jade, puis celle de Max, et enfin celle de Savannah. *Qu'est-ce qui se passe ?* Elle se glissa silencieusement vers le mur à côté de la cuisine et écouta.

— Ce dont elle a besoin, c'est d'une journée entre filles pour oublier toutes ces bêtises, disait Jade.

— Et d'une soirée entre filles, ajoutait Savannah. Je ne peux pas croire cette photo. Peut-être qu'elle ne la verra pas.

Qu'est-ce qu'elle fait là ? Quelle photo ? Elle sentit son ventre se nouer.

— Je n'arrive toujours pas à croire que ça arrive vraiment, intervint Max. Je veux dire, je suis là, amoureuse de ma robe de mariée, et une seconde plus tard, elle est au centre d'un scandale. Comment Josh gère-t-il tout ça ? Treat n'a pas pu le joindre la nuit dernière.

— Il ne répond pas au téléphone, répondit Savannah. Mais j'ai parlé au détective privé qu'il a engagé, et il semble qu'ils travaillent aussi dur qu'ils le peuvent pour tout comprendre. La photo cependant… Pauvre Riley.

Riley se faufila à l'étage et ferma la porte de sa chambre. Elle accéda à Google sur son téléphone et chercha le nom de Josh. Elle resta bouche bée quand elle vit la première page du *New York Post*. Une photo de Josh et Claudia dans les ascenseurs de son immeuble. Elle plissa les yeux, scrutant le visage de Josh, puis zooma, espérant voir une marque Photoshop évidente ou quoi que ce soit qui indique que la photo avait été truquée. Elle lut l'article, qui était au mieux sommaire, affirmant que tous les deux avaient été « vus ensemble » dans le hall de cet immeuble.

Elle vérifia ses SMS, puis ses messages vocaux. Rien de Josh. Était-ce pour cela qu'il n'avait pas appelé hier soir ? Elle s'allongea sur son lit, se demandant ce qui se passait, son pouls montant d'un cran à chaque seconde qui passait. *Foutue Claudia.* Les mots de sa mère lui revinrent en mémoire. *Tu as affronté de plus grands rivaux dans ta vie qu'une femme de New York.* Elle s'assit et composa le 4-1-1.

— Trouvez-moi le numéro de Claudia Raven, à Manhattan, s'il vous plaît.

Après avoir composé trois mauvais numéros, elle réussit finalement à joindre le bon. Prenant une profonde inspiration, elle tint le téléphone d'une main tremblante. Claudia répondit à la première sonnerie.

— Allô ?

Sa désinvolture déconcerta Riley.

— Claudia ?

L'autre ne répondit pas. Le silence emplit les ondes et, juste au moment où Riley ouvrait la bouche pour parler, Claudia parla.

— Riley Banks, qu'est-ce que tu peux bien vouloir ? Oh, j'ai vu ton petit ami la nuit dernière.

Le ricanement dans sa voix était bien perceptible et fit dévier l'esprit de Riley dans dix directions différentes. Elle se leva dans l'espoir d'insuffler un peu de confiance à son corps qui tremblait et à son esprit qui tournait. Comme elle ne parvint à rien, elle ferma les yeux et lâcha ce qu'elle avait appelé à dire.

— Vous avez volé mes dessins. Vous me traînez dans Dieu sait quelle boue, et vous n'avez manifestement pas lésiné sur les moyens pour obtenir cette photo de Josh et vous.

Riley n'avait pas réalisé qu'elle hurlait jusqu'à ce que la porte de sa chambre s'ouvre et que Jade, Max et Savannah déboulent. Derrière elles, sa mère se tenait dans l'encadrement de la porte, lui donnant le courage dont elle avait besoin pour continuer.

— Eh bien, laissez-moi vous dire quelque chose, Claudia Raven. Je ne suis peut-être pas une New-Yorkaise avertie, mais je suis une femme de Weston et les femmes de Weston sont fières, honnêtes et fortes. Si vous pensez que vos tactiques vont m'éloigner de Josh, vous vous trompez. Vous pourriez être nue sur les photos, ça m'est égal. Je connais Josh, et il ne toucherait pas une femme comme vous, même si sa vie en dépendait.

Elle avisa les yeux écarquillés de Max, le pouce levé de Jade, puis le large sourire espiègle de Savannah, pour enfin porter les yeux sur la tête de sa mère qui acquiesçait.

Claudia poussa un petit cri qui alimenta la colère de Riley.

— Ça m'est égal qu'on prouve ou pas mon innocence. Je connais la vérité, et vous aussi, et vous êtes celle qui devra vivre avec la culpabilité de savoir à quel point vous êtes tombée si bas et combien de vies vous avez blessées en chemin.

Riley appuya sur le bouton « Couper » du téléphone.

— Bon sang, tu l'as fait.

Jade prit Riley dans ses bras.

— Waouh, tu assures, ma belle ! s'esclaffa Savannah, embrassant à la fois Jade et Riley.

— Je n'arrive pas à croire que tu lui aies sorti ses quatre vérités, ajouta Max.

La mère de Riley se tenait dans l'embrasure de la porte avec un sourire fier et les yeux pleins de larmes.

— Voilà la fille que j'ai élevée.

Des larmes ruisselaient sur les joues de Riley, ses jambes tremblaient. Elle s'effondra dans les bras de ses amis, en espérant qu'elle ne venait pas de commettre une erreur absolue.

CHAPITRE QUARANTE-DEUX

Josh regardait la photo de la couverture du *New York Post*, son téléphone portable collé contre son oreille. Kelly, sa chargée de relations publiques, lui reprochait depuis dix minutes de ne pas l'avoir appelée hier soir quand Claudia s'était présentée.

— J'aurais pu leur sauter dessus, Josh. Tu le sais bien. Même si je n'avais pas pu arrêter les journaleux, j'aurais pu faire écrire un article rival. Maintenant, on va croire que tu couvres tes arrières avec un article de représailles, dit Kelly.

— Je m'en rends compte. Je ne pensais pas.

— En as-tu parlé à Riley au moins ? Elle est préparée ?

— Non, dit-il, réalisant son erreur. J'étais trop énervé et, le temps que je me calme, je n'ai pas pensé aux journaux, admit-il.

Il était trop préoccupé par ce qu'il ferait de Riley si son nom n'était jamais lavé. L'impact que cette situation aurait sur sa carrière restait à voir, mais si ces conneries ne disparaissaient jamais, si Riley était citée dans des articles et des photos comme une voleuse de modèles créés par autrui, comment pourrait-il surmonter cela ? Il n'était pas préparé à la rage qui l'avait envahi ces douze dernières heures et qui le retenait encore prisonnier. Rien que de voir cette foutue photo avec Claudia lui donnait envie d'arracher la tête de quelqu'un et de la jeter dans l'East River.

— Il faut toujours, toujours, penser aux journaux. Surtout maintenant. Bon sang, Josh. Je ferai ce que je peux, mais tu ferais mieux d'entrer en contact avec Riley. Si elle vit ça, et je suis sûr qu'elle le vit – comme tout le monde –, alors tu as beaucoup d'explications à donner. Je te jure, c'est comme si tu étais tombé amoureux et que tu avais perdu toutes tes facultés.

Je te jure, c'est comme si tu étais tombé amoureux et que tu avais perdu toutes tes facultés. Si c'était son impression, alors que pensaient les autres ? Son esprit revint à Riley. Il revenait toujours à Riley. Il imagina ses yeux confiants, son sourire quand il lui disait qu'il l'aimait. Il l'aimait vraiment. *Bon sang, je l'aime vraiment.* Mais il aimait aussi sa carrière, et sa carrière ne survivrait pas s'il ne pouvait pas contenir la rage qui lui serrait les poings en permanence.

Lorsque son téléphone sonna, il le porta à son oreille, distrait par la dispute qui opposait son cœur et son esprit.

— Allô ? dit-il.

— Qu'est-ce que tu fabriques, putain ? fulmina Treat.

— Rien, dit Josh.

— Max est chez Riley en ce moment ; Savannah aussi. Elles essaient de nettoyer ce bordel pour que tu ne perdes pas ta petite amie.

Josh ne répondit rien. *Ma petite amie.*

— Écoute, frérot. Je ne sais pas ce qui se passe, mais si tu veux sauver ta relation avec Riley, je ne pense pas que traîner avec Claudia soit le moyen de le faire.

— Bon sang, Treat, tu crois vraiment que je ferais ça ? Elle est arrivée, le photographe a pris la photo et elle est partie. Je ne suis pas ravi par cette merde.

— Tu as prévenu Riley qu'une photo avait été prise ? demanda Treat.

Josh ferma les yeux.

— Non, craqua-t-il.

— C'est comme si tu voulais que cette relation s'effondre, constata Treat d'un ton radouci. Josh, qu'est-ce qui se passe ?

Il n'avait pas de réponse.

— Ouvre la porte d'entrée, dit Treat.

Josh se dirigea vers sa porte d'entrée et l'ouvrit : face à Treat en chair et en os, il abaissa le téléphone et ouvrit ses bras. Josh se sentit redevenu un enfant en manque d'affection en acceptant la forte étreinte de son frère, et il sentit que sa résolution protectrice et rigide commençait à fondre.

— Qu'est-ce que tu fiches ici ? demanda Josh.

— Vous êtes habitués au côté positif du cirque médiatique. J'ai connu les deux côtés. Je me suis dit que tu pourrais avoir besoin de soutien.

Treat se dirigea vers la cuisine.

— Je suis affamé. Tu as des œufs ?

Treat passait en mode maman. D'aussi loin que Josh se souvienne, lorsque ses frères et sœur ou lui avaient des difficultés, son grand frère intervenait, cuisinait pour eux et trouvait le moyen d'arranger les choses, ou du moins de les faire se sentir mieux. À ce stade, Josh avait besoin de toute l'aide qu'il pouvait obtenir.

— Frigo, répondit-il.

Treat prépara des omelettes aux blancs d'œufs et fit griller du pain complet pendant que Josh expliquait ce qui s'était passé avec Claudia et le dilemme auquel son esprit était maintenant confronté.

— Alors, si je comprends bien, résuma Treat en tendant à Josh une assiette pleine de nourriture, au bout de deux jours, tu es prêt à révéler au monde entier tes sentiments pour Riley ; puis cette merde arrive, et maintenant tu te demandes si tu pourras la soutenir au cas où elle ne serait jamais innocentée parce que tu as peur que dans un an, ou dans dix ans, tu risques de tuer quelqu'un s'il la dénigre ? Même si tu sais qu'elle est innocente.

Josh piqua un morceau d'œuf avec sa fourchette et hocha la tête.

— Je suis un connard.

Treat secoua la tête.

— Oui. Riley doit gérer le fait de te voir avec Claudia et tu ne l'as pas appelée ?

— J'allais…

— Mais tu voulais d'abord régler ton propre problème.

Treat plissa ses yeux sombres, le clouant sur sa chaise.

— Ne sois pas surpris si tu l'as déjà perdue. Je pensais que tu étais plus intelligent que ça, Josh.

Il jeta sa fourchette sur la table.

— Bon sang. Je ne sais pas ce que je suis. Je l'aime. Je l'adore, Treat. Tout en moi veut être avec elle. Mais si quelqu'un dit quelque chose sur elle et que je perds la tête ? On se retrouve à nouveau dans cette tempête, avec Riley qui traverse tout ça sans avoir commis la moindre faute. Et si cela signifie perdre ce que j'ai créé ? Je ne suis pas comme toi. Je ne peux pas abandonner ce que j'ai construit. J'aime mon travail. J'aime mon business, et crois-moi, je sais à quel point ça fait de moi un connard égocentrique.

— C'est le cas, dit Treat en hochant la tête.

— Sans déconner.

— Pourquoi vois-tu ça comme tout ou rien ? Tu sais comment ces choses se passent. C'est un contretemps, Josh. Qu'est-ce que ça fait si tu recules d'un an ou deux, le temps que ça se calme ? Tu as gravi cette échelle une fois, tu la graviras à nouveau. Et pour ce qui est de perdre, ou de frapper quelqu'un, tu es un Braden. Notre première ligne de défense, ce ne sont pas nos poings. Tu peux le redouter, mais ton esprit prendra toujours le dessus sur le côté physique.

Josh se passa une main dans les cheveux.

— Je veux l'assurance que je ne vais pas tuer quelqu'un, et…

Il dépassa son embarras et admit ce qu'il avait pensé pendant les dernières vingt-quatre heures.

— Je veux être comme toi et disposé à tout abandonner pour la femme que j'aime. Je sais que ça ferait de moi un homme plus fort, mais…

— Conneries, le coupa Treat avec un autre regard furieux. Être un homme n'a rien à voir avec le fait de renoncer à quoi que ce soit. J'ai construit mon entreprise pour prouver quelque chose à moi-même et à ma famille. C'est tout. Il n'y avait pas d'*amour* dans tout ça. J'aime négocier, mais j'aurais pu le faire dans n'importe quelle entreprise. J'aurais pu créer une entreprise dans les stations balnéaires, les voiliers ou les équipements de terrain de jeu, je m'en fiche. Tu as construit ton entreprise en te basant sur quelque chose que tu aimes, et tu n'aimerais rien autant que le design. Bon sang, on le sait depuis que vous avez six ans.

Treat secoua la tête.

— Où veux-tu en venir ? demanda Josh.

Treat soupira.

— Ce qui fait un homme n'est pas ce qu'il abandonne, Josh. C'est la grâce avec laquelle il vit sa vie. Le niveau d'honnêteté et le code moral qu'il respecte. L'éthique d'être irréprochable, et…

Treat détourna le regard.

— Et ?

Treat ramena ses yeux sur Josh, pour se remettre à parler d'une voix tendre.

— Et la valeur qu'il accorde à ceux qu'il aime, combinée aux efforts qu'il déploie pour les protéger. Ce sont les qualités qui font un homme. Ce que j'ai fait n'était pas viril. C'était plutôt lâche.

Il s'esclaffa.

— J'aurais traversé un champ de dinosaures pour être avec Max. Rien d'autre ne comptait pour moi. Abandonner mes responsabilités professionnelles pour me permettre d'être à ses côtés était faible. C'était la solution de facilité, mais ça m'a rendu heureux, et je suis d'accord avec ça. J'aurais pu me battre pour qu'elle se plie à mon style de vie, et elle l'aurait probablement fait. Non, elle l'aurait certainement fait. Mais je peux te dire ceci. Travailler dans le ranch de papa et gérer mes affaires à distance en valait la peine. Je n'ai jamais été aussi heureux que lorsque je suis avec Max.

— Ce n'était pas faible. C'était chevaleresque, dit Josh.

— À peine, répliqua Treat. OK, peut-être pour certaines personnes. Mais, Josh, nous avons tous notre propre chemin vers le bonheur. Le tien n'inclut pas forcément l'abandon de ta carrière. Tu dois juste savoir si tu peux vivre avec le monde qui t'entoure et qui voit Riley d'une certaine façon alors que tu sais qu'elle est différente.

— Ce n'est que la moitié de ce qui me préoccupe, admit Josh.

— Et c'est quoi, le reste ? demanda Treat.

— Je ne peux pas imaginer ma vie sans elle. J'ai passé toute ma carrière à m'inquiéter de faire ce qu'il faut, de sortir avec les bonnes femmes, de m'habiller convenablement, d'assister à tous les bons événements, et pour la première fois de ma vie, quand je suis avec Riley, je me sens libéré de tout cela. Mais c'est plus que ça.

Josh prit une profonde inspiration, espérant que son frère ne prendrait pas mal ce qu'il s'apprêtait à dire. Il détourna le regard.

— C'est comme s'il y avait une autre personne qui contrôlait mes émotions. La colère…

— Continue, insista Treat.

— Mec, si quelqu'un devait dire quelque chose de désobligeant sur Riley en ma présence, je ne sais pas ce que je ferais. Quand ces chiens des médias étaient sur elle, j'ai ressenti quelque chose que je n'avais jamais ressenti auparavant. Je jure que mon sang était en feu. J'ai dû me faire violence pour ne pas les déchirer en lambeaux, et ce n'est pas ce que je suis. J'ai été obligé de m'empêcher de recourir à la force. Je veux dire, vraiment m'empêcher. Me dire : « Ce n'est pas toi ». Tu me connais. Je ne suis pas un bagarreur, je ne l'ai jamais été.

Josh vit un sourire se dessiner sur le visage de Treat.

— Tu es aussi un homme amoureux, petit frère, et c'est quelque chose que tu n'as jamais connu non plus. Ça te prend au dépourvu, non ?

— C'est à ne pas y croire, dit Josh.

— Toutes ces pulsions protectrices que tu as toujours pensé être réservées aux membres de ta famille s'appliquent soudain à quelqu'un d'autre et de manière plus importante, plus puissante, alors cela t'effraie. C'est naturel. Cela devrait t'effrayer, déclara Treat.

— Ça m'a foutu les jetons. C'est toujours le cas.

Josh soupira, sentant la tension dans ses épaules se relâcher. Treat comprit. Il n'était pas en train de perdre la tête après tout.

— Ton esprit rationnel l'emportera toujours sur le physique, lui assura Treat.

— Je n'arrête pas de me répéter ça dans ma tête. Aussi effrayante que soit toute cette merde – et crois-moi, ces derniers temps, j'ai l'impression que l'Incroyable Hulk essaie de s'emparer de mon corps –, ce n'est pas aussi effrayant que de perdre Riley. Je sais que j'ai merdé. J'aurais dû virer Claudia il y a longtemps, avant que Riley ne vienne travailler ici. Claudia est un problème depuis longtemps, mais elle était très bonne dans son travail, et elle est la nièce de Peter Stafford, donc il y a cette foutue loyauté. Je n'ai jamais pensé…

Treat se pencha en arrière et croisa les jambes.

— Tu es une bonne personne, Josh. Tu vois le meilleur chez les gens et tu ne veux pas les croire aussi irrécupérables qu'ils le sont. Tu as été comme ça toute ta vie. Bon sang, quand Hugh faisait des bêtises, tu essayais de prendre le blâme pour lui afin qu'il n'ait pas d'ennuis. Papa tournait le dos et ricanait.

— S'il ne croyait pas à ma culpabilité, pourquoi m'a-t-il permis de prendre le blâme ?

Josh se souvenait de quelques fois où il avait pris les punitions de Hugh, généralement parce que Hugh était égoïste envers les autres. Josh n'avait jamais voulu croire que son petit frère puisse être égoïste et égocentrique. Il avait appris beaucoup de choses sur Hugh au fil des ans, et fini par accepter que le plus jeune Braden était, en fait, exactement cela. Cependant, le récent appel de Hugh l'amena à se demander si cette évaluation était toujours exacte.

— Parce que papa te donnait une leçon, comme il l'a fait pour nous tous. Si tu interviens pour prendre un blâme, tu vas le subir. C'était une bonne leçon, du moins pour moi. Tu apprends à choisir tes batailles. Tu réalises que si tu avances avec Riley, rien dans ta vie ne sera plus jamais pareil, Josh.

— Vous m'avez convaincu. Personne ne pourra jamais me faire croire que Riley a volé quelque chose, et je me sens mieux en sachant que tu comprends la colère qui me ronge. Je vais faire confiance à ton expérience, pour me persuader que je ne frapperai jamais personne.

— Qu'est-ce que tu dis ? insista Treat.

— Je choisis cette bataille, acquiesça Josh en se levant de sa chaise.

— Et si tu as tort et qu'elle a volé le modèle ? Tu ne peux pas vivre avec une femme en qui tu n'as pas confiance.

— Peut-être que je suis vraiment un connard, parce que maintenant j'ai envie de te frapper, dit Josh.

— Sérieusement, Josh, insista son frère en secouant la tête

— C'est Riley. Elle en vaut la peine, et je n'ai pas tort. Elle n'a pas volé le dessin, et même si on ne peut pas le prouver, je suis prêt à en subir les conséquences.

CHAPITRE QUARANTE-TROIS

Riley, Jade, Max et Savannah étaient assises dans un café du village d'Allure. Elles avaient passé la matinée à faire les magasins et à parler de la folie de Claudia, du mariage de Max et de la maison que Jade et Rex faisaient construire. Riley essaya de participer aux conversations, mais plus les heures passaient, plus son cœur se fendillait. Elle n'avait pas reçu de nouvelles de Josh depuis le texto qu'il avait envoyé à 4 h du matin, et elle n'arrivait pas à se sortir la photo de la tête.

— Qu'est-ce que mon frère a à dire sur les dernières nouvelles ? demanda Savannah.

Elle avait l'air chic dans son jean, son chemisier blanc à manches longues et son blazer en daim.

Riley prit une grande inspiration, essayant de formuler une réponse qui ne soit ni pleurnicharde ni poisseuse. Le mieux qu'elle put répondre fut :

— Pas grand-chose.

— Tu crois qu'il va bien ? Mon Dieu, peut-être qu'il a besoin de l'un de nous là-bas.

Savannah sortit son téléphone portable.

— Treat est avec lui, la coupa Max.

— Quoi ? s'écrièrent Savannah et Riley à l'unisson.

— Il a affrété un avion au milieu de la nuit. Il a dit qu'il était inquiet pour Josh. Apparemment, il avait essayé de l'appeler plusieurs fois et, d'après lui, Josh a tendance à se replier sur lui-même et à bloquer le monde quand les choses vont mal.

Max prit une gorgée de son thé glacé et continua :

— Il est avec lui, maintenant. Il m'a envoyé un message, il y a environ une demi-heure.

Treat t'a envoyé un texto ? Pourquoi Josh ne m'a-t-il rien envoyé, lui ?

— Qu'est-ce qu'il dit ? Est-ce que Josh va bien ? demanda Savannah.

Riley mourrait d'envie de savoir la même chose. Elle était soulagée que Savannah soit intervenue pour demander.

— Il a dit qu'il passait un moment difficile, mais qu'ils allaient rencontrer le détective privé et régler ça aujourd'hui, répondit Max. Il avait l'air assez catégorique, comme si aucun des deux n'allait laisser cette absurdité continuer.

Elle toucha le bras de Riley.

— Treat dit que Josh était inquiet pour toi, mais qu'il n'était pas en état d'appeler et qu'ils se dépêchaient d'aller régler cette affaire.

— Pas en état d'appeler ? Qu'est-ce que ça veut dire ? demanda Riley.

— Je suppose qu'il est très en colère contre tout, mais tu sais, Riley, il est aussi probablement dans cette phase de confusion que les gars traversent, où ils ne savent pas distinguer le haut du bas quand ils sont amoureux pour la première fois. Imagine être nouvellement amoureuse et jetée dans un mixeur avec la Némésis de ton bien-aimé.

— Je vis ce cauchemar, tu te souviens ? dit Riley.

Jade lui toucha le bras.

— Oh, je connais cette phase de confusion, dit-elle. Tu te

souviens, Ri, quand Rex perdait la tête ? Il était si mignon et si passionné.

Riley savait que Jade essayait de la détourner de sa douleur due au fait que Josh ne l'avait pas appelée.

— Pitié, protesta Savannah en feignant de se boucher les oreilles.

— Non, je veux dire qu'il était protecteur et aimant, passionné également de cette façon, expliqua-t-elle en lançant un clin d'œil à Riley.

Savannah lui tapa sur le bras.

— Eh ! C'est mon frère, OK. Laisse-moi penser à lui comme à un frère, s'il te plaît. C'est dégueulasse.

Jade rit.

— Eh bien, Josh n'est pas comme ça. Il est aimant, mais il n'est pas passionné comme Rex. Il est très maître de lui quand il s'agit de ses pulsions protectrices. Je ne peux même pas l'imaginer devenir aussi furieux contre quelqu'un, dit Riley.

— Même pas Claudia ? Max demanda.

— Eh bien, fit Riley, reconsidérant la question. Furieux, oui, mais viscéralement en colère, j'en doute.

— Ne sous-estime pas mon petit frère, Riley. Je parie que cette situation lui fait voir des facettes de lui-même auxquelles il n'est pas habitué, dit Savannah avant de se pencher plus près de Riley pour murmurer : Et s'il te plaît, quand il le sera, n'utilise pas les mots « passion » et « Josh » dans la même phrase. Il est encore très pur à mes yeux, plaisanta-t-elle.

Riley ne pouvait plus le supporter. Pourquoi ne l'avait-il pas appelée ? Pourquoi ne l'avait-il pas prévenue pour Claudia ? Qu'est-ce qu'elle avait manqué ?

— Savannah, tu as dit que Josh se repliait sur lui-même. Que voulais-tu dire ? demanda-t-elle finalement.

— Josh est le plus passif de mes frères. Quand quelque chose ne va pas, il a tendance à se renfermer sur lui-même jusqu'à ce qu'il trouve un moyen d'y faire face.

Savannah plissa les yeux.

— Riley, est-ce qu'il te fait ça, d'ordinaire ? Il te ferme la porte ?

— Non.

Le mot était sorti comme une flèche des lèvres de Riley.

— Oh non, chérie ! Tu ne lui as pas parlé depuis que tu as vu cette photo ? Oh bonté divine, tu as été avec nous tout le temps. On a monopolisé ton temps. On est vraiment des idiotes.

Elle regarda autour de la table.

— Appelle-le, Riley. Tu te sentiras beaucoup mieux.

Tout le monde la regardait fixement. Elle ne voulait pas appeler Josh devant tout le monde. Et s'il ne lui avait pas téléphoné parce qu'il n'était plus sûr d'eux ? Et s'il ne lui avait pas dit pour Claudia parce qu'il était de son côté maintenant ?

— Appelle-le, répéta Savannah.

Riley appuya sur la touche d'appel rapide et mit le téléphone à son oreille. *Ne décroche pas. Ne décroche pas.*

— Riley, répondit-il dans un chuchotement précipité. Ça va ?

Entendre sa voix lui donnait envie de passer par la ligne téléphonique pour ramper sur ses genoux.

— Josh ? Oui. Et toi ?

Trop de questions encombraient son esprit.

— Oui, bien. Je suis en plein milieu d'un truc. Je suis désolé pour l'article du *Post* et pour ne pas t'avoir appelée. Je peux t'expliquer.

— Je me fiche du *Post*.

Si, je m'en soucie. Des explications, merci !

— Pourquoi chuchotes-tu ?

— Je suis en plein milieu d'une réunion. Je t'aime. Je t'appelle plus tard. Promis. D'accord, bébé ?

Riley termina l'appel en se sentant encore plus confuse qu'avant.

— Il dit qu'il va bien et qu'il peut m'expliquer pour le *Post*.

— Bien sûr qu'il peut. Bon sang, s'il y a une chose à propos de mes frères, c'est qu'aucun d'entre eux n'est un tricheur. Mon père leur aurait botté les fesses s'il pensait avoir élevé des tricheurs, dit Savannah.

— Je n'aurais jamais considéré Josh comme tel, mais je dois admettre que je me sens mieux après l'avoir entendu dire qu'il pouvait s'expliquer, admit Riley.

— Que vas-tu faire, Ri ? demanda Jade. As-tu réfléchi à ce qui se passera s'ils ne t'innocentent pas ?

— Je ne pense qu'à ça, et à savoir si c'est juste pour Josh que je reste avec lui. C'est un gars super, mais il pourrait trouver tellement mieux qu'une femme avec une accusation de « voleuse de créations » sur son CV.

Riley détourna les yeux du regard noir de Savannah.

— Tu es en train de me dire que tu romprais avec lui… pour le protéger d'être – quoi ? – relié à toi s'ils ne te blanchissent pas ? insista Savannah en repoussant sa chaise et croisant les bras.

— Je ne pense pas qu'elle dise ça, dit Jade.

— Je suis très confuse, Savannah. Que ferais-tu ?

Riley avait besoin de réponses et, comme elle n'en avait pas, espérait que quelqu'un d'autre en avait.

— Tout homme qui resterait avec moi contre vents et marées le ferait de son propre choix, répondit Savannah, la mâchoire serrée. Si tu prévois de blesser Josh…

— Non, ce n'est pas mon intention, dit Riley.

Super. Maintenant, sa sœur me déteste.

— Je dis que…

Ne pleure pas. S'il te plaît, ne pleure pas. Ses yeux la trahirent et se remplirent de larmes.

— Je ne sais pas quoi faire.

Sa voix se brisa alors que des larmes chaudes se déversaient sur ses joues.

— Je l'aime, Savannah. Je ne veux pas vivre sans lui, mais que faire si je le blesse en étant avec lui ? Il aime sa carrière. Je pourrais tuer sa réputation.

Jade fut à ses côtés en un instant, ses bras autour d'elle.

— Chuut. Tout va bien se passer. On va trouver une solution, assura-t-elle.

— Je suis passée par là avec Treat, ajouta Max. Je ne sais pas si tu es au courant, Savannah, mais je ne voulais pas que Treat abandonne son travail pour moi. Je savais à quel point il aimait les voyages, les négociations, le rythme de vie effréné, mais à la fin, j'ai réalisé que je ne pouvais contrôler que ce que je faisais, pas ce qu'il faisait. Ce sont des hommes, pas des garçons, Riley. Ils prennent leurs propres décisions et, d'après ce que j'ai vécu avec Treat, je peux honnêtement dire qu'il n'a jamais regretté sa décision.

Riley essuya ses yeux.

— Donc, tu penses que je ne devrais pas m'inquiéter qu'il change d'avis ?

— Absolument pas, répondit Max. Si Josh dit qu'il t'aime, il te soutiendra. Comment toi ou qui que ce soit pouvez-vous contester ce qui vient de son cœur ? Ce sont ses sentiments, Riley, pas les tiens ou ceux de quelqu'un d'autre. Juste ceux de

Josh.

Riley regarda Savannah, qui l'observait comme une lionne à l'affût. Un seul mot de travers sur son frère et elle bondissait.

— Savannah, je dois savoir. Penses-tu que si Josh décidait de rester avec moi, il ne le regretterait pas dans un mois, un an, ou même dix ans ?

Riley retint son souffle, attendant la réponse de Savannah.

Celle-ci ouvrit la bouche pour parler, puis la referma. Elle but une gorgée, puis elle posa une main sur celle de Riley et l'autre sur son cœur.

— Je ne suis pas Josh, mais voici ce que je crois : si Josh s'engage, c'est un engagement qu'il ne brisera pas à moins que tu ne le forces à le faire.

Prenant Riley dans ses bras, elle lui murmura à l'oreille.

— Si tu lui fais du mal, je te tue, alors décide avant qu'il n'arrive.

Riley s'éloigna, les yeux écarquillés, le cœur battant la chamade.

— Je plaisante, lui lança Savannah d'une voix aiguë.

Mais quelque chose dans sa voix soufflait à Riley qu'elle ne plaisantait pas.

CHAPITRE QUARANTE-QUATRE

— Tu es sûr à cent pour cent de ce que tu fais ? demanda Treat.

Josh glissa le paquet qu'il venait d'acheter dans sa poche alors que Treat et lui montaient dans la voiture qui les attendait.

— Complètement.

Josh ne s'était jamais senti aussi certain de quelque chose dans sa vie.

— Tu m'as répété que mon envie de tabasser quiconque ferait du mal à Riley était normale. Tout ce que je peux faire, c'est te croire. Tu as plus d'expérience que moi en la matière. Mais si j'atterris en prison, tu devras payer ma caution.

— Je paierai ta caution et, ensuite, nos autres frères et moi resterons à tes côtés pendant que Rex tabassera à nouveau ce bâtard.

Josh rit.

— Alors, il finira en prison.

— L'honneur de la famille. Parfois, c'est un cercle vicieux, conclut Treat en hochant la tête.

— Finissons-en avec cette merde. Je veux retourner auprès de Riley. J'ai assez perdu de temps avec ces conneries.

— Avez-vous mis la main sur Savannah ? demanda Treat.

— Oui, elle sait exactement quoi faire. Au fait, Savannah a apparemment dit à Riley que si elle me faisait du mal, elle la tuerait. Est-ce qu'elle a fait le même coup à Max ?

— Savannah est assez protectrice. Je suis sûr qu'elle l'a sorti à Max, à Jade, et les femmes dont Dane et Hugh tomberont amoureux seront menacées de la même façon.

Le cœur de Josh battit dans sa poitrine. Treat et lui sortaient tout juste du bureau de son avocat après s'être enfin occupés de déposer une plainte officielle pour harcèlement sexuel contre Claudia – une plainte qu'il aurait dû déposer depuis longtemps. Heureusement, son avocat avait de bons contacts et avait accéléré le processus. Il aurait dû prendre les mesures appropriées longtemps auparavant, mais il ne pouvait pas changer le passé. Tout ce qu'il pouvait faire, c'était se concentrer pour assurer au mieux son avenir et celui de Riley, et déposer cette plainte lui avait remonté le moral. Il s'inquiéta brièvement des conséquences sur sa relation avec Peter, mais il se retint de s'inquiéter. Il s'en occuperait plus tard. Il allait dans la bonne direction et devait rester concentré. Alors qu'il montait les escaliers étroits de l'appartement, les muscles se tendirent à nouveau dans ses épaules. Il regarda Treat par-dessus son épaule, prenant confiance dans la détermination de son frère. Il avait besoin d'un témoin. Il avait besoin de son frère.

Josh redressa les épaules, rajusta sa chemise blanche parfaitement repassée, leva le menton et frappa à la porte de l'appartement 213. Il n'était jamais entré dans cet immeuble de Greenwich Village et il espérait ne jamais avoir à y retourner. Il levait la main pour frapper à nouveau lorsque la porte s'ouvrit.

Claudia se tenait devant lui dans un kimono de soie rouge.

Il reconnut son propre modèle et grimaça. Elle passa son index sur le décolleté ouvert de la robe courte.

— Tu as finalement retrouvé la raison ? s'enquit Claudia, un petit sourire aux lèvres. J'étais juste en train de me détendre. Entre, je t'en prie.

Elle s'écarta pour laisser entrer Josh.

Treat vint se placer derrière Josh. Les quelques centimètres qu'il mesurait en plus de Josh lui permirent de regarder par-dessus sa tête et de plonger un regard dur dans les yeux de Claudia.

— Oh, tu as ramené Treat, fit-elle avec un petit air satisfait. Ça fait un bail qu'on ne s'est pas vus. Je ne savais pas que vous donniez dans le trio.

Josh serra son poing gauche, le droit tenant une enveloppe, et retint les mots incendiaires qui cherchaient à se libérer. Au lieu de quoi, il débita le discours qu'il avait répété pendant des mois et qu'il n'avait jamais trouvé le courage de dire.

— Claudia, tu m'as fait des avances une fois de trop. Tu as été impolie et manipulatrice envers les autres employés et fait de JBD un environnement plein de tensions. À partir de maintenant, tu n'es plus employée de JBD. Les détails de ton licenciement sont dans cette lettre.

Il la lui tendit et s'écarta d'un pas quand elle la lui arracha des mains.

— Tu ne peux pas me virer. Mon avocat va s'en donner à cœur joie. Je vais porter plainte contre Riley Banks et toi, cracha-t-elle.

Treat lui tendit une autre enveloppe et, d'une voix calme et mesurée, dit :

— Tu ne feras rien de tel, car l'enquêteur de Josh a la preuve que c'est toi qui as volé les dessins. Tu as été assez maligne pour couper les caméras de sécurité, mais, Claudia, as-tu oublié que ce n'étaient que les caméras de sécurité de la société ?

Claudia en resta bouche bée.

— C'est vrai, ma chère, poursuivit Treat. L'immeuble possède ses propres caméras et ce que le détective privé de Josh a découvert va te mettre à l'ombre pour des années. Tu devrais lire ça avant d'appeler ton avocat.

Elle prit l'enveloppe avec des mains tremblantes.

— Te voilà notifiée, acheva Treat avec un large sourire, avant de se retourner pour attraper Josh par le haut du bras et le guider vers l'escalier.

Josh avançait comme un robot à côté de son frère. Dès que leurs pieds eurent touché l'asphalte, il se dégagea de l'emprise de Treat.

— C'est quoi ce bordel ? Rien de tout ça n'est vrai.

Treat ouvrit la portière de la voiture qui attendait et poussa Josh dedans, puis se glissa à côté de lui.

— Tu es sûr que tu ne veux pas faire un arrêt rapide chez Reggie avant de partir ? Il pourrait avoir les réponses dont tu as besoin, proposa Treat.

— Pas question. Je veux juste rentrer à la maison.

Et dans les bras de Riley.

— Reggie appellera quand il saura quelque chose. Mia lui a donné accès au bâtiment et à tout ce dont il a besoin.

Treat se pencha alors.

— Jay, aéroport de Teterboro, s'il vous plaît.

Il se tourna vers Josh.

— J'ai affrété un vol pour éviter tout autre problème médiatique. Écoute. On ne sait pas si ce que j'ai dit est vrai ou non, mais quand tu contacteras Reggie, tu le sauras. Rien de tout cela n'a d'importance, cependant. Elle a été virée. Elle a été notifiée, et si tu es sûr que Riley est innocente, alors je suis sacrément certain qu'entre un procès pour harcèlement sexuel et ce que je lui ai dit, elle n'est pas assez stupide pour l'attaquer en justice.

— Quel putain de bordel, dit Josh ! Et quel soulagement !

Un rire monta dans sa gorge et jeta la tête en arrière, se passant les mains sur le visage.

— Putain, j'ai toujours su que ça me ferait du bien d'être débarrassé d'elle, mais je n'avais jamais imaginé que ça me ferait autant de bien.

— Tu n'es pas encore débarrassé d'elle. Comme ton avocat te l'a dit, déposer plainte pour harcèlement sexuel ne l'empêchera probablement pas de rendre toute l'affaire publique. Certes, les enregistrements de sécurité de votre bureau valideront les plaintes pour harcèlement, mais elle doit encore sauver la face avec ses accusations sur Riley. Tu vas encore subir un retour de bâton. Ce n'est pas du tout la fin.

Treat plissa les yeux, saisissant Josh par les épaules.

— Même si tu es confiant, il y a toujours la possibilité que Riley ait mal agi. Tu n'as toujours pas de preuve.

Josh ne pouvait pas effacer le sourire sur ses lèvres. Avoir débarrassé JBD de Claudia lui donnait l'impression qu'un nœud coulant avait été retiré de son cou et, s'il avait appris une chose au cours des derniers jours, c'est que son père avait raison. Après avoir ressenti ce qu'il ressentait pour Riley, sa vie n'aurait jamais de sens si son cœur n'était pas plein.

Josh hocha la tête.

— J'ai toutes les preuves dont j'ai besoin.

Il couvrit son cœur de sa main.

Josh et Treat sortirent leur téléphone portable de leurs poches au même moment.

— Qui appelles-tu ? demanda Treat.

— J'envoie un texto à Savannah. J'ai besoin d'une autre faveur.

Il lui envoya un texto, puis commença à taper un autre message.

— Qui d'autre ? demanda Treat, en lisant la réponse de Max.

— Riley.

— Pourquoi ? Je pensais que tu n'allais pas encore le lui dire.

Josh sourit.

— Parce qu'elle me manque.

CHAPITRE QUARANTE-CINQ

La dernière chose que Riley avait envie de faire après avoir passé la journée avec ses amies était de sortir dîner avec ses parents, et de se rendre au Christos, le restaurant le plus cher dans un rayon de soixante kilomètres. Elle se tenait devant son armoire, dans son soutien-gorge en dentelle rose et son string assorti, douchée de frais, les cheveux secs, maquillée. Le visage soucieux, elle examinait ses robes avec un gros soupir. Elle n'avait pas reçu de nouvelles de Josh depuis cet étrange coup de téléphone chuchoté. Son ventre était si noué qu'elle savait qu'elle ne serait pas capable de manger quoi que ce soit, et encore moins de feindre des plaisanteries. Riley regarda son sweat-shirt, l'envie de s'y pelotonner avec une grande bouteille de vin et une épaisse couverture devant un film à l'eau de rose pour pouvoir se complaire dans ses soucis et boire en oubliant la douleur de l'absence de Josh était si forte qu'elle envisagea de le faire.

— Quinze minutes, mon trésor, lança son père derrière sa porte fermée.

— OK, répondit-elle.

Si seulement Josh pouvait appeler. Cela faisait des heures qu'ils ne s'étaient pas parlé. Que pouvait-il bien être en train de faire ? Elle prit son téléphone portable et vérifia ses messages.

— Dieu merci, fit-elle, en découvrant un texto de Josh.

« *Mon cœur + ton cœur = bonheur. Xo J.* »

— C'est la chose la plus stupide que j'aie jamais lue, dit-elle à haute voix.

Je l'aime. Je lui fais confiance. Il me manque. Mon Dieu, il me manque. Au lieu de se débattre avec l'injustice de la situation et de penser que Josh ne devrait pas être traîné dans la boue avec elle ou qu'il ne méritait pas la situation dans laquelle elle était coincée, elle fit le grand saut de la foi et répondit par un texto : « *Tu es un idiot romantique. Je t'aime. Merci d'être resté à mes côtés. S'il te plaît, rentre à la maison avec moi.* »

La pièce lui parut plus lumineuse, et Riley savait que sa mère et Max avaient raison. Elle pouvait passer sa vie entière à s'inquiéter de ce qui allait se passer, ou elle pouvait faire le pari de la foi. Elle pouvait faire confiance. Elle pouvait aimer. Riley choisit l'amour.

Une fois au clair avec elle-même, elle retourna compulser ses vêtements. Elle avait porté chaque tenue une centaine de fois. Elle s'examina dans le miroir en pied qui était accroché à côté de son armoire. Elle se tourna d'un côté, puis de l'autre. Riley ne croyait pas aux balances. Elle se moquait de son poids tant qu'elle se sentait en bonne santé et bien avec son physique. Pourtant, en passant les mains le long de ses hanches, elle aurait juré que quelque chose avait changé, même si elle ne ressentait aucune différence physique.

Elle se dirigea timidement vers le fond de son armoire, passant la main derrière les manteaux d'hiver et récupérant une robe qu'elle avait cousue lorsqu'elle était à l'université. Lui allait-elle encore ? Mystère, mais c'était l'un de ses modèles préférés. Elle fit courir ses doigts le long de la soie rouge, en pensant à ce qu'elle avait dit aux clients de *Macy's*. *Quatre-vingt-dix-neuf pour cent de notre moral vient de nos vêtements. Si vous vous habillez en jogging, vous vous sentirez léthargique, mais enfilez la bonne tenue, et vous aurez immédiatement un regain d'énergie.* Elle tira la robe de l'étagère. Riley passa la robe à col bénitier sur son corps, laissant glisser le tissu soyeux sur sa peau puis, elle la ceintura avec un cordon de soie assortie. Admirant les manches élégamment finies, elle se tourna vers le miroir et ferma les yeux, priant silencieusement pour être au moins passable.

Un coup frappé à la porte de sa chambre lui fit ouvrir les yeux. Elle poussa un petit cri devant le reflet dans le miroir. La combinaison du soupçon de décolleté dévoilé par les fronces du col et de l'ourlet à mi-cuisse était jolie, mais c'était ce qu'elle ressentait à l'intérieur, l'illumination de son cœur, l'amour explosif qu'elle ressentait pour Josh et qu'elle acceptait de plus en plus chaque seconde, qui lui communiquait cette sensation époustouflante.

— Waouh ! dit-elle à la pièce vide.

— Chérie.

— Oui, j'arrive, maman.

Elle glissa les pieds dans une paire d'escarpins et ouvrit la porte.

— Ma parole !

Sa mère l'examina.

— C'est trop ? demanda Riley, s'enveloppant la taille de son bras.

— Bonté divine, non ! Tu es magnifique, Riley. On dirait que tu sors tout droit d'un magazine de mode.

Sa mère lui remit un paquet entre les bras.

— Nous devons partir, mais ceci est arrivé pour toi, dit-elle avant de lancer par-dessus son épaule : Chéri, viens voir ta fille.

Un instant plus tard, son père se tenait derrière sa mère, une main sur l'épaule de celle-ci et l'autre sur sa hanche fine.

— Trésor, tu es splendide, fit-il avec un petit sifflement admiratif. Beauté et intelligence, tu es une combinaison dangereuse. Pas étonnant que cette femme t'accuse de choses horribles. Elle doit être jalouse.

Riley sentit ses joues se réchauffer.

— Papa.

Il enroula ses bras autour d'elle.

— Je t'aime, mon trésor.

— Je descends dans une seconde, OK ?

Riley regarda ses parents descendre les escaliers, puis elle ouvrit le paquet. Son pouls grimpa d'un cran lorsqu'elle retira une boîte de biscuits au pain d'épice, ainsi qu'un message – qui n'était pas l'écriture de Josh – : « *Nourriture de réconfort* ». Fouillant dans la boîte, elle trouva un CD de Hunter Hayes, avec sa chanson préférée, *Wanted*. Elle la porta à sa poitrine et ferma les yeux. *Josh*. Jetant l'emballage, elle retira le dernier objet de la boîte. La photo d'un bouquet de roses pêche, avec une note au dos.

« Josh m'a demandé de te les procurer, mais c'était impossible de les trouver à temps. Je suis vraiment désolée, et je sais qu'il va me tuer, mais c'est le mieux que je pouvais faire. Je t'aime, Savannah. »

Savannah ? Riley ouvrit son ordinateur portable et chercha sur Google la signification des roses pêche. En quelques secondes, elle obtint sa réponse :

« Roses pêche : conclure l'affaire ; se réunir ; gratitude. »

Son cœur se dilata et elle sut qu'elle avait pris la bonne décision. Quand elle sauterait, Josh serait là pour la rattraper.

CHAPITRE QUARANTE-SIX

Josh arriva dans la maison de son père après quatre heures de vol, pendant lesquelles il avait réalisé à quel point Riley comptait pour lui, à quel point ces quelques semaines avaient changé son regard et son cœur, qui débordait d'amour. Même la colère qu'il ressentait à l'égard de Claudia s'était apaisée, comme s'il l'avait laissée derrière lui lorsque l'avion avait décollé.

Hugh attrapa le bras de Josh à l'instant où il passa la porte.

— Josh, c'est vrai ?

Une barbe de quelques jours recouvrait son menton et ses joues, et la chemise grise boutonnée qu'il portait était un changement rafraîchissant par rapport au t-shirt et sa veste de course habituels.

Josh rayonnait.

— Bon sang, oui. J'ai besoin de prendre une douche. Où est papa ?

Treat embrassa Hugh.

— C'est chouette de te voir.

— Papa ? Et moi ? lança Dane de la pièce voisin avant d'apparaître dans le hall et de prendre Josh dans ses bras.) Viens par ici. Je suis heureux pour toi, mon frère.

— Merci, mais ce n'est pas encore une affaire réglée…

La lourde main sur son épaule fit presque monter les larmes

aux yeux de Josh.

— Papa, murmura-t-il en se tournant vers l'homme qui avait toujours été là pour lui.

Hal Braden mesurait cinq centimètres de plus que Josh et, alors qu'il s'avançait dans ses bras, il se sentit réconforté par la force de l'étreinte de son père. Il craignait le jour où cette force diminuerait et où l'âge amoindrirait sa présence imposante. Ses cheveux bruns, maintenant striés de gris, n'étaient plus aussi épais qu'avant.

— J'ai entendu dire que c'était une grande soirée pour toi, dit son père.

— Je l'espère, dit Josh.

Il regarda la maison où il avait passé ses jeunes années, où il avait appris la plupart des dures leçons de la vie et où il avait perdu sa mère. Il avala la boule dans sa gorge et s'obligea à sourire.

— Tu parles toujours à maman ? demanda-t-il.

Son père serra la mâchoire et contracta ses biceps, habitude qu'il partageait avec Rex.

— Fils, je ne cesserai jamais de parler à ta mère, répondit-il d'un ton sérieux.

— Bien, papa. OK. Où est Rex ? demanda Josh.

— Jade et lui nous rejoignent au restaurant. Savannah et Max sont déjà là.

Hal regarda sa montre.

— Tu as dans dix minutes avant que nous repartions. Tu es prêt ?

— Douche rapide et rasage.

Josh se dirigea dans le couloir vers sa chambre d'enfant.

Josh avait une boule dans la gorge en sortant du SUV Lexus de Treat et il se tenait devant le restaurant.

Treat s'approcha pour lui passer un bras autour de l'épaule.

— Tu veux te raviser ?

— Non, je suis juste très nerveux, admit Josh.

Il avait fini de tergiverser. Riley était la femme avec laquelle il voulait passer sa vie et il était prêt à le lui dire. Il savait qu'elle ne voudrait peut-être pas retourner à New York après ce qu'elle y avait vécu, mais son cœur le poussait vers elle et il n'allait pas s'en détourner, peu importe ce qui se passait dans ses tripes.

— C'est bien. Si tu n'étais pas nerveux, il y aurait quelque chose qui cloche chez toi, dit Treat.

— Et si elle refuse ?

Treat haussa les épaules.

— Tu recommences, encore et encore, jusqu'à ce qu'elle dise oui.

Josh lui tendit le paquet qu'ils avaient acheté plus tôt dans la matinée.

— Tu veilleras à ce que Rex sache quoi faire ? Et Savannah ?

— Bien sûr, promit Treat.

— Elle ne dira pas non, Josh, dit Hugh. Tu es le rêve de toutes les filles. Tu es riche, beau, et tu es un bon parti avec ta réussite sociale.

— Rien de tout cela ne compte pour elle, répliqua Josh.

— Mais la chose qui compte est trop évidente pour être mentionnée. Tu es un homme bon.

Hugh lui donna une tape dans le dos et fit quelques pas en avant, permettant à Dane de venir se poster aux côtés de Josh.

Il n'aurait pas cru que ces mots venaient de la bouche de Hugh s'il ne les avait pas entendus lui-même. *Mon petit frère grandit.*

— Cela signifie beaucoup pour moi, Hugh. Merci.

— Tu es fou, tu sais ça ? Tu es sûr que tu veux vraiment te passer la corde au cou ? Te retirer de la circulation ? Prendre le collier ? le bombarda Dane en souriant.

— Sors d'ici, dit Treat.

— Oh, mon Dieu, tu viens de passer du temps avec M. Jolicœur ? Pas étonnant que tu fasses ça, le taquina Dane. Non, sérieux, Josh, je suis heureux pour toi. J'assure tes arrières. Si tu as besoin de quoi que ce soit, je suis là.

— Merci, Dane.

Josh regarda ses frères, en ressentant l'absence de Rex et Savannah. Il les verrait à l'intérieur, mais il souhaitait avoir un moment privé avec chacun. Ressentaient-ils la même chose ? Treat, Dane et Hugh se tenaient devant lui et Josh sentit le soutien émanant d'eux dans les vagues.

— Les garçons ? dit leur père. Puis-je avoir un mot avec Josh ?

— Bien sûr, répondit Treat.

Le téléphone de Dane vibra, rappelant à Josh de se débarrasser du sien. Josh sortit son téléphone de sa poche et le tendit à Treat.

— Tu peux tenir ça ? Je ne veux pas qu'il vibre et je suis trop nerveux pour pianoter sur les touches maintenant.

— Oui, accepta Treat avant de le regarder. Tu as un appel manqué de Reggie. Tu pourrais avoir tes réponses.

— J'ai déjà pris ma décision, et je le fais, quelles que soient les réponses, répliqua Josh qui regarda Treat et les autres se diriger vers le restaurant.

Hal portait un pantalon sombre, une chemise de couleur crème et une cravate sombre. Avec son bronzage omniprésent, sa taille imposante et ses yeux sombres et expressifs, il ressemblait à une star de cinéma vieillissante.

— Fiston, j'aimerais beaucoup que ta mère soit encore en vie pour voir cette soirée. Elle est fière de toi.

Josh remarqua le présent que son père utilisait pour parler de sa mère.

— Merci, papa. J'aimerais qu'elle soit là, moi aussi, et je ne peux qu'espérer sa fierté.

Il sentit la boule revenir dans sa gorge.

— Elle est ici avec toi.

Hal toucha sa mâchoire, comme s'il réfléchissait, puis il posa les mains sur les épaules de Josh comme Treat l'avait fait dans la voiture sur le chemin de l'aéroport.

— Fils, je suppose que tu sais ce que tu fais avec Riley Banks. C'est une gentille fille et elle vient d'une famille respectable. Et je suppose que tu sais ce que tu fais par rapport à toutes ces bêtises qui se passent dans la grande ville où tu vis. Tu es un homme intelligent et tu prends les bonnes décisions, comme toujours.

— Merci, papa, dit Josh.

Les yeux de son père le scrutaient et sa prise sur les épaules de Josh ne s'était pas relâchée.

— Y avait-il quelque chose d'autre que tu voulais dire ?

— Oui, il y en a une. Viens avec moi.

Josh suivit son père jusqu'à l'orée des bois, à l'extrémité du parking.

— Papa, nous n'avons pas beaucoup de temps. Je veux arriver avant que Riley ne remarque la famille.

— Rex les retient dans le hall. Détends-toi. Prends du temps pour ton cher vieux papa. Écoute, fils. Regarde là-dedans et dis-moi ce que tu vois.

Il désigna les bois.

Josh pouvait à peine penser correctement. L'anxiété mettait ses nerfs à vif et son pouls ne s'était pas calmé depuis qu'ils étaient descendus de l'avion.

— Je ne sais pas. Des arbres, de la terre, des pierres.

— OK, c'est plutôt bien. Quoi d'autre ? insista son père.

Il regarda dans les bois, essayant de penser comme son père. Comme un rancher. Rien. Il changea de point de vue, comme il le faisait quand il concevait. Si l'inspiration ne venait pas d'une présentation, il la démontait et recommençait, en regardant sous plusieurs angles différents. Il commença par la cime des arbres, suivant les branches dénudées jusqu'à leur point de rencontre avec le sol. Des feuilles mortes recouvraient la terre, interrompues par de gros rochers et des branches tombées. Rien ne lui venait à l'esprit, alors il changea de point de vue et recommença. Il fixa le sol des yeux. La terre. Les fondations. Comme un éclair, l'inspiration apparut.

— Je vois une base solide sur laquelle la vie a grandi, déclara Josh.

— Mieux. Je ne vais pas te torturer pour de la sémantique. Fils, cette base est tout ce qu'ont ces arbres. C'est ce qui les nourrit. Elle accepte leurs racines, les épines et tout le reste, et elle accepte les feuilles qui tombent, couvrant sa beauté. Les rochers qui sont enfoncés dans ce socle ont probablement causé des dommages au début, en s'enfonçant dans la profondeur de cette terre, ou en y tombant rapidement et rudement. De toute façon, ce socle a dû bouger et se déplacer pour les accepter. Il a dû céder. Et comme tu peux le voir avec cet énorme rocher à ta droite, parfois il a dû céder beaucoup.

Hal regarda Josh droit dans les yeux et posa une main sur son propre cœur.

— Le cœur du socle doit être assez ouvert, et assez sûr, pour permettre ce changement et l'accepter, même quand il fait mal ou quand il rend l'apparence de la fondation moins attrayante.

La gorge de Josh se serra.

— Fils, je suis fier de toi. Il faut être le plus fort des hommes pour endurer ce que tu as enduré et pour faire face à ce qui t'attend. Il aurait été beaucoup plus facile de reculer. Il y a un million de femmes dans le monde. Tu as toujours été empathique, aimant et fort. Te voir faire passer ton amour pour Riley avant tout le reste prouve que tu es avec la femme à laquelle tu étais destiné.

Il prit Josh dans ses bras et lui chuchota à l'oreille :

— C'est ta foutue mère qui m'a fait te dire tout ce truc sur les bois. Je te l'aurais bien expliqué directement, mais elle pense qu'un designer a besoin de la présentation et de couches diverses.

— Papa, parvint à bredouiller Josh.

Bon sang, qu'il l'aimait !

— Et Treat m'a dit que tu avais l'impression de pouvoir tailler quelqu'un en pièces. C'est une bonne chose, fils. La famille ne connaît pas de frontières.

CHAPITRE QUARANTE-SEPT

Le restaurant faiblement éclairé sentait l'huile d'olive chaude et les épices. Un feu rugissant brûlait dans la cheminée en face de l'endroit où Riley et sa famille étaient assis. De la musique classique filtrait dans l'air. Riley se sentait en paix pour la première fois depuis des jours. Elle sirotait un verre de vin et écoutait attentivement ses parents qui lui racontaient la vie de leurs voisins et amis.

Le serveur apparut à ses côtés et plaça une seule rose rouge enveloppée dans du papier rose dans l'assiette de Riley.

— Merci, dit-elle en le regardant. C'est quelque chose que vous faites pour toutes les femmes ?

— Non, madame.

Il repartit sans explication. Riley se pencha en avant en riant.

— C'était quoi tout ça ? chuchota-t-elle.

Ses parents haussèrent les épaules.

Elle sentit la rose et déballa le papier. À l'intérieur, il y avait une note écrite à la main et elle reconnut l'écriture de Josh.

« Salut, ma belle. Tourne-toi. J. »

Le souffle de Riley se bloqua dans sa gorge et elle obéit. Josh, vêtu d'un costume sombre et tenant un bouquet de roses blanches et rouges, se tenait devant elle.

— Josh ? parvint-elle à articuler.

Elle se leva quand Josh s'approcha. Elle aperçut chacun des frères et sœurs de Josh, ainsi que son père, debout derrière lui, les mains jointes devant eux.

Il l'embrassa légèrement sur les lèvres.

— Que faites-vous ici ? Qu'est-ce qui se passe ?

Elle regarda sa famille, puis jeta un coup d'œil à sa mère, dont les yeux étaient suspicieusement humides.

— Désolé d'avoir été si long, bredouilla Josh en lui tendant le bouquet de roses. Rouge et blanc. Pour l'unité.

— Oh, Josh, elles sont magnifiques, mais tu n'avais pas à le faire !

Tu es là. Tu es vraiment là. Riley pouvait à peine penser tant son cœur battait vite.

— J'ai fini de faire ce que je devais faire, Ri. Je fais maintenant ce que je veux faire.

Il tendit une main derrière lui, et Savannah récupéra un bouquet de roses jaunes sur une table voisine qu'elle lui tendit.

Les yeux de Riley brûlèrent de larmes.

— Des roses jaunes, la promesse d'un nouveau départ. Bébé, je veux partager ma vie avec toi. On traversera toutes les épreuves, et puis on laissera tout ça derrière nous.

Il lui tendit les fleurs.

Les bras de Riley refusaient de bouger. Une larme coula sur sa joue. Elle sentit ses genoux faiblir si bien qu'elle dut se rattraper au dossier de sa chaise.

— Je le veux aussi.

Sa mère apparut à côté d'elle et prit le bouquet de Josh, puis le posa sur la table derrière Riley.

Josh posa un genou à terre. Les larmes que Riley avait combattues coulèrent sur ses joues.

— Josh ?

Incapable de rester debout plus longtemps, tant elle tremblait, Riley se laissa tomber dans le fauteuil.

— Riley June Banks, je t'aime plus que je n'ai jamais aimé personne dans ma vie.

Oh mon Dieu ! Oh mon Dieu ! Elle ne pouvait pas détacher ses yeux de lui. Il était vraiment là, devant elle, à ses côtés. Il la rattrapait. Il la regardait comme si elle était la seule personne dans la pièce, comme s'il voulait l'envelopper de ses bras et la garder en sécurité pour toujours – et, oh, mon Dieu, elle le voulait aussi, tellement que son cœur en ébullition lui faisait mal, mais…

— Mais qu'en est-il du travail ? Des allégations ?

Les mots avaient déferlé avant qu'elle ne puisse les arrêter.

— Je ne te demande pas de travailler pour moi, expliqua-t-il.

Tu me vires ? Sur un genou ? Je pensais…

— Je veux que tu sois ma femme, ma partenaire dans tous les aspects de ma vie, y compris mes affaires. Tu ne travailleras pas pour moi. Tu travailleras avec moi. On sera partenaires. Pas de cachotterie dans aucun aspect de nos vies.

Elle ne pouvait pas respirer. Riley craignait de s'évanouir. Cela pouvait-il vraiment arriver ? Elle s'agrippa aux bras de la chaise. L'espoir dans ses yeux reflétait l'espoir dans son cœur qui s'emballait.

— Tu n'es pas obligée de faire ça, protesta-t-elle.

— Si tu acceptes ma proposition, c'est fait. Je ne veux plus jamais me cacher. Partenaires dans l'amour et la vie. Pour toujours. C'est ce que je veux, et c'est ce que je t'offre. Côte à côte, toi et moi, au grand jour.

Riley se pencha en avant et tomba pratiquement de sa

chaise. Josh la prit dans ses bras.

— C'est un oui, ou tu essayais de t'enfuir ? la taquina Josh.

— C'est un oui, balbutia-t-elle à travers ses larmes. Oui. Oh, Josh. Oui !

Ils se levèrent et Josh l'embrassa comme s'il l'avait attendue toute sa vie. Riley s'écarta en tremblant encore plus qu'elle ne l'avait fait auparavant.

Rex s'avança et tendit à Josh une boîte à bijoux *Tiffany's*.

— Voilà, petit frère, dit-il.

Riley couvrit sa bouche, ses yeux s'écarquillèrent.

— Josh, chuchota-t-elle.

Il ouvrit la boîte et glissa la bague à son doigt.

— Je n'étais pas sûr de ce que tu aimais, et nous pouvons en faire dessiner une éventuellement. C'est un diamant jaune taillé en coussin avec, eh bien, tu peux le voir, serti de diamants blancs.

Riley n'avait jamais rien vu d'aussi beau de toute sa vie.

— Je l'aime, Josh, et je t'aime.

Riley noua les bras autour de son cou et l'embrassa à nouveau. Quand ils se séparèrent, ses frères étaient à côté d'eux, leur tendant la main, embrassant Josh, et sa mère pleurait aussi fort qu'elle.

Levant les yeux, Riley avisa Jade, les joues striées de larmes, elle aussi.

Le *Je suis si heureuse pour toi* que murmura Jade ne fit qu'accélérer ses larmes.

Son amie lui sauta dans les bras en poussant un cri.

— Tu t'es fiancée avant moi !

Encore sous le choc, Riley se déplaçait en pilote automatique.

— Tu savais ? demanda-t-elle à Jade.

— Bien sûr que oui, et ça a été difficile de ne rien te dire.

Hal Braden tendit les bras à Riley.

— On dirait qu'on va avoir deux mariages à organiser.

Organiser ? Riley pouvait à peine penser au-delà de sa prochaine respiration. Elle se réfugia dans ses bras.

— Merci, monsieur Braden. Je vous promets de le rendre heureux.

— Oh, ma belle, tu ne peux rendre personne heureux. Ce n'est pas comme ça que le bonheur fonctionne. Faire partie de sa vie nourrira son bonheur, et il nourrira le vôtre. Nous sommes honorés que tu fasses partie de la famille.

Riley regarda Josh de l'autre côté de la pièce. Treat avait un bras autour de son épaule. Hugh et Dane disaient quelque chose qui le fit éclater de rire. Il tournait le dos à Riley, mais dut sentir ses yeux sur lui, parce qu'il se tourna, croisa aussitôt son regard et sourit.

Riley ne put s'en détacher pendant qu'il traversait la pièce à sa rencontre. Elle voyait le galant homme qu'il avait toujours été et n'arrivait pas à croire qu'il allait être son mari. *Son mari !* Elle chassa les larmes de joie en clignant des yeux. Les yeux sombres de Josh passèrent sur son corps, s'attardant sur ses seins, puis descendant vers ses hanches, et remontèrent enfin vers ses yeux à elle.

Il posa les mains de part et d'autre de sa taille et murmura, sa joue contre la sienne, son souffle chaud sur son oreille :

— Je ne peux pas passer une autre nuit sans te toucher.

Un frisson courut dans le dos de Riley. Elle scruta les environs immédiats, s'assurant que personne n'était à portée de voix. Josh glissa les mains jusqu'à la courbe de ses hanches.

— Tu portes du *Gucci Première,* comme lors de notre première nuit ensemble, dit-il.

— Tu t'en es souvenu, chuchota-t-elle.

Il pressa ses hanches contre les siennes et l'enlaça.

— Je me souviendrai toujours de tout. Je veux te sentir près de moi.

Riley sentit son désir enfler contre elle.

— Josh, chuchota-t-elle. Embrasse-moi.

Il prit son visage entre ses paumes chaudes, comme il l'avait fait tant de fois auparavant, de cette manière qui faisait trembler ses genoux et chanter son cœur, et il l'embrassa, d'abord avec hésitation, un effet de la présence de leurs familles dans la pièce, supposa-t-elle. Leurs langues se touchèrent légèrement, puis, comme s'ils étaient tous les deux trop envoûtés pour contrôler les demandes de leurs corps, plus agressivement, dans un enchevêtrement de langues. Riley sentit son corps s'abandonner à lui, elle promena les mains le long de ses jambes. *Merde. Restaurant.* Les yeux de Riley se rouvrirent.

Elle s'écarta.

— Josh.

Son nom sortit dans un long souffle. Il regarda autour de lui et elle vit la réalité lui revenir, à lui aussi.

— Viens avec moi.

Il lui prit la main et ils passèrent rapidement devant les groupes de membres de la famille, qui étaient trop occupés à parler pour remarquer leur fuite.

Josh la tira vers l'avant du restaurant.

— Où allons-nous ? gloussa-t-elle.

— Chuut.

Josh regarda autour de lui quand ils approchèrent de l'entrée.

— Non. Quelqu'un va nous voir, protesta-t-elle.

Sans un mot, Josh posa sa bouche sur la sienne et l'embrassa à nouveau, jusqu'à ce qu'elle n'ait plus de souffle pour respirer et que ses jambes menacent de se dérober. Il la guida alors dans un couloir vers les toilettes, s'arrêtant devant une porte fermée. Elle lut la plaque : « VESTIAIRE ». Il ouvrit la porte et, en l'espace d'un souffle, ils avaient disparu dans la pièce sombre.

— Josh.

Elle s'approcha de lui dans l'obscurité, essayant d'adapter à la pénombre, mais il n'y avait pas une once de lumière.

Il posa ses mains à sa taille et lui caressa les joues. *Mon Dieu, j'adore ça.* Il était si grand, si musclé sous ses mains qui remontaient le long de sa poitrine et descendaient dans son dos.

— Tu mérites plus qu'un coup rapide dans le vestiaire, mais je dois t'aimer, Riley. Maintenant. Pas plus tard, pas demain, pas quand on sera à New York. Maintenant.

Elle se haussa sur la pointe des pieds et rencontra ses lèvres, avant de revenir sur le sol quand il s'appuya sur elle, pour approfondir leur baiser. Un vertige lui rappela qu'elle devait respirer. Elle volait l'air des poumons de Josh, sans vouloir s'en séparer. Il promena les mains sur elle, palpa ses fesses, sa taille, ses seins. *S'il te plaît, s'il te plaît, embrasse-moi pour toujours.* Elle s'acharna sur le bouton de son pantalon. Il céda, et elle tira sur son boxer, pour attraper son érection avec un gémissement. Il entrouvrit les lèvres, assez longtemps pour qu'elle puisse prendre une bouffée d'air et embrasser son corps.

— Hmm, gémit-il.

— Chut, lui rappela-t-elle, avant de lécher la pointe de son érection, ce qui provoqua un autre gémissement amoureux.

— Riley, chuchota-t-il.

Puis il plongea les doigts dans ses cheveux alors qu'elle le prenait dans sa bouche, travaillant son sexe avec ses mains. Il tendit les hanches vers elle.

Consciente du temps qui passait, Riley redoutait que quelqu'un vienne les chercher, mais elle ne pouvait pas se détacher de lui. Elle était une droguée et Josh sa drogue. Il recula de quelques pas, agrippant toujours ses cheveux dans ses poings, et s'appuya contre le mur. Elle passa la langue jusqu'à ses hanches, sentant son propre désir enfler. Ils étaient en phase l'un avec l'autre, chaque pensée qu'elle avait, il l'avait aussi. Remontant sa robe, il arracha son string. D'un geste rapide, il la souleva et elle enroula les jambes autour de lui, acceptant chaque centimètre de son érection tandis qu'il plongeait en elle, stimulant chaque nerf sensible tandis que ses bras puissants les berçaient à l'unisson. Elle plaqua ses paumes contre le mur, prise dans l'urgence de leur amour, ce qui ajouta un feu supplémentaire à leurs ébats déjà vigoureux.

Elle gémit sous le plaisir qu'il lui faisait éprouver.

— J'aime t'entendre faire ces bruits, chuchota-t-il.

— Je ne peux pas… commença-t-elle avant de haleter… m'en empêcher.

— Ne t'en empêche pas.

Il la déplaça dans ses bras et toucha un point qui fit basculer son corps, en palpitations et tremblements contre lui. Serrant les dents, elle s'agrippa au mur derrière lui, pour avoir un minimum de contrôle, au moment où il resserra sa prise sur ses cuisses et enfouit son visage dans sa poitrine, grognant contre sa peau chaude alors que sa libération les privait de voix. Le son de leurs respirations chaudes emplissait la petite pièce sombre. Avant de la faire descendre sur le sol, Josh l'embrassa à nouveau.

— Chaque fois que je pense à toi, dit-il, j'ai envie d'être perdu dans une étreinte torride, avec tes jambes enroulées autour de moi, si serrées que je sais que tu ne me lâcheras pas.

— J'espère que ça ne disparaîtra jamais, chuchota Riley.

CHAPITRE QUARANTE-HUIT

Plus tard dans la soirée, lorsque le père de Josh et les parents de Riley allèrent se coucher, le salon des Braden continua de vibrer de conversations. Riley était assise sur le canapé, enlacée par Josh, les jambes de Jade étendues sur ses genoux. La tête de celle-ci reposait sur les genoux de Rex à l'autre bout du canapé. Il caressait ses longs cheveux noirs. Hugh et Dane occupaient les fauteuils inclinables en cuir, et Savannah était assise par terre, le dos appuyé contre la moitié inférieure du fauteuil de Hugh. Treat et Max partageaient une chaise surdimensionnée à côté du feu chaleureux. Le téléphone de Dane vibra, ce qui rappela à Josh qu'il devait vérifier ses propres messages. Il repoussa cette pensée, rechignant à briser sa proximité avec Riley.

Il avait passé la majeure partie de la soirée à la regarder fixer sa bague, puis le dévisager, incrédule. Il la serra plus fort contre lui et murmura :

— Je t'aime.

— Je t'aime aussi, mais tu n'étais pas obligé de faire tout ça, dit-elle en le regardant de sous sa frange.

— Je sais. Mais j'en avais envie.

— Je veux que chaque moment de cette nuit dure éternellement, ajouta-t-elle.

— Moi aussi, dit Josh.

Le téléphone de Dane vibra à nouveau. Il le sortit, lut le texto, sourit, puis tapa un message.

— Tu as écouté le message de Reggie ? demanda Treat.

Il y avait toujours la possibilité que Reggie ait des infos sur Riley auxquelles Josh n'était pas préparé. Il repoussa cette pensée.

— J'ai oublié, avoua-t-il Josh.

— S'il te plaît, écoute ce message. Plus tôt ce sera derrière nous, mieux ce sera, dit Riley. Je ne peux toujours pas croire que tu aies viré Claudia.

Elle se baissa et chatouilla les pieds de Jade.

— Arrête ça, protesta celle-ci en riant.

Le téléphone de Dane vibra encore.

— J'aurais dû le faire il y a longtemps, dit Josh.

Rex se pencha et embrassa les lèvres de Jade.

— Si tu mets les pieds sur elle, tu dois accepter la torture qu'elle t'impose.

— Vraiment ? fit Jade en plantant un doigt dans les côtes de Rex.

Il se pencha et, d'un geste rapide, la fit monter sur ses genoux pour commencer à la chatouiller. Jade couina.

— Prenez une chambre, grommela Max.

Le téléphone de Dane vibra une fois de plus.

— Bon sang, Dane, avec qui tu échanges ? demanda Savannah.

— S'il te plaît vérifie le message, insista de nouveau Riley.

— Lacy, répondit Dane.

— Ri, ça peut attendre.

Je veux profiter de ce bonheur pendant un moment.

— S'il te plaît ? insista-t-elle encore.

— Bien.

Il sortit son téléphone et composa le numéro de la messagerie vocale, écoutant à moitié les autres lorsque la voix
électronique répondit.

— Lacy Snow ? Vraiment ? Ça fait longtemps que ça dure,
demanda Treat à Dane.

— Oui, répondit l'interpellé. Ça te dérange si elle vient à
ton mariage ?

— Lacy ? Vraiment ? J'allais l'inviter de toute façon, dit
Max. Bien sûr qu'elle peut venir.

Après avoir écouté les messages de Reggie et de Peter, Josh
quitta la pièce et répondit à l'appel de Peter. Dix minutes plus
tard, il revint dans la pièce. Josh raccrocha le téléphone et fit
tourner Riley pour qu'elle lui fasse face.

— Toi, ma chérie, tu es brillante. Si jamais je l'oublie, gifle-
moi, s'il te plaît.

— Qu'est-ce que j'ai fait ? s'étonna-t-elle.

— Reggie dit que le portfolio que tu as envoyé à Peter Stafford comprenait les dessins que Claudia a revendiqués comme
étant les siens, et – et voici le coup de théâtre – il dit que le
dessin soi-disant réalisé par Claudia de la robe de mariée de Max
a une date ultérieure à celle du jour où tu as envoyé le paquet à
Peter. Peter était en Suisse. J'ai eu un message de lui, aussi, mais
laisse-moi te dire d'abord ce que Reggie a trouvé. Il a regardé les
bandes de sécurité du bâtiment – pas celles de JBD, mais celles
du bâtiment lui-même, celles dont Claudia ignorait l'existence –
et il a trouvé des images de Claudia fouillant non seulement ton
bureau et ta poubelle, mais aussi tes fichiers RH, ce qui signifie
qu'elle avait vu ton portfolio avant même que tu n'arrives dans
l'entreprise. Elle était prête pour sa petite magouille. Elle a dû
voir la qualité de tes dessins et se sentir menacée, ou négligée, ou
autre.

Josh frappa l'air avec son poing.

— Je savais que ma nana ne ferait jamais ce genre de choses.

Riley se leva.

— J'avais oublié ces dessins. J'avais inclus quelques croquis de cette robe, mais ils étaient si grossiers, et dans mon esprit, ce n'était pas vraiment la robe de mariée de Max. Je les ai dessinés après le déjeuner chez ton père, il y a quelques semaines, et je les ai mis dans le portfolio parce que Peter avait dit qu'il était intéressé par tous les nouveaux dessins que je faisais. Je n'ai pas fait le lien. Est-ce que ça veut dire… ?

Il l'attira vers lui.

— Cela signifie que Claudia est dans la merde.

— Tu l'as dit, Josh, confirma Treat.

— J'ai également reçu un message de Peter et, quand je l'ai rappelé, il s'est excusé d'être si difficilement joignable depuis qu'il est en Suisse. Il dit qu'il aurait porté le portfolio à mon attention plus tôt s'il avait entendu parler des problèmes qu'on avait avec Claudia et, plus important encore, il n'était pas en colère contre moi pour avoir viré Claudia. Une fois que je lui ai expliqué les tours qu'elle nous avait joués, il a dit que j'aurais dû venir le voir, il y a longtemps.

— C'est une excellente nouvelle, se réjouit Riley.

— Il y a plus, dit Josh.

— Apparemment, Peter a envie de soutenir une nouvelle ligne, de se lancer dans un partenariat en quelque sorte et, après avoir vu le portfolio de Riley, il veut qu'elle soit incluse dans le processus.

Josh se tourna vers Riley.

Il y eut une acclamation collective de tous sauf Dane, qui tapait sur son téléphone.

— Mec, fit Treat en tapant sur l'épaule de Dane.

— Oui, quoi ? Désolé.

Dane se leva.

— Riley est en sécurité ?

Savannah lui prit le téléphone des mains et traversa la pièce en courant pour lire ses messages.

— Oh ! s'esclaffa-t-elle. Mon Dieu, je rougis, je rougis.

Dane s'élança à sa poursuite.

— Donne-moi ça, Savannah.

Sa voix retentissait à travers la pièce.

— Bonté divine, qui aurait cru que tu aimais autant Lacy ? Ces sœurs Snow doivent être quelque chose d'autre. Blake en est tombé aussi raide dingue.

Elle tourna le dos à Dane quand il s'approcha pour récupérer le téléphone.

— Depuis combien de temps tu sors avec elle ? demanda-t-elle à Dane.

— Nous ne sortons pas vraiment ensemble, protesta-t-il.

— Ne me dis pas que tu… envoies des sextos à une fille avec laquelle tu n'es jamais sorti, fit-elle, réprobatrice.

— Je ne suis pas en train de sextoter. Nos emplois du temps ne se sont pas encore compatibles, mais elle vient au mariage de Treat, se justifia Dane.

— Tu sais au moins comment lire un calendrier ? Tu es en train de me dire qu'elle va t'attendre pendant les trois prochains mois ? Savannah secoua la tête et s'affala dans le canapé maintenant vacant.

— J'attendrais Dane, moi, plaisanta Jade.

Rex la serra contre lui.

— Oh que non !

— On échange tout le temps, expliqua Dane. Tu sais à quel point mon emploi du temps est fou.

— C'est de la merde, Dane. Fais-en une priorité ou libère-la, lui conseilla Treat.

— Qu'est-ce qui fait de toi un tel expert ? Lacy comprend mon emploi du temps, répliqua son frère.

— Alors je dois avoir une conversation avec elle, dit Treat. Aucune femme ne mérite d'être traitée de cette façon. Ça fait, quoi ? Un an ? Inexcusable. Vas-y ou laisse tomber. Les femmes sont différentes. Tu as peut-être d'autres femmes qui remplissent tes nuits, mais je parierais sur le fait que Lacy Snow ne sort avec personne d'autre. Je l'ai rencontrée, Dane. Elle n'est pas ce genre de fille.

Dane laissa échapper un souffle.

— Écoute, je ne veux pas la blesser. Je l'aime vraiment bien. Peut-être trop.

— Tu n'es même pas encore sorti avec elle, lui rappela Savannah.

— Sans blague, dit Dane.

— OK, écoutez, les gars, c'est censé être un moment heureux pour nous, dit Josh. On peut sabrer le champagne et laisser Dane s'inquiéter de sa vie amoureuse ? J'ai hâte de la rencontrer et si c'est au mariage de Treat et Max, alors oui. Peu importe. Gardons juste la bonne énergie qui va bien.

— Tu as raison, désolé, dit Savannah. Dane, je suis vraiment douée pour les conseils de drague, et je suis là.

Elle tendit ses bras sur les côtés, si bien que Dane leva les yeux au ciel.

— Oui, est-ce que Connor Dean et toi n'êtes pas séparés depuis toujours ?

Savannah détourna le regard.

— Désolé, mec, dit Dane à Josh.

— Pas de soucis.

Josh se dirigea vers la cuisine.

— Je vais faire péter le champagne.

Dane le suivit.

— Je suis vraiment désolé pour tout ça. Félicitations, Josh. Je suis heureux pour toi.

Dane s'appuya contre le réfrigérateur, regardant Josh déboucher le champagne.

— Je peux te demander quelque chose ?

— Bien sûr.

— Pendant des années, nous ne savions pas si tu sortais avec quelqu'un, et encore moins avec qui, et puis, tout d'un coup, tu te maries. Comment ça se fait ? demanda Dane.

Josh se retourna, prêt à défendre sa relation avec Riley.

— Je ne te juge pas. Je veux juste savoir comment tu as su, précisa Dane.

Josh versa à chacun une coupe de champagne.

— Un jour, rien dans ta vie n'a de sens, sauf le bonheur que tu ressens lorsque tu es avec cette autre personne. Et tu as l'impression que cette vie pleine de sens flotte autour de ta tête, attendant simplement que tu t'en saisisses. C'est la meilleure façon dont je puisse l'expliquer. Il n'y a pas de message secret écrit dans le vent ou quoi que ce soit d'autre. C'est juste… comme ça.

Il haussa les épaules.

— Quand ce jour arrivera, Dane, tu auras beaucoup de trucs dingues dans la tête. Mais…

Il regarda Riley entrer dans la cuisine, ses longues jambes nues sous sa courte robe rouge, son sourire ajoutant de la lumière à la vaste cuisine, et ses yeux fixés sur les siens d'une manière qui fit sentir à Josh qu'il était la seule chose qui comptait.

Il s'approcha d'elle et embrassa son front. Puis il se retourna vers Dane.

— Quand ça arrivera, tu remercieras votre bonne étoile d'avoir été là pour l'attraper.

CHAPITRE QUARANTE-NEUF

Après avoir passé Noël avec leurs familles, Josh et Riley rentrèrent à New York pour préparer la soirée annuelle du Nouvel An de JBD et régler les derniers détails concernant Claudia. L'avocat de cette dernière avait pris contact avec celui de Josh et ce dernier avait accepté d'abandonner les accusations de harcèlement sexuel en échange d'une déclaration publique de Claudia affirmant que toutes les allégations contre Riley étaient sans fondement. En outre, il exigea qu'elle s'excuse personnellement auprès de Riley, ce qu'elle fit à contrecœur. Maintenant, alors que Riley se tenait à côté du lit dans leur appartement, regardant Josh attacher ses boutons de manchettes, son estomac faisait des acrobaties pour une raison différente. Josh allait annoncer leurs fiançailles ce soir, à la fête du Nouvel An de JBD. Riley n'avait encore vu personne d'autre que Mia depuis son retour en ville, et elle n'avait aucune idée de la réaction de leurs collègues. Heureusement, Mia était sincèrement heureuse pour eux.

— Nerveuse ? demanda Josh en glissant les bras dans sa veste de smoking.

— Très, admit-elle.

— Ce n'est vraiment pas la peine.

Il traversa la pièce et lui toucha la joue. Riley se pencha sur la caresse familière.

— Je ne te quitterai pas d'une semelle. Tout le monde n'est pas aussi agressif que tu sais qui, et si quelqu'un fait une remarque sur le fait que tu as couché pour arriver, tu souris simplement et tu gardes la tête haute, déclara Josh.

— C'est facile pour toi, répliqua Riley en lissant sa longue robe noire.

— Bébé, est-ce que je te fais honte ? demanda Josh.

Riley se retourna et scruta chaque centimètre carré de son mètre quatre-vingt-trois, s'attardant sur ses bras, sa poitrine et entre ses jambes. Elle ramena ses yeux sur ses joues rasées de frais et se rapprocha. Elle posa les mains sur ses joues, sa bague de fiançailles étincelant dans la lumière. Puis elle passa sa main dans ses cheveux et savoura la sensation qu'il lui procurait.

— Jamais, dit-elle avant de l'embrasser profondément et de presser son corps contre le sien, sentant son excitation contre elle.

— On ne va pas rater ça, dit-il avec un sourire. Tu peux chercher à me séduire autant que tu le veux, mais on y va. On va le faire, Ri.

— Mon Dieu, comment peux-tu me connaître aussi bien ?

Elle glissa ses pieds dans ses talons, fixa les boucles d'oreilles en diamant que Josh lui avait offertes pour Noël et feignit l'agacement.

— On y va ?

Josh l'enlaça derrière et lui mordilla l'oreille.

— On peut prendre le temps… avant… si tu veux.

Riley le repoussa de manière ludique.

— Tu as repoussé ma stratégie pour esquiver une fête. Maintenant, tu vas devoir patienter.

Mia les retrouva à la porte d'entrée, vêtuc d'une robe marine cintrée au décolleté plongeant et aux longues manches qui lui serraient les bras.

— Tout le monde parle de vous deux, je vous préviens juste.

Elle prit Riley dans ses bras.

— Tu es magnifique. Je savais que ce serait la robe parfaite. Josh, waouh, tu t'es bien repris en main, le taquina-t-elle.

— Merci, Mia, dit Josh.

— Je suis une épave. Est-ce qu'ils disent des choses horribles sur moi ?

Riley était si nerveuse qu'elle aurait pu vomir. Elle s'accrocha à la main de Josh comme à un étau.

— Ils feraient mieux de s'en abstenir, dit Josh.

Elle sentit son bras se tendre.

— Non, non, dit Mia. Tout ce que les gens savent, c'est que vous sortez ensemble, donc ils en sont encore à l'étape « j'ai entendu la nouvelle » et essaient de comprendre ce qu'ils ont manqué pendant les vacances.

Riley laissa échapper un long soupir.

— OK, je suppose qu'on doit en finir avec ça.

Josh passa un bras autour d'elle.

— Je suis là. En plus, Savannah aussi, donc tu auras encore plus de soutien.

— Elle est là ? demanda Riley.

— Oui. Elle aboie fort, tu sais. Et elle t'adore.

Ils se dirigèrent vers la salle de bal, où retentissait une musique festive et où les employés se mélangeaient les uns aux autres.

Tous les regards se tournèrent vers eux quand ils entrèrent dans la pièce. La gorge nouée, Riley essaya de déglutir. *Oh mon Dieu ! Oh mon Dieu ! Oh mon Dieu !* Elle s'accrocha à la main de Josh et sentit une main se glisser autour de sa taille.

— Tu es magnifique, lui chuchota Savannah à l'oreille.

— Je suis si heureuse que tu sois là, dit Riley, se souvenant de la semi-menace de Savannah. Je ne vais pas faire de mal à Josh, sache-le.

— Je sais. Mais si jamais tu es tentée de le faire, tu entendras ma voix dans ton oreille, répliqua Savannah avec un large sourire.

Josh et Riley firent le tour de la pièce main dans la main. Simone et K.T. buvaient du champagne ensemble quand ils s'approchèrent. Riley sentit la chaleur du regard de Simone et regretta que Mia ne soit pas là pour jouer les médiatrices. Simone et elle s'étaient rapprochées avant les vacances, mais Simone avait l'ascendant sur elle, et d'après le regard qu'elle lui lança, Riley comprit qu'elle n'était pas en odeur de sainteté pour le moment.

— Simone, K.T., j'espère que vous passez une bonne soirée, dit Josh.

— Oh oui, monsieur B., répondit K.T.

— Riley, tu es superbe. Pas de Juicy pour toi ce soir, hein ? Que du JBD.

Riley se hérissa. *Est-ce qu'il se moque de moi ?* Elle baissa les yeux sur sa robe JBD, puis se força à sourire.

— Merci, K.T., tu es superbe, toi aussi, dit-elle. J'adore ta robe, Simone.

— Merci, répondit l'intéressée.

Sa réponse lui parvint sur un souffle d'air glacé. *Nous y voici.*

— Je sais que j'aurais dû vous le dire, à Mia et à toi, mais je ne savais pas comment m'y prendre. Je suis désolée, balbutia Riley.

Simone fit bouger sa mâchoire, de droite à gauche. Elle regarda dans son verre et haussa les épaules.

— Simone, insista Josh.

— C'est bon, dit Riley. Je serais contrariée, moi aussi. Simone, je ne suis pas une femme sournoise. J'aime Josh et je l'aime depuis que nous sommes enfants. J'ai juste essayé de l'ignorer et de repousser tout ça. Je sais que toi et moi étions proches, j'aurais dû te faire confiance et te le dire, mais j'avais tellement peur. Je ne voulais pas qu'on me voie comme la fille qui a couché pour réussir, et c'était…

Elle détourna le regard alors que ses yeux se remplissaient de larmes.

— Bébé, tu n'as pas à faire ça, dit Josh en jetant un regard sévère à Simone.

— Oui, je sais, chuchota Riley. Ça va.

Savannah se faufila entre Riley et Simone dans sa longue robe verte et rejeta ses cheveux flamboyants sur son épaule.

— Simone ? Bonjour, je suis Savannah, la sœur de Josh. Je ne pense pas que nous nous soyons déjà rencontrées.

— Salut, répondit Simone en la reluquant.

— Toute cette histoire de regards mauvais, ça ne va pas pouvoir continuer, reprit Savannah. Ce n'était pas facile pour Josh et Riley de prendre la décision de garder leur relation secrète, mais ils ont dû le faire à cause du genre d'examen inquisiteur auquel tu procèdes en ce moment.

Josh s'interposa entre les deux femmes.

— Savannah, ça suffit.

— Non, Josh, ça ne suffit pas, répliqua sa sœur. Le regard qu'elle a lancé à Riley est exactement la raison pour laquelle

Riley avait peur de mettre les gens au courant pour vous deux. Riley va être ma belle-sœur et si tu penses que je vais laisser quelqu'un lui faire du mal sans broncher, tu te trompes complètement.

— Je suis désolée, marmonna Simone. Je ne suis pas contrariée que vous soyez ensemble tous les deux. Je suis seulement contrariée parce que je pensais que Riley et moi étions proches, et les amis partagent ce genre de trucs.

Simone croisa ses bras minces.

Super. Maintenant, j'ai aussi perdu une amie.

— Simone, chérie, la réconforta K.T. Calme-toi.

— Non, c'est n'importe quoi, dit Simone.

Chaque muscle de ses jambes minces était tendu et clairement visible sous sa courte robe noire. Elle fit signe aux autres membres du personnel pendant qu'elle parlait.

— Oui, Riley, tout le monde pense que tu as couché pour réussir, et alors ?

— Simone, ça suffit, exigea Josh.

Riley recula d'un pas alors que la pièce devenait silencieuse. On n'entendait plus que Simone.

— Et alors ? continua-t-elle. Tu es heureuse. M. B. est heureux. Qui se soucie de ce que les autres pensent ? Ce qui m'importe, ce sont les amitiés.

Le regard de Simone passa de Riley à Josh, les extrémités pointues de ses cheveux lui fouettaient la joue.

— J'ai dit : « Ça suffit, Simone », répéta Josh en s'avançant d'un pas.

— Simone ! s'écria Mia en accourant. Mais qu'est-ce que tu fais ?

— Je parle à Riley, rétorqua Simone.

Ses lunettes noires glissèrent sur son nez. Elle les remonta de l'index et releva son menton.

— Mon Dieu, parfois j'aimerais que tu aies un collier électrique pour que je puisse te zapper quand tu perds les pédales.

Mia l'entraîna à quelques mètres de là et lança à Josh et Riley :

— Je suis désolée. Vous savez comment elle peut être quand elle est blessée.

— C'est bon. Simone, reprends-toi, lui intima Josh.

Riley retira sa main de celle de Josh et se dirigea vers Simone.

— Je suis une sacrée bonne amie. C'est vrai. Tu ne le crois peut-être pas, mais tu pourrais demander à Jade, ma meilleure amie… si elle était là… ce qui n'est pas le cas.

Oh mon Dieu, où est-ce que je vais avec ça ?

— Je ne voulais pas te faire de mal. Je n'ai pas le cuir très épais. Ce que mes collègues pensent est important pour moi, et je ne voulais rien d'autre que tout te dire, à Mia et toi, mais j'avais tellement peur. Même maintenant, debout au milieu de cette pièce avec tout le monde qui me regarde, c'est mon pire cauchemar. Alors, laisse-moi juste te dire ceci et même à tout le monde…

Elle se retourna et fit face aux autres employés.

— Riley.

Josh tendit la main vers elle. Elle se détourna et éleva la voix.

— Je suis désolée, d'accord ? Je suis tombée amoureuse de Josh et nous avons gardé le secret, mais ce n'était pas dans le but de blesser qui que ce soit, et je n'ai pas couché avec lui parce que c'est mon patron.

Elle regarda Josh et baissa la voix en prenant sa main.

— Je connais Josh depuis toujours, et j'ai passé des années à essayer de repousser les sentiments que j'avais pour lui, à me répéter qu'il était trop bien pour moi, et vous savez quoi ? Ce sont des conneries. Josh est la personne la plus gentille et la plus généreuse que je connais, et je suis fière d'être avec lui. Je ne vais plus me cacher, ou me sentir mal à l'aise parce que vous pensez tous que j'ai fait quelque chose de mal.

Elle se retourna vers Simone.

— Et je ne blesserai jamais mes amis si je peux l'éviter. Je suis désolée, Simone.

— OK, eh bien, rien de tel qu'une grande entrée en matière, ironisa Josh.

Un rire étouffé s'éleva du groupe.

Josh s'adressa à eux.

— Écoutez, c'est assez simple. Nous sommes amoureux. Nous allons nous marier, et JBD va devenir JRBD très bientôt. J'apprécie chacun d'entre vous, et j'ai un discours prêt qui décrit exactement ce que j'apprécie chez chacun d'entre vous, mais rien de tout cela ne compte à ce stade.

Il vint se planter aux côtés de Riley et prit ses mains dans les siennes.

Elle s'efforça de stabiliser ses membres tremblants.

Josh lâcha une de ses mains et se retourna vers le personnel.

— L'essentiel est que, qu'il s'agisse de JBD ou de JRBD, nous sommes la même famille de stylistes que nous étions auparavant. Nous avons juste un membre de plus dans la famille, et un membre important. Vous savez tous que je ne suis pas du genre à donner des ultimatums, mais ce soir, j'en fais un, alors écoutez bien : Riley va être ma femme, ce qui signifie qu'elle est plus importante pour moi que tout le reste. Si vous ne pouvez pas envisager de travailler dans nos bureaux avec Riley et moi en tant que partenaires égaux dans l'entreprise, ou si vous sentez que vous ne pourrez pas vous empêcher de ricaner en la voyant, ou de raconter des ragots sur elle, ou sur nous, alors s'il vous plaît, veuillez prendre la peine de franchir ces portes pour toujours, parce que je ne tolérerai pas les regards narquois, les commentaires méchants ou tout type de sous-entendus.

— Désolée de t'avoir fait les gros yeux, glissa Simone à Riley.

— Désolée de ne pas t'avoir prévenue pour Josh et moi.

Riley embrassa Simone.

Des chuchotements s'élevèrent de la foule. Savannah et Mia apparurent aux côtés de Josh.

— C'est ce que tu aurais dû faire depuis longtemps, dit Savannah.

— J'apprends juste ce qu'est une relation, admit Josh.

— M. B., regardez.

Mia se tourna vers Riley, qui était maintenant entourée par les autres membres du personnel.

— Je pense que les choses vont bien se passer, constata Mia.

Josh laissa échapper un soupir en regardant sa fiancée avec les employés en qui il avait confiance, et il réalisa que l'instinct de protection qu'il éprouverait pour Riley ne disparaîtrait jamais. Riley, levant les yeux, le surprit à la regarder.

Elle s'approcha pour venir lui toucher la main en disant :

— Merci de m'avoir défendue. J'espère que je ne t'ai pas trop embarrassé.

— Rien de ce que tu fais ne pourra jamais m'embarrasser, dit-il en l'attirant contre lui. Je vais juste devoir m'habituer à ce que l'Incroyable Hulk redresse sa tête puissante et s'empare de mon corps de temps en temps.

— Hmm. L'Incroyable Hulk ? Une tête puissante ? Je me demande si ce n'est pas quelque chose que nous devrions explorer, maintenant.

— Prenez une chambre, les taquina Savannah.

— Tu sais, ce n'est pas une mauvaise idée, approuva Josh en embrassant Riley, avant d'ajouter : Mia, tu peux t'occuper du reste ?

— Je m'en occupe, le rassura-t-elle.

— Tu dois faire ton discours, lui rappela Riley alors qu'il la tirait vers la porte.

— Je pense que je viens de le faire. Viens. Allons trouver des sous-vêtements comestibles pour Monsieur et Madame.

Envie de plus de Braden ?

Tombez sous le charme de Dane et Lacy dans *Un océan d'amour*

CHAPITRE UN

Lacy Snow s'assit entre Kaylie Crew et Danica Carter, ses demi-sœurs. Depuis qu'elle les avait rencontrées – dix-huit mois auparavant – elles étaient devenues ses amies les plus proches, ses complices et les femmes qu'elle admirait le plus au monde. Elle avait toujours été au courant de leurs existences, mais étant l'enfant de la maîtresse de leur père, elle ne pouvait pas frapper à leur porte comme ça.

Kaylie lui prit la main avec un sourire fraternel. Elles avaient les mêmes yeux turquoise et les mêmes cheveux blonds, même si ceux de Kaylie étaient bouclés, alors que ceux de Lacy n'étaient qu'une masse de frisottis comme ceux de Danica. Cette dernière, en revanche, avait hérité des cheveux noirs et de la peau mate de leur père.

— Mon Dieu, cet endroit est magnifique, s'extasia Kaylie.

— Ça a été construit à l'identique du *Chequesset Inn original*, détruit lors d'une tempête de neige dans les années 30, expliqua Lacy.

Max et Treat étaient tombés amoureux à Wellfleet, dans le Massachusetts, et il était normal qu'ils se marient au *Wellfleet Inn*. L'hôtel de deux étages surplombait la baie. Treat possédait des hôtels dans le monde entier, et il avait en toute logique ajouté cet endroit à sa collection.

— Oh mon Dieu, murmura Kaylie. Tu es un vrai Schtroumpf à lunettes.

Elle regarda l'autel et ajouta :

— Enthousiaste ?

— *Nerveuse*, avoua Lacy.

Elle avait rencontré Dane Braden, le frère cadet de Treat, lors du double mariage de ses sœurs. Depuis, elle ne l'avait plus revu… Des mois d'échange de textos, d'e-mails, d'appels téléphoniques intimes, de chats vidéo sensuels et trop de fantasmes pour les compter. Des mois à travailler douze heures par jour, sept jours sur sept, à se démener pour une promotion au travail, et de longues nuits passées à rêver de Dane. Elle saisit la main de Danica – en pleine conversation avec son mari, Blake – qui la serra en retour comme si c'était la chose la plus naturelle au monde. Elle avait rencontré Danica et Kaylie juste avant leurs mariages, dans un complexe de Nassau qui appartenait à Treat Braden, le bel homme séduisant et ténébreux d'un mètre quatre-vingt-dix qui se tenait en ce moment même devant l'autel et dévorait du regard leur amie Max Armstrong. Les cheveux noirs de Max retombaient en douces vagues sur ses bretelles fines et les lignes épurées de sa robe de mariée, conçue par Josh et Riley Banks, sa fiancée. Les mariages avaient le don de rendre les belles femmes encore plus glamours. Max et Treat formaient un couple frappant, et de voir Treat tenir la main de la mariée et la regarder avec amour en lui promettant une vie d'adoration, aurait dû retenir l'attention de Lacy. Pourtant, son regard restait tourné vers la droite, sur la ligne que formaient les quatre séduisants frères de Treat, témoins tous plus beaux les uns que les autres. Leurs yeux sombres étaient braqués sur leur frère aîné qui jurait d'aimer, d'honorer et de chérir sa future épouse… tous sauf Dane. Ses yeux noirs et brûlants fixaient avidement Lacy, provoquant une onde de chaleur en elle. *Bon sang, qu'il est beau.* Lacy n'arrivait pas à cligner des paupières ni à détourner le regard. Seigneur, elle ne pouvait même pas respirer.

— Attention, murmura Kaylie, tu vas baver sur ta jolie robe.

La jeune femme rougit, mais elle ne pouvait toujours pas détourner le regard. Les frères Braden avaient tous d'épais cheveux noirs. Alors que ceux de Treat et Josh étaient courts et ceux de Rex mi-longs, à la façon des cow-boys, ceux de Dane se situaient quelque part entre les deux, comme s'il avait oublié son rendez-vous chez le coiffeur. Un peu ébouriffés, ils effleuraient le haut de ses oreilles.

Non, se dit Lacy en plissant les yeux. *Ce n'est pas ça du tout.* Alors qu'elle regardait les lèvres de Dane esquisser un sourire, elle se mordit la lèvre inférieure et songea : *On dirait qu'il vient tout juste de sortir du lit – ou qu'il est prêt à y aller.*

Quand il lui fit un clin d'œil, elle en eut le souffle coupé.

— Tiens-toi bien, l'avertit Kaylie.

— Oh mon Dieu, murmura Lacy en baissant les yeux sur

ses genoux. Il est tellement…

— Sexy ? Magnifique ? Torride ? proposa Kaylie en haussant un sourcil.

— Chut, dit Danica avec un regard sévère.

Lacy et Kaylie rapprochèrent leurs têtes blondes avec un petit rire silencieux. Danica secoua la tête, et même si Lacy ne pouvait pas voir son visage, elle savait que sa sœur aînée levait les yeux au ciel et pinçait les lèvres.

— Mesdames et messieurs, monsieur et madame Treat Braden.

L'annonce provoqua dans son corps un frisson d'excitation. Tout le monde se leva alors que Max et Treat s'éloignaient dans l'allée, main dans la main. Le sourire de Max illuminait son regard. Treat rayonnait de fierté, les yeux rivés sur sa femme. Les cheveux blonds de Kaylie formaient une cascade dans son dos alors qu'elle passait les bras autour du cou de son mari Chaz, pour l'embrasser. Lacy vit Danica sourire amoureusement à Blake, qui lui prit le menton et l'embrassa. Elle se détourna en songeant à Dane.

À l'approche de Treat et Max, Lacy et ses sœurs leur lancè-rent des pétales de rose.

— Félicitations ! cria Lacy.

Mais ses yeux avaient déjà quitté Treat et Max pour se poser à nouveau sur Dane.

Elle avait oublié la largeur de son torse, et son regard ne lui avait jamais paru aussi brûlant sur Skype et FaceTime. Le pouls de la jeune femme monta d'un cran.

— Tu es si belle ! dit Danica à Max.

Les garçons d'honneur descendaient également l'allée. Kay-lie serra si fort la main de Lacy que celle-ci grimaça.

— Le voilà, déclara-t-elle.

— Arrête, marmonna Lacy. Je suis déjà assez nerveuse.

Dane s'avança vers elle avec un grand sourire qui dévoilait ses dents blanches. Ses puissantes épaules se balançaient légèrement et ses yeux sombres ne la quittaient pas. Les jambes de Lacy se changèrent en gelée et elle agrippa le dossier de sa chaise pour se stabiliser. L'homme dans l'allée voisine à la sienne tendit la main vers Dane.

— Bonjour, mon grand. Ça fait longtemps que je ne t'ai pas vu. Quel plaisir, déclara l'homme d'âge mûr.

Dane étreignit l'inconnu grand et mince sans quitter Lacy du regard.

— Toi aussi, Smitty. On se rattrapera à la réception, déclara Dane avant de s'approcher de la rangée de Lacy et de faire la bise à son cousin. Blake, ravi de te voir.

Puis il étreignit doucement Danica et l'embrassa sur la joue.

— Toujours aussi belle, dit-il avant de passer à Kaylie.

Le cœur de Lacy cognait contre sa poitrine alors que Blake et Danica s'avançaient dans l'allée, suivant le reste des invités dans la salle de réception. Elle avait oublié combien il était grand, et alors qu'elle le regardait serrer Kaylie contre lui, elle réalisa qu'elle avait aussi oublié à quel point ses mains étaient larges. *Grandes mains, grande… Arrête ça !*

— Nous devons appeler notre baby-sitter avant la réception. J'ai été heureuse de te revoir, déclara Kaylie.

Elle le serra rapidement dans ses bras et entraîna Chaz derrière elle, laissant Lacy seule avec Dane.

Cela faisait bien trop longtemps que Dane n'avait pas revu Lacy.

Il lui prit les mains et l'attira plus près avant de déposer un doux baiser sur chacune de ses joues, humant le délicieux parfum dont il se souvenait : un mélange d'agrumes et de fleurs avec une touche de musc. Pour n'importe qui d'autre, c'était du *Coco Noir* de Chanel. Pour Dane, c'était l'odeur de Lacy, dont il se souvenait depuis le jour où ils s'étaient rencontrés. C'était l'odeur dont il avait rêvé et qui l'avait transporté durant ces longs après-midi en mer, où ils marquaient des requins à des kilomètres du rivage.

— Lacy.

Ses doigts délicats tremblaient contre ses larges paumes. Un sourire timide recourba ses douces lèvres, affolant le pouls de Dane.

— Bonjour, dit-elle doucement.

Ses boucles blondes tombaient en épaisses torsades sur ses épaules minces et bronzées. Elle portait une robe dos nu bleu roi qui lui arrivait à mi-cuisses, révélant ses longues jambes toniques. Le vêtement couvrait à peine l'extrémité de la cicatrice qui, Dane le savait, lui rappelait la pire de ses peurs. Il déposa un tendre baiser sur l'une de ses mains fines. Tous ces mois d'e-mails, d'appels téléphoniques et de chats vidéo lui revinrent en mémoire. Ça n'avait jamais été suffisant, mais ses nombreux déplacements en tant que fondateur de la *Brave Foundation* lui rendaient presque impossible toute évasion, même le temps d'un week-end. Quant à Lacy, elle travaillait jour et nuit dans l'espoir d'obtenir une promotion, alors même s'il avait pu trouver le temps, elle n'aurait probablement pas réussi à se libérer. La mission de *Brave* consistait à s'appuyer sur des programmes d'éducation et des discours originaux pour protéger les requins et, dans un sens plus large, les océans. La passion de Dane pour le sauvetage et l'éducation avait commencé juste après l'université et n'avait fait que grandir depuis. Il avait organisé sa vie autour de ce qu'il aimait, et à présent, il vivait sur un bateau au large de la Floride, où se trouvait le siège social de *Brave*. Il avait une petite équipe administrative et suffisamment de relations pour attirer des bénévoles. Lorsqu'il n'était pas sur l'eau, on pouvait le trouver à la tête de la fondation, ce qui se traduisait par de nombreux déplacements, un calendrier social surchargé et pas mal de mains à serrer. Malheureusement, durant ces mois-ci, son emploi du temps et celui de Lacy n'avaient pas pu coïncider.

— Tu vas me présenter, ou juste bloquer l'allée ? demanda Rex, le frère cadet de Dane.

Ce dernier secoua la tête pour s'éclaircir les idées. Rex avait un an et demi de moins que lui et travaillait au ranch familial, ce qui expliquait sa musculature de cow-boy. Dane se tourna vers lui avec un sourire moqueur.

— Est-ce que Jade n'est pas quelque part par ici ? demanda-t-il.

Un an plus tôt, Rex était tombé amoureux de Jade Johnson, et leur amour avait mis fin à une querelle familiale de longue date – ainsi qu'à une longue attente. Dane n'avait jamais vu son frère aussi heureux. Rex et Jade avaient acheté la propriété située entre les ranchs des deux familles, et y avaient récemment fait construire une maison.

Alors qu'il regardait les yeux sombres de Rex, il eut un petit moment de malaise. Lui aussi mesurait un mètre quatre-vingt-dix, comme Rex, mais les bras de son frère étaient aussi épais que des troncs d'arbres, et la façon dont son smoking épousait son torse massif aurait excité n'importe quelle femme. Il savait que la barbe d'un jour et les cheveux longs de son frère lui donnaient un air de bad-boy et faisaient même de l'effet aux femmes les plus sages. Mais Dane savait aussi qu'il n'avait pas besoin de lui adresser un avertissement silencieux, ni même de faire preuve d'un soupçon de possessivité en ce qui concerne Lacy : Rex n'avait d'yeux que pour Jade, et il n'était que trop conscient que Lacy n'était pas pour lui.

— Écarte-toi, ordonna Rex en pressant son avant-bras imposant contre le torse de Dane avant de tendre une main vers Lacy. Je suis Rex, le frère de Dane. Tu dois être Lacy.

Elle rougit.

— Oui, bonjour, dit-elle en regardant Dane avec étonnement. Il a parlé de moi ?

Rex éclata de rire.

— Oh, il t'a peut-être mentionnée une ou deux fois, dit-il en adressant un sourire en coin à Dane. Ravi de te rencontrer, Lacy. Pas étonnant que Dane ait été si distrait pendant la cérémonie. Eh bien… ajouta-t-il en laissant échapper un soupir théâtral. Amusez-vous bien tous les deux. Si vous voulez bien m'excuser, je dois retrouver ma petite amie.

— Enfoiré, murmura Dane alors que Rex s'éloignait avec un sourire narquois, non sans lui décocher une bourrade au passage.

La salle se vida rapidement tandis que les invités se dirigeaient vers la réception. Dane reporta son attention sur Lacy.

— Je suis heureux que tu sois là.

— Moi aussi, répondit Lacy en souriant. Ton frère a l'air gentil.

— Oui, on peut le dire.

L'image de Lacy en minuscule bikini, à Nassau, lui revint à l'esprit. Il déglutit pour repousser le souvenir par peur de sentir son désir renaître, comme durant ces dernières nuits à la perspective de la revoir.

— Tu me réserves une danse ?

Bien qu'il n'ait fait que penser à la revoir, ces dernières semaines, il ne s'était pas attendu à être si crispé – ni à ce que le désir de l'embrasser soit si fort. Il se tenait si près d'elle qu'il lui aurait suffi de se pencher légèrement pour poser ses lèvres sur les siennes, passer les mains dans ses cheveux et l'attirer contre lui.

— Bien sûr, répondit-elle alors qu'il avait déjà oublié sa question.

— Dane.

La voix grave de son père le tira de ses pensées. Hal Braden fit quelques pas vers eux. Il mesurait quelques centimètres de plus que Dane. Sa peau était très mate, rivalisant avec le riche bronzage de Dane. De fines rides serpentaient aux coins de ses yeux et de sa bouche, et un V profond était creusé entre ses sourcils épais.

— Pardon. Je suis désolé de vous interrompre, dit-il en tendant la main à Lacy. Hal Braden, le père de Dane.

— Je suis Lacy, répondit la jeune femme en lui serrant la main.

— Papa, c'est Lacy Snow.

Dane vit le regard sérieux de son père devenir sensiblement plus chaleureux.

— Lacy Snow. Tu es de la famille de Danica, la femme de Blake ?

— Oui, je suis sa demi… sa plus jeune sœur, répondit-elle en rougissant à nouveau.

Dane mourait d'envie de passer son bras autour d'elle afin de calmer sa nervosité.

Hal hocha la tête.

— Toutes les sœurs de Danica sont nos amies. C'est un plaisir de te rencontrer. Ils prennent des photos, Dane. Ne sois pas trop long.

— J'arrive tout de suite, papa, répondit ce dernier.

Il regarda son père s'éloigner et sentit la fierté emplir son cœur. Il avait toujours eu une bonne relation avec son père, et à trente-six ans, il le voyait autrement. La mère de Dane était décédée alors qu'il n'avait que neuf ans, et son père les avait élevés, lui et ses quatre frères et sœur. Quand il parlait de leur mère, l'amour qui se dégageait de lui était toujours aussi fort. Dane n'avait pas souvent pensé au mariage, mais ces derniers temps, il se demandait… non, il *espérait* qu'un jour, il trouverait ce que ses parents avaient vécu ensemble. Il voulait faire l'expérience de cet amour.

— Tu devrais y aller, dit Lacy en battant ses longs cils, agitant la main.

Dieu, qu'elle est mignonne quand elle est nerveuse.

Dane se demanda si elle se rendait compte qu'il était aussi nerveux qu'elle. La dernière chose qu'il voulait, c'était la quitter, mais plus tôt il en aurait fini avec ces photos, plus tôt il pourrait être à nouveau avec elle.

— Oui, j'y vais. Rappelle-toi notre danse, d'accord ?

— J'ai hâte.

Pour lire la suite, achetez *Un océan d'amour*

***Amour sublime*, une collection romantique et familiale**

Les Braden de Weston
Au cœur de l'amour
Un amour interdit
Notre amitié brûlante
Un océan d'amour
Un amour si puissant

Les Whiskey : Les Dark Knights de Peaceful Harbor
Sous l'armure de ton cœur
Comme une étincelle
Fou de désir
En toi, un refuge
Du bonheur à volonté
Amours rebelles
Aime-moi dans mes ténèbres
À nos horizons
À l'état brut

Vous découvrez à peine *Les Braden* et la grande collection romantique et familiale *Amour sublime* ?

J'espère que vous avez aimé votre rencontre avec les Braden autant que j'ai aimé écrire leur histoire. S'il s'agit de votre premier tome des *Braden*, de nombreuses histoires d'amour vous attendent, avec des héros et des héroïnes loyaux, pétillants et sexy. *Les Braden* est l'une des nombreuses séries que comprend *Amour sublime*, une grande collection romantique et familiale. Chaque tome d'*Amour sublime* peut être lu indépendamment des autres ou avec les autres livres de la série. Aucun des livres ne se termine sur un suspense ou un problème non résolu. Les personnages de chaque série se retrouvent dans les tomes suivants, de sorte que vous assisterez à tous les mariages, à toutes les fiançailles et les naissances. Si vous découvrez la série en français, sachez que de nombreux tomes sont en cours de traduction et seront disponibles très bientôt.

Les Whiskey : Les Dark Knights de Peaceful Harbor est une série déjà traduite et disponible à la lecture. Restez à l'affût des nouvelles parutions. Si vous lisez en anglais, vous pouvez commencer par le tout début de la grande collection familiale *Amour sublime*, par le tome totalement GRATUIT de SISTERS IN LOVE (au format numérique) ou par une autre série aussi amusante qu'émouvante comme *The Remingtons*, qui commence par le tome GAME OF LOVE, également gratuit.

Retrouvez ci-dessous le lien pour télécharger plusieurs premiers tomes de différentes séries entièrement GRATUITS
www.MelissaFoster.com/LIBFree

Consultez la page de Melissa Foster :
Reader Goodies

– Téléchargez une liste complète de la série *Amour sublime*

– Téléchargez gratuitement les ordres de lecture, la bibliographie des différentes séries, les membres de chaque famille et plus encore
www.MelissaFoster.com/RG

Remerciements

Comme toujours, il y a plusieurs groupes que j'aimerais remercier de m'avoir aidée pendant mon aventure d'auteure. Un immense merci à mes lecteurs, qui m'ont envoyé des e-mails et des messages sur les réseaux sociaux pour me demander de publier plus vite les histoires des autres Braden de la famille. Vous m'inspirez au quotidien et je vous apprécie tous. Je vous en prie, continuez à m'écrire.

Je fais un câlin virtuel à Bonnie Trachtenberg et Kristen Weber, qui ont répondu à toutes mes questions sur New York et sa région. Vous avez une patience d'ange et je vous remercie pour votre temps et votre énergie.

Merci du fond du cœur à la communauté de blogueurs, lecteurs et amis qui me soutiennent et m'encouragent sur les réseaux et par e-mail.

Sans mon équipe de correctrices, je m'emmêlerais les pinceaux avec certaines fautes de grammaire. Ces femmes méritent des tonnes de chocolat : Kristen Weber, Penina Lopez, Jenna Bagnini, Juliette Hill, Lessa Owen et Marlene Engel.

À ma famille, merci d'être mes premiers fans et mes supporters les plus patients. Je vous aime.

Découvrez Melissa

www.MelissaFoster.com

Melissa Foster est une auteure primée, dont les best-sellers figurent aux classements du *New York Times* et de *USA Today*. Ses livres sont recommandés par le blog littéraire de *USA Today*, le magazine *Hagerstown*, *The Patriot* et de nombreuses autres revues. Melissa a également peint et fait don de plusieurs fresques murales pour l'hôpital des enfants malades à Washington, DC.

Retrouvez Melissa sur son site web ou discutez avec elle sur les réseaux sociaux. Melissa aime parler de ses livres avec les clubs de lecture et les groupes de lecteurs. N'hésitez pas à l'inviter à vos événements. Les livres de Melissa sont disponibles dans la majeure partie des boutiques en ligne, en version papier et numérique.